# 猫生

葛亮 等 著

天津出版传媒集团
百花文艺出版社

**图书在版编目（CIP）数据**

猫生 / 葛亮等著. -- 天津：百花文艺出版社，2021.7
ISBN 978-7-5306-8083-4

Ⅰ. ①猫… Ⅱ. ①葛… Ⅲ. ①中篇小说–小说集–中国–当代②短篇小说–小说集–中国–当代 Ⅳ. ①I247.7

中国版本图书馆 CIP 数据核字(2021)第 130109 号

**猫生**
MAOSHENG
葛亮　等著

**出 版 人:** 薛印胜　　**编辑统筹:** 汪惠仁
**选题策划:** 刘　洁　李　彤
**责任编辑:** 刘　洁　　**装帧设计:** 蔡露滋
**出版发行:** 百花文艺出版社
**地址:** 天津市和平区西康路 35 号　**邮编:** 300051
**电话传真:** +86-22-23332651（发行部）
+86-22-23332656（总编室）
+86-22-23332478（邮购部）
**网址:** http://www.baihuawenyi.com
**印刷:** 天津新华印务有限公司
**开本:** 787×1092 毫米　1/32
**字数:** 146 千字
**印张:** 9.25
**版次:** 2021 年 7 月第 1 版
**印次:** 2021 年 7 月第 1 次印刷
**定价:** 52.00 元

如有印装质量问题，请与天津新华印务有限公司联系调换
地址：天津东丽开发区五经路 23 号
电话：(022)58160306
邮编：300300

目录

# 给猫留门

**黄咏梅**　小说家。现居杭州。曾获《人民文学》新人奖、《十月》文学奖、《钟山》文学奖、林斤澜优秀短篇小说家奖、汪曾祺文学奖、第十八届百花文学奖等。小说多次进入中国小说学会排行榜，短篇小说《父亲的后视镜》获第七届鲁迅文学奖，被浙江省人民政府授予“浙江省有突出贡献中青年专家”称号。

黄咏梅与两岁半的梅二冬，它肯被人这样抱，完全是因为注意力集中在花盆上站着歌唱的小鸟身上。

“豆包回家了。”老沈告诉雅雅，“胖得像一只大熊猫，每层楼的灯都被它踩亮了。

“亮！豆包喊一句，灯就亮了……”老沈学着雅雅的口气。

咯咯咯咯……雅雅在电话那头笑得欢。

老沈把后面一句兴致勃勃地重复了好几遍。

犹记得有一段时间，沈小安一家周末过来吃饭，每爬上一层楼，雅雅就用尽吃奶的力气喊——亮！感应灯被她喊亮之后，雅雅也是那么笑的，咯咯咯咯。五楼，小孩子也不嫌累，爬上来之后，还要拉着老沈重新下楼，又喊上一轮。老沈气喘吁吁地跟在雅雅后边，力气只够在心里笑。这个游戏是这座旧楼唯一的亮点，如果没有那些时亮时灭的感应灯，估计雅雅会蛮缠着让沈小安背上楼的。不过这些吸引力也不长久，上学之后雅雅就不太愿来爷爷家了，周末，她偶尔跟她爸妈到郊外玩，多数时间在家看电视、玩手机或电脑，直到豆包喵喵喵地在她脚边缠绕。

那天雅雅玩饿了，嚷着要吃奶油蛋糕，老沈就牵着她去马王街对面的蛋糕房。老沈不喜欢吃烘焙过的洋面点，喜欢蒸笼里跟热气一样白的土包子。泰康粮店的那几个店员，换了多少茬，每一茬都知道马王街有个瘦瘦的老爷子，每天清晨准点来买豆包。去蛋糕房不会经过泰康粮店，但老沈故意绕了一下路，他想让他的朋友们看看自己的孙女，尽管这些朋友他连叫什么名字都不知道的。在老沈眼里，雅雅是这个世界上最好看的小孩儿，一笑起来，左右两只对称的小酒窝，总能引人赞美。这些赞美的话，再怎么重复老沈都像第一次听。

不太会有顾客在晚饭前来买豆包，店员已经开始盘点收银柜里的钞票。他们果然赞美起这个老客户的孙女，并且慷慨地掀开蒸笼，用袋子装了两只豆包送给雅雅。就是在雅雅怯怯地犹豫要不要接过来的时刻，这只小猫不知从什么地方蹿了出来，跃上收银柜，朝那两只豆包喵喵喵个不停，雅雅先是吓了一跳，接下来，就跟小猫成了朋友。

它是只小白猫，除了额头和脸颊处有一些灰色的斑纹，其他地方跟蒸笼里的豆包一样白。太瘦了，以至于很难从个头判断它的年龄，不过叫声倒不是很成熟。没有人认识这只小猫，但它却谁也不害怕。大概是饥饿壮大了它的胆，圆睁的绿眼睛一直盯着那个袋子，一副准备要出手的架势。

等老沈一只手牵着雅雅回家的时候，他的另一只手上，挂着一个黑色的塑料袋，豆包躺在里边，安静得像一件被主人买回来的什么东西。

李倩对沈小安说，你老爸真的不会当爷爷。之前，雅雅就一直缠着他们要养猫，沈小安倒是没意见，到了李倩那里却通不过，原因是她对猫毛过敏。老沈猜她对任何小动物都会过敏，从她生活上对雅雅过于敏感的管制可以看出这一点。所以，这只被雅雅从泰康粮店带回家的流浪猫，最后只能留在老沈家。老沈乐于奉命，只要雅雅喜欢，他干什么都行。

有了豆包，老沈就能经常见到雅雅。不一定是周末，有的时候，放学后沈小安也会带她来，老沈像迎接贵宾一样，削好水果，买好菜。通常他们三个会在一起吃个晚饭，豆包就窝在雅雅的腿上，雅雅吃一口，问一句：弟弟，要不要吃鸡腿？豆包似懂非懂，眯了眯漂亮的绿眼睛。豆包在窗台上看到树梢上有一只还没停稳的麻雀，警惕地把身体紧贴窗台，目不转睛，下颌不停抖动，咽喉里发出低得几乎听不到的咯咯声，不知道是兴奋还是紧张。第一次见豆包这个样子，他们都觉得很好笑。老沈经常会给雅雅学豆包，上下颌一开一闭，发出咿咿呀呀的声音。雅雅一定会被逗笑，但沈小安很讨厌老沈这个样子，看起来就像一个嗫嚅着讲不出话的中风患者。

看不到豆包，雅雅就给老沈打电话，像个亲切的小姐姐——弟弟在干吗呢？弟弟为什么那么爱睡觉？甚至对老沈承诺，姐姐明天放学要去看弟弟的，就像豆包是寄养在别人家的弟弟一样。李倩每次听到这些话都会抗议，她说，鸡皮疙瘩都起了，好像鼻孔里吸进去几根猫毛，引起了她的猫过敏症。她让沈小安管管女儿，认一只牲畜当弟弟，岂不是乱伦？沈小安嘻嘻哈哈敷衍过去，说，你要真能生下个猫弟弟，也是有本事的。说完用手去摸李倩的肚子，被李倩一拳挡了过去。

雅雅看豆包的频率越来越密集，有时还赖着要在爷爷家睡，但这绝不可能。往往不到晚上九点，李倩总是以检查功课或者洗头发、剪指甲等理由打电话催促他们回家。于是沈小安软硬兼施，拽着雅雅回家。每次看着父女俩在门口小垫子上换鞋子，低头系鞋带的动作，几乎一模一样，老沈心里都会有些伤感。沈小安跟老沈的话从来不多，顶多来一句："跟爷爷说再见。”老沈已经想不起来，儿子这么多年来，有没有认认真真跟自己说过一句“再见”。

雅雅迷恋那只猫，沈小安并不觉得有什么问题，小孩子总是有一段时间喜欢小动物，尤其是那种毛茸茸的，譬如小鸭子、小兔子之类的。他小时候从街上抱回过一只大黄猫，每天都恨不得把它装在书包里带到学校。他并不讨厌豆包，但也谈不上多么喜欢，已经过了那个年龄，而在那个年龄，以及那个年龄之后的很长一段时间里，他对老沈充满了怨愤。他对李倩说老沈不会当爷爷那句话并不认同，但他认为老沈不会当爸爸是真的。从前那只大黄猫在某个深夜，被老沈从他的被窝里揪出来，还没完全醒过来，来不及叫唤一声，就被丢出了家门。这个梦魇一样的情节，以及那种只能窝在被子里装睡的无助感，在某些特定的情境下，沈小安总是会想起，并且，像一根导火索，成年之后他一直跟老沈怄气，时常想到这个情节，他并不会那么快原谅他。

母亲去世之后，沈小安跑马王街就不那么勤快了。他不知道怎么跟老沈独处。内心深处，他觉得老沈既不像父亲，也不像朋友，他们只是一对与生俱来的因果关系。好在有了雅雅，老沈的注意力全都放在了她身上，后来又有了豆包，他们之间便多了一些话题。猫粮快吃完了，老沈会打电话让沈小安网购，到时间打疫苗了，沈小安会在上班时间偷溜到马王街，带豆包去宠物医院，甚至，因为豆包，父子俩还开起了玩笑。带豆包去做绝育前，沈小安指着豆包胀鼓鼓的卵蛋说，雅雅问我，绝育是什么？我说就是把这两只小铃铛割掉。她又问我，小铃铛又不响为什么要割掉？老沈一听乐了，小丫头哪见过这玩意儿！沈小安眨一下眼说，这小铃铛，母猫碰到会响。老沈用手去戳那两只小铃铛："不响。"两人都笑了起来。豆包竟然不生气，反而就势在地上打起了滚。嘿，你看看，这小子都懂得享受了。沈小安一脸坏笑，瘫坐在沙发上，欣赏这只在地上享受的小家伙。他顺手点了根烟，老沈就到厨房里找了个酱油碟给他当烟盅。

"要是不想养就别养了，小孩子总是一头热，很快就过去了。"吐出一口烟之后，沈小安对老沈讲。

老沈不知道该怎么回答。

"你不是不喜欢猫嘛。"事实上，从豆包被留下来的那天开始，沈小安就一直想问老沈，不过他不知道怎么跟他提。看得出来，老沈是为了讨好雅雅。

“还行，这小家伙陪陪我，有个伴儿，也不错。”

“不怕狂犬病？”

“不是打过疫苗了嘛。”老沈忽然尴尬起来，停了一下，又说，“你小时候，医学不发达，什么措施也没有，不一样的。”

沈小安点点头。烟还只抽了小半，他不可能就这样掐掉。至少再抽两口，再抽两口，他就站起来，把豆包装进旅行包里，带到宠物店去割掉那两只不会响的小铃铛。

“你还记得你那只大黄猫？”老沈看着儿子，四十岁，头顶上就已经有了一些白头发，现在挺着沉重的肚腩，深陷在这套老房子的旧沙发里。他顿时觉得时间有点恍惚。

沈小安果断把烟掐掉，努力使自己看似利索地从沙发上站起来。他的体量是两个老沈那么大。“记得啊，那只胖胖的大黄猫。”他拉伸着躯体，话音里也在伸着懒腰。

“我听你妈说，让你把大黄猫丢出去那天，你抱着它坐在楼梯口足足哭了一个中午，下午都没去补习。”

“不会吧？”沈小安夸张地笑了几声，“要是雅雅知道，肯定会笑死的。”

“你不记得了？小时候你爱猫如命。”

“小孩子都爱猫，就像雅雅现在一样。”

“嗯,雅雅真把它当弟弟。”

没想到,这次豆包被装进旅行包居然没太用力反抗。老沈掩门的时候吩咐说,问一下医生,手术后要注意些什么。

走下拐角楼梯的第一级,沈小安站住了,想了一下,把旅行包抱在怀里,坐下来,回头看。从这个角度看过去,能看到自己家的门口。他把屁股挪下第二级,回头看,也能看到自己家的门口。他以为,那个中午,门里边的人根本没有探头出来看到他,他哭得那么伤心,仿佛要被丢掉的不是猫而是他自己。

豆包在旅行包里开始不耐烦了,扭动着身子,喵喵地叫了几声。沈小安吓了一跳,从楼梯上弹起来,连屁股都没拍一下,噔噔噔噔连跑带跳逃下楼去。好在豆包没有惊动里边的人,那扇门安安静静地闭着。

老沈不喜欢猫,猫的警惕性会莫名其妙地带给他紧张感。作为一个长期神经衰弱的人,夜深人静如果还在失眠,猫的神经就会变成他的神经。当猫煞有介事地竖起耳朵,凝视某个安静的黑暗角落,而他什么也看不见听不到,如同掉进一个黑洞里。这些时候,他需要打开所有的灯,一一确认那些地方其实什么都没有。他从来没对任何人承认过他的恐惧,即使拒绝沈小安那只大黄猫,他坚定的理由只有一个——被猫抓伤会患上致命的狂犬病，这很符合他一贯的形象：一个胆小怕事的父亲。

小孩子都爱猫，老沈并不否认，如果有父亲，他相信自己小时候可能也会喜欢猫的。就是在沈小安养大黄猫以及雅雅养豆包的这个年龄段，他跟妹妹和母亲一起住在农村那间老屋。睡觉前，母亲常常会跟他们做一个游戏。三个人裹在一床被子里，慢慢地用手把被子撑高，让外边的灯光一点一点地漏进来，渐渐能看到屋子里的凳子、桌子、门……等待母亲冷不防小声说出那句“老虎来了！”于是，三个人一阵忙乱，迅速把被子放下，捂得严严实实，在这过程中要是谁笑出了声音，谁就算输，要在床上学青蛙跳。如此若干个回合，花光力气大概是为了很快能入睡。其实并没多大意思，但比起睡前讲故事，母亲更喜欢做这个游戏。母亲陷入被窝里的黑暗中，屏息，听外边的动静，眼睛里闪着一团警惕的光，并不像是做游戏的投入。“你们听，老虎的脚步声。”母亲久久地把他们抱在怀里，一声不响，往往超出了游戏的设定。

老沈对父亲没有任何记忆，母亲反复说那时父亲是怎么让他骑在肩膀上去看赛龙舟，他在脑海里勾勒这个情境，父亲的面容只能停留在一张发黄的照片上。在他两岁多一点儿，父亲跟随村里的一群年轻人偷渡南洋，本意是打工挣钱回来做点小买卖，谁知道一去不复返，直到客死他乡。这个等同于没有见过面的父亲使他们成了一类人，背负着“华侨”这个名词，老沈在成长过程中没少吃苦。刚开始，在收到信和钱物的时候，母亲会提起父亲，后来，就是在母亲被抓去游街那一阵，摘下胸口那个木牌，母亲会指着“资本家走狗”那几个毛笔字告诉他，他们说的这个“资本家”就是你们的父亲。母亲的泪都流尽了，只剩下干涩的苦笑，此后对父亲只字不提。

大概因为豆包是雅雅的弟弟，老沈倒不那么怕豆包，那小东西整日黏在他的脚边，睡觉打起微鼾，确实跟个小人儿似的。雅雅挠豆包的额头和下巴，小东西就伸长了脖子紧抵着雅雅的手掌，发出有节奏的呼噜呼噜声，既急切又安详。雅雅像个小老师，一边挠一边教老沈：“这两个地方，豆包最喜欢了，因为它自己永远都舔不到。”

“哦，原来是这样。”老沈没研究过这个问题。

“是爸爸告诉我的，爸爸说，他以前那只大黄猫最喜欢这两个地方。爸爸还说，猫咪一旦跑出家门口就迷路了，因为猫咪不会认路，大黄猫就是这么跑丢的，爷爷，绝对绝对不能让豆包跑出门哟……”雅雅一边抚摸着豆包，一边给老沈交代任务。

那只大黄猫是会认路的。几次被老沈丢出家门，它还是会回到门口喵喵地叫，甚至会蹲在门口，等沈小安放学回家，简直就是阴魂不散。它不仅扰乱了老沈的睡眠，同时还勾走了儿子的魂魄，一个学期下来，沈小安的成绩落后到了全班倒数。只要一看到大黄猫卧在儿子的作业本上，老沈就火冒三丈，将一切都迁怒于它，把它丢得远远的。趁那只大黄猫蹲在阳台栏杆边舔毛的时候，他用手轻轻一扫，它就扑通一声跌落到一楼的沟渠里了，他都没敢朝下望一眼。他对沈小安说，大黄猫这次跑出去一直没有回来。

在老沈开门出去之前，豆包会早早地蹲在门边，被老沈呵斥过之后，又懂得耍心机，潜伏在附近的某个角落，一伺门开便冲过来，老沈每次都被它弄得心惊胆战，他先是指着它一顿吼，它却并不害怕，双耳朝后，双眼无辜，只知躲闪，老沈只好转而苦口婆心地劝说：“出了这个门，就见不到你姐姐了，你难道不想姐姐？”

豆包最终还是跑掉了。

老沈反复回想看见它的最后那个瞬间，不过那个瞬间有很多个，最终变成了老沈的幻觉。甚至，他觉得那一整个晚上都是幻象。

在《新闻联播》结束到天气预报之间的广告时段，老沈听到了敲门声。起身开门前，他习惯地找了一下豆包。那小家伙四肢蜷缩在肚皮底下，眯着眼睛，不过耳朵倒朝门口方向侧着。老沈心里暗笑，这小东西一定认为姐姐又来了。

门外一下子出现三个人，老沈吓了一跳。中间一个高大的老人，见到老沈，很快爆发出一阵笑声，边笑边喊出他的名字：“沈文兵！”老沈蒙住了。那老人喋喋不休地跟身边的女人说：“果然被我找到了，沈文兵，他就是沈文兵。”他的声音比电视里的天气预报还响亮。老沈侧着头，辨认这个比自己高出大半个头的老人。高大的老人气势十足，一脚跨进门里，把老沈抱住了。“我是刘进乐啊，你个沈文兵！”他用拳头敲了敲老沈的脊背。

没错，是刘进乐，半个世纪过去了，这家伙一点儿没变矮，还是那么热情洋溢。老沈想起来了，他推开刘进乐，后退好几步，将这张红红圆圆的大脸跟年轻时的那张脸对应了起来。他们互相盯着看，直到各自的眼角里溢出了泪，就像进行一场缓慢而准确无误的化学反应。

大学时，刘进乐是班里的党支部书记，热心、上进，对瘦瘦小小的沈文兵多有照顾，还是沈文兵的入党介绍人。毕业后刘进乐被分配到市政府工作，这一切，有赖于他学生会工作的成绩，以及根正苗红的出身。而老沈，背着“华侨”成分这个龟壳，支援边地，成为地质队的一个资料员，辗转在广西十万大山之间。二十世纪七十年代，他从地质队退役，被分配到这个山城的人防办，管理数十个大大小小的防空洞，安定下来，才得以结婚生子。退休时老沈的职务是地下商城管理站主任，城东那个最大最长的地下商城，是由他年轻时参与挖建的防空洞改造的。这一切，刘进乐当然不得而知。他之所以能在这个春天的夜晚，摸进这条破旧狭窄的马王街，艰难地爬上五楼，是因为他那优秀的女儿被邀请到这个山城讲课，顺便带父母来游玩，在离开的前一个晚上，他模糊想起自己有个大学同学沈文兵好像就在这个小城，一番周折找到大学校友会的电话，查找到一个几十年前登记下来的地址，登记的时候还没有安装电话，街道门牌房号倒是清晰的。一贯孝顺的女儿即使觉得这个地址无效也不忍拂逆老父的心愿，三个人一脚深一脚浅地找过来，竟然真的敲开了老沈的门。

憋了半天，老沈说出的第一句话竟然是：“进乐，你看我是不是潜伏得很好？”

刘进乐不断点着头，还没擦干的眼泪又涌了出来。那个一头细密卷发、系着讲究的红丝巾的刘夫人，不断抚着刘进乐的背说：“毋激动啊，医生吩咐你不能太激动的。”刘夫人轻言细语的神态，像个资深的护士。另外一边，刘进乐的女儿很快掏出一张纸巾递到老刘的手上。

客厅那张唯一的沙发刚好够三个人的位置，他们坐着还是跟站在门口时一样整齐，刘进乐在中间，夫人、女儿各一边。

老沈走到饮水机前给他们泡茶，豆包一直跟在他的脚边转悠，鼻子东嗅西嗅，竖起的尾巴不时擦着老沈的裤脚，似乎向主人确认自己的领地。

他们彼此讲了一下大学毕业后的工作生活，大概因为退休久了，几十年轻描淡写讲完，真应了那句“弹指一挥间”。话题更久地留在了自己的儿辈孙辈。刘进乐兴味盎然，让老伴翻出手机里的照片，将他的三个儿女和三个孙儿一一指给老沈看，现在坐在身边的是最小的女儿，某个大报业集团的老总，在新闻领域属于老师辈人物了。由于成家晚，老沈只有一儿一孙，他指着墙上的遗像告诉刘进乐，老伴早些年去世了。老沈说得很黯然，气氛一度陷入尴尬。小女儿于是提议给大家拍照，为了纪念这个重逢的伟大时刻。

一动起来，那个皮肤白白的小女儿俨然变成了一个指挥官，指挥他们寻找拍照的最佳位置。沙发上背光，他们被叫到饭桌边，把椅子挪走两张，把饭桌上的杯子、药瓶、茶叶罐等杂物一一清走，镜头里看看还不满意，又把饭桌后边从前老伴买的那盆五彩斑斓的塑料花抱走。如此折腾一番，两个老同学才得以坐定下来。刘进乐的手搭在老沈的肩膀上，隐隐伴随着颤抖。茶水已经喝到第二泡了，他的激动依旧未能平复下来。

印象中，刘进乐就是那种激动、奋进的人。还记得，那次他偷偷把老沈约到明湖边，压低声音告诉老沈，传达室老黄上交给他一封信，寄给老沈的，从信封、邮票、邮戳可以判断，是老沈的华侨父亲写来的。这封信被他扣下来没交到学校，因为彼时正处于老沈入党考察阶段，怕这封信节外生枝。他让老沈看了之后当着他的面烧掉。基于那种熟悉的恐惧，以及与父亲划清界限的决心，老沈拆都没拆就烧掉了。看着火焰，刘进乐激动地搂着老沈的肩膀，立下誓言，一定要帮助老沈进步，顺利入党。同时，为了巩固成果，他让老沈写了与父亲划清界限的证明书。“本人沈文兵，虽与父亲沈天鹏有血缘之亲，但从两岁开始便未见过父亲，从未受过父亲一点一滴的养育和教化，思想亦从未受过资产阶级腐化，为表决心，修此证明，与沈天鹏划清界限。”这封递交组织的证明书，证明人也是他的入党介绍人刘进乐。寥寥数语，老沈记住了一生。他后来才知道，那封信是父亲自知时日无多，冒着风险写给他的，算是遗嘱。听到父亲去世消息的那个中午，他冲进集体浴室，脱光衣服，龙头的水拧到最大，也无法冲洗掉他夺眶而出的泪水，无法压低他难抑的呜咽。这情形在一个神经衰弱者失眠的夜晚，变成羞耻的烈日，灼烧得他疲惫不堪。

如老沈所言，这半个多世纪，他的确潜伏得很好，往事休提，循规蹈矩，小葱豆腐，平庸度日，亦从不作任何非分之想，与其说是让人忽略他这个大学历史系高才生，不如说他循着命运所列的指示牌，一走到底，就连翻盘的念头也从未有过。分配到人防办，也合乎他意，管理那些阴暗的防空洞，如同潜伏在时代的肚腹，讳莫如深，冬暖夏凉，他熟谙洞里的逃生技能，即使和平年代没有战争，如果遇着地震，他定是这个城里最能确保家人平安的大丈夫。不过这些技能倒从来没有机会操练过。

刘进乐不仅话多，还喜欢打断别人的话，大概是过去当领导留下的习惯。顾忌他心脏放进去的三根支架,护士一般的刘夫人,恨不能给他滔滔不绝的话标上逗号、句号、省略号,让他慢慢分三段讲完。

在他们交谈的间隙，小女儿终于发现了坐在窗台上远望他们的那只猫,“伯父养的小猫真可爱，眼睛是祖母绿的颜色呢。”

于是老沈自然而然地讲起了豆包的身世，当然讲得最多的还是雅雅,因为豆包是雅雅的弟弟。老沈给他们看雅雅的照片,指给他们看那两只对称的小酒窝,毫无疑问获得了一致的赞美。这样,话题最终毫无逻辑地又回到自己的儿孙,还是刘进乐讲得多一些。

小女儿拿出手机要拍豆包,豆包却一点儿面子都不给,从窗台一跃而下,径直跑进了卧室里。那晚之后很长一段时间,老沈反复回忆,认为最后看见豆包的瞬间,应该就是那个窗台的一跃。但他也不是太确定,因为自那以后,他们还讲了很多话,一起坐了很久。

站起来准备道别的时候，刘进乐才顾得上打量这套旧房子,看了几眼,忽然问老沈:“你的确潜伏得很好,但是你的任务完成没有？”

就在同学们即将各奔前程的毕业聚餐上，饭盆装满米双酒，不知已经喝下多少盆。老沈把饭盆举得高高，专去敬他的入党介绍人，酒撑大了他的舌头也壮大了他的豪情："金戈铁马去，马革裹尸还。从这个校门走出去，我一定写出一部中国当代华侨史。老兄，就当我潜伏执行任务去了。"

半个世纪过去，刘进乐还记得那一幕，在老沈看来，那简直就是一个幼稚的笑话，想想这一生的挫败，老沈哭笑不得。

老沈执意要送他们到街口打车。马王街窄，垃圾桶、摊贩的桌椅等旧物拥塞，出租车司机不愿意开进来，只承诺打着双闪在路口等。小女儿觉得五楼爬上爬下太辛苦，坚决不让送。他们在门口推让了几下。最后还是刘进乐拿了主意，他和老沈牵着手，一级一级并肩走下楼梯。在感应灯还没被踩亮之前，有几级楼梯是摸索着下的，黑暗中，老沈能感觉到刘进乐对他的依赖，手上会使力，高大的身体下意识会倾向他这边。

下完一层，后边的母女俩快步跟了上来。女儿用礼貌的口吻提出，还是由她挽着父亲的手走比较合适，因为楼道实在太黑了。于是，他们又像来时的排列，刘进乐居中，夫人、女儿各一边。

"亮！"老沈学雅雅，命令感应灯。这方法竟立即奏效。刘进乐也跟着老沈喊，他嗓门儿大，喊起来更像发号施令。大家在一片笑声中轻松走完了所有楼梯。

这个小城的出租车司机基本都是急性子，更顾不上什么礼仪，刘进乐屁股刚坐稳，还没来得及从窗口探头出来挥手，唰一下，他就看不到街口那个瘦小的人影了。这说不定是他们最后一次见面啊。车已经消失了踪影，老沈才意识到这点，心里冒出来一句诗："萧萧班马鸣，挥手自兹去。"琢磨一下，觉得似乎前后颠倒了，又倒过来念一次，这一次念出了声音。

和刘进乐在门口拖拖拉拉道别，老沈全然忘记了那只一直伺机出门的猫。等到他回过神来，遍寻屋子里每个角落，甚至用勺子不断敲打它的食盘，豆包都没有像往常那样积极地小跑到他跟前，更不用说在他脚下欢天喜地亮出自己的肚皮了。他急急忙忙又重复了一遍刚才那场告别，在每一层楼学着它的叫声，重新走了一遍送刘进乐出马王街的路，最后停留在他们上车的那个位置，好像那些时候豆包都在场似的。

整整一个晚上，老沈失魂落魄，吞下两颗半安眠药，都没能闭眼一分钟，索性坐到客厅的沙发上，把门打开，留下一道猫可容身的缝隙，他心存侥幸，认为豆包玩够了就会回家，就像过去那只大黄猫，会在门口喵喵地叫门。

天亮的时候，老沈想得更多的是，该怎么向雅雅道歉。爷爷没有完成她交给他的任务。

城东的摩啰街，始于二十世纪八十年代末，前身是一条宽八米、长二百八十米的防空洞，由于这个小城山多，几乎所有防空洞都是穿山洞，在那个“深挖洞，广积粮”的年代，这里的洞远比粮多，多数功能丧失，处于开放状态，成为居民冬天取暖夏天乘凉的聚集地。摩啰街是最早被改造的防空洞，基于洞的长宽度，也基于它地处城东城西的接壤处，建设者索性将它延长，打通了整座山。起先，那些从这里西江码头出发运货到香港的海员，带回一些零零碎碎的“洋货”，服装、香水、光碟、奶粉、保健品之类的，会拿到这里摆卖，如同香港开埠时，印度水手在荷李活道摆卖杂货形成了“摩啰街”，那些走船的海员干脆把这里也叫“摩啰街”。那些“洋货”曾经很受欢迎，供不应求，进入二十一世纪以后，高铁呼噜噜穿进小城，水运没落，这里就什么都卖，潮流的小玩意儿，私人收藏的旧货，也有名牌的山寨货，比如大写字母的“阿迪达斯”，无故拦腰断了连线的GUCCI，间或也有剪掉商标的正品……东西杂，流动快，但“摩啰街”这个名称一直不变。

沈小安的办公室在摩啰街中部,是其中一个岔洞改成的,正门朝东边开,面朝西江。人防办曾经有一度也在这里办公,后来迁到市政府大楼边上,这个岔洞就成了下属的一个管理站。办公室就两个人,另外一个人负责安保,沈小安的事情不多,除了收纳一些相关费用,最多的事情就是跟洞里的商贩闲聊,处理一下他们之间的"商业竞争"关系,鸡毛蒜皮,每天如此,小富即安。最近,沈小安迷上了钓鱼,一上班就溜到门外西江河堤。他的鱼竿很专业,就连那张坐钓的小凳子,也是在网上买最贵的。一缸茶,一根竿,还有在洞里禁吸的烟,人生没苦恼。

老沈心事重重,根本没有在摩啰街转转的想法。他不常来,但每次来都悄悄到四号岔洞看看壁顶那几个字,是当年水泥未干的时候,他偷偷用小竹竿划的:命运的咽喉。仰头看的时候,真像置身于一截咽喉里,窄长,昏暗,潮湿,能听到口水的吞咽声以及肺部的喘息声。

办公室只有那个负责安保的小谢,老沈也认识,是同事谢茂业的儿子,跟沈小安一样,大学没考上,都是子顶父班。小谢指指江边,朝老沈做了个吸烟的动作。老沈心领神会,径直往对过河边走去。

挖这个洞的时候，西江的水位还很高，与人的视线同一水平面，现在，水似乎真会随着岁月流淌掉，走到堤岸还得探头俯视。老沈探下头看到沈小安，坐在河滩一片乱石中间，穿着宽松的上衣，戴着帽子，佝着背，身边一只大茶缸。远看，还以为是个退休老头儿在闲钓。

老沈盯着沈小安的背影看了很久，越看越伤心。如果二十多年前他勇敢地迈出一步，儿子今天怎么会是这个样子？他也可能会像昨天晚上那个优秀的女儿一样，骄傲地礼貌和客气着，搀扶着自己的父亲，感觉在这个世界上只有她能搞定一切。

二十多年前，沈小安高考分数离上线差了八分，于是想起了自己有个照片上的“华侨”爷爷，享受侨眷待遇可以加十分。谁知道老沈死活都不肯去侨办开证明。妻子哀求，儿子出走，众叛亲离，这些都不能让老沈改变主意。

绑在西江堤坝栏杆上的红旗被风吹得啪啪响，像是谁站在那里不断拍打着栏杆，老沈站在红旗下，沮丧地想，要是时光可以倒流，或者说时光可以将现在的自己送回到那个时刻，他一定拔腿便跑到侨办去，对那些人说，给我开张侨眷证明，如果他们翻出夹在档案里的那张耻辱的划清界限的证明，他一定会厚着脸皮毫不犹豫地告诉他们，这是历史问题，后来我和父亲关系很好……可是，这些简单的事情，他当年竟然一件都没敢做。

沈小安去顶老沈班的第一天，对妈妈说，老爸这一辈子，就是想自己想得太多。这句话老沈到死都不会忘记。那么多年了，他从没跟儿子辩解过什么，即使说明一下也没有，他明明还能一字不漏地背出那张证明。

看到老沈，沈小安觉得很意外，想从凳子上站起来，但那根刚拿上手的竿似乎有了点动静，他在用手感知。好在老沈很快在身边找块石头坐下了。

“钓到了？”

“好几天了，毛都没钓着，都被那帮下岗工人钓光了。”沈小安朝远处撇撇嘴。

上游的确有不少人在钓鱼，东一个西一个，互相都不讲话。

沈小安抖动了一下手腕，竿尖上抬一点儿，钓线松垮垮地又没入了水中。他的腰也松了下来。

“老爸，有事？”沈小安从烟盒里抽出了一根烟。

“豆包不见了。”老沈认为这事情不能在电话里讲。这个过失的前因后果，不仅仅是昨天晚上，不仅仅在于那个到访的老同学。

“啊，跑掉了？”沈小安问。

“嗯。”看着沈小安脸上不痛不痒的表情，老沈不知该从什么地方讲起，“怎么跟雅雅交代？”

就在老沈准备讲昨晚发生的一切时，只看见沈小安将手上的烟一扔，敏捷地从凳子上站了起来。他警惕地盯着水面，上下两颌开始剧烈地抖动，咽喉里低沉地发出了一些奇怪的声音。那个样子，像极了豆包在伏击小鸟之前，兴奋，紧张，时刻准备着不顾一切冲上去。

转眼间，老沈就看到一条泛着银光的鱼，凌空挣扎，拼尽全力。

“哈哈哈，大白条！”沈小安得意地朝老沈笑，“起码三斤重。”

这意外的收获让老沈也跟着兴奋起来。这条鱼看起来或许不止三斤，钓竿被它压得很弯，加上它不断挣扎，老沈都有点担心鱼竿会断。可是沈小安并不着急将它从鱼钩上取下来，只是将钓竿转了个方向，指向河岸，继续让它凌空挣扎，看上去好像在对谁示威。那些垂钓的人，频频朝这边看过来，虽然离得不近，但凭经验也能感知这条鱼的斤两。

白条鱼在空中逐渐丧失了力气，放弃了挣扎，沈小安才把它捧进那只罩着渔网的水桶里。

“老爸，回家蒸鱼吃，浇上榄角汁，鲜死个人了。”沈小安的舌头迅速在嘴里转一圈，发出响亮的一声吱。

老沈看着得意忘形的儿子，松一口气，笑了。

坐上那辆二手桑塔纳，沈小安帮助老沈扣安全带时，想起豆包的事情来了。

“豆包什么时候跑掉的？”

“昨天晚上。我给它留了一夜门。”

“猫跑出去就迷路，不像狗。”沈小安把车发动起来，后座水桶里的鱼条件反射地挣扎了几下，响起一阵扑腾的水声。

“怎么跟雅雅交代，她一定会大哭大闹。”老沈的心又沉重起来，“是她弟弟啊。”

“嘁，小孩子，哭一阵就好了。明天给她买只更好看的。”沈小安的脸上又是那种不痛不痒的神情。

车经过摩啰街的洞口，很快就要开上跨江大桥，老沈转过脸去看那座被洞穿过的珠山，草木蓊郁，山体浑圆，完全看不出它的肚子里有一道长长的伤痕。老沈想了一个晚上要对沈小安说的那些话,一句也说不出来,他觉得自己就像那条咬钩的白条鱼,显然,他的挣扎要比它更加漫长而疼痛。

# 熊 猫

**崔曼莉**　　女，七〇后作家，原籍南京，毕业于南京大学中文系。出版有中短篇小说集《卡卡的信仰》，长篇小说《最爱》《琉璃时代》及《沉浮》(第一部、第二部）等。现居北京。

崔曼莉的小发曾经是只流浪猫，
在某个春日跟着她走回了家。

# 一

每只动物来，都有前因。前因不由谁说了算。

熊猫的妈妈是只虎斑美短。它从苏州到南京，是为一对姐妹。姐妹俩相差三岁。姐姐出生后，由外婆养大，上小学前，父母才接她回家。至家门前，妹妹提着剪刀，挡在门口，哭闹几个小时，不让姐姐进门。

二人冲突不断，四邻不安，父母不得已分居，一人带一个孩子住。妹妹小学二年级暑假时去外婆家玩，姐姐也在。有朋友送了只猫给外婆，有猫后，姐妹俩虽有吵打，却肯合作，一起倒猫砂、喂猫粮、给猫洗澡。外婆说，如果她们肯一起住，就把猫送给她们。

这样，熊猫的妈妈到了南京，半年后发情，一窝下了一只猫。

我与妹妹是同窗。两家离得近，常走动。姐妹俩商议，小猫送我最合适。我回家问妈妈，妈妈一口回绝。无法，我便去问奶奶。奶奶家与我家同在一幢楼，不同单元。奶奶住一层，还有一个院子。

我向奶奶吹，这猫一窝一只。民间有说法，猫下小猫，一龙二虎三避鼠，三只以上的，都是寻常。

那时养猫为了有用，人们不论品种与血统。熊猫是银虎斑美短后代。这种猫随欧洲移民进入美洲本土，成为美国名猫。黑白相间，夹有银色亮毛，有点像中国狸花猫，却不如狸花猫花纹清晰。

熊猫来后，奶奶端详半天，大失所望道："这熊猫，长得什么花样，不像老虎，也不像狮子。你个熊孩子，弄个破猫进家来！"

"熊"是奶奶家乡的话。她生在徐州，父母是流亡去的，家道赤贫。祖上是哪里人氏也无从考证。她高鼻深目，眼白湛蓝，肩膀宽，个子高，年轻时比爷爷高一个半头。

爷爷家是大户，不知怎么，遇见了奶奶，他便要娶。太爷爷是画家，打听到那是当地有名的美人，且个子高，就差人去聘。亲戚们见了奶奶，背后都笑，怕是为改良品种，要不然，怎娶了一个破落户家的文盲。

奶奶到南京，一直说徐州话，坚决不改。

爷爷家很快败落。奶奶进了工厂，挣钱、做家务。不痛快时，站在秦淮河边，一边哭一边骂。有时听她哭："俺爷啊，俺想你啊！俺娘啊！俺想你啊！俺大哥啊，你又没有死，你就不能来看看俺！"

有时又听她哭："俺爷啊，熊孩子他不听话啊，俺爷啊，俺跟着你时多听你话，俺爷啊，你为啥要把俺嫁给这家人？"

"俺"是"我"，"爷"是"爸爸"。"熊"是骂人的，大概是说不怎么样吧。

太爷爷不论她如何发作，皆沉默不语，自己把自己的小屋收拾得窗明几净。小桌上书报皆整齐。衣服自己洗，干了折平，铺在枕下，压得平整后取出，放在柜中。床头挂了只鸟笼，里面养了只雀。

出了太爷爷小屋，家中一切不忍目睹。东西乱放，灰尘满天。餐桌油腻腻的，每到周末，母亲便用整盆热水从上到下擦拭一遍。

母亲回娘家时，向外婆吐槽。外婆笑道："若不是你婆婆长得美，他家这几个孩子，也不能这么高大好看。"

"娶坏一代妻，教坏三代子，除了爷爷和公公，个个都少家教。"

"你有自己的小家，管好小家就可以了。你婆婆没有文化，又远嫁来，能上班挣钱，还能撑起一个家，就很好了。"

妈妈听后不语。奶奶在家只做饭，其他皆不收拾。闲了坐在椅子上逗熊猫："你个怪花样。"她晃着毛线球，啐着唾沫，"你个短腿。"

据我观察，熊猫站着时，腿不显短，可它跑起来，后腿几乎看不见。只见一个圆溜溜的屁股朝地上一坐一坐，坐一下蹿出去老远，几下就看不见了。

就这样，全家人跟着奶奶，叫它熊猫。

## 二

那时南京的秦淮河还没有治理。河面上整块结浮着各种垃圾。水草、水蛇、水老鼠，在河中痛快地生活。父亲常说，他小时候，河水如何清澈。人们在上游淘米、洗菜，在下游摸鱼、洗衣裳。

父亲的河与我的河，完全是两条河。

父亲还有一个弟弟，我喊他叔叔。说实话，他一点儿也不像叔叔。他是奶奶四十岁后生的。生他时，爸爸和妈妈已经认识。二人结婚前，抱着他去看电影。电影院看门的，还以为是他们俩的孩子。

从我生下来，他就和我争吃的、争玩的。虽然他比我大九岁，但感觉好像还小一岁似的。

奶奶养了熊猫，在他看来，等于奶奶给我养了一只宠物。突然有一天，他抱回一条狗。一条漆黑漆黑的狗，真正的短腿。叔叔说，它是腊肠狗，上一代杂交过，所以脸是中国的，腿是外国的。

“这下好了，”妈妈在家怨我，“猫狗双全！”

她看不得奶奶家脏乱差，天天下班去收拾。本来三个老人，加一个比自己小二十岁的小叔子，已经收拾不过来。现在，熊猫还好点，短腿狗在家里又拉屎又撒尿，又咬拖鞋又扯沙发布。妈妈气得骂它：“豆点大的东西，闯祸的本事不小！”

“大嫂子，”叔叔高兴了，“豆点这个名字好，就叫豆点。”

“什么豆点？”妈妈气笑了，“就叫豆豆，好听好记。”

豆豆腿短，却喜欢打架，天天去找邻居家的狗撩事。它好不容易骑到别家狗的背上，狗一晃，它就摔下来。别家狗若骑在它背上，它又叫又跳，被压得死死的，最后哀号起来，非得奶奶用棍子吓开别家的狗，它才能逃回家。

熊猫不撩事，懒得搭理那些猫。若有猫打它，都要吃它的亏。若几只猫围攻它一个，它也不恋战，就地一坐，腾空一跃，出了战局。

"崔家奶奶，"邻居都笑，"这两个短腿有意思啊。"

"有个熊意思，"奶奶啐地，"都是熊东西。"

## 三

傍晚，奶奶开始做晚饭。做人的晚饭前，先做一猫一狗的晚饭。狗是肉拌饭，猫是鱼拌饭。狗饭装在一个大搪瓷脸盆里，猫饭装在一个小奶锅里。

楼上的邻居们到了此时，就把脸伸出阳台外，嘻嘻哈哈地等着。

等不多久，奶奶端着大盆与奶锅出来了。大盆放院子一边，奶锅放院子另一边。

霎时间，狗脸就埋进了比它脸还小一号的奶锅，呜呜地吃起来，一边吃一边被鱼刺卡得呕吐。猫脸则伸进了比它身体大好多圈的脸盆，大口地吞着肉汤饭。

奶奶站在当间，用家乡话骂："你个熊猫！你个熊狗！想坏俺的家运啊！狗不吃狗饭，猫不吃猫饭！太阳不出在白天，月亮不出在晚上，这是要乱啊！就是要乱啊！"

阳台上的大人孩子放声大笑，他们既笑猫狗争宠，也笑奶奶的发音。

"你把狗给俺送走。"奶奶命令叔叔。

"就不送！"叔叔说，"凭什么你给她养猫，不给我养狗！"

"你个熊孩子，"奶奶要打他，"你是个长辈哩，你是个当叔的！"

"谁要给她当叔叔，谁要当长辈！"叔叔绕着大饭桌奔跑，"我就不送，就不送。"

太爷爷从自己屋里出来，豆豆跟在他的后面。太爷爷用拐杖敲了敲地，叔叔与奶奶都不动了。太爷爷从来不批评奶奶与叔叔。有一次，他悄悄对我说，刑不上大夫，礼不下庶人。规矩要讲给懂规矩的人听。

熊猫不进太爷爷的房间，到了饭点会守候太爷爷出屋门。

它不声不响地坐着，偶尔叫一声。豆豆不管，全家到处乱窜，经常咣的一声，撞开太爷爷的房门，太爷爷也随它去。

熊猫四个月时，不再与豆豆争饭，甚至懒得理它。熊猫长得油光水滑，皮毛发亮。有一天，奶奶早起，赫然看见卧室门外，横着一只死老鼠。老鼠有一尺长，头断了，与身体只连着一点儿皮。

“俺的亲娘哎！”奶奶叫了一声。

我去上学时，死老鼠被扔在河边小路上展览，围满了邻居。他们说，知道河里的水老鼠大，不知道这么大。又说，这老鼠比熊猫还大，熊猫怎么打下来的。

奶奶得意地骂着熊猫，说它把死老鼠拖进门，弄了一地血。

晚上，妈妈也正式去看了熊猫。熊猫来后，她一直不看它。熊猫也不往前凑。豆豆因为犯错多，她还骂过几声。她常说，一个畜生，有什么好看的。

她坐在奶奶家客厅，端详熊猫。熊猫坐得离她一步多远，抬着头，团团脸、团团眼睛，虎虎地回视。

“好猫！”妈妈欣喜地说，“有虎威！”

每天清晨，邻居们来来往往，参观熊猫的猎物。水老鼠已经没有人看了，连小孩子也不再害怕。鸟雀大家还是觉得有些作孽，毕竟是可爱的。有一天，地上没有猎物，有人去问奶奶：“崔家奶奶，昨天晚上你没放熊猫出门啊？”

“没有放没有放，”奶奶没好气地说，“昨晚睡了。”

奶奶转过头，进了院中小厨房，一边望着案板发愁，一边小声地痛骂熊猫。

## 四

南京人爱吃卤味，到处是卤菜店。盐水鸭是当地名菜，五香牛肉也是极好的。那时家里来客，奶奶才会上街，斩半只鸭子，或切半斤牛肉。斩和切既是动作，又是声音。鸭子与牛肉称好斤两，付了钱。卤菜店的人便将鸭子放在案板上，抡起斩刀，啪的一下，连骨带皮肉斩断。若是快手，只听得啪啪啪连声响，均均匀匀一盘鸭子便斩好了。

牛肉却需慢切。同样是大刀，缓缓入刀，缓缓落刀，无声无息，那肉薄得一片一片，像纸一般。

熊猫自从偷过牛肉后，夜里就再没有闲过，不是去河里打猎，就是去卤菜店偷肉。

结结实实一块牛肉。

它不把肉放在奶奶卧室前，更不放在大门外，总是潜入小厨房，放在案板上。

一块牛肉不少钱，何况是物质贫乏的二十世纪八十年代。奶奶指着地上翘起尾巴讨好地望着她的熊猫："你个熊！俺一家就是穷死饿死！俺们也不吃偷来的东西！你说你这个熊！俺们不吃，你也不吃，你去偷啥？俺少你吃还是少你穿了？天天小鱼饭伺候你，你咋还要偷？你个熊猫，你这是为了啥呀?！"

开始，奶奶守着这个秘密。一家人不知道，她和熊猫关在小厨房做什么。

露破绽是因为奶奶心疼牛肉，她坚决不吃，却又舍不得扔，毕竟好好的一块肉，只有放着，放臭了再扔。有一天，妈妈发现了臭牛肉，问奶奶，奶奶哭了，一边哭一边说："俺这是丢死人了，养一只猫出去偷，俺一辈子做人清清白白，老了快死了，还当上贼了！"

妈妈捉了熊猫来，把头按在臭牛肉上，狠打了几巴掌："你作死了，去偷牛肉！一块肉多少钱你晓得吗？再偷，再偷给你抓着了，看不打死你！不打死你也毒死你！"

奶奶泪眼蒙眬，想到了这一层，又哭起来："熊猫啊，你别偷了，偷了打死你啊，不然要给你下了毒，你就毒死了，你可知道啊，是个人他就不好惹啊！”

家里人渐渐知道了此事，叔叔便吵着要把肉给豆豆吃。开天辟地，奶奶打了叔叔几下：“你个熊孩子！我怎么生出你这么个熊孩子！”

“你打我干什么！”叔叔在家里大喊大叫，“是它偷！又不是我偷！”

“你就是打少了！”妈妈站在旁边冷冷地说，“畜生不懂，你也不懂？”

“他不是那个意思，”奶奶脸色越发难看，“他就是胡乱说的，你是大嫂，你还和他较真？”

妈妈一转身出去了。

## 五

叔叔没有再提过给豆豆吃牛肉的事。二十世纪八十年代，流行武侠电影、武侠小说。邻居家的小伙伴约他去公园学武术。他一学就上瘾了，起早贪黑地不沾家。豆豆整天跟在太爷爷后面，除了吃饭，几乎不出屋。

妈妈带我回娘家时，把熊猫偷肉的事讲给外婆听。外婆听后叹了口气，对妈妈说："你还记得三年困难时期时，我养的那只猫吗？"

妈妈沉默了，点了点头。

"外婆，"我问，"猫怎么了？"

"那会儿，家里没有东西吃，人都快饿死了，哪有东西喂猫。它就不吃家里的饭，出去找食。家里做点饭，它还守着厨房，不给外面来的猫偷去。有时你外公一起床，床前就啪啪有一条小鱼在跳。"

"是它抓的？猫真会抓鱼？"

"会，"外婆说，"那猫，可仁义了。"

"后来呢？"

"死了。"

"怎么死的？"

"不知道，"外婆说，"人都不知道是怎么死的，何况一只猫呢。"

"那熊猫偷牛肉也是仁义了？"

"仁义，"外婆说，"它知道护主呢。"

从外婆家回来后，每发现熊猫偷牛肉，妈妈就狠狠打它。

打得它听见妈妈回家时自行车铃声，就噌地跳起来，几步蹿到院内，上了房，远遁而去。

事情还是败露了。有一天，卤菜店店主找了来。那是个中年男人，面皮蜡黄。

奶奶自不肯认，态度凶狠，说那人诬陷熊猫。那人也没有证据，但他说，他夜里守贼，却发现是只花猫，满街打听，街上人说，那花色、那本事，必定是我家熊猫。

奶奶便骂起了街："是个人都没有良心啊，俺家熊猫吃你了喝你了，得罪你了？你咋瞎说啊，它还天天逮老鼠呢，它还为人民服务呢！"

那人脸渐渐红了，临走时说："管好你家的猫，要是被我毒死了，不要怪我！"

## 六

奶奶爱看戏，家里那台黑白电视机，只要放戏，她就守在跟前。她爱跟我说戏里的事，大体都对。谁跟谁好，谁反对谁。若是复杂的戏，她就不明白了。因为，她听不懂唱词，也不识字，看不懂屏幕下的戏文。她根据人物的动作、唱腔，猜测人物的命运与当下的心情。她反反复复地看，有时夜里，她关了灯，坐在闪光的小屏幕前，看着看着，她就睡着了，嘴巴张开，打着呼噜。

我有时间，就给她说戏。谁不是谁的娘，是他的丈母娘。谁也不是大老爷，是个宰相。两个人打架不是闹矛盾，是两国交兵。她听听就恼了："熊孩子净胡说，你都看的啥，啥也没有看明白！"

爷爷特别爱吃醋。奶奶都老了，他还是见不得门口的爷爷们和奶奶说话。但他绝不敢因为这种事骂奶奶、打奶奶。他唯一的绝招是虐待自己——绝食。

"你爷又不吃饭了！"奶奶只好来敲我们家的门，抹着泪对爸妈说，"俺这是受的什么罪！"

有时，奶奶也气，跟着不吃饭，把饭菜都倒了，只给太爷爷留一碗。太爷爷独自吃罢饭，悄悄进了屋，逗他的雀。奶奶饿着肚子看戏。爷爷睡在床上，咬着牙。

有一天我回家，电视机关着。满屋子人，太爷爷坐在客厅里，豆豆缩在他脚边，熊猫不知踪迹。奶奶连哭带喊，躺在地上。妈妈把我叫到一边："你赶紧去你姑妈家，叫她来。"

"爷爷奶奶吵架了？"我转头去找，没看见爷爷。

"你叔叔被抓了。"

"什么？"

"被抓了。"

"为什么？"

"不为什么，现在严打呢，"妈妈心烦意乱，"小孩儿又不懂，问什么，赶紧去叫人，记住，叫她来劝奶奶，千万稳住神。"

我一路朝姑妈家小跑，到了一说，姑妈先哭了，一边哭一边跟着往回走，嘴里碎碎念："这可怎么办呀，这可怎么办呀。"

"姑妈，叫你去劝奶奶呢，"我着急地说，"你怎么先哭开了？"

"你这个小孩儿，"姑妈满脸是泪，伸手狠狠戳了一下我的头，"你怎么没有心呀，你叔叔被抓了，现在是什么时候，到处严打呢。"

我那时真的不明白，严打是什么？只觉得妈妈叫姑妈来，太失策。果然，姑妈进门不仅没有劝奶奶，而是倒在奶奶旁边，娘儿俩一块儿放声痛哭。

一家人劝不住。和叔叔一起被抓的，还有邻居家几个大小伙子。满楼都乱了。

"别哭了！"妈妈拧了两条毛巾，走过去，"他还没死呢！你们一个当妈的，一个当姐姐的，先在这儿哭开丧了?！啊?！”

她喝得好大声，连太爷爷都吓了一跳。姑妈听出了不祥之音，止住哭。奶奶也不敢大放悲声，接过毛巾，捂住脸，不停地颤抖。

## 七

叔叔和楼里的小伙子们，在公园学武术。其中一个和另一群学武术的人发生了口角，双方约打群架。那天下午，在公园里刚摆开阵势，还没有打，公安就来了。十几个青年，全判了流氓罪。叔叔不是主犯，判五年。主犯家和我们家是十来年的老邻居，判了七年。他的父亲气急攻心，一个多月就走了。

叔叔在江北服刑。爷爷想着为他多挣点钱，备他出狱后生活。一个有罪的人，恐怕永远找不到工作了。爷爷是药厂制药师，掌握着不少西药配方。湖北有个半私营半国营企业来请他，包吃包住，还有高薪。

爷爷走后，奶奶家只剩她和太爷爷，我和爸妈仍在那儿吃饭。没有人和奶奶吵架，也没有熊孩子惹奶奶生气。爸妈也不需要调解父母矛盾，替父母管教弟弟。一家人，少了很多话。太爷爷安安静静的，依旧吃罢饭，回他的屋。幸好还有豆豆和熊猫。但猫狗再好，始终是动物。爸妈商议，让我晚上去陪奶奶住。

我很高兴可以放开来和熊猫玩了。爸妈在时，不让我抱它，说熊猫什么地方都去，太脏了。

晚上，我在家洗漱完，来到奶奶家。奶奶通常在看电视。我先和豆豆闹一会儿，就去抓熊猫。熊猫和我好，一起钻进被子里。我抱着它，它呼噜噜地发着响声，表示喜欢。

在电视机与熊猫的呼噜声里，我睡着了。熊猫什么时候走的，我并不知道。它又开始往奶奶卧室前放老鼠、鸟雀。奶奶却不再把动物尸体放在门前小路陈列，都是趁清早无人时，用火钳夹了扔进垃圾站。

有一天夜里，我被吵醒了，迷糊中听见了奶奶的哭声。

“俺爷啊，俺娘啊，俺怎么办啊？俺的孩儿啊，被关在江北啊！俺的孩儿啊，过的不是人过的日子啊！俺的孩儿啊，你爷为了你，去了湖北啊！俺一家人，就这样散了啊！”

我一动不动，熊猫还在我怀里。豆豆在客厅里小声呜咽。熊猫圆睁眼睛，望着正前方。

第二天，爸妈来吃早饭，我说：“奶奶昨天夜里哭了。”

爸妈互相看了看。爸爸问:“哭什么了?”

“叔叔,”我说,“还有爷爷。”

爸爸叹了口气,对我说:“你叔叔来信了,说想你,这次去看他,你也一起去吧。”

“好啊!”我又惊又喜,“我也想他呢。”

他们整理了好大一个包裹,有奶奶做的红烧肉,斩的盐水鸭,还有罐头、水果。有太爷爷用毛笔写的家书。蝇头小楷,痛陈君子如不能自强不息,等同自我放弃。还有外公托舅舅送来的毛笔、字帖,与外公钟爱的《书法六要》。另有妈妈与姑妈备的衣服鞋袜。行李包装了又装,差点把拉链撑炸了。

星期天一大早,母亲帮父亲把行李包背在背上,一边背一边悄声说:“他这一下成了功臣了,全家总动员。”

“哎,”父亲小声说,“你在我面前说说就罢了,出去别说。”

“我还能和谁说,就和你说说。”妈妈转头看看我说,“过来。”

她取下我独辫上的蝴蝶结:“探监,又不是走亲戚,素一点儿好。”

爸爸背着包,双手拽紧胸前的包绳。我跟在他后面。他不时说:“我没法拉着你,你自己要跟紧。”

“爸爸，”我有点紧张，“那里面坏人多吗？”

“还好。”他含含糊糊地说。

“我们去了会打我们吗？”

“不会，到处是公安。”

“我们要走多远。”

“要转车，转好几趟呢，还要过大桥。我没法拉着你，你要跟紧了。”

## 八

南京长江大桥，是中华人民共和国成立后最重要的建筑之一，是当时少有的南北连接点。老师说，如果再有人侵略我们，第一件事，就是往长江大桥扔原子弹。三防课经常有实战演习。老师吹响口哨，一个班的同学纷纷钻进桌子底下，衣服深色的，要脱下来反穿。然后戴好防毒面具，等口哨声停止时，有序地朝室外狂奔。男生让女生先走，年纪大的让年纪小的先走。大家奔出教室，奔向操场，那里有一个假设存在的防空洞。

我为了桥上有可能落下的原子弹，在教室里钻过多次桌子肚，还在操场狂奔过很多回。但是我第一次经过大桥，却是为了叔叔。

已近深冬，车里挤满了人。我站在人堆下方，竟有些热。车过江北，有人上了车，将一个半透明的硬硬的大塑料袋抵在我面前，我不得不尽量转开头。

不知开了多久，到了一站，不少人下了车。我这才看清，背塑料袋的是个女人，又老又憔悴，年纪和奶奶差不多大。她和我们一路走，走着走着，和爸爸聊了起来。

“我儿子判的十年，”她羡慕地说，“还是你弟弟好，才五年。”

“都一样，”爸爸劝她，“大娘，都是一样的。”

“还是你们城里条件好，”她又羡慕地看看爸爸的背包，眼圈红了，“我没有本事，什么也不能给他带，只有这个。”

她晃了晃她的塑料袋。

“奶奶，袋子里头是什么东西，黄黄的？”我问。

“没什么，就是炒米。”

原来是炒米，却不像年节时我在街上爆的炒米花。炒米花虽然不软，却也不硬，轻飘飘地喷着香。

“奶奶，”我又问，“炒米为什么这么硬？”

她不好意思地说："是我在锅里头炒的。"

"锅里能炒炒米？"

"能……香得很。"

我还要问，爸爸用眼神制止了我："大娘，家里还有什么人？"

"没有人了，"她说，"只有我一个。"

"哦。"爸爸不知再问什么。我们走不多远，来到一处高墙边，大铁门前站着武警。一队人排队，从一个小门进。

排到我们时，我们向炒米奶奶告别。她连忙说："再见再见，赶紧送进去吧。"

我跟着爸爸往里走，心里很难过。我从没有想过，叔叔即使在监狱中，也比一些人富有；奶奶即使独居家中，也比一些人幸福。

"爸爸，"我拽了拽他的衣摆，"炒米奶奶真可怜。"

"生活嘛，"爸爸叹了口气，"不好过。"

一种复杂的痛苦，让我忘却了恐惧。我们来到一间巨大的屋子，里面摆着一排排长桌。长桌一面，坐着不安的家属，长桌另一面，是空着的凳子。

我听见了哨声，一些光亮的脑袋从窗前闪过。门开了，犯人们穿着一模一样的衣服，排队走进来。我也从没想过，他们都是剃光了头发的。

这次会面后，很长一段时间，我在街上看见光头的男人，都会害怕。我担心他是个逃犯，又不明白，逃犯为什么敢在大街上活动。

叔叔见到我，很高兴，说我长高了，又问豆豆怎么样了，熊猫有没有再去做贼。听到此话，我很想像以前一样，边开玩笑，边挖苦他几句，但又意兴阑珊。有些事，他大概永远也不会懂了。爸爸打开包，把东西一样一样拿出来，交代给他。他对书法用具不太感兴趣，太爷爷的家书也只是看了一眼，倒是吃的用的很喜欢。我满屋子打量，寻找炒米奶奶，却没有发现。也许，她在另外一间屋。

我不仅对叔叔感到失望，对人生也有一种失望。

回到家，晚上，我照例去跟奶奶睡。可能怕我听见，奶奶都是在夜里痛哭。我在哭声中抱紧熊猫，没有告诉奶奶，路上遇见了另一个母亲。我也没有告诉她，叔叔对于物品的态度。我知道，她听不明白。事实上，我也不够明白。我思绪混乱，黑夜中，已经没有节目的小黑白电视，闪烁着白花花的乱光，在这光中，熊猫的眼睛分外明亮。

# 九

熊猫何时走了,我不知道。它动作轻捷。它何时回来,我也不知道,只记得奶奶坐在床边惨叫起来。

我翻身坐起,见奶奶一只脚踩在一只死老鼠身上。熊猫紧张地蹲在旁边,不明所以地望着她。

"你个熊猫!"吓疯了的奶奶弯下腰,满地摸鞋。熊猫又往前凑了凑,刚要发个喵声,奶奶一鞋底抽在它脊背上:"我打死你个熊猫!"

熊猫叫了一声,蹿起来就逃,一下子没了踪影。

奶奶去找火钳,我低下头,那老鼠头都咬烂了。想着奶奶一脚踩着软软这一团,我的汗毛都竖了起来。

"这个熊猫,它是作死了,把死老鼠放在俺床头地上。"第二天,奶奶对爸妈说。

爸妈看我,我点点头:"它可能是想哄奶奶高兴吧。"

"高兴个屁!"奶奶说,"有本事别回来,俺见一次打一次!"

熊猫真的没有回来,第二天、第三天、第四天。奶奶夜里哭时,又加了内容:"俺爷啊俺娘啊,俺这是什么命啊,俺孩儿被抓了,判了刑,蹲了大狱。俺老头为了俺孩儿,去了湖北。俺养的猫也跑了，俺的熊猫啊，俺爷啊，俺娘啊，那猫可好了，俺想你们啊！”

我悄悄地吸着鼻子，擦干眼泪。

下午放学后，我去河边找，去街上找，都没有熊猫。我又去卤菜店找，也没有熊猫。我遇见了邻家奶奶。她的儿子是流氓罪主犯，判了七年。她的丈夫，在儿子判决后一个多月就走了。她越来越干瘪，像被抽干了水分，脱了人形。

“奶奶，”我问，“你见到熊猫没有？”

“没的，”她的声音小极了，一口气从喉咙下面吊上去，“我的乖乖，你的猫丢不了。”

“几天都没见了。”

“它强得很。”

“会不会被人毒死了？”

“不会。”

“会不会生气，再也不回来了。”

她想了想，似乎不能肯定：“猫气性大，我原来养过一只，他爸还活着的时候，踢了它一脚，它就走了，再也没有回来。”

她想想又说：“熊猫跟你们好。”

熊猫不见了，奶奶无心做饭，晚上只煮了一锅白水面。妈妈看不下去，炒了点鸡蛋，端给太爷爷，往自己和爸爸碗里倒了点酱油，凑合吃了，又看我没有胃口，给我开了包榨菜，倒在面条上。

第二天一早，有人敲奶奶的门："崔家奶奶，你快出来看吧。"

奶奶披着棉袄，起身开了门，叫了一声又回来，忙着穿棉裤、棉鞋。

"什么事啊！"我缩在被子里问。

"熊猫回来了！"

我腾地坐起来说："在哪儿？"

"它回来了，"奶奶一边系扣子一边朝外赶，"这个熊猫，打死条大蛇放在门口。"

我赶紧起床，穿好衣服，跑到门外。外面围满了人。那蛇足足有一米多长，蛇头处快被咬断了，长长地睡在门口的地上。奶奶双手握住火钳，夹起蛇头，提起蛇身。叫好声、尖叫声一片。太爷爷也被惊动了，慢慢踱出门。豆豆在人们腿间兴奋地穿梭，嗷嗷瞎吼。奶奶举着火钳往垃圾站走，大人、小孩儿、狗，乱哄哄跟在后面。死蛇尾巴拖在地上，画出一条长痕。

"崔家奶奶，你家这个不是猫，是虎！"

“我的妈呀，龙虎斗！”

“我早听说过猫能打蛇，哎呀呀，还是第一回见！”

“乖乖，这只猫厉害，太厉害了！”

到了垃圾站，奶奶举起火钳，用力一甩，那蛇飞起来，轰地落在垃圾堆里。众人齐声叫好。豆豆冲进垃圾堆，看了死蛇一眼，吓得又往回跑。众人大笑起来。我看见邻家奶奶，她干巴巴的脸笑了：“你家熊猫回来了。”

晚上，熊猫像没有离开过一样，把头埋在奶锅里，大口大口地吃着小鱼饭。

我们一家人坐着，看着它。

太爷爷捻着胡须，微微点头。豆豆趴在地上，头搭在爪子上，看着大家。爸爸对奶奶说：“妈，这回你不能打它了，人家送了大礼回来的。”

“谁打它了，谁要打它了？”奶奶急了，“俺养的熊猫，俺为什么要打它？”

“不打就好，”妈妈笑着说，“这猫太争气了，仁义仁义。”

熊猫打过蛇后，再也不把任何战利品放在奶奶床前，也不放在卧室门外，全部放在路上展览。邻居天天路过时，表示惊叹。奶奶照例一边骂一边用火钳清理尸体。

# 十

春节前，爷爷从湖北回来，和奶奶坐在一起吃饭。爷爷一直看着奶奶笑，奶奶急了，重重地把碗摔在桌子上：“你吃你的饭，老是看俺做什么？”

太爷爷低头吃饭，装作没有听见。爸爸、妈妈、姑妈、姑父都乐了。吃罢饭，爸爸让我回家睡，我跟着他和妈妈走出来，好像看见熊猫蹿了过去。

“熊猫！”我喊它。

它没有理我，钻进一辆自行车底下。

我借过爸爸的手电筒，去照它，却意外地发现，不止它一只猫。它卧在地上，还有一只黄狸花猫，卧在它的身上。

“你们看，”我喊爸妈，“熊猫在干什么啊？”妈妈抢过手电筒关了，说：“小孩子乱照什么，没的事干了？回家！”

我不死心，一会儿问爸爸：“熊猫在干什么，为什么那个猫欺负它，它都不管？”

“没的事，”爸爸说，“猫有猫的事，人不要什么都管。”

“你看着好了，”妈妈对爸爸说，“过了春节，肯定要怀孕下小猫。”

“好事情。”

“好什么好,三两下一掏,这个猫就要犯死相了。”

“不会,这个猫神气。”

“再神气的猫也禁不起，可惜了,”妈妈直叹气,“是个母猫。”

我隐约猜到,那两只猫的重叠,和下小猫有关系。可下小猫为什么熊猫就不好呢?家里要多几只小生命,是多么开心的事啊。

春节后,爷爷又去了湖北。爸爸每到周末,就赶往江北探监。晚上我陪奶奶睡,白天去学校读书。日子一天天滑过去。突然,街道有人来,给了份通知。城里不允许养狗了,限三日内处理掉自己家中的狗,不然,打狗队上门清理。

“大妹子,”街道办事处的奶奶也是苏北人,拉着奶奶的手说,“你快把豆豆弄走吧。打狗队可凶哩,也不说话,朝着狗头就打,一棍子下去,就死了。”

“真朝死里打?”

“打!打死了就扔到车上,我们附近几个街道,打死了几车狗。”

奶奶要爸爸给叔叔写信,说明此事。妈妈说,一共三天,邮局往返时间都不够。打狗的事是真的,她单位附近也开始打狗,打得很厉害。

“问他也没有用,”爸爸说,“他不在家,豆豆都是跟着太爷爷,还是问问他老人家的意思。”

这件事,我事先并不知情。每天放学回来,陪我玩的是豆豆,我寻找着去玩的是熊猫。我对豆豆,感情也深。

这一天回家,我照例喊豆豆,没有狗回答。平时它早就蹿出来,扑在我怀里。

我房前屋后转了几圈,只有熊猫睡在厨房屋顶上。喊它,它懒懒地不理。我找奶奶,奶奶不在。太爷爷坐在客厅,喊住我:“你来,先坐好。”

我在沙发上坐下来。

“豆豆没了。”

“您说什么?”

“街道办说要打狗,你爸爸托了个朋友,今天上午来,把它接到乡下去了。”

“这不可能。”我激动地站了起来。太爷爷平静地看着我。我强行克制着情绪,重新落座,问:“奶奶知道?”

太爷爷点点头。

“您也知道？”

太爷爷又点点头。

“你们为什么不告诉我，如果我知道了，今天还可以陪它最后一天。”

“怕你舍不得狗，”太爷爷说，“也怕狗舍不得你，到时走不掉，它枉送了性命。”

“它是怎么走的？”我的眼泪流了下来。

“它不肯走，”太爷爷慢慢地说，“它平时蔫蔫的，今天早上又抓又打又咬，怎么也弄不动。”

我擦掉一把泪：“那它是怎么走的？”

“你奶奶告诉它，不走就活不成了。它是流着眼泪跟人走的。”

我放下书包，走到河边。奶奶果然在这儿，一边小声哭一边向她的爷娘诉苦。我有几次，夜里做梦，梦见豆豆回来了，漆黑的小长身子朝我狂奔。

说来也怪，豆豆与熊猫抢饭吃时，常被奶奶骂是败家之兆，等家真正遇到困难时，奶奶却不肯再提，对它们也更加好。

一家人为豆豆的事烦恼。爸爸去探监，免不了告诉叔叔。他发脾气，说没人和他商量就送走了豆豆，不接受爸爸送的物品。爸爸怒了，在探监室拍了桌子骂他，被管教员推了出去。这次之后，姑妈、姑父去探了两回监，又换成了爸爸。

太爷爷和我谈完豆豆的事后，再也没有提过豆豆的名字，也不参与有关它的讨论，仿佛它没有存在过。还是邻居们议论，奶奶才发现，熊猫的肚子大到如鼓，已经自己在家里找地方准备生产了。

## 十一

有一天，熊猫总往衣柜钻，奶奶忙把衣服全拿出来，用床单打了个包，堆在床角，给熊猫腾了个地方。

我把好消息告诉姐妹俩。她们又有了一只新猫，叫我去看。那猫是黄色的，长毛，说是中国山东狮子猫与波斯猫杂交生的。

“熊猫要下小猫啦，太好了，拜托你奶奶好好照顾它。”她们的妈妈这样对我说。她们什么也没有说，只是让我逗新的小猫。新小猫确实可爱，我看着它，想象着熊猫的孩子。

熊猫的肚子越来越大，打的猎物越来越小，临产前抓的老鼠，没有气绝，一直在门前空地抽搐。

奶奶不许我再过去睡，怕惊了熊猫。隔几日，说小猫出生了，有三只。

我着急去看，奶奶也不让进卧室门，说小猫睁眼前，谁也不许进。等小猫睁开眼后，我进了门，见三只灰黑色毛茸茸的小东西，在奶奶床上爬来爬去，嘴里不停地喵喵叫唤。

熊猫守在床头。我往前一步，它就盯住我，背上的毛渐渐奓开。

“你个熊猫！”奶奶骂它，“你吓唬谁呢，她是谁呀，她是俺家人！”

我绕到床的另一头，坐下来，立即被三只小猫吸引了。这三只小东西很活泼，其中有两只条纹清楚，像狸花猫，时不时东扑一下、西跳一下。另外一只长得像熊猫，花纹不虎不豹，脸最圆，眼睛最大，毛又比熊猫长。它总是倒着身体，肚皮朝上，四只小白爪在空中飞舞。

“这一只最好看呢！”

“比熊猫还好看！”奶奶欢喜地说。

熊猫慢慢接受了我的存在，毛顺下来，一动不动地卧着。

姑父拿了相机来，给小猫拍照。熊猫还是紧张，没办法，奶奶只好坐在一旁。等照片洗出来，大家一看，几乎每一张都有奶奶或奶奶的某个部分，有时是手，有时是半拉衣襟。

妈妈拿了照片，带给外婆看。“这就是熊猫啊！”外婆又看看，“你婆婆老了这么多？”

“是的，”妈妈说，“女人不能经事，为了小叔子，她这一年，老得太快了。”

“这猫也老了。”外婆说，“看着不那么神气了。”

“掏的，”妈妈说，“又发情、又怀孕、又下小猫，你看看，毛也没有光泽了，眼睛都不亮了，一下子成老猫了。”

我拿过照片，见奶奶坐在房间床头，头发花白，脸凹陷下去，一只手指着小猫，手色焦黄、青筋暴露，指节微微弯曲。

熊猫蜷坐在床边上，双目低垂，脖子无力地缩起。

一人一猫，像霜打后的秋叶。虽然奶奶脸上挂着笑，熊猫的脸色却有些悲凉。

“女人嘛，”外婆叹口气，“就是这样的。”

妈妈掠了我一眼。

三只小猫奶水吃得足，长得飞快。两只喜欢跳的，已经满客厅乱蹿，还跑进老太爷的房间里玩耍。那只爱现肚皮的，我们发现,它不是喜欢向人表示亲爱,而是一个瘸子。

它的右后腿不能受力，从来不落地。剩下三条腿一走一摔。奶奶每次看它摔倒就笑,笑着笑着就哭了:“你个磕头鬼，生下来就给人磕头！”

我对姐妹俩说,磕头鬼特别好看,性格也开朗,希望能把它送到原主人家,好好收养。

姐妹俩商量了一个周末,对我说,她们家已经有熊猫的妈妈和一只新黄猫,不能再养第三只猫了。

小猫快两个月时,熊猫恢复了夜里出行的习惯。两只健康的小猫,很快被人领走了。磕头鬼没有人要,奶奶成天把它装在围裙的口袋里。它就像只小袋鼠,两只白爪伸在口袋外面。

## 十二

叔叔当年的高中同学,从部队转业回南京,听说了叔叔的事,就来看奶奶。

他带了一兜苹果,自己摇着轮椅。到门前,把轮椅换成双拐,苹果挂在手臂上,一晃一晃地撞着拐杖,走了进来。

太爷爷出来会客,奶奶给倒上茶。客人说着说着,盯住了奶奶的口袋:“阿姨,你口袋里头是什么?”

奶奶掏出磕头鬼。他伸手要,接过来放在自己腿上,磕头鬼四爪朝上,肚皮对着它,越发显得脸圆眼圆,四周还奓着一圈绒绒的灰毛。

两个玩了半天。他把磕头鬼放在茶几上,磕头鬼一走,就摔了一跤。

他慌忙把磕头鬼抱回怀里。太爷爷和奶奶都没说话。

“阿姨,这猫送人吗?”

奶奶没有回答。太爷爷慢悠悠地问:“冒昧了冒昧了,你的腿是怎么……”

“哦,”他笑了笑,“部队上搞爆破,是个意外。”

“俺这猫是个瘸子。”奶奶突然说。

“我也是个瘸子,”他呵呵乐,“大瘸子带个小瘸子。”

磕头鬼就这样离开了我家。奶奶说,熊猫第一次当妈,不会生,秋天再生小猫时,就会个个健康。可还没到夏天,熊猫就不见了。它没有回家,也没有尸体,到处没有它的消息。奶奶去卤菜店闹过两次,都被赶了出来。卤菜店的邻居说,没发现店里处理过死猫。奶奶又说,早知道熊猫不回来,她死活也不会把磕头鬼送人。

我们从来不说熊猫死了。我们说，它只是不高兴小猫被送走了；我们说，它发现别处山高路远，除了这条街，外面有的是地方。

# 猫 生

**葛亮**　原籍南京，现居香港。著有小说《北鸢》《朱雀》《七声》《谜鸦》《浣熊》《戏年》，文化随笔《绘色》，学术论著《此心安处亦吾乡》等。部分作品被译为英、法、俄、日、韩等国文字。曾获首届香港书奖、香港艺术发展奖、台湾联合文学小说奖首奖、台湾梁秋实文学奖等奖项。长篇小说《朱雀》入选“亚洲周刊全球华文十大小说”。2016年以新作《北鸢》再获此荣誉。

葛亮偶遇的流浪猫。

我终于要写这篇关于猫的故事。

在我出生后不久，我的母亲投入了工作。有相当长的时间,是我的外公外婆在抚养我。同时他们有一个帮手,是我的小姨。

我外公家那时的房屋,尚有一个阁楼。在我记忆中,午后的阳光,透过顶窗,会一点一点照射到地板上。逐格向前迈进,好像日晷一样。我的婴儿时期,常常被抱到这个阁楼上,有时放在摇篮里,有时放在临窗的床上。因为那里是全屋日照最好的地方。我外婆听一个医生的忠告,笃信小孩要多晒太阳,才有助于钙的吸收,能够长得高。

但有时,那些光会在某个角度,凝聚为光束。这往往会吸引我的注意，我会凝视这束光。大人们说，我在一岁之前，曾经有段时间眼睛有些斗鸡眼。我想，这可能和这束光有关。因为你无法忽略它的存在。如此透明，中间有灰尘飞舞。

在这阁楼上，发生的另一件事，总是被大人说得惊心动魄。小姨至今念起，仍说心有余悸。那天家里没有其他大人。小姨因为值夜班，中午便在阁楼上，哄我睡午觉。这中间，小姨中学时的同学来找她。她便下去。这个同学是个返城的知青。因为隔了许多年未见，又曾经知心得很，两个人似乎有说不完的话。待聊了半晌，才想起我还在楼上，大叫一声不好。

她听到了我的哭声。我从小就是个哭声很大的孩子，中气十足。所以上幼儿园时，我有一个绰号，叫“金嗓子”。

小姨匆忙地赶到阁楼上，看见我们家的大猫杧果。正对着一只不知哪里来的野猫。那是一只狸猫，凶猛且体形巨大，虎视眈眈地看着我。

二十世纪的八十年代，所谓流浪猫，原没有现在这么好的待遇。如今我们小区楼下，可以看到它们优哉游哉，或卧或行，定时定点地接受着人们的投喂。而它们的神情，也一律是怡然的。因为不需要为了食物而争斗，眼光也往往是涣散而缺乏戒备的，甚而有一种家畜的谄媚。每见于此，我的母亲就会说，在她的记忆里，夜半总是能听到野猫厮杀的声音。那才是这些小兽的常态。

所以，这个城市一直流传着传说。说庞大的野猫，在饥饿的状态，甚至会以婴孩为食。我们一个邻居家的孩子，被咬掉了鼻子。我的小姨显然被这种传说吓破了胆。她看见杧果站立在我与狸猫之间，浑身的毛已经支棱起来，喉头发出低沉的吼叫。因为身上的毛簌簌地颤抖，体形也因此扩大了一倍。而那只狸猫犹豫了一下，并没有去意，只是将尾巴扬起，围着我与杧果兜起了圈，在迂回中靠近。杧果终于趴低，身体弯成弓一般的形状，忽然将自己像箭一般射了出去，一口咬住狸猫的脖颈。两只猫开始激烈地打斗。这时候小姨才回过神来，急忙将我抱下了楼。

当大人们重新回到阁楼上，大家都在责备小姨的失职。暮色低垂，室内一片昏暗。野猫已经不知去向。他们看到房间的床上和地上，到处都是蓬松而散落的猫毛。杧果静静地趴着，正用嘴巴舔舐着自己的前爪。那前爪和眼睛流着血，已经凝成紫色。

外公用红汞水，为它消毒，然后狠狠叹一口气，说，杧果这是用命来搏啊。看看，眼睛都差点被咬穿了。母亲怀着感激的心情，抱着我去堂屋的猫窝看它。它蜷缩着，看到母亲怀中的我，停止了动作，温柔地发出了“喵”的叫声。然后站起来，一瘸一拐地走过来，用头蹭一蹭母亲的裤脚。母亲蹲下身。它端详了我一下，然后抬起头，舔一舔我像黄豆大小的脚趾。

后来，当杧果稍好了点，它就夜以继日地守在了我的身边。它的一只眼睛，已经看不见了，但另一只眼睛还保持着十分的警觉，只要陌生人接近，喉咙里就发出戒备的声响。邻居们都渐渐知道，我们家里有一只比狗还要凶的独眼大猫。孩子们都很怕它。但据母亲说，它唯独对我保持着格外的温柔。它窝在摇篮里，将身体紧紧卷裹着我，像是对一只小猫。眯着眼睛，耳朵却在机敏地颤动，留意着周遭的声响。而我也似乎享受它的温暖和气息。我是个好哭的孩子，每每没来由地号啕，大人们抱着哄着都没有用。但唯独杧果趴到我的身边，喉头发出了咕噜咕噜的声音，我便立即停止了哭声，气息均匀地沉沉睡去。而杧果，便再也不离开我。用一只眼睛凝神看着这个婴孩，寸步不离。

这段有关我婴孩时的记忆，在我头脑里已了然无痕。但我的母亲会一遍遍地讲述。幼童时的我，对这只丑陋而年老的橘猫，并无特别的好感。只记得它的毛色杂乱，有多处已脱落。而且有一只失明的眼睛，里面常年积聚了眼眵。它很凶悍，但似乎对我格外亲近。而我是下手无轻重的孩子，有一次在玩闹中揪着它的耳朵，它终于想要挣脱，情急中用爪子在我的手上挠了一下，留下一道血痕。大人们在我的哭声中赶来，惊慌地喝退它，打它。杌果并没有离开很远，远远地站着。半晌后，才怯怯地、慢慢地走过来，绕着我，试探地用嘴巴拱拱我，舔一舔我的手。

我再大了些，母亲告诉我，在我出生的那个正月。杌果产下了三只小猫。历来，“春猫子”都要经受气温与体质的考验。大约是那个冬天格外冷，春寒料峭，三只小猫竟然都没有活下来。最后一只，是在我出生的那个月份死的。杌果对着小猫僵硬的身体，守了整整一夜。外公将小猫埋进了花园里，半夜它又刨出来，放在了猫窝里，用自己的身体暖着，直到那小猫发出了难闻的气味。

外公将小猫埋到了更远的地方。它没有再追赶过去，但是却凄厉地叫了一天。

当我来到了这个家里，它第一眼看到我，便恢复了安静。它试探地走到了摇篮边上，趴下来，试图用身体把我卷裹起来，与对它的小猫，一模一样。

在我长到六岁时，杧果再次怀了孕。这时它已经很老了，很瘦弱，但是肚子很大。外公说，至少有四只小猫啊。它变得小心翼翼，护着肚子。走得也很慢，趴低身体。看上去，好像用肚子贴着地面。

接近秋天时，外公说，我很担心它会生不下来。

但是，中秋节后的夜里，它忽然发出了凄厉的叫声。外公披上衣服，走到了堂屋，看见杧果正卧在外公为它准备的窝里。羊水已经破了，它变得十分焦躁，身体出现些微挣扎。四肢绷起来，似乎很紧张。外公看护着它。这样一个多小时，都没有生出来。它好像很疲惫了，叫声也开始虚弱。

外公很伤心，说，唉，杧果已经十岁了。生这窝小猫，可能会送了它的命啊。

但这时，杧果却流出了许多血。然后外公就看见有小猫的头露了出来。

生出了一只后，杧果似乎耗尽了力气。它将身子靠在窝边上，望望外公。闭上了眼睛，像是要睡过去。外公将它刚生出的小猫放在它眼前。我说，杧果，加油啊。

杧果终于睁了一下眼。它艰难地抬起头，伸出了舌，轻轻舔了一下小猫。这只小猫真瘦小，蜷缩着，好像在瑟瑟发抖。

杧果将小猫都生出来了。果然是四只小猫，但是另外三只都是死胎。可能是太久没有生出来，都闷死了。

小猫身体上都包着胎衣，血淋淋的。外公捂一下我的眼睛，不让我看。自己用一只鞋盒，把死去的小猫都装起来。我知道他又把它们埋到花园里去了。

这一回，杧果似乎并没有很伤心。它甚至没有多看一眼。它的心思，都在活下来的这只小猫身上。

这只小猫很瘦，闭着眼睛，看不见周遭。但是，好像是出于本能，也可能是因为气味，它很快钻到了杧果的怀里，发出了“咪咪”的细微的叫声。杧果用嘴巴拱一拱它，引导它找到了母乳的位置。它立即趴了上去。才手指长的一只小猫，竟然有很大的力气。我看它使劲地吸吮，竟然将杧果的肚皮吸得一起一伏。

外公笑笑说，这一窝里，就留下它一个，是个“福将”。杧果十岁了，也算功德圆满了。

杧果剩下的一只眼睛，目光变得很温柔。它软软地叫一声，时不时去舔一舔这只小猫，理顺它还很柔软的胎毛。在我看来，小猫的毛色，实在是有些奇怪。大体而言，它算是一只狸猫，但是身上莫名有一块白。猫身上局部的黑白颜色，一般都有点睛的作用。比如，在头上的黑呢，可以叫“乌云盖顶”；生在四爪上的白，可以叫“踏雪”。总之，都可以起个好听的名字。可是呢，这只小猫很奇怪，只在侧面的肚皮上，生了圆圆的一块白。像是身上的花色，忘记被填满了。外公问我，毛毛，你看这像个什么？

我看了看，说，像一个汤圆啊。

外公哈哈大笑，说，好啊，那就叫它“汤圆”吧。

汤圆长到一星期大时，小姨带回家一只小奶猫。

这小猫看上去比汤圆略大些，虎头虎脑的。但是身上的毛支棱着，应该是未受到很好的照料。

外婆问，这是哪里来的？

小姨说，厂里传达室赵大爷捡到的，在花坛边上。我想咱家不是有杧果吗，我不能见死不救啊。

外婆说，不会是野猫生的吧。你怎么回事，什么都往家里捡，有寄生虫怎么办？

小姨不接她的话，打了悠长的哈欠，说，下夜班困死了，我去睡觉了。

但没过一会儿，小姨便宣布她睡不着。她跑到了猫窝边上,看她刚刚放到窝里的小猫。

她瞧见杧果蜷缩在猫窝的一角,身体蜷曲着,将汤圆也包裹在自己的皮毛里。而那只新来的小猫,趴在猫窝的中间,好像是睡着了。显而易见,杧果用这种方式,表达着对这个来历不明的小猫的排斥,甚至不惜牺牲自己的空间。

小姨叹了一口气,她轻轻捧起小猫,将她放在杧果的肚皮旁边。杧果一动不动。小猫在温暖的母体旁边受到了诱惑,出现了本能,开始将身体往前拱,甚至开始挤压汤圆。杧果急了,喉咙口出现低沉的嘶声。它用后腿猛然一蹬，小猫被蹬出老远,哀戚地叫唤起来。

这游丝一样的声音,让小姨十分心疼。她将小猫放在手心里,对着杧果,做了一个怀抱的姿势。她对它说,杧果,谁的孩子都是孩子,你不能见死不救啊。

不知杧果是不是听懂了。当小姨把小猫再放进猫窝里，杧果的身体慢慢舒展开来。它冲着小猫的方向,软软地叫了一声。小猫受到了鼓励,爬向了它,钻到了它的肚皮下面。拱了拱,飞快地找到了它的乳头,吃起了奶。大约是突然而至的痛楚，让杧果的身体颤抖了一下。这小猫，大概很久没吃东西了。

杧果平躺下来，闭上了眼睛。

小姨舒了一口气。忽然，她冲我大声说，快看啊。

我已经看到了。杧果抬起头来，它将鼻子靠近了小猫，仔细地闻了闻。在片刻犹豫之后，它终于伸出了舌头，开始舔这只小猫。舔得异常仔细，从头到尾。

小猫在这舔舐中，似乎感到舒服，发出软软的叫声，耳朵也耷拉下来了。它杂乱的皮毛，也被舔得清晰顺滑了。这是一只黑白相间的小猫。它的背上，有一个黑色的“T”形花纹。小姨说，毛毛，你看，这像不像个榔头。

于是，这只小猫，从此被命名为“榔头”。

榔头是一只很壮健的小猫。这一点，同时体现在它的性格和个头上。相对于汤圆，它长得更快，一个星期个头已经大了不少。并且，它有天然的争取的欲望。它吃奶的时候，就是“用尽了吃奶的力气”，占据最优越的位置，还时不时地把汤圆往旁边挤。而汤圆呢，则有些逆来顺受的性情，当然，也可称之为随遇而安。把它放在哪里，便老实地待着。虽然它也睁开了眼睛，但似乎好奇心仅止于向四周张望，而不像榔头似的四处乱爬。它也并不介意椰头侵占了它的母爱。椰头有时会爬到杧果的肚皮上，四仰八叉地，还打起了呼噜。小姨就嘲笑地说，它可真不把自己当外人啊。

这时候，杧果就默默地将汤圆用嘴巴叼起来，放在离自己更近的地方，不厌其烦地舔它，仿佛以示爱的公平。

其间，外公不断给杧果加餐，为了让它下更多的奶。有小鱼拌饭，小鱼是那种很容易嚼碎的黪子鱼，还在里面掺入虾皮。我看着外公。外公说，杧果老啦，牙口不好，这个虾皮呢，可以给它补补钙。

可是，对以前最喜欢的黪子鱼，杧果似乎没有什么胃口，象征性地吃几口，就停住了。它低下头，偶尔抬起，轻轻地叫一声。它只是守着它的小猫们，寸步不离。它似乎很依恋地看着它们。

到汤圆快满月时，有天夜里，忽然打起了很响的雷，然后下起了滂沱大雨。雨停了，外公忽然听到窸窸窣窣的响声。他穿上衣服起身察看。我跟着起来，看到堂屋里的猫窝空了。

什么都没有。杧果不在，汤圆和椰头也不见了。

我大吃一惊。要知道，最近一个月，为了照顾小猫，杧果没怎么离开过窝。

外公说，唉，怪我，这窝离门口太近，打雷给惊着了。

我四周看了一看，找了又找，也有些着急，杧果去哪里了呢？

外公的目光，在堂屋的门上停住了。这木门上留了一处小布帘，是供杧果出入方便的。那布帘上，有个湿湿的爪印子。

外公于是带着我走出门去，看看地上，然后穿过了小院，最后来到了院子后头的储藏室。

外公推开了储藏室的门，打开了灯。

我四下里望，眼睛一亮，大声说，外公，杧果在这儿呢。

杧果卧在这个小房间的角落里。这房间平时少有人来，摆满了各种杂物。我们走过去，杧果先是戒备地猫低了身体，绷得紧紧的。待看到是我们，才扬起头，轻轻叫了一声。

我们看到杧果浑身都是雨水，湿透了，有些瑟瑟发抖。

汤圆和榔头也在。它们卧在外公摆在墙角博古架上的一大摞宣纸上。这摞宣纸，中间被刨开了一个坑。汤圆和榔头卧在这坑里，身上堆满了纸屑。两只小猫，倒都是干蓬蓬的，睡得正香。外公叹一口气。我知道他是心疼这些宣纸。

杧果这时走过来，用头蹭一蹭外公的腿，蹭来蹭去，来来回回。

外公蹲下身，说，杧果，你怎么了。

杧果抬起头，一只眼睛里，闪着光芒。在暗淡的室内，像一颗绿宝石。它软软低叫一声。外公伸出手，里面是一只小鱼干。它不吃，只是伸出舌头，舔一舔外公的手心。

外公让我拿来一块毛巾，给它擦身上的雨水。它有些焦急地仰起头，望一望两只小猫的方向。

外公说，杧果一定是被雷惊到了，所以要冒雨把两只小猫转移到安全的地方。

我说，可是，两只小猫身上，怎么一滴雨都没有呢？

外公说，当妈妈的，怎么会让自己的孩子淋雨呢。

我又问，它怎么知道储藏室是最安全的地方呢？

外公一愣，回答我，当年杧果生头胎，给它准备了产褥子，它不要。自己跑去那个储藏室，把小猫给生下来了。那就是它心里最安全的地方。

杧果病了。不吃不喝，吃一点儿东西就吐出来。

它蜷在窝里，一动不动，我们望着它。它就眯着眼睛，虚弱地叫一声。两只小猫，拼命地想要爬向它。但是，只要一靠近，它就将身体挪开，驱赶它们。可是榔头似乎有些锲而不舍，甚至咬住了它的尾巴。它于是艰难地站起来，叼起这两只小猫，轻轻把它们放到了窝外面。

外公说，杧果知道自己不好了。

外婆说，这怎么办？

小姨开始哭，但很快她一抹眼泪，说，我出去找个人。

没等我们问，她就出门去了。

很快她就回来了，身后跟着一个年轻男人。小姨低着头，介绍他，爸妈，这是李大志，我们的厂医。

这个叫李大志的青年人，看了小姨一眼，很礼貌地问外公外婆，病人在哪里。

我未来的小姨父，就以这种方式，第一次登门。在此之前，小姨甚至对所有的家人，都没提过这个人。据说那时，他已经追求了我小姨一整年。

外公一愣，说，小同志，你跟我来。

李大志看到了杧果，有点惊奇。因为小姨跟他说的是，家里有“人”得了急症。他是很忐忑的，因为这大晚上的，并没有去医院，而找上了他，必然是有什么特别的原因。毕竟，他只是一个年轻的厂医，刚刚从学校毕业。

现在，他更忐忑了，因为他从来没有给动物看病的经验，实习时也没有过。而且，其实他有点怕猫。因为他的鼻子很敏感，他对所有带毛的动物，一向敬而远之。但此时，他唯有硬着头皮上了。

小姨对他表现出的犹豫有点不耐烦，说，你到底会不会看啊？

他赶紧笑笑，说，没问题。

他一边打开医疗箱，从里面拿出了压舌板，将手靠近杧果。杧果闻到了生人的气味，立即睁开眼睛，戒备地看了李大志一眼，喉咙发出咕噜噜的声音。

小姨问，你在干什么？

看……看看舌苔。李大志勇敢地把手又往前伸了伸。但是，杧果忽然咬住了压舌板，不肯松开。李大志脸憋得通红，使劲地想要抽出压舌板。但病中的杧果，仍然表现出了惊人的咬合力。

外公于是拍拍杧果的脑袋，说，杧果，要知好歹啊。这是李大夫，给你看病呢。

杧果真的就将嘴巴张开了。但是，它并不想让李大夫看它的舌苔，将头偏到了一边去。

李大志有点不知所措，就问外公，病……病人，之前有什么症状。

外公就对他说了。李大志沉吟了一下，点点头，说，我给它听一听吧。

李大志从医疗箱里拿出了一个听诊器。他戴上了听筒，将那金属的听头，放在自己的手里攥着，攥了好一会儿。

小姨催促他，你怎么还不听哟。

李大志嗫嚅一下，说，就好了，有点凉，焐……焐一焐。

谁也没注意到，小姨的眼里，这时忽然闪过的一丝柔情。

接下来，就出现了令我至今记忆犹新的一幕。外公抱着杧果，小姨把住它的腿，让它不要挣扎。李大夫将听诊器小心翼翼地在它肚皮上移动，神情严肃郑重。

过了一会儿，李大志将听诊器拿下来，说，嗯，肺部有杂音啊。应该是淋雨感冒了，轻度肺炎，也影响了肠胃。我给它开点药吧。

李大志认真地写着药方，一边说，这个，一天两次，要饭后喂，温水送服。

小姨说，啊，怎么给杧果温水送服？

李大志又闹了个大红脸。他说，对……对啊。怎么办？

外公忙出来打圆场，说，不碍事。我把药捣碎了，拌在猫饭里给它吃。

杧果吃着李大夫的药，在全家人的照料下渐渐好起来了。

只是胃口还不太行，吃两口饭就不吃了。

李大夫时不时跟着小姨过来看看它，还给杧果带了葡萄糖的针剂，说可以补充营养，好得快。

可是，这样一病一折腾，杧果的奶水回去了。两只小猫只好提前断了母乳。外公呢，就多订了一瓶牛奶，倒到一个小碟子里。榔头呢，很快就学会自己挨着碟子，吧唧吧唧地舔起来。但是汤圆太小了，还没有学会自己舔食，只会着急地在旁边咪咪叫。

李大夫说，我……我有办法。

我看他，用打针的针筒，在牛奶瓶里吸满了，然后凑到汤圆的嘴边，慢慢推下去。奶香吸引着汤圆张开了嘴巴。不知是不是出于本能，它开始用力地吸吮，就如同趴在杧果身上一样。以后,条件反射一般,只要看见针筒,汤圆就会立刻张开嘴巴。

杧果默默地坐在近旁。它看出了李大志的好,便从以往的戒备变为了亲近。有一次,在他给汤圆喂过奶后,杧果走过去,舔了舔他的手。

很快到了初冬。

冬至这一天,家家户户要"做冬"吃团圆饭。外婆对小姨说,小妹,明天叫小李大夫来家里吃顿饭吧。

小姨蹲在地上逗小猫玩。她听着,头也不抬,说,咱全家吃饭,叫他干啥?

外婆说,让你叫,你就叫,哪来这么多话。

小姨的脸微微一红,说,你们要是都喜欢这个结巴,我,没意见。

外婆笑了,说,哪是我们喜欢,是咱家杧果喜欢呢。杧果,对不?

杧果听见了,抬起头,看着外婆,很温柔地喵了一声。

汤圆两个月的时候,家里人才看出了它的异样。按理因为照顾得好，两只小猫都应成长得茁壮。榔头来了一个多月时，已经满地跑，十分矫健，常常出其不意地抱住人们的腿脚，像是巡捕的小兽。

而汤圆则一直艰难地爬行。准确地说，是用两只前腿在爬，拖着后腿，努力地爬行。你可以体会到它对世界的好奇，体会到它站起来的渴望。可是，后面那两条腿，却软软地使不上力气。看它努力地昂起头来，像是一条在岸上喘息的鱼，这模样让人十分心疼。

小姨说，是不是缺钙啊。

于是就把钙片磨成了粉，混在牛奶里给它吃，但是似乎并没有改善。

李大志看了看，说，这小猫的后腿，好像变形了。脚掌内翻。

李大志就用钢丝和大号的木头衣夹，给它做了一对夹板，绑在后腿上。汤圆疼得直叫，但杧果懂得他的好意，便使劲舔着汤圆，安抚它。

一个月后，夹板取下来，后腿算是矫正过来了，但仍瘫软在地上。杧果低下头，拱一拱汤圆，鼓励它。汤圆拼命地撑着前爪，几乎耗尽了力气，但是无济于事。

这时候，我们都很清楚，汤圆是一只先天残疾的小猫。

我也不知道，汤圆是性格本就安静，还是因为无法四周活动，而变得安静了。榔头越来越强健和聒噪，会用叫声表达它所有的要求。要我们为它开门、喂食，甚至无聊时需要人陪伴它玩耍，榔头都用急促而嘹亮的叫声来表达。

但汤圆，紧紧依偎着母亲，寸步不离。这种依偎，并未因为它体形的成长而改变。杧果因为迁就自己的儿子，似乎也变得行动迟缓，总是静卧着，只有吃饭时才会唤上汤圆。

但是与行动不便相对照的是，汤圆是一只极其热爱洁净的小猫。它从不会随便便溺，总是要非常艰难地爬到猫砂盆，安静地解手，然后用猫砂仔细地盖上。有一次，小姨出去换猫砂，忘记把猫砂盆拿进屋。到了傍晚，忽然响起了凄厉的猫叫声。小姨恍然大悟，当她火速将汤圆放进猫砂盆，汤圆颤抖着，尿了好长的一泡尿。可能已经憋了很久很久，到了难以忍受的程度，但是它仍然没有让自己失禁。尿完了，它仍然很细心地用干的猫砂盖住，然后艰难地从盆里爬出来，一瘸一拐地爬向它的母亲。这让我们都十分惊异，为它的自律，也为它没有因残疾而放弃自己，这更让人心疼。

而榔头则走向了另外一极。它早早就在室内待不住了，而且似乎注定是向往野外的。它大小二便，都要跑到外公的小花园里解决。偶尔也会在床底下不羁地撒上一泡，当有尿臊味弥漫上来，必然是它的作品。外公叹一口气，在它脑袋上拍了一记，假装呵斥它：怎么说都不听。

长大以后，我在《科学画报》上读到，猫科动物，总是用便溺来做出记号，向其他动物表明自己的势力范围。也许这个家，对于榔头而言，就是一座丛林吧。

到了夏天时，总是下许多雨水。人和猫都闷闷的。

一天雨后，竟在黄昏时晴了，而且出了很大的太阳。

外公就把家里的猫都抱到花园里晒太阳。

雨后，总有蜻蜓低飞。榔头兴奋得很，在花园里奔跑，赶着蜻蜓，扑来扑去。汤圆抬起头，一动不动，眼睛里闪着好奇的光。一只蜻蜓，竟然飞过来，静静地停在了汤圆的鼻子上。它可能也吓了一跳，却大气不敢喘一下，眼珠盯着蜻蜓，几乎要对起来，终于没忍住，打了个很大的喷嚏，把蜻蜓给惊飞了。

杧果照例转过身，在儿子的头上舔上一舔，以示安慰。阳光照在这对母子的身上，暖洋洋的。杧果趴下来，阖上眼睛。我抚摸它的皮毛，它喉咙里就发出呼噜呼噜的声音，可能是很舒服吧。

杧果这时已经很老了。病了一场后，精神一直不济。半年内掉了许多毛，背上都秃了不少。它已经完全没有大人向我描述的当年的神气。它趴在地上，像是从箱子底里拿出来晒霉的一件老旧的黄色皮坎肩。

杧果是在这年的秋天死的。

它死的时候，并没有什么征兆，前一天晚上，还吃了一小碗鱼饭。

杧果的尸体，是清早时在储藏室里发现的。

这是它觉得最安全的地方。

被发现时，汤圆紧紧地依偎着它。而榔头则在它的四周走来走去。

杧果侧躺着，眼睛闭得紧紧的，只是像睡着了一样。

榔头在杧果死后的第五天，失踪了。

吃饭时，榔头也没有出现。外公隔一段时间，就去猫窝里看一看。只看到汤圆静静地卧在那里，不吃也不喝。小姨抚摸它一下，要把它抱出来喂食。它挣扎着，用前爪抵住猫窝的边缘，不愿意出来。

外公叹一口气，说，由它吧。这窝里有它娘的味儿呢。

榔头一天一夜没有回来。外公将吃饭的搪瓷碗在花园的台阶上敲着，嘴里喊，榔头，回来吃饭了。

敲了很久很久，榔头一点儿影子也没有。

外婆说，唉，到底是野猫的种，养不熟啊。没良心，说跑就跑了。

小姨扁扁嘴说，榔头不会跑的。

我也说，外婆，榔头不会跑的。

又过了两天，中午时候，榔头回来了。

它浑身脏兮兮的，嘴里叼了一个东西。直接跑进了堂屋，将那东西放进了窝里。

小姨本来很高兴，但是定睛一看，大惊小怪地叫起来。原来榔头把一只老鼠，搁到了汤圆面前。这老鼠很大，几乎赶上了榔头大半的身量。颈子上，还汩汩地流着鲜红的血。

小姨慌忙地拿了一只炭钳子，将老鼠夹了出来，丢在地上。

可是榔头，却一口咬上去，跳进了窝里，重新又放到了汤圆跟前。

小姨伸手打它一下，说，榔头你要死啊，多恶心啊。

当小姨又要夹那只老鼠时，榔头忽然蹦了上来，在她手上凶狠地抓了一道。身体弓了起来，喉咙发出低沉的吼叫。

小姨生气极了，伸出脚踢它一脚。它愣了愣，回身望一望汤圆，叫了一声，箭一般地跑出去了。

我们都觉得，榔头不会再回来了。

但是隔了两天，看到堂屋里黑影一闪。我们赶紧走进去，看到猫窝里，放着大半条的红烧鱼。

又隔了一天，我们又发现，汤圆正在窝里啃一只酱猪蹄。

终于有邻居上门投诉，话说得很不客气，说你们家的猫，干什么不好，老来偷我们家的菜，就真少它一口吃的吗？

外公叹一口气，狠狠心，将堂屋大门底下那个供猫出入的小门给封上了。

有天半夜里，我们听到了咯吱咯吱抓门的声音。走出去一看，果然是榔头。

榔头看到我们，并没有退缩。它抬着前爪，支起身体站着，使劲将门抓得更响了。

不理它，它就在外面抓个不停。锲而不舍，足足抓了半个小时。

外公终于为它开了门。它刺溜一下冲了进去，径直冲到了猫窝跟前，松了口，把一只麻雀送到了汤圆的嘴边，然后拱一拱它。

那应该是它的猎物。

然后，榔头自己退到了墙角里，卧了下来。再看我们，是一脸浑不懔的神情。

它卧下来，安静地舔着自己。我们这才注意到，它身上有几道很明显的伤痕。一些血已经凝固成了紫色。可还有一道很深的伤口，仍然在渗血。

外公从急救箱里，拿了红汞水，把它抱到自己的膝盖上，给它涂药水，消毒。后腿上一处，给它缠上纱布。

它也不抗拒。我知道，这药水沾上伤口，是很疼的。榔头一声也不吭，只是向猫窝的方向张望。

外公把它放到了地上。它一瘸一拐地走到了窝跟前，把头探进去，用自己的鼻子，碰一碰汤圆的耳朵，又轻轻面对面地蹭了一会儿。

这才站起来，坚定地往门口走过去。到了门口，却又回转了头，看一眼猫窝，对我们叫了一声，这才出去了。

我们看到，榔头虽然受了伤，仍然十分矫健地蹦到了窗台上，然后是墙头、屋檐，动作一气呵成，最后消失在了我们的视野里。

外公远远看着，对我说，娘没了，它知道要照顾弟弟啊。

我看见外公眼里星星点点的，声音也有些酸楚。

外公回了房间，拿出工具，蹲下身，将堂屋封住猫洞的木板，给拆掉了。

以后，榔头仍然经常回来。但更多的时候，它是在外面流浪。

在外面食无定时的日子，并没有影响它健壮地成长。它已经是一只大猫了。有一次，在附近的公园里，看到了榔头。它蹲踞在一个水泥砌成的乒乓球台上，气定神闲。它身边有其他一些野猫，围绕着它。显然它已经是一方首领。它倨傲地环视，它的右眼上方，有一道深深的疤痕，是某次打斗留下来的。眼睛就不太能顺利地睁开。可是另一只眼睛，目光如炬。这让我想到了当年的杧果。

在环视中，它看到了我和外公，猛然站起身。摇摇尾巴，向我们致意。

榔头每次回家，照例会带“礼物”给汤圆。

汤圆也长大了。虽然行动不便，依然安静，但可以看出它的乐观。虽然无法蹦跳，但它的前爪因为使用得更多，变得发达，可以拖着后腿飞快地前行。在家里，好像是到处游动的一尾鱼。

每次榔头回来，它就目光闪亮，十分兴奋。它们在院落中打闹，如同小时候一样。有时汤圆的前爪是欠分寸的，在嬉闹中，显见是把榔头打疼了。但榔头甩一甩头，只迁就地用嘴巴轻轻咬它一下。榔头也会匍匐身体，模仿汤圆，在地上做爬行的动作。但它其实并不及汤圆游刃有余，经常落后。当它们累了，就窝在一起，相互舔舐。这时榔头的眼光，和在公园里看到的完全不同，温柔而涣散。

每次，榔头都不会逗留很久。有时它听到风吹草动，耳朵立即警觉地支棱起来。然后站起身，毫不犹豫地跳上屋顶，飞檐走壁地消失了。

过了这一年的暑假，我要跟爸妈上小学了。

临走时，我抱起汤圆，才发现它已经很重了。我说，汤圆，你要好好听外公的话，我会再回来看你的。

汤圆对我叫了一声,然后轻轻地舔一舔我的手。

亲戚们把我送到门口。我回过头,忽然看到,墙头上有道黑影,一闪就不见了。

我希望那是榔头吧。

# 九尾猫

**杨映川**　曾用笔名映川。在《花城》《人民文学》《作家》《小说月报》《十月》等刊物发表小说近百万字，出版有长篇小说《女的江湖》《魔术师》《淑女学堂》和中短篇小说集《我记仇》《零食》《为你而来》《下一个是你》等。曾获百花文学奖、广西独秀文学奖、青年文学奖、文艺创作铜鼓奖，小说《不能掉头》获2004年度人民文学奖，小说《我困了，我醒了》入选2004年度中国小说排行榜。

杨映川与爱猫比利（Billy）。

# 一

阳光斜射入天井，束静生将靠墙而立的篾席放倒在地上，篾席便一半在阳光里，一半在阴凉里。

束静生不喜欢坐椅子，盘腿坐在篾席上，面前堆着十来把需要打磨的木梳。刚开好的梳齿带有毛茬，要手工进行细致的打磨，尤其是梳齿的内侧面，是颇费工夫的一道工序，磨得不光很容易伤头发。束静生用的打磨工具和其他工匠有所不同，一般工匠用的是木锉，他用的是锉草。锉草又称节节草，用热水泡软后非常有韧劲，在梳齿内来回磨打，比木锉打出的面更细更有光泽。

屋墙外的巷子里有行人过往，童子追逐打闹，稍远处河岸捣衣、集市叫卖，这些声音被锉草细微拉磨的声音完全覆盖了，束静生的耳朵里只有这个声音，正如他的眼里只有那些梳齿。看上去这不像一个十岁孩童该有的沉着，但对束静生来说，如果要加入巷子外边那些伙伴一起玩耍，他必须先帮阿爹完成一定数量的活计，如果他还想带着一两只酥饼出去，就更要把活干得漂亮。这是他自觉自愿的，阿爹阿娘从来没有这样要求过他。那个五团只会淌着口水伸手向他讨吃的，除了帮家里到菜园子里摘菜，到河边挑半担水，估计就不会干什么了，所以只能伸手讨吃的。阿爹给束静生讲得最多的一句话就是，我们束家是靠手艺吃饭的，舍得花工夫就不会饿死。束家的木梳生意做了这么些年，绝不仅仅是停留在不会饿死这个档次，这红墙青瓦的开阔院落，家人一年四季体面的衣裳，正常伙食之外的零嘴儿，都透露出一份殷实。哪一个集市束家木梳不能卖上两三百把？这都还只是日常销售，还有不少大户人家专门定制，那些木梳更重用料和手工，当然价格也不便宜。

束静生每磨完一把梳子，会把梳子举起来，对着光线看那梳齿的纹理，然后再用这把梳子梳理一下自己的头发，感受木梳的顺滑度。束静生的头发从小就稀稀拉拉，干枯发黄，如那大火燎烧过的草地。阿爹有时不免叹气，我们家做的是梳子生意，你这脑袋上不长毛也真是要命，好在是个小子，如果是个姑娘能砸了我的招牌。阿娘专门给束静生用蜂蜜浸了黑芝麻，陈醋泡了黑豆，每天早上两勺蜂蜜芝麻，临睡前再吃上两勺陈醋黑豆，连续吃了好些年，虽然效果未见理想，但束静生脑袋后边总算是能挂上一条细长的辫子了。

晚饭阿娘催促了几次，束静生还是继续手上的活，一点儿不急。做完了，他又用一张软和的毛皮重新把每把梳子打磨了一遍，再把梳子装进藤条筐子，用棉布盖上交到阿爹的手上。阿爹已经吃饱，正坐在饭桌边剔牙。

阿爹从筐子里随意摸出一把梳子，手指在齿上滑一遍，满意地点点头说，不赖，明天可以上漆了。

束静生开心地坐到饭桌旁，三两口把一碗饭刨完，又喝了两口菜汤，从碟子里抓了一把小鱼干，跟阿爹阿娘说，我找阿根他们玩去了。

束静生急匆匆从后门出去了。

阿娘怜爱地说，孩子就是孩子。

阿爹手上还拿着那把梳子，摩挲着说，心性算是磨出来了。

束静生没有直接找阿根他们，他听得到他们在西阳巷那一带的动静。他沿着河边走，走了几里路，老远看到那只灰篷船在岸边停着，他快步跑过去，把布鞋脱下拿在手里，赤脚走下河滩。船老大在船头做饭，锅里头煮的东西味道并不好闻。那只大肚子的黑猫懒洋洋地待在船尾，看到東静生尾巴摇了摇。船老大瞟了東静生一眼没说话，他的注意力在锅里的饭食上。東静生向船尾走去，朝黑猫抛出一只小鱼干。黑猫脖子一转，从船板上衔起小鱼干，慢条斯理地嚼起来。東静生耐心地等着它吃完一条，再扔出一条。他看那只黑猫圆滚的肚子，腹部上粉红色的乳头，这是他最近一直疑惑的事情——那肚子里头到底装了多少只小猫崽？

把小鱼干喂完，東静生走到船头对船老大说，它好像不太爱动了，不会明天就生了吧？

船老大说，这我说不准，说不定今晚上就生了。

船老大的话让東静生有些不高兴，这个不高兴不是因为船老大的态度，而是因为这话提供的信息不准确。東静生不知道他可不可以在这只猫生产之前，将他做的木梳完工并顺利卖出去。今天打磨这十来把梳子，每一道工序都是他独立完成的。阿爹本来计划到后年才让他独立做工，是他主动要求干的。明天梳子就可以上漆，上漆是最后一道工序，等漆干了，他会跟阿爹一块儿拿到集市上去卖。阿爹答应他了，梳子卖完以后，他可以买一样他想买的东西。他特地问阿爹，任意一样都可以？阿爹点点头，任意一样都可以，这是我家東静生第一次自己做出来的木梳，除去成本，赚的钱東静生自己留着用。

船老大上个月就跟東静生说了，等猫生下崽子，他会拿到集市上去卖，还说现在小猫崽很好卖，家里养上一只捉老鼠的猫，保得粮食不被老鼠偷吃，还保得晚上睡觉安稳，不被老鼠打架吵醒。東静生表示他也很想养一只猫，他想养猫和船老大说的那两点好处无关，他就喜欢家里有这样一只活物伴着自己，猫安安静静又干干净净，阿爹阿娘不会反对。

梳子上了漆，两天漆就干了，可又等了两日，到集市日那天阿爹才带着東静生乘船到城里。梳子照例是好卖的，中午刚过，東静生做的梳子就全部卖光了。要说这是阿爹的功劳，为了给儿子鼓励，他首先推出的是儿子做的梳子，手工好，价格还优惠，大姑娘小媳妇都抢了去。梳子卖完東静生心里安稳了，他决定回到镇上就将钱拿去给船老大下定。太阳偏西，集市上的人渐渐散了，阿爹收了货摊带静生回家。他们路过城墙脚下看到船老大，船老大脚边有一只小破筐，東静生的心忽地就沉了下去，他一路奔过去，看到那破筐里有一只比老鼠大不了多少的小黑猫，猫崽眼睛闭着，像在睡觉。

束静生差点要哭了出来，他激动又恼恨地说，你怎么不告诉我猫生了？

船老大说，哟，我哪里找你去呀？前天晚上生的，这窝下了四只崽，死了一只，卖了两只，现在就剩这只了。

束静生说，你不是说会由母猫养一段时间再拿出来卖的吗？

船老大说，唉，那母猫不知道怎么就死了，兴许是难产吧，说了你小孩子也不懂。

束静生是不懂，他也不想再听了，他看着那筐里的小黑猫，那么小，那么弱，他担心它也快死了。他说，它为什么不动，是不是死了？

船老大说，早上带它们出来，只喂了点米汤，你要是给它买点粥水喝，立马就精神了，好养得很，几个月就可以帮你家捉老鼠，自己找吃的了。

束静生问了价钱，他手上的钱足够，他松了一口气，把手中的钱递了过去，他不敢把猫抱起来，讨要那只破筐。船老大拿到钱，心里欢喜，把破筐塞他手里说，拿去，拿去。

阿爹站在束静生的身后，他没有阻止儿子的行为，他只担心这小东西养不活,儿子伤心。

阿爹说,我去买碗白粥,你慢慢喂着,等回到家你阿娘是有经验的,她在娘家时养过猫。

束静生感激地朝阿爹点点头,小心翼翼抱着筐子,注意力再也没有离开过那只小黑猫崽。

阿娘到底是有经验的,每日熬那浓浓的米汤喂猫崽,过了几个星期,猫崽已经能慢慢四下走动了。其间束静生还闹了个笑话,因为听阿娘唠叨过,没奶水这猫不好养活,他便找阿根的大嫂去了。阿根大嫂刚生了伢,每天还在奶孩子。束静生先是问阿根大嫂,小孩子除了吃奶还吃什么。阿根大嫂经常看到束静生跟阿根一块儿玩耍,束静生看起来是个斯文懂事的孩子,她不知道他怎么问起这个问题。她实话说,除了奶也会喂些不放盐的鱼汤。束静生说,阿嫂,你如果有富余的奶水可不可以每天给我一碗。大嫂奇怪了,你拿去做什么?束静生说,我家的猫崽子要喝奶。

阿根大嫂像是被污辱了,让阿根娘上门来找静生娘说话,说束静生讨要人奶喂牲畜。静生娘嘴上赔了不是,说孩子不懂事,成天心里想的只有猫,回过头来跟静生阿爹说起这事,两人都快把肠子笑断了。阿爹故意一本正经地说,人可以喝牛乳、羊乳，但却万万不能让牲畜喝人乳的，如果阿根大嫂的奶水喂了猫，这猫与那伢便是一奶同胞了。

玩笑归玩笑，阿娘专门告诫束静生不要异想天开再到外面讨要奶水，阿娘保证给他把猫崽养活。束静生答应了，还交代阿娘，阿根大嫂说可以给小孩子喂不放盐的鱼汤，我们也给猫崽喂不放盐的鱼汤吧。阿娘心里又笑了，束静生真是把这猫崽看作是人了。

束静生给猫崽取名黑宝，每天黑宝都跟束静生一间屋子睡，一开始是放在竹编小筐里，筐子底下垫了碎布条，后来猫长个了，不愿待在筐里，就在束静生屋里随意睡，只要阿娘不说，黑宝就睡在束静生的脚边，束静生睡觉不安稳，翻来滚去，它也不管，任由束静生把它当脚垫。有时阿娘骂它脏，不让它睡床上，它就睡床下，挨着束静生的床头睡。

黑宝四个月大时，阿娘就不让束静生给它喂食了，说这样会纵着猫，猫就不会捉老鼠了。束静生应着娘，私下里放了学先到河边逛，看停有船的便过去讨要船家看不上眼的杂鱼仔，后来，只要看到他来，还有屁股后头跟着的黑猫，人家直接就扔几条鱼仔过来了。

束静生对黑宝说，吃了鱼，老鼠还是要捉的，不然阿娘会说你没用的。

黑宝非常珍惜那些小鱼仔,吃完了半天还会舔舌头,東静生的话它听进去了,抓老鼠是主业,这小鱼仔是零嘴儿。

東静生家果真不见老鼠的踪影, 可東静生没见过黑宝捉老鼠。他问黑宝,你真的吃老鼠吗?

黑宝的眼睛朝着天井,望向远方。

東静生说,看样子是吃不少了,这皮毛又黑又亮,我的头发如你的皮毛一般就好了。

黑宝目光回到主人头发上,茶褐色的眼珠子惆怅起来。

東静生到哪儿都带着黑宝,上学堂也带,小的时候可以藏在书袋里,大了装不下了,黑宝就藏在学堂门口那只镜柜里。镜柜立在学堂门口,旁边写了一行字:以铜为镜,可以正衣冠,以史为镜,可以知兴替。放了学,黑宝从镜柜钻出来,绕着東静生的脚后跟回家。東静生的每个熟人黑宝都认得,它知道哪个跟東静生亲近,哪个跟東静生疏远,跟東静生亲近的,它见了会摇尾巴,疏远的,它的眼里只有风光无限。

東静生专门给黑宝制了一把木梳,用的是上好的枣木,梳齿做得短而细密,有点像篦子,在弓背上还刻了一只小猫头。太阳好的时候, 東静生会抱着黑宝晒太阳, 用梳子给黑宝梳理皮毛，把黑宝身上的脏物梳下来，有时会掉出几只跳蚤。束静生一边掐一边问，舒服吧，黑宝，肯定好舒服了。黑宝这种时候照例是不睁眼睛的，全身放松开来，任由主人的梳子在身上游走，太惬意时，会抑制不住唤出一声“喵”。

黑宝五岁那年，小镇发洪水，各家各户都被淹了，束家和所有镇民们一块儿撤离到一片丘地上。阿爹和阿娘身上背着值钱的家当，束静生抱着黑宝。那几天谁也没有睡好，谁也没有吃好，等洪水退了束静生就病了，发疟疾，上吐下泻打摆子。阿爹说这病怕是会传染，让阿娘照顾束静生的时候方方面面都要小心，碗筷都是专用的。阿娘在屋里烧了很旺的火盆，说是要把病气烤干。束静生让阿娘把黑宝赶出他屋去，说不想传染黑宝。阿娘说，这天天照顾你的是阿娘，你还担心传不传染一个牲畜。束静生说，我生病了有阿娘照顾，黑宝生病了，没人来照顾。阿娘没再说话，把黑宝抱出去，关在屋外。黑宝在外边叫了好几天也不放进来。黑宝知道束静生病了，病得还很重，连床都下不了，它每天绕着束静生住的屋子转，想进去看束静生。阿娘防着它，每次给束静生送药送饭，都拿棍子赶它。黑宝看着灰蒙蒙的天，恼怒地龇牙，它讨厌这个天气，虽说洪水是退了，但隔三岔五还有雨，太阳没露过脸，到处都是湿漉漉的，如果有个太阳天，東静生出来晒晒太阳一定会大好。

黑宝肚子很饿，这些天東静生病着，它没有捉老鼠的心情，即便是看见吃的也没有吃的心情。阿爹看東静生的病没有起色，要到郭庄去找个郎中换药方。黑宝实在无聊，尾随着阿爹走了一段路，半道上，狂风大作，电闪雷鸣，阿爹躲进一户人家去了。黑宝瞅着路边有个土堆，上边砌有土砖，想来是个小土地庙，它刚踏步想过去，只见一个惊雷打在那上头，电光石火之间土堆中跃出一只八尾老猫。老猫动作神速，蜻蜓点水，八尾摇曳，一路飞跃，那雷像是追着老猫走，一步一惊雷，老猫遁入一老槐树洞，雷停顿了。黑宝被雷骇到，也被老猫惊到，观望了一会儿，除了雨，再无异样，它踩着猫步靠近老槐树，几乎就是同时，更大的一个惊雷劈到树上，树应声折断，焦火燃起。黑宝知道那老猫就躲在那半截子树桩里，眼下便如用火炉烤一般。它顾不上惧怕，顾不上火燎毛，冲过去从树洞里把老猫扒出来。

老猫虽然没有被直接劈到，但也奄奄一息了。老猫说，你赶紧找个雷劈不到的地方把我运过去。黑宝犯愁了，什么地方雷劈不到呢？屋子有时候都还会被雷劈呢，而且现在到处都被水淹，找个干爽的地方都困难。黑宝拖着老猫在镇上找了一圈，还真给它找出个地方来了。那是一家富户，迁到另一处更好的风水宝地去了，旧宅院没卖出去，空着。黑宝累得嗓子眼止不住地喵喵喵叫唤，一直担心的惊雷没再劈下来。它把老猫安置在原来装粮食的杂物间，那儿已经没有什么粮食了，当初为了防潮，屋里搭了高架，高架上算是干爽地界，还有不少草编袋子，趴在上边睡觉还是蛮舒服的。把老猫弄上高架几乎用尽了黑宝最后的力气，老猫还不太买账，说这一路拖拖拉拉，它的全身都被拖散了。黑宝说，我也散了，还饿得很。老猫说，我一闻就知道这附近有不少老鼠，你去捉些老鼠，平时我很少吃东西，现在受了伤，得多吃点，你弄十只老鼠来吧。黑宝一听这个数，毛都散了，说，你知道捉老鼠也是得费力气的，我好几天没吃东西了。老猫说，没吃东西？还是捞不着吃的？真给猫丢脸！你赶紧去把墙角那洞里的老鼠全弄出来，你先吃饱了再管我，我一下还死不了。

黑宝到那墙角安静地候着，半天也没有老鼠的动静，只听到自己肚子里的咕噜声。老猫在高架上叹气，看样子我不亲自出马连口热乎的都吃不上。黑宝想，你那一身毛都烤焦了，还能怎么着。只听得洞里响起一种奇怪的声音，像哭声，像哨声，时断时续，黑宝听得脑袋发蒙。不一会儿，黑宝蹲候的洞口，列兵排队一般，走出来五六只大小不等的老鼠，另外，屋角、门缝也前前后后挤进来七八只老鼠。

老猫在上头说，行了，数目够了，你送几只上来给我吧。黑宝这才知道那怪声是老猫发出来的，单凭声音就能让老鼠自动送死，这也太神了。黑宝顾不上想太多，左一只右一只，那些老鼠没怎么反抗，它把它们全送到老猫的嘴边。老猫一口气嚼了几只，像是发狠地补充能量，它示意黑宝也吃。黑宝想吃饱了好回家，也不挑剔了，吃了两只，吃完它跟老猫告辞说要回家了。

老猫说，慢走，刚才你已经看到我的本事了，难道不想跟我混？

黑宝摇摇头说，我家束静生病了，我要回去看着他。

老猫说，人总是要死的，猫也是要死的。

黑宝说，束静生只有十五岁，他不会死的，我不怕死。

老猫说，这人间有几人能活到百岁？对于猫来说，更别提了，一只普通的猫，最多活不过二十岁。你虽不怕死，但跟着我，能让你长生不老。

黑宝摇摇头说，我只要陪着束静生，我不要长生不老。

老猫说，要不是看在你今天救我一命，你以为我想让你跟着我？罢了，罢了，你那束静生到底得了什么病？说不定我能瞧好。

黑宝停下了脚步说，疟疾。

好治。

怎么治？

老猫说，你看我这模样不可能去采药了，何况外边到处是水，药也不好找，只能牺牲我的尾巴了。

老猫那八条尾巴瞬间立起来，柔弱无骨，摇曳生姿。老猫无比自恋地看着自己的尾巴，猛地将其中一条塞进嘴里咬了一口，表情痛苦，似乎有一小截尾巴掉下来了。

拿去化成灰喂你的束静生，病很快就能好了。老猫说。

黑宝走到老猫身边，迟疑地衔起那截猫尾。

老猫说，今天你救我的命，我这算是报恩了，我们两清了。

黑宝点头感谢，快步跑着离开了。

老猫眯起眼睛，眼下它需要好好睡一觉，今天被雷这么一劈，元神受损，多亏那只小黑猫，把命留住了，这一下又为它挣出六十年时间，六十年一雷劫，它已经受了第三回了。

夜已深，束静生的屋门紧闭，黑宝进不去，它急了，在外边拼命挠门。阿娘待在屋里陪着束静生睡，朝外边扔话，再吵明天把你扔河里。黑宝仍旧是挠门不休，阿娘披了衣服开门，手上拎条棍子，还没来得及招呼到黑宝身上，黑宝闪电般蹿进屋里，直接爬上屋梁，一副打死也不下来的姿态。阿娘泄了气，扔下棍子说，好吧，算你有良心，你要陪束静生，就好生陪着，莫要造声响。阿娘给束静生整理了铺盖，躺回到床边的躺椅上，没多时又睡着了。黑宝悄无声息地潜下来，把那小截猫尾放在火盆边，一会儿就化成灰了，它把灰刨出来，用爪子拢成一小堆，一点点送到束静生的嘴里。

黑宝爬回梁上，借着炭火，安静地看着束静生，好瘦啊，头发也掉了不少，它祈盼着这老猫给的药能灵验，那要它做什么也是愿意的。

早上，束静生坐起来叫娘，说肚子饿，想吃白米粥。

黑宝一出溜蹿下来，在束静生的床头卧下来。

阿娘欢喜抹泪说，这总算是清醒了，迷糊睡了这几日，米汤都灌不下去，阿娘这就去给你煮白米粥。

束静生看着黑宝说，不是不让你进屋，你怎么还在屋里？你怎么这么瘦，毛这么脏？

束静生穿鞋下地找黑宝专用的梳子，人仿佛一下就很精神了，他把梳子拿到手，抱着黑宝，梳子轻轻地落到黑宝身上，猫毛纠结处，束静生细心地用手拨开，不让梳子生生过，揪痛了黑宝。黑宝如往常闭着眼睛，全身松软。

束静生说，黑宝，我昨晚上梦到你了，梦里你被雷劈了，以后下雨天你乖乖待在屋里，不能往外边跑了。

主人的话又让黑宝想到那只老猫了，那雷怎么会追着那只老猫劈呢？那老猫为何有八条尾巴呢？

## 二

束家木梳胜过别家在于梳背上那些图案，最初全是手工刻上去的，一笔一画栩栩如生。后来做了铜模，热烙上去，什么鸳鸯戏水、嫦娥奔月、二龙戏珠、喜鹊登梅最常见，省了许多手头上的功夫。到束静生这里，刻得最多的是猫，刻猫他不需要画图案，提起刻刀就能往梳子上刻。猫儿扑蝶、猫儿观鸟、猫儿戏鱼、猫童嬉戏，图案灵气十足，生动活泼，老少咸宜，一时间也被追捧。

作为模特的黑宝知道它的一举一动都有可能成为主人笔下的作品，这世上不会有一只猫如它一般幸运，时时能印在主人的脑子里，还能被刻到木梳上，千家万户流传。它以束静生为傲,它时常立在那院梁俯瞰街巷里来往的人,那都是些凡夫俗子,唯有它的東静生超凡脱俗。

梳子与什么最般配?人们十有八九会答头油。在東静生十九岁那年,媒人再次上门来说媒,这次说的是林家姑娘。林家专卖头油,玫瑰油、桂花油是招牌货,和東家一样,虽是小作坊,但也是老字号。这桩说合对東静生来说没有太多惊喜,在阿娘嘴里姑娘生得清秀,温柔贤惠,有一手好绣工。阿娘给東静生看了姑娘绣的帕子,花红柳绿,富贵圆满。東静生隔着这帕子仿佛看到了那姑娘的长相,不丑,但不够清逸温婉。

阿娘敏锐地观察儿子的表情,讨好似的又展开了一条帕子说,这是林家姑娘新绣的,听说你画功好,让你指点哪里绣得不好?

東静生的眼睛一瞬间亮了,帕子上这幅图案是他以前刻在某柄梳子上的,也许那柄梳子的主人就是林家姑娘,帕子上绣的猫虽然灵气不足,但依然娇憨可爱。

東静生说,黑宝,你来看看,这像不像你?你说这林家姑娘绣得好不好?

一旁的黑宝跃起来,不小心爪子划到了那绸面,绸面上顿时起丝了。阿娘用腿把黑宝挑到一旁说,哪里都有你!昨晚上胡家的猫在外边又叫了一晚上，真是恼人，这院墙脚专门给你打了洞，为什么不出去？在我们家待九年了，你要能生下一窝猫崽，我们也能替你高兴。

束静生听阿娘说这番话带着怨气，是把他对成亲不上心的怨气发到黑宝身上了。这两年阿娘托人给他说的那些姑娘他真没一个看得上，阿娘是怕眼下这个又要黄了。束静生是家中唯一的子嗣，姐姐出嫁后阿爹阿娘就盯紧了他。

束静生把黑宝抱起来说，阿娘，这林家姑娘你要觉得好，我没有异议。

阿娘有些猝不及防，大喜过望道，好，好，我回媒婆话去了，赶紧的，今年能迎过门就好了。

黑宝和束静生想的不一样，它知道阿娘的怨并不单纯是指桑骂槐，摔打自己，阿娘是真的不喜欢它，阿娘认为束静生无心娶媳妇是因为玩物丧志，比如说束静生每天会带黑宝去河边捉鱼，在院里玩耍，还画猫，刻猫，与猫同屋而眠。黑宝不止一次听到阿娘跟阿爹念叨，束静生要把对那牲畜的心分一点出来想想女人，我们早有孙子抱了。黑宝已经“猫过中年”，通晓人心了，它没办法讨好阿爹阿娘，它只晓得，束静生如此待我，我也如此待他。那只胡家的黄大脸，它是一点儿也瞧不上的，有两岁吗？黑宝从不给它好脸色，在外边撞上，不往那大脸上挠两下就不会放过它。别说黄大脸了，张屠户家的麻皮也跟它跟得紧啊，相识五六年，麻皮不是一只好色的猫，对它忠贞不贰，只不过，黑宝对它云淡风轻。

黑宝的目光掠过案几上那几条帕子，这姑娘是有心计的，她用它讨好主人，它要感到欣慰还是难过呢？它不过是一只猫，束静生是到了成婚的年纪了。

腊月的某个吉日，束静生把林家姑娘迎进了门。那天喜宴办得隆重，亲朋好友、左邻右舍全来庆贺，束静生喝了许多酒，喜宴还没有结束就被人扶进屋去了。黑宝一直待在院墙上，别家的猫和狗都来凑热闹，在桌边人腿间窜来窜去，寻找吃食。黑宝站得高高的，看着身着大红喜服的束静生与客人推杯换盏，束静生平时除了逢年过节不碰酒，喝这么多不要伤了才好，何况屋里还有新娘子等着呢。束静生一直在笑，满面通红，看来是高兴的，是啊，谁娶了媳妇能不高兴呢？

束静生被人扶进屋，黑宝也跟着进了屋。束静生被放倒在床上，床边坐着盖着盖头的新娘子。新娘听到人出去的声音，等了一会儿，盖头无人来掀，只得自己掀了。看新郎躺在床上一动不动，新娘子有些不知如何是好，想了想，先过去把门闩上。这时候新娘子看到了站在床边的黑宝，这么黑亮结实的一只猫把新娘子吓了一跳，她手捂到胸口上，盯着黑宝那对茶褐色的眼睛。黑宝也看清了新娘子的长相，人长得白净高挑，头发乌黑，脸瘦长，眼睛溜圆，嘴唇薄了些，看起来像瘪着嘴。新娘子定定神，挥手驱赶黑宝，黑宝没搭理她，一跃跳床上。黑宝舔了舔束静生的额头，感觉到那额头很烫，鼻子出的气息还很重，它断定束静生现在需要喝一碗水。屋里五斗橱上有茶壶，黑宝跃到那上头，爪子搭到茶壶把上，目光投向新娘子，再转向束静生。新娘子被黑宝的一连串动作惊到了，她在想这到底是不是一只妖物——束家木梳上面刻有猫，各种各样的猫，她还为了讨好束家后生在帕子上绣了猫，这原型此时就在眼前，原来真有这样一个牲畜啊。想到这儿，新娘子不再怕了，眼前这牲畜不是妖怪，而是家中的一只老猫，但这牲畜当真如人一般，目光如炬，身边有这样一双眼睛她岂不如芒在背？

新娘子按照黑宝的提示，给束静生倒了碗水。束静生在迷糊中把水喝尽，重新进入昏睡。新娘子放弃了把黑宝撵出去的打算，她已经看清楚了，这房子虽然整饬一新，但过去本就是束静生的住处，也是这黑猫的住处，靠床头有一张草蒲，想来猫平时就卧那上头。于这只牲畜而言，她是新来之客呢。

清晨，新郎醒来，想起昨夜冷落了新娘，连忙向新娘赔不是。黑宝从床边探出脑袋，束静生笑容满面，黑宝，来，认识一下，她叫兰芬。黑宝跃到床上，横在新婚夫妇中间。新娘发起娇嗔，大呼小叫，说怕。束静生把新娘子搂到怀里说不怕，它是黑宝，它生下来眼睛还没睁开我就养着它了。

黑宝跳到梁上，看那红帐落下，新婚夫妻嬉戏打闹，声声入耳。

又一个夜晚来临，睡前，兰芬拿了一碗鱼，向黑宝招手，她把黑宝引到院中，黑宝明白她的想法，她想用这碗鱼引诱它，把它关在屋外。它没看那碗鱼，它跳到高高的屋顶上卧着，看远处的河，水面上雾气很重，这时间还有引灯垂钓的船家，不知道收获如何？

黑宝在屋顶上卧到半夜，它想束静生已经入睡，有一阵子它也睡着了。今夜黄大脸没有在外头叫唤，应该是跟那只肥胖的甩屁股走了。甩屁股是这镇上最能生的母猫了，年年都下崽，成熟风骚。黑宝想，它是不会做母亲了，那只八尾老猫说过，一只普通的猫最多活到二十岁，它还能陪束静生几年呢。想到这它的眼里蒙上了一层雾气，一种从未有过的滋味涌上心间，它突然十分盼望束静生快快生儿育女，它会陪着他的孩子们玩耍，也许这是它最擅长做的一件事情。

黑宝，黑宝，是束静生在唤它，黑宝嗖地立起来。束静生从他屋里出来了，披着单衣，趿着鞋，嘴里唤着黑宝，黑宝。

黑宝一跃而下，扑向束静生，束静生把它抱进屋内，提起衣袖拭擦它身上的水汽说，笨黑宝，这么凉别在外边待着。

新娘子睡着了，安安静静躺在床上。

黑宝看了那女人一眼，从束静生怀里挣出来，钻入床底，在那草蒲上，它很快入梦，它梦到了束静生的孩子，那孩子如束静生一样，长着一头枯黄的头发……

束静生婚后半个月，家里来了几个人，来人手中拿着欠条，气势汹汹。阿爹在来人跟前鞠躬讨饶，家里人这才知道，这两年来阿爹烧的那福寿膏欠下了这么一大笔银两，前些日子束静生办喜事的钱竟然也是借来的。阿爹多年来有头痛病，发作起来恨不得用头撞墙，前两年有人介绍阿爹抽那福寿膏止痛，阿爹一开始是痛了才抽，后来是隔上几天才抽，再后来就是见天抽了。阿爹人越来越瘦弱，在作坊里待的时间也越来越短，但谁也没有往那福寿膏上去想。一直以来，那买家总是乐于让阿爹赊账，暗地里却是调查清楚了这家家底是足够抵债的，如今上门来清算，阿爹一下招架不住了，羞愧难当，单薄的身子立时垮了，连续吐了几天血，在床上躺了三四个月，临死前还是想吸一口，静生娘便把首饰卖了，换了些让他满足地吸着仙去了。

本来阿爹还有两个徒弟，他们觉得师父不在了，自己也有手艺，不如回家做生意好了，人也走了。敞亮的院落易了主，束静生让阿娘放宽心，他租了邻居家的后院，安顿好阿娘和兰芬。他说，束家是靠手艺吃饭的，只要人勤快就饿不死。束静生把大梁挑起来了，从早忙到晚，一个人做活。束家的招牌还在，虽然产量少了，但质量不减，依然有新老顾客照顾生意，一家人维持温饱不成问题。这后院原本是邻人堆放杂物的，背阴，老鼠多，虫多，束静生现在没时间带黑宝去河边讨鱼吃了，黑宝知道该做好自己的本分，它不仅从早到晚勤快捕鼠，连那些犄角旮旯的小虫子也不放过。束静生有时从那阴暗的小作坊走出来歇歇，黑宝第一个扑上去。束静生说，又钻哪去了，一身蛛网。束静生把随身带的梳子掏出来，给黑宝梳理。对束静生来说，最好的休息就是和黑宝说说话，帮它梳理皮毛。

黑宝看束静生的背在短短一年里驼了，那头发也是越发稀疏了。它开始讨厌自己一身的黑皮毛，它应该和主人同甘共苦才对的。

兰芝回娘家的次数越来越多，待的时间越来越长。阿娘说，既然嫁到束家了，总往娘家跑别人怎么看？束静生宽慰阿娘说，我们住的屋阴冷，兰芝腿会疼，她有娘家回就回吧。

来年春天，有粤客找上门下了一个大单子，说要将货运到广东、香港去卖。这么大一个单子就是阿爹在的时候也没有接过，黑宝想，这该是老天爷给束静生翻身的机会了。束静生收了订金，忙着收木料，按对方给的图样切割打样，另外把先前离开的两位师兄请了一位回来做帮手。兰芝也没再回娘家了，束静生熬夜加班的时候，她还能煮上一碗甜酒蛋花送过去。

那几个月束静生一直在赶工，当最后一批梳子上完漆，束静生让黑宝跟他到河边跑了一圈。束静生脱鞋挽起裤腿下河，把一群小鱼拦围在浅滩里。静生抱起黑宝，突然就把黑宝扔进水里，说，想吃鱼，自己捞去！

黑宝猝不及防，抖毛甩水，溅了束静生一身。等它明白过来，两眼盯紧那浅水中的鱼，一爪子拍下去，没拍着，另一爪子拍下去还是没拍着。

束静生哈哈大笑说，这难道比捉老鼠难吗？你这笨猫。

黑宝喜欢看束静生笑，它越发认真地捉鱼，弄得水浑浊无比，也没沾到一点儿鱼腥。

束静生在旁边一直笑。黑宝打了一个喷嚏,束静生把它捞起来说,走了,没出息的家伙,晒太阳去。

那一天束静生和黑宝躺在河滩上晒太阳,晒得透透的。那阳光,那游满小鱼的河流让黑宝记了生生世世……

又过了些时日,沿海这一带打起仗来,洋人把好些出海口占领了。订货的粤客多半是因为这一原因没来取货。束静生为制这批梳子借了债,债主隔天上门来催。有人劝束静生把那些梳子零散拿出去卖了,束静生没答应,他怕粤客突然来提货,货不齐。

冬至快到了,兰芝早些天回了娘家,阿娘催促束静生去把人接回来,冬至大过年,怎么也要一家团圆。阿娘在屋里烧火盆,想把那些晾不干的衣服烤干,又有债主上门催债,好说歹说,还是把阿娘留来买菜的钱全拿走了。阿娘又伤心又心焦,不知道晚上束静生他们回来吃什么,恍然间挎了篮子出门,想先到河边看有没有熟识的船家,讨得一点儿鱼虾熬点汤。黑宝看阿娘挎篮子出门,它也跟在后头走,看阿娘往河边走,它更加兴奋了,鼻子里已经闻到鱼腥味了。阿娘沿着河边走了好几里,觍着脸问了一家看起来收获不小的船家,人家扔过来两条有七八两的鱼,还给黑宝扔了一把小鱼。黑宝没有动那些小鱼,它知道这些小鱼可以炸成鱼干,束静生是爱吃的。阿娘千恩万谢,把那些鱼拾起来放进篮子里,心里盘算着等会儿再去讨要半块豆腐就可以烧一锅热汤了。卖豆腐的在北桥头边,阿娘往那儿去了。大过节的豆腐卖得快,等那卖家卖得快见底了,阿娘上前去讨要那些碎在盆子里的。那卖豆腐的原是认得阿娘的,叹了一口气,把水滗掉,剩下的大块小块的豆腐全归了阿娘。阿娘感激的话还没有说出来,就听到有人朝她奔来,大喊,静生娘,你家着火了,烧起来了。阿娘刚接过来的豆腐全掉到地上了。

是罩火笼上的衣裳烤焦了烧起来,连着几间屋全烧了,那批存放的梳子也烧没了。阿娘在那瓦砾中哭了一阵,人就不见了,等有人被黑宝咬裤腿拉进镇外那片梅子林里时,阿娘已经在里边上了吊。

束静生接得兰芬回来,看到的是一片焦黑残垣,差点晕了过去。把房子租给他的邻家过来劈头盖脸给他一顿好打,说是好心把房子租给他,现在把房子烧了,还差点连带烧了前院,要他算算该赔多少。兰芬转身回了娘家。束静生没有拦,也没问兰芬什么时候回来。束静生流着鼻血,腮帮肿起,吐口水都痛。黑宝躲在人后,它觉得没脸见束静生,这是它最后悔的一天，它后悔为什么要跟阿娘出门，如果它不出门待家里，那火不可能烧成这样。

束静生跪请街坊邻里帮着把阿娘埋了，第二天他买了好几只包子，带着黑宝坐船走了一天，来到一座寺庙。黑宝以前来过这寺庙，阿娘每年都会到这儿来敬香，有时候束静生也跟着来。寺庙正在修缮，束静生每天白天帮忙扛木头，干得很卖力，夜里带着黑宝住在居士房。这么过了半个月，黑宝觉得束静生已经缓过来了。那天早上下了大雨，雨打得窗棂啪啪响。束静生提了一只笼子进来，他摸摸黑宝的脑袋，掏出梳子细细地把黑宝的毛梳了一遍，示意黑宝进笼子里。这是黑宝第一次被关在笼子里，它有些疑惑，不知道束静生出去干活为什么把它关起来，它在寺庙里一直规规矩矩，从不出错。这是漫长的一天，雨也下了一天，等到晚上，屋门开了，进来的是一个小沙弥，小沙弥把黑宝带到另一间屋子，把它放出来喂了食物。从那天起，黑宝再没见过束静生。

黑宝不知道束静生到哪里去了，它找遍了整座寺庙也没见着。它想，束静生可能是办事去了，留它在这儿等着。它等了好些日子，等得越来越心焦。有一天它跃上供台打翻了一瓶香油，正在诵经的大师父看了它一眼说，你家主人把你安置在寺庙，让你得闻佛法，也是善缘，你若能听懂我的话，每日就认真听我诵经，早日脱离六道轮回才是根本。

黑宝这才明白束静生不会回来了。无论吃多大的苦束静生都不会扔下它不管，束静生为它找个归宿，而他自己必定是走一条不归路了。想到这儿，再想到那在梅子林里吊脖子的阿娘，黑宝眼泪哗哗地流下来了。

大师父摸着它的脑袋，嘴里念着，阿弥陀佛。

黑宝离开寺庙，寻回到镇上，它找遍每一个角落，都没见到束静生。镇上人看到它，还指指点点，这不是束家的猫吗？造孽啊，一家人只剩得一只猫了。

束静生是死了吗？黑宝一直没寻到答案，它觉得自己也快要死了，它今年十几岁了，没多少时间了，它就找到死为止吧。黑宝走了很多很多的路，找了许许多多的地方，都没有找到束静生。有一天，它走不动了，累得躲在草地里喘气，几个孩子朝它扔石头，把它砸得头破血流，它也没有力气跑。它横卧着，心想，这次真是要死了，如果束静生已不在人世，它死了以后是不是就可以见到他了？想到这儿，它心下觉得安稳。

一个声音说，看起来真是想死了。

黑宝睁开眼睛，居然是那只八尾老猫。

老猫说，我知道你不怕死，但如果你还能跟你的束静生在一起，你还想不想死？

黑宝耳朵动了动，它听着呢。

老猫说，我再告诉你一个天大的秘密，当一只猫修成了九尾猫，人间的时间空间对它来说就没有任何束缚了，想在哪里就在哪里，任意遨游。

老猫说完一转眼就不见了，旋即又出现在树上，摇下许多活蹦乱跳的鱼来。老猫说，看见没，这些都还是小术，展示给你是为了让你明白，作为一只八尾猫已经有这些本事，更不用说九尾猫了。不过要修炼成九尾猫每六十年会遭遇一次雷劫，这是九尾猫的宿命。

黑宝说，只要能跟束静生在一起，什么灾劫我都不怕。

老猫说，这九尾狐遍地是，九尾猫却千年难出一个，我带你上路也是功德，前面修八条尾巴我可以助你一臂之力，二十年可以修成一条，到了第九条可完全就靠你自己了，我现在还在为这第九条尾巴忙活呢。

黑宝说，要修成岂不是要花上百年？那时候束静生早已经不在了。

老猫说，又犯傻了不是？刚说了，时间空间都没意义了，束静生在不在有什么关系呢？你想回到你们见面的第一天都行。

黑宝定下了心说，我跟你走。

## 三

1960年的秋天。

教语文的束谨学常常跟学生说，秋天是一个收获的季节。在这个收获的季节里，他请了假，没上课，走了半天的路，一路往郊外的农田去。他到那刚收割过的地里，希望能拾到一些别人没拾掇干净的粮食。弯腰低头寻了半天，一颗粮食也没有留下，真有剩下的他眼力也不够，贼不过那些麻雀。秋高气爽，但他腹中空空，口干舌燥，头晕眼花，人歪坐在田埂上歇着。这田间的味道还真是好闻，有稻米的香味从遗留的秸秆中散发出来，闻着真舒服，闻着好像也不那么饿了。他重新站起来，既然拾不到粮食，好歹找些野菜摘回去。他转来转去，愣是一根野菜也没寻着，这附近还有好几个拎着筐拿着小锹的孩子呢，要说有野菜，早被他们弄自家的筐里去了。束谨学体会到母亲的不易了，前些天母亲还能动弹的时候，每天早早出门，午饭之前都还能弄回一篮子野菜。他自嘲地笑了，果然百无一用是书生啊，拍拍屁股，回家去了。

黑宝一路跟着束谨学，它没让他看到自己。

一百多年过去，黑宝修出了八条尾巴，它开始下山寻找束静生的后人，花了三年多才寻到。当年那场火灾之后，兰芬跑回娘家，原本是做好了改嫁的打算，没料到腹中已怀上束静生的孩子，兰芬虽对束静生没有太多依恋，对这胎儿却狠不下心，最后把孩儿生下来才改了嫁。这孩子成了黑宝追寻束家后裔的源头，这血脉百年来一直绵延不绝地流淌，如今流到了束谨学这儿。

也就是等黑宝修出了第八条尾巴，老猫才告诉它，这第九条尾巴的修炼与前边八条尾巴的修炼走的不是一条路，不再是依靠在山林间汲取日精月华，食饮天霖地浆，而必须是要在人间完成一件事——找到恩主的后人，替他完成一个愿望。老猫说，要想成仙得道，在这人间先得报恩了怨，这是天地运转之道。

虽然此时黑宝已有能力回溯当年束静生与它分手之后的去向，但它清楚，束静生即便当年没死，也不可能活到今日，它不想陷入无谓的感时伤怀，尽快修成九尾才是正事，到那时，它就能回到与束静生最初相识的时光。

回到家里，束谨学俯身看了看躺在外屋的母亲，手指还在母亲的鼻子下探了探。母亲躺在一张一米宽的木板拼床上，脸浮肿，灰暗。前些天母亲还能跟着邻居成群结队地找野菜去，突然人就倒下了，人事不省，大小便失禁。束谨学连野菜汤也喝不上了。

里屋躺着媳妇和刚出生两天的儿子。患有肝炎的蔡丽丽脸色发黄，面颊凹陷，二十出头的人像个老太太，两天前的生产仿佛让她耗干了力气，水分和精华全蒸发掉了。她身边躺着的孩子，此时能吃的只有米汤，却极少哭闹。在束谨学看来，这孩子并不是个安静的孩子，只是没有力气吵闹。

看束谨学回来，蔡丽丽睁开眼说，跑哪儿去了，赶快给孩子弄点吃的，估计都饿晕了。

束谨学掀开床单，看孩子屁股早被屎尿洇透的尿片捂出红疹。他把枕边堆放的干爽尿片给孩子换上以后，想用开水把早上熬的粥兑兑，让孩子喝了。他揭开小锅盖，发现一小锅粥全没了，不用问，是蔡丽丽喝了。他不能责怪她，说她狠心，和孩子抢吃的，她还在坐月子呢，这家里也没什么有营养的东西给她吃。

束谨学不是没有后悔娶了蔡丽丽，当时他爱去看电影，作为检票员的蔡丽丽一开始是买票请他看，后来是偷偷让他免票看，看完后还请他吃鸡骨草蒸蛋，再后来结了婚他才知道这鸡骨草蒸蛋是蔡丽丽治肝病的一味药。蔡丽丽没少数落他，我连治病的药都给你吃了，你还嫌弃我？他真是后悔吃了那味道不怎么好的蛋。

束谨学是一名中学语文教员，有文化，看完电影喜欢思考，喜欢学对白大声朗诵。蔡丽丽不是文盲，但没上过几天学，作为检票员，她最烦的就是电影，一天到晚吵吵闹闹，全是做戏，她有钱绝不买票看电影，觉得不如买碗糖水喝实惠。是啊，到了今天，束谨学还是真得承认蔡丽丽这思路是对的，电影有个屁用，喝到肚子里的糖水才是货真价实的呢。

一家四口只有束谨学一个还能来回走动，他已经把同事都借了个遍，谁家都没有富余的粮，再也借不出什么来了。家里的米缸很大，米只有缸底薄薄一层，要留着给儿子煮米汤。水缸也很大，水倒是很深，实在饿得不行了，可以灌上一舀水。束谨学把缸底的米抓了两把放锅里，盛上满满的水，把锅搁灶上生火煮粥。他盘算等会儿粥熬好后他就喝一小碗米汤，饭一粒也不吃，留给母亲和媳妇。

他坐在家门口，敞开门，让屋里的空气能好些。

门口出现了一只黑猫，皮毛油亮得让人忌妒。束谨学不知道是不是自己的眼花了，这是一只有着很多条尾巴的猫，猫还舒展了一下它的尾巴，像是让他看得清楚一些，他数了数，八条，一共有八条尾巴。

猫盯着他看，这人长得一点儿也不像它记忆中的那个人，身上没有生气和灵气，就像一棵蔫黄的小菜。

猫从束谨学身边蹿过去，蹿进屋里，他没力气拦，也懒得拦，眼下就是让他说上一句话他都懒得说。这屋内啥也没有，没什么可担心的，说不定这只猫还能逮到个把老鼠，他还得羡慕这猫呢。

猫站在束母床前，这个女人一直在梦呓，它看到她的梦中全是死人，它想她是快要死了。在束母床前的桌面上，有简单的梳洗用具，它看到一把老式的木梳，枣木的，梳背上刻着猫儿扑蝶的图案。黑宝心中叹息，这百年老梳竟然随着这束家血脉流传，看来它必然是要走这一遭的。

猫再走进里屋，看床上把自己捂得严实的女人，旁边还有一个新生的婴儿。

猫已经看清了这个家庭的情况，明明白白地摆在它的面前。它用爪子把那把老式的枣木梳子推到束谨学跟前。束谨学把梳子拾起来看了一眼,梳子上刻着猫,他从小就知道,心想这有什么稀奇的?

猫说话了,这上面刻的是我。

束谨学其实并没有看到猫的嘴巴动,可这话就这么传进他脑子里了。他想,刻的是你又能怎么样,老子现在都快饿死了,不想动脑筋。

猫说,我和你家祖上有渊源,今天是来报恩的,说吧,我可以帮你实现一个愿望。

束谨学一动不动,眼睛闭上了,他更是嘲笑自己了,饿晕了就只能做这种荒唐的白日梦了。

黑宝用尾巴狠扫了他的脸,打得挺响亮。束谨学噔地站起来,他看了一眼天上的太阳,虽然天空不太明亮,也还是朗朗乾坤,他再摸了摸额头,温度正常。难道眼前这只黑猫是真实的?管他呢,就算是在梦中,痛快痛快又如何?

束谨学对猫说,我家吃的只剩缸底那点碎米,估计孩子还能喝上两天,剩下的,你全看到了,一家四口,除了我全躺着,都是饿肚子闹的,这困难时期没地方喊救命去。我不管你是妖还是怪,也不管你是不是来看我笑话的冤家,我只有一个念想,吃饱,让我们全家顿顿吃饱,一顿不落。

猫说,真的就这个愿望?

束谨学说,你能满足我这个愿望,我现在就给你磕头。

一转眼,黑猫不见了,束谨学揉揉眼睛,当真是幻象啊,他有些失落地往屋里走，他也想躺一躺了，最好躺下就别起来了,省心。他进屋,一眼看到那饭桌上摆了满满一桌饭菜,有荤有素,有汤有饭。他拾起筷子吃了一口,那真实的味道在口腔中蔓延,好吃得揪心,他的眼泪扑簌簌地下来了。他心里就喊着一句话,祖宗显灵了。他又冲到门口,朝那虚空中磕了一个头。

束谨学扶起母亲,妈,有吃的了,我喂你。他拿勺子喂了母亲一口汤。第一口是往外溢的,过一会儿母亲尝到味了,舌头伸出来,束谨学赶紧又喂了一口。

他问,妈,好喝吗?

母亲眼睛睁开了,吧唧嘴说,是鱼汤。母亲抢过他手中的碗,慌张急迫地喝着,不再需要他喂了。看到桌子上的那盆肉,母亲用手抓起一块就往嘴里塞。

束谨学说,妈,慢点。

吃着,母亲嘴里嗯嗯啊啊的,过得一会儿,只见母亲两眼合上,扔下筷子倒在床上,嘴边还挂了一根豆芽。

束谨学以为母亲是噎着了，扶起来拍背，半天没动静，探探鼻子，再无半点气息。

束谨学大叫了一声妈，紧紧地抱着母亲哭喊，心中却还有一点儿安慰，吃苦一辈子的母亲，好歹做了个饱死鬼。

黑宝并不知道它走后发生的一切，为实现束谨学的愿望，它奉献了一条尾巴的道行，当这个愿望完满的时候，它又长出了一条尾巴。数一数，它仍然是一只八尾猫。在那一刻黑宝悟到为何这么多年，老猫永远是八尾猫，报恩是要有付出的。

## 四

束良玉长得高高大大，这是从小就打好的基础，别人缺吃他从来不缺，但他学习不好，到处惹是生非，喜欢跟人打架，父亲是校长也不管用，还替他担了教子无方的名声。

束谨学当鳏夫很多年了，蔡丽丽在束良玉小学没毕业的时候就走了，别人都说蔡丽丽是胖死的。反正死的时候蔡丽丽是二百斤上下，平时说话如蚊叫，走路气喘如牛。大家都觉得奇怪，这一年到头大伙都难得吃上几次肉，蔡丽丽那身肉是怎么长出来的。只有束谨学心知肚明，蔡丽丽每顿饭都是敞开吃,越吃越上瘾。她还说,看别人都没吃的,她更得使劲吃了,谁知道明天这顿饭还有没有摆在桌子上呢。

在这事上束谨学再次印证了自己的观点，人要管理好自己的两大欲望,性欲和食欲,否则吃亏的终究是自己。他从来没有用这个观点教导自己的儿子,因为他知道儿子不听他的,从小就不听。

肚子吃饱了,精力足了,束良玉下河摸鱼,上树掏鸟,学习成绩永久性垫底,勉强读完高中,大学没考上,复读了两年还是没考上。他坚决不愿意复读,说条条大路通罗马,读书不是唯一出路。他的出路在哪呢?他学过维修,学过兽医,正经派上用场的时候却没一件拿得起。束谨学只能走关系让他到学校的食堂干活儿。束良玉对这份工作十分不满意,吊儿郎当,经常一边抽烟,一边拿大勺炒菜,好几次被投诉把烟头都混菜里去了。后来流行承包了,束良玉热情空前高涨,他承包学校的饭堂,又承包学校的小卖部,钱赚了一些,又开始看不上这活儿了,说赚得少,对不起自己的智商。他跑广东倒卖电器,第一次干就被骗光所有积蓄,回到家却说交的学费太值得了,顺便又骗了老爸的所有积蓄再往广东，再次运回来的是各种录音带和录放机。

黑宝看到束良玉的时候比较满意,这小子那么强壮,看来养得不错。

束良玉的摊子一般在下午下班的时候摆出来, 塑料布在地上铺开,上面堆满录音带,几条长凳拼起来,摆着各款录放机。他那录放机里播放着歌曲,他还随着歌曲声情并茂地吼上一嗓子。路过的小青年有不少被他吸引的,只要停下脚步在小摊前翻看,基本一桩生意就成了。黑宝等了他一晚上,等到路上行人稀少,束良玉把摊子收了,黑宝轻轻巧巧地跟在束良玉身后。束良玉推着自行车一路哼歌,路过小卖部,买了两瓶啤酒,一包蚕豆。他拿了这些吃的,没回家,到那大桥边,寻了一块平整地,把自行车架一边,咬开瓶盖口就喝上了,边喝边唱上几句,看样子心情不错。

黑宝站在桥墩上,看着人间灯火,感觉这一切离它越来越遥远,它只对那小桥流水石板路感到亲切。啤酒的味道随风吹来,黑宝记起有一次束静生逗它,手上捧了一抔黄酒喂它,把它舌头麻得难受, 只能咬自己的尾巴, 束静生那次笑得好开心。

黑宝跃到束良玉跟前,坐了下来。束良玉喝了一瓶,稍有点酒意,他看了黑猫一眼说,咦,哪来的猫,来陪我喝酒的?

黑宝看了他一眼说，行，那分我一半吧。

束良玉借着酒劲一点儿也不怯，说，会说话的猫呀，还八条尾巴，让我遇着了，看来，我束良玉真不是个普通人呢。

他用牙齿咬开另一瓶啤酒，递给黑宝说，喝吧，你能拿酒杯吗？

黑宝凑到酒瓶边，一吸就把酒吸了上来，吸了半瓶，留了半瓶给束良玉。

黑宝没觉得这酒好喝，这么古怪的味道还有人喜欢，不可思议。它说，我看你生意做得还不错，是赚钱的好手。

束良玉说，这哪叫赚钱啊，没多大意思，我是没办法，两手空空，没本钱，只能小打小闹的。

听起来还是有些志向和想法的。黑宝说，你没听你爸说过我？

束良玉看了黑宝一眼，我爸认识你？对了，他是说过，见了猫得好生对待。

黑宝说，我在二十多年前见过你，那时你还躺在你妈身边，是一个小不点。

束良玉说，那真是缘分啊，你介不介意告诉我，你怎么就生了八条尾巴，看起来有点妖。

黑宝说,就是妖啊,六十年要遭一次雷劫呢,我这尾巴是修来的,花了上百年,修到九条就算圆满了。

束良玉说,不容易,修成九条就可以变成人了吧?

黑宝说,人以为自己很高,以为动物总想修成人,其实我们还真不乐意变成人。我是报恩来的,说吧,我可以帮你实现一个愿望。

束良玉说,报恩?你没诳我吧?

黑宝没说话,它站起来,那八尾在风中摇曳。

束良玉酒醒了几分,当即额头叩地,拜了三下,说,猫仙,我要成为这个地方最有钱的人,我的要求不过分吧,你能办到吗?

黑宝一点儿不吃惊,也没觉得他过分,他起码没说要成为这个世界上最有钱的人。

黑宝说,你跟我来吧。

它带束良玉走了几十里路,来到一座废弃的矿山,说道,这矿山早几年就废了,前边那主家白白投了好些钱,挖了一两年也没挖出什么来,其实,就差一点点,就能挖到宝贝了,你听明白了吗?

束良玉找到原主,花了点小钱接了手,没过几个月,这个废矿就挖出了锡。

再后来,束良玉用挖矿赚到的钱买了一块地,盖了许多房子。

黑宝如之前一样,用一条尾巴的修为换来这一切,当替束良玉了结心愿,新的一条尾巴长出来时,总数仍然是八条。

黑宝回到老林子里,老猫瞥了它一眼说,老样子,又得等二十年了。

黑宝说,你也给我说说,你这么些年来都替你家恩人圆了什么愿?

老猫说,这世间人除了名和利,还会求什么?求财的求名的,我基本上就忙活这些事去了,尾巴舍了又舍,但又必须干下去,如果不干,我不更没机会了吗?

黑宝说,我倒是相信有的人真的不在意名利。我希望有一天有一个人跟你说,他什么愿望也没有,只希望你长出第九条尾巴。

## 五

束良玉进了监狱,这是在黑宝预料之外的。它再次下山之时，束良玉已经蹲了四五年监狱，罪名是贿赂和非法经营，黑宝有点想不明白，手上这么大的产业还需要贿赂和非法经营？

束良玉离了两次婚，前后有三个老婆。这位当地曾经的首富，财产也被分为三份，掌握在不同的女人手中。只有第一位妻子为束良玉生下了一个儿子，其他两位另嫁作他人妇了。黑宝找到了那个束家唯一的后人——束雨果，染了棕色头发的束雨果正站在一场大雨中，手上还捧着一大束玫瑰花。在等谁呢？黑宝等在一旁，等到天黑也没见到半个人影。它怪心疼这孩子的，全身都湿透了，别冻出病来。黑宝顺着这傻小子专注的眼神看进了对面楼的803号房。

里面住着一个长相清秀的女孩儿，女孩儿在画画，画上是小城夜景，夜霭处灯火阑珊。她画得认真投入，好像不知道外边有人在等她。是真的不知道吗？黑宝轻轻地告诉女孩儿楼下有人等她。只见女孩儿的眉头皱起来，好像想起什么事来。女孩儿凑到窗边，看着楼下的束雨果，她拿起手机。

束雨果的手机响了，他慌忙接听，对方只跟他说了一句，请你别再做没有意义的事了。

束雨果说，盛颢，你下来吧，我只想送你一束花。

女孩儿说，我已经拒绝你了，请自重。

电话挂了，束雨果把玫瑰花扔了，失魂落魄地开车回家。黑宝一路护佑，生怕这小子出车祸。

车子停在一栋特别大的别墅跟前，屋里的豪华让黑宝开了眼界。房子很宽敞，四层，到处都是灯，各种各样的灯，许多挂在墙上的物件好不古怪，有象牙，有牛头，有盾牌，有孔雀毛……黑宝小心翼翼走在那地毯上，屋里的大座钟咚地响了，把它惊了一下。

束雨果进屋也不管全身上下都已湿透，坐到一架钢琴跟前，掀开盖子就弹，声音急促，近似癫狂，但在黑宝听起来别有一番味道，它觉得这孩子有这爱好还不错，心情不好落在这琴键上而不是别处，总归是雅的。

黑宝伸出爪子在钢琴上轻轻弹了一下。

束雨果回头看着黑宝，认真地打量，他还数起黑宝的尾巴来，他的脸渐渐现出了喜色，你是那只给我们家报恩的黑猫吧？

黑宝说，你听说过我？

束雨果说，我爸跟我说过，说是因为一只八尾猫我们家才发起来的，等再见到你，要好好拜你，你这次来还会帮我实现愿望吗？

黑宝点了点头。

束雨果喜笑颜开,双手合十立在黑宝跟前说道,盛颢好像不喜欢我,我要她爱我,不,我要她嫁给我。

黑宝说,强扭的瓜不甜。

束雨果说,怎么会是强扭的瓜呢,我会对她好,会让她幸福的,求求你了,没有她我都不想活了。

黑宝说,你让我想想。

束雨果说,你到底能不能办到,你不是要报恩的吗,我的愿望就是和她在一起。

黑宝觉得这件事有些棘手，如果那个女孩一点儿不喜欢束雨果,让它硬去把两个人拉到一块儿,它不能这么干。它想了一个办法，让男的变成女的喜欢的样子，这样对女生才公平。

盛颢出生于知识分子家庭,父母都是大学教授,人清高不合群，有主张有个性，束雨果要能驾驭这么个人还真不是易事。黑宝奉献了它的一条尾巴,扭转了束雨果公子哥儿不知人间疾苦,只晓得风花雪月的性子。几年时间,束雨果致力于儿童舞台剧,导演了一出出让家长孩子喜欢,社会评价极高的剧目,一时间青年艺术家风光无限。给剧目当舞美设计的盛颢重新认识了束雨果，他们走到一块儿是最自然不过的事情。

把这个故事讲给老猫听时，黑宝很有成就感。老猫说，你这个办法比我的强，我干过拉郎配的事，没你想得周全，以后若还碰到，我有参考了。黑宝笑着说，我说嘛，我们这都还是在修炼。

黑宝没想到，这是它和老猫的最后一次谈话。那天它们如往常一般在林间穿梭飞跃，投入地让自己的肉身与万物融通，当穿过一片长满藤蔓的湿地时，天空中突然闪起一道惊雷，在老猫跃得最高的时候，准确地劈在它身上，焦烟处，老猫已化成一堆炭。

黑宝扑上去，百年来朝夕相处，它们情如手足，互相取暖，深入骨髓的疼痛抓挠黑宝的心。八尾猫在这人间已非凡物却又未能成仙得道，必然是被排斥的存在，这天道界限分明却显无情，那一瞬间黑宝有了懈怠，它情愿也被雷劈了，免了这无始无终的周旋。

束静生从内心深处浮上来，游动于脑海，黑宝叹了口气，不知道老猫心中的那个起源是什么？从来没听它说起过，也永远不会知道了。

## 六

这是一个头发枯黄的女孩儿，眉毛轻淡，目光如静潭万顷,像极了束静生,黑宝已经在一旁看她一天了,看着看着,泪眼盈盈。这么好的女孩儿却有一条腿是残疾的，走路高低不稳。

女孩儿的父亲束雨果和母亲盛颢在她四岁那年离婚了，她判给母亲,改随母亲的姓。盛颢一个人带着女儿偏居小城，过得无声无息。束雨果却仿佛桃花三月,春风得意。

黑宝在来这儿之前先去见了束雨果，也见了他现在的妻子。束雨果的现任和盛颢完全是两种不同的女人,盛颢高冷独立,敏感善良,现任小鸟依人,丰满傻甜。它成就的婚姻为何能破裂?黑宝在过往的时间流中追寻束雨果的心路,它发现要求解开婚姻链条的是束雨果,不是盛颢,原因简单,他对盛颢的爱已经消散,他爱上了别的女人。这样看来黑宝并未失信,但黑宝在回溯中看到了自己的过失。在二十年前,它为了让束雨果得偿所愿，自作聪明地按照盛颢的心意修正了束雨果,是的,那个被修正过的束雨果是被盛颢欢喜接纳了,而随着时光的流逝，在被修正过的束雨果的心中，盛颢却失去了魅力，他想要的是另外一种女人。

这人世间的事，无常难测，黑宝摇尾叹息。如今它只想给面前这个孤单的女孩儿补偿，尽它所能来补偿。它可以给她健康的腿，可以给她美貌，更可以给她财富和名声，或者她想要全世界，它也会努力带到她的面前。

现在，它最想陪伴她。它把尾巴收起来，只留一条，它在她的窗台下喵喵地叫。

女孩儿探头出来看，一脸惊喜道，哪来的猫咪，你是迷路了吗？

它走到她跟前，伸长脑袋。她的手在它脑袋上摩挲，摸到一颗草籽，她把草籽摘下来说，猫儿，我给你梳梳毛，你等等，我去取梳子。

女孩儿奔进里屋，过一会儿手上拿了一把木梳出来。女孩儿指着木梳说，猫咪，这可是把百年老梳哦，看到没，上面刻着猫，这是我爸送给我的，说是我们家的传家宝，我用它来给你梳毛，喜欢吧？

女孩儿把猫抱起来，放在膝头。梳子在猫身上滑动，女孩儿的手很轻，遇到不顺的地方会马上停下来，用手先解开毛上的小疙瘩。黑宝全身松软，融化了一般。将近两百年了，大多时候深居于山林间，没人给它梳过毛，现在它真是重回人间了。

女孩儿给它梳完毛后说，猫咪，你给我做模特吧，我画画你。

黑宝早就发现女孩儿喜欢画画，和她母亲一样，这屋里堆满了一幅幅水彩画，花鸟鱼虫、人物风景，黑宝留意到她没画过猫。

女孩儿架起画架，黑宝卧在面前的一张藤椅上。黑宝呆坐的时候想，那些年里，束静生经常拿它当模特，但不会让它坐着，它随意乱跑他也能把它刻下来，当然了，没有人能和束静生相比，它本来就印在他脑子里了。屋外阳光正好，黑宝想，能和这女孩儿在阳光里跑一跑就好了。

女孩儿画了很久，黑宝都快睡着了。女孩儿放下画笔说，来，猫咪过来，看一看我是不是一个天才画家。

黑宝在画纸上看到一只八尾猫，就如静生把它刻到梳子上一样，这女孩儿也抓住了它的神采。

女孩儿说，我爷爷和我爸爸都跟我说过一只八尾猫的故事，那真是一只神奇的猫，它曾经让我的祖父富甲一方，又让我父亲娶到了我母亲，然后才有了我，我一直想画它，但脑子里总打不出个样，今天你当模特，我终于把它画出来了。

黑宝太喜欢这女孩儿了，它拉拉她的裙角，跳到窗台的阳光里。

她说，想出去晒太阳？我也想，走！

她和它在屋外的空地上来回跑动，它钻进灌木丛里，她也跟着钻进去，它爬到树上，她也努力爬到树上，她那条不太利索的腿好像并没有阻碍到她什么，虽然有些动作做起来姿势不美，但她笑得比天上的太阳还要灿烂。后来，她躺在草地上，稀疏的头发被汗水湿透了，她向它拍拍手说，来吧，让我抱抱你。它跃进她的怀里，听到她如撞钟一样的心跳，还有，从束静生那儿一路传下来的血流。它忍不住现出自己的八条尾巴，它要满足她的心愿。

女孩儿坐起来说，八尾猫！想不到我能亲眼见到你。

它说，我也很高兴，能见到你，还有，能和你一块儿晒太阳。

女孩儿笑吟吟地说，八尾猫，神奇的猫，谢谢你为我们家做了那么多事情。

它说，那些事现在看起来遗憾太多了，现在轮到你了，我不是一只普通的猫，我可以帮你实现一个愿望，我一定让你没有遗憾。

她静静地看着它问,任何愿望都可以?

它点了点头。

她说,我没有什么愿望。

谁都有愿望,你怎么会没有?你一屋子的画,难道不希望有一天它们被展出?你的腿,难道你不希望能够变得笔直?或者,你不希望你的爸爸妈妈能够重新在一起?

女孩儿笑了,说,我相信我的画不靠谁以后也能展出,我的腿是有一年我过马路的时候不小心被车撞到了,虽然瘸了,但我能够更专心地作画了,反正我不在意别人怎么看我。至于我的爸爸妈妈,他们已经不再相爱,不相爱的人为什么还要让他们在一起呢?

黑宝有些急了说,你再想想,你这样的年纪,不可能没有梦想的。

她说,有啊,梦想有的,它们在我的脑子里,是我活在这世上的动力,我要自己来实现它们,如果实现不了,我想我不会有什么遗憾,我还年轻,有的是体验成功和失败的机会。

黑宝说,孩子,我是来报恩的,我要实现束家每一代后人的愿望。

女孩儿说,我没有为你做过什么,不值得你的回报,如果说你是来报恩的，你做的已经足够多了。

黑宝说，求你了，随便什么愿望都可以。

女孩儿说，好吧，如果我有一个愿望，那就是你的愿望，能听明白吗？你的愿望就是我的愿望，现在替我实现你的愿望吧。

黑宝呆住了，它几乎不敢相信自己的耳朵，多少年过去了，这一天突然到来，它猝不及防，它终究是比老猫幸运，它的愿望是成为一只九尾猫。它不需要失去一条尾巴，第九条尾巴冉冉生长，疼痛、欢喜又庄严。

一瞬间，万物如潮水般退去，黑宝进入一个空明之境，它的身躯不断膨大，膨大，很多杂质从它的身体中分离出来，一会儿它又缩小，不断地缩小，缩小如微尘。它的身体经历了万般的锤炼和离析，重新再造了一个新的黑宝。此时，它已经不是一只猫，它轻盈，它空灵，它的眼睛看遍过去与将来。有一道连接天地的门洞开了，繁花、祥云、金光围绕，它在上升，上升，它离那尘世越来越远……

这是它修炼九尾的缘起吗？这一念头如惊雷炸开，它压下飞升之势，洞开之门就在眼前。越过去，清明世界，再无纷扰，留下来，苍黄一片，生死无常。但，它还是选择了坠落，坠落，它回到了那一天——

那日，离开寺庙的束静生并没有走多远，雨下得很大，他来到河边渡口的时候，一条船也没有。他把手中的伞扔了，站在那河边，流水湍急，浑黄汹涌，他低头徘徊往复，过了一会儿他停住了脚步，像下了决心，盯紧那河水，一跃而入，水快速将人卷走……

黑宝站在吞没束静生的河流边，下意识要将束静生从那水涡中拉出来，它刚伸出手去，又猛地收了回来。眼前的这一幕已然流逝，如同这向前的流水。百年历练，它已能洞悉，无论如何行事，都会留有遗憾，它不介入。它回来，要创造一个新的起点。

在这段新鲜的体验中，黑宝一进入其中，便放弃了所有的灵力，它愿意随着这故事走，所有的结局，它都承受。

太阳偏西，集市上的人渐渐散了，阿爹收了货摊带束静生回家，两人对今天的好生意都很满意，说说笑笑。他们路过城墙脚下看到船老大，船老大脚边摆放着一只小破筐。束静生走过去，看到那破筐里有一个比老鼠大不了多少的婴儿，婴儿眼睛闭着，像在睡觉。

束静生吃惊地说，你是在卖你家孩子？

船老大说，没办法，她娘死了，我一个大男人怎么会照顾孩子，她跟着我风里来雨里去，不如让好心人收了去，比跟着我强。

束静生转头看阿爹说道，阿爹，我想要这个小孩儿。

阿爹说，男伢还是女伢？

船老大说，女伢，女伢好啊，养几年就能干活了，当丫头使唤。

束静生说，我不会把她当丫头的，阿爹，刚才卖梳子的钱我想用了。

阿爹把一沓钱递给船老大说，这孩子以后和你没关系了，是我们家的了。

船老大说，那是，那是，我不会找麻烦的。

束静生感激地看着父亲，他小心翼翼地抱起那只破筐。孩子眼睛被太阳闪了，皱起眉头。他赶紧用手遮在上头，挡住阳光。

束静生和阿爹坐船往家赶，束静生说，阿爹，这孩子没有奶喝怎么办？

阿爹说，回家你阿娘自有办法。

束静生说，我看这囡囡皮肤黑黑的，就叫她黑宝吧。

阿爹说，好，叫黑宝。

# 猫

**刘荣书**　满族，河北省滦南县人。中国作家协会会员。作品散见于《人民文学》《中国作家》《江南》《山花》等文学期刊，有多篇小说被选载并收入年选。出版有长篇小说《一夜长于百年》《党小组》，中短篇小说集《冰宫殿》《追赶养蜂人》。现为河北文学院签约作家。

刘荣书近照。

他是一位诗人，一位光头诗人。他因光头而喜欢戴礼帽，喜欢戴“鸵鸟”牌的，产自澳大利亚的礼帽。在我们这个略显偏远的西北边陲城市，喜欢戴礼帽的人比比皆是。但少有人像他这样，将礼帽戴出了一种仪式感，并具备了一种优雅的姿态。对了，他还是一位“爱猫”人士，不遗余力地照顾着一群流浪猫。刚来这个城市的最初几年，五年内他搬过三次家。每搬家一次，全城的流浪猫好像都接到了通告，一窝蜂拥到他所在的小区。这些猫有的缺了耳朵，有的瘸了爪子，有的瘦骨伶仃，有的则需要减肥。它们因受着无微不至的照顾而饱食终日。白天只管躺在阳光下睡觉，偶尔也会操练一下“逮老鼠”的老本行。春季的夜晚，则遵循着某种自然法则，惨烈而义无反顾地交配。它们偶尔也会对着月亮发呆，竭力效仿那个忧郁的、喜戴礼帽的诗人……他对猫为何会如此钟情？据说，同他的一段经历有关。

这个寓意不明的故事，便是在一次聚会时，他随口对我们讲起来的……

在长发飘飘的年代，我便成了一名诗人。

当时我在兰州大学读中文系。大二那年，在《兰州日报》的副刊版面上，发表了一首诗歌处女作。虽只有短短五行，却在校园内引起了轰动。至于内容，还是不在这里朗诵的好，毕竟文笔还很稚嫩嘛……当时，我并不知道诗歌发表的消息，只在早起去食堂吃饭时，广播喇叭忽然播出了我的名字。我普通的名字经一个柔美声音的播报，像被早晨的第一缕霞光擦亮。它像一道闪电即刻击中了我，使我忽略了广播的内容，只陶醉在那声音带给我的美好感受中——每次学校的广播站广播，那柔美声音总会让我感觉到美好。在我未见到播音员之前，她的声音常会使我想起家乡草滩上云雀的鸣叫。等我远远见过了她，她的美貌更是令我动容。在我年轻的经历中，我从未见过如此“美好”的姑娘，形容她带给我的印象，“美丽”一词是不准确的，“美好”一词才恰如其分。她身材高挑、皮肤麦色、牙齿洁白、眼眸晶亮，后来我在诗歌中，无数次用比喻性的修辞，赞美过她的美好。

她的名字叫作央珍。

当时我站在那里，灵魂像被抽走。若不是同宿舍的哥们儿提醒我，我真不敢相信经由央珍诵读、在整个校园上空扩散的，竟然是我的诗歌。那天早上，我还未真正体会到“诗人”之名带给我的巨大成就感，却在弟兄们的恭维之下，早已飘飘然了。脑瓜一热，慷慨地说，不去食堂喝粥了，走，本诗人请你们吃面去！

那天我请弟兄们每人吃了一碗拉面，花掉了两元钱。结账时，这才意识到问题的严重。在当时，我每月的生活费只有十元。那一餐早饭，便花掉了我五分之一的生活费。而时间刚过月半，我裤兜里只剩下了区区三元。吃完那一餐早饭，直到这个月的月终，我将成为一个名副其实的“穷鬼”。

物质上虽成了穷鬼，精神上却成了名副其实的富翁。我一夜成名。不仅得到同学们的艳羡，也受到老师的夸赞。更为重要的是，那天在图书馆看书时，那个叫央珍的同学悄悄坐到我身旁，来主动与我搭讪。你就是那个在《兰州日报》发表诗歌的同学吗？我呆呆望着她，甚而忘了回答她的问话。在后来我们渐趋自然的交谈中,她再次用柔美的声音,为我单独诵读了一遍我的诗歌处女作。这隆重的礼遇,几乎使我陶醉。我从她唇齿吐纳的气息间,嗅到一股糌粑和酸奶的气味。这才知道,她并非遥不可及的女神,而是一个可爱迷人的姑娘。

我当然爱上了她。

那首诗歌让我有了追求她的勇气。但因为太穷了,短时间内不会有任何实质性的进展。好在神灵总会成全恋爱中的人们。一个月之后,我收到了一张汇款单,是报社寄给我的。它像一个神迹,连同那张 4 开的报纸。我的诗歌印在报纸的中缝上,虽不惹眼,对我来说却是一种无上的荣光。这张报纸连同那十五元汇款单,再次让我成为校园里的焦点。诗歌让我得到了命运的双重恩赐,不但备受尊崇,那笔不菲的稿酬,也使我成了一个不受生活费困扰的富人。

我再次请同寝室的弟兄们每人吃了一碗兰州拉面。看他们吃得意犹未尽,又吩咐老板为他们每人加了一枚鸡蛋。吃面时他们曲意逢迎,对我讨好地说起了央珍。一位很聪明的哥们儿说,要想把央珍搞到手,你老是谈诗歌咋能成呢嘛!你要和她约会呢嘛,给她送花啥的嘛……他每次吃东西时,总会暴露自己的本性,家乡土话脱口而出,等狼吞虎咽地吞下一枚鸡蛋，这才又变得文雅起来——即便没那么高雅，也该像请我们一样，请她吃一碗拉面吧。要知道，爱情不仅要在精神上体现，也要在吃喝拉撒的物质基础上修成正果嘛。

哥们儿的提醒使我醍醐灌顶。那时节我的裤兜里还剩下十二元。日子已到了月底，在月初的某个日子，我还会如期收到家里汇来的生活费。这笔剩余的“巨款”，将意味着我会过上一段追求爱情的日子。

我变得吝啬起来。即便寝室里的弟兄们如何逢迎，我也不再搭理他们。我有自己的打算——开始频繁约会央珍。在校园外的小吃街上，我请她吃过拉面、凉面、油炒粉、羊杂碎、兰州酿皮子……我还请她去看过黄河。站在黄河大桥上，她的秀发被风吹起，拂到我脸上的感觉，险些让我灵魂出窍。我们还去过五泉山公园，去过位于公园西侧的兰州动物园。在那里，我们看到了美丽的孔雀，看到了传说中的斑马和猴子。天就快黑了。我们并肩走在通往校园的一条小路上，我有意碰了一下央珍的手。她看了我一眼，轻声问，你会写一首诗吗？我把她的问话当成了一种对“爱恋”的求肯，当即便回答她，会，我会为你写一首诗……不，不止一首，我将为你写无数首诗。她嫣然一笑，喃喃自语道，那只孔雀多漂亮啊，可人们因为它的漂亮，才把它囚禁在笼子里。我觉得,你应该为那只可怜的孔雀写一首诗。

我无言以对,侧头看她,见她的嘴唇在夜色中绽放,令我生出无尽联想。

我愿成为一只蜜蜂,去你的唇间采蜜。这是我在当夜写下的一首短句,表达了对央珍的渴望。我想在接下来的日子里,能够拥抱她,亲吻她,使我们之间的关系提升到一个崭新境界。但在我花光所有积蓄,再次成为一个“穷鬼”之前,却失去了与她约会的能力。随着气温的攀升,这个地处内陆的西北城市渐渐变得燥热起来。我同样燥热的心却变得冷却,生活的窘困使我备感无奈。我在对一个姑娘的想象中方寸大乱,失去了“作诗”的能力,写不出一段像样的句子。在那种百无聊赖又极度痛苦的煎熬中,那个漫长的暑假便来了。

整个假期我都待在家中。

我将那张报纸带给了父母。他们虽不识字,却深知报纸这种东西的“尊贵”。如今他们儿子的名字印在了报纸上,这对他们来说是何等荣耀!因此我在家中的地位一下子有了提升,甚而超过了我的兄弟。我的孪生兄弟是一个在寺院修行的僧人。正如一首歌谣里所唱:一步一步向山上走,雪花一片一片往下落，在我与雪花约定的地方，我想起了我的母亲。我们都有同一个母亲，但是命运却不一样。命好的那个做了僧人，命不好的我走向远方……家里本是想将我送到寺院里去的，但因我先去学校多读了两年书，而弟弟却始终在草滩上放牛，家人觉得我丢了学业算是蚀了本钱，这才将他送去了寺院。他“塞翁失马”，便成了那个命好的人。而我注定命苦，当时不但要应付功课，还要在父亲的呵斥下，起早贪黑去草滩上放牛。

这已是我待在家中的第二个暑假了。因地位的提高，境遇便完全不同。父母会默许我睡到太阳晒屁股才起床，默许我通宵在外面与村里的伙伴鬼混……除享受这些优厚的待遇外，我在报纸上发表诗歌的消息不胫而走，竟先后有两位客人专程来家里拜访我。一位是在县城上班的公务员，他一边给领导写讲话稿，一边写讲话稿般的诗歌。还有一位发誓要成为作家的年轻牧民，这位仁兄蓬头垢面，显然日子混得很差。他神情亢奋地告诉我，他写了一部长篇小说，不由令我刮目相看。当我提出能否拜读时，他却痛苦地低下头说，可惜他那部长篇临近结尾时，放在桌子上的草稿，竟被走进帐篷的犏牛吃掉了。犏牛把他的小说像吃草一样吃掉，是从稿纸上嗅到了青草的气息吗？我当即吓了一跳，觉得这真是一件奇怪的事。我差点笑出声来，但看他凝重的表情，只能故作惊讶地问，那怎么办啊？他的神情沮丧，说，能有啥办法，如果那些带字迹的纸没有被它嚼烂，未被胃液分解，我宁愿把它杀掉，剖开它的肚子。听了他的话我再也憋不住大笑起来。他难堪地望着我，我感到自己的失态，安慰他说，那你就好好饲养它吧，说不定，等它转世，它会成为一位“作家”的。他嘀咕着，只能这样了……他还告诉我，现在凭借记忆，他正在重写那部小说。每当灵感短路，他便去和那头犏牛待在一起。看看犏牛的肚子，听听它反刍的声音，真的能找到灵感。

暑假生活的前半段，我无疑过得十分逍遥。但等临近结束，我却莫名焦躁起来。牧区生活虽空旷而无忧，却使我感到某种逼仄的不适——或许从发表了那首诗歌开始，我内心的宁静便已被打破。直到现在，我都再难寻回少年时内心的那份安宁。我开始想念我的大学，当然也在无时无刻想着央珍。和她在一起的那些场景，跑马一样时时涌现在我的眼前。每当于幻觉中再次触碰到她的手时，我总会下意识地揉搓指尖，借以缓解那随之而来的被电击般的感受。我无数次梦到了她，我真的成了一只蜜蜂，在她湿润的嘴唇间焦渴地忙碌。我用柔软多节的“唇瓣”在梦里完成了与她的亲吻，感受到一种幻灭般的欢愉……

我终于知道在这个行将结束的假期里，接下来自己该做些什么了——那便是如何搞到钱，如何使自己的口袋充盈起来。等重返校园之后，才能有同央珍约会的资本。据我所知，央珍的家境不错，她的父亲是海西州的一位官员，她虽在草原上长大，自小却像公主一般娇贵。像我这样一个穷小子，想要靠发表一首诗歌得到她，显然不自量力。

但如何搞到钱让我颇费了一番思量。我的家乡属于半农半牧地区，除在贫瘠的土地上种些青稞果腹之外，家里所养的几头牲畜仅够补贴家用。我们姐弟四人，除年长的姐姐能帮家里干活，下面还有一个正上初中的弟弟。每月凑足我的生活费，便已让父母苦不堪言。想让他们再多给一些，无异于可耻的强盗。村外的山上有药草，也有蘑菇，却要等到晾干后才能出售。我绞尽脑汁，也想不出如何在老家搞到一笔“外快”的办法。最后只能自欺欺人地想：还是多写几首诗吧。写出来就能发表，这才算行之有效的办法。有了这种想法，便想等回到学校，应该先去报社拜访一下，增进一下感情的联系。但又怎能空手而去？我这才想到山上的蘑菇，那种只在我们这个地区生长的黄蘑菇，应该是送给报社编辑的最好礼物。

那天早上我本想早点起床，去山上捡拾昨夜雷雨中被唤醒的蘑菇。但预想总是被我的嗜睡延迟。当我睡眼惺忪走出门外,见一家小卖部门口,围着很多村人。

大学生,你见多识广,快来看看,这是什么东西?

有人在喊我。

我走了过去。见众人围着猎人扎西。扎西肩背猎枪,肩头被露水打湿,显然刚从山上下来。他长了一副笑嘻嘻的模样,浓黑的胡须一翘一翘。手里牵着的一根绳子上,拴着一只长相奇特的动物。

我从未见过这样一种动物。它的身形较为短粗,红棕色的毛发长而密,起伏着花豹一样的斑纹。尾巴很长,环绕着暗棕色条纹,一直延伸到尾尖,却又变成了黑色。最为奇特的是它的两只耳朵,耳尖稍长,生有一撮类似毛笔笔尖的毛发。我未及细看它的眼睛,只看到它的额部有三条暗棕色条纹。鼻须在无风的情况下,微微颤动。

猫！是一只猫……我脱口而出。

“猫”这种动物,在我们这个地方虽不多见,但我随舅舅去甘肃贩卖羊只时,曾在穆斯林家中见过数次。我这样叫它,也不无道理。它确乎像一只猫,身形虽比家猫大得多,形态却毫无二致。

看,它在哭！一个小孩指着那只“猫”说。

“猫”已失去了挣扎的能力,无力蹲伏在那里。偶尔抬头窥望一下猎奇的人们。它的眼睛是微红色的,眼角的一层湿润,看上去确实像是眼泪。

这不是一般的动物,扎西,你抓到它,想把它怎样？一个手摇转经筒的老人这样忧心忡忡地问。

不想怎样。我第一次抓到这种动物,把它带下山,想让大家开开眼……扎西笑眯眯地说,显然在撒谎。

你看它的肚子那么松垂,乳头很大,应该是刚下了崽。扎西,你真舍得杀了它卖皮子吗？它出不了多少皮子的,你还是放了它吧。有人这样规劝。

它是出不了多少皮子,可我总不能就这样将它放了吧……作为猎人的扎西,说话的口气变得无奈起来。

那你想怎么样！一旦有人指责，大家便开始纷纷跟着指责。

我站在人群里,冷静地喊,扎西大叔,不如把它送给我吧。

送给你？为啥要送给你！

送给你,你是想把它卖掉,还是杀掉？众人一脸狐疑地问。

你们去过动物园吗？我笑眯眯地问他们，问我的这些目不识丁的村人们。接下来的讲话不无得意，我去过兰州动物园，见过很多珍稀的动物。但这种动物，我还从没见过。那里没有！那么大的城市，竟然没有！那些尊贵的城里人谁也没见过它，我想把它捐赠给动物园，让那些城里人看看，也算，也算为国家作贡献嘛！

你想把它卖掉，去换钱吧？扎西一脸不屑地说。

我放松表情，认真看着他说，你说什么哪！扎西大叔，国家的动物园是自由市场吗？那里从不买卖，只接受捐赠。说到“捐赠”一词，我故意加重了语气。

噢，扎西呀，你县城都没去过，就不能用自己的眼光来衡量别人。他可是大学生，报纸上都登了他的名字，他怎么会骗你！一位去过县城，在村子里德高望重的人站出来替我讲话。

他颇为赞赏地看着我说，送给动物园，这是个好主意。不但为国家做了贡献，这只猫也会被国家养起来，它再也不用每天辛苦觅食了。

听了他的话，大家都甚感欣慰。只有扎西仍不情愿。而决定权却只掌握在他一个人手中。

扎西，你想怎么样？大家又开始纷纷指责。

怎么也要送我条烟吧！扎西讨价还价说。

我毫不犹豫答应了他，并谎称是代表“国家”送给他的。我跑回家去，对阿妈仍旧撒谎，说自己需要买一套学习资料，要十元钱。阿妈叹了口气，却没有半点犹豫。她在裙袍上揩了揩手，打开家里唯一一只挂了锁的红木箱子，抖搂展开一个布包，拿出家里仅存的一张纸币，好一番端量。我看着她可怜的样子，轻声安慰道，阿妈，你不用担心，这钱我会还给你的。等下个月，如果可能，生活费就不用给我了。如果再有可能，等春节回家，我会从城里买些礼物送给你。阿妈抬手抹了一下害了眼疾的眼睛，笑着说，你总会哄人开心，你拿什么来兑现这些承诺呢？我顿了顿，不敢把自己真实的想法告诉她，而是神秘地对她说，我会收到很多稿费，我还会送给家里很多张报纸。

围观的人们已经散去。等我从小卖部买下两条劣质卷烟交给扎西时，扎西眨着眼，毫不领情地对我说，小子，我不信你会这么大方。你从小就鬼点子多，告诉我，是不是真的想把它卖给城里的动物园？肯定会卖一大笔钱吧。如果发了财，你可要再补给我两瓶白酒！

我不敢把那只“猫”带回家中，而是藏在朋友桑杰卡的家里，并对他道出了我的全部计划。桑杰卡为我找来一只木头笼子，将“猫”养在里面。他如此慷慨，本应我答谢他才是，不想他又从家里偷了粮食，从小卖部兑换了一瓶白酒。像这种用粮食兑换白酒的事，以前我们没少干过。他用牙齿咬开瓶盖，慷慨地说，来，今天我请你喝酒！你是大学生，又是一个诗人，以后发达了，可不能忘了我啊！我们一边畅饮，一边估算这只“猫”的价钱。一百，桑杰卡说。我摇头。一百都能买几只羊羔子了！桑杰卡感叹着。我伸出三个手指，在他眼前晃了晃。三百？桑杰卡瞪大眼睛问。我甚是得意，而那三百元的价钱，只是我保守的估算。凭我的直觉判断，这只“猫”，这只神秘的动物，动物园怎么也会给到五百元。在这样的想象中，我不禁有些陶醉。想起对阿妈的承诺，当即也向桑杰卡做出了一个承诺，就是如果真能卖到三百元，等春节回家，不但要请他喝酒，还要请他去城里看一场录像。

我们频频举杯，以示庆贺。偶尔会朝屋角瞟上一眼。那只木头箱子静无声息。它被一条旧床单罩着，像一只变幻魔法的道具。

当晚回家，我便同家人说了自己提前返校的打算。理由是要提前回校温习功课，还要抽空去报社拜访。我的想法自然得到了父亲的支持。

那一年的暑期生活便这样提前结束了。为得到一笔“外快”，我制订了一套较为缜密的计划——在同学返校之前，我要赶回兰州，将那只“猫”卖给动物园。从家里出发，坐汽车，再转火车，一天的时间也就够了。但我担心带了这只活物，坐火车是否会遇到麻烦？为此变更了乘车路线，一路改乘汽车。乘汽车相对宽松，我以前见过带了活鸡活鸭的乘客。想必带一只猫，也应该能得到允许。我带了充足的水，带了糌粑，带了几块风干的牛肉。若一路顺利，我将按计划抵达兰州，并将很快得到一笔难以想象的巨款。

我把一只塑料瓶剪开，用铁丝绑在木笼子里。时不时地，掀开罩笼子的旧床单的一角，悄悄倒一些水进去。自己肚子不饿的情况下，唯恐它饿，会不时塞一点儿糌粑进去，塞一块肉干进去。罩笼子的旧床单被我剪了几个洞，想必它不至于被闷死。我像照顾长辈一样一路照顾着它，唯恐它闹腾起来，引来不必要的麻烦。好在整个旅途它都非常安静，不发出一声嘶鸣。在我的想象中，它成了一个没见过世面的孩子，如今由我带着，走了几百里的路，由清贫的乡下转往繁华的都市，即将过上美好的日子。想来，它也应该感激我的吧！

夜半时分我赶到了学校，岑寂的校园像一座荒芜的城堡。

我冲了澡，睡下之前，不忘将罩在笼子上的床单掀开。灯光下，它锦缎般的皮毛一抖，闪出一道炫目的光亮。半卧着，慢慢站起来，在逼仄的笼子内团着身子，仰头看着我，嘴里发出“嘶嘶”的喘息。它看向我的目光十分湿润，焦灼中带了些惧怕与哀怨。我对它吹了声口哨，喂了它些水，将剩余的肉干全部投放进笼子。为使它不打搅我休息，再次用床单将笼子罩住。

我坠入了梦境，听到风吹过山谷的声音，听到软足动物踏断枯枝，发出“咯吱”的脆响，听到待哺的动物在铺了茅草的洞穴里，发出窸窣的骚动。等惺忪睁开眼睛，我几乎不敢相信眼前看到的事实。

一个女人站在我的床前。

她穿一身毛皮斑斓的衣服。她的那身装扮，正像多年后，我在录像里看过的，那部风靡全球的英国音乐剧《猫》里的一只猫。她给我的直观感受，是一位哀怨的悲伤欲绝的普通的猫。她长着一张男人般的脸，身体特征却极具女人特点，紧身的毛皮胸衣鼓凸，使匀称的身材显得特别丰腴。她或许站在床前，观察了我很久。见我醒来，眉间的怨怼瞬间化为哀怨，那么忧伤地看着我。

放了我吧……她说。

你是谁？我惊讶地问。

我就是被猎人抓到，被你掳到这千里之外的那只猫啊。她说。

听了此话，我不禁想笑。我以为她是我的某位提前返校的同学，穿了这身奇怪装束，半夜三更故意来和我开玩笑的。

见我不信，她便讲起被猎人抓到的经历。她说若不是因为孩子们，她是不会去山腰的松林里觅食的。松林里有兔鼠和灰雀，也有猎人设下的陷阱……我不想听她这一套没有任何依据的杜撰，直接从床上下来，掀开盖住笼子的旧床单，却惊讶地发现，笼子里空空如也，只有残存的食物碎屑。

你怎么会把我带到这里？只是觉得好玩吗？放我走吧，阿伊赛迈山上还有我三个嗷嗷待哺的孩子，我被关在这里，它们会饿死的。她哀求着，嘤嘤哭泣起来。

哭声很细，像老家葬礼上哭泣的妇人。我跌坐在床头，还在为笼子里消失了的那只猫感到惊讶。听到哭声，这才抬头看她，见她的眼里流出了泪水。泪水是红色的，血一样的颜色。令我更为惊愕的是，此刻从她鼓凸的胸口部位，渗出汹涌的白色汁液，顺着乳峰的凹陷，缓慢濡湿她的全身。

她止住饮泣，嘴里仍在哀求，放了我吧，放我回去吧，阿伊赛迈山上的孩子们,还在等我喂奶呢……

我大叫了一声,从床上惊坐而起。擦擦额头的冷汗,抬眼望向窗外,见窗口已露晓白,这才知道是做了一个梦,一个令人忧伤却又费解的梦。

赶到动物园,我像一个去集市兜售特产的乡下人,在动物园盲目转了一圈,也不知该找谁来兜售我的商品。一位干部模样的人可能觉得我有些奇怪,问我想干什么?听完我磕磕巴巴的讲述,他带我去见了园长。

一位戴眼镜的老头坐在办公桌后,干部模样的人介绍说,这是我们园长,你想卖什么东西,和他说吧。

园长一脸憨态,看上去像一个诚实的乡下老头。听完我的诉求,他饶有兴致地让我揭开床单,气喘吁吁地弯下腰去。他身材肥胖,撅着屁股只端详了一瞬,便呼呼喘起气来,抬头看看我,眼里灵光乍现。他抹搭着眼皮问我,从哪儿弄来的?

我说,山上。

接下来他问明了我的身份,以及家庭住址,大概只为摸清这只动物的来历,却显得心不在焉。

你们能买下它吗?我忐忑地问。

买——当然可以买,只是,你要多少钱?园长拉长声调问我。

我尽力掩饰着自己的慌乱，故作老到地说，这是一只珍稀动物，在我们老家，还从没有人抓到过呢。

不想他却“哼”了一声，撇嘴说，什么珍稀动物！以前我们动物园就养过一只，前年死了。是一只公的。如果它活着，而这只恰好是母的，我们就能买下来，买下它交配、产崽，能给动物园增加效益，可惜……

听了他的话，我蓬勃的欲望锐减三分，虚弱地问，你们能给我多少钱？

你出个价吧。他和蔼地看着我。

五……五百，怎么样？我试探地问。

园长的目光变得更加和蔼，小伙子，我们以前买的那只，只花了两百。

那就三……三百？现在物价不是提高了嘛！我嗫嚅着，可怜巴巴地看着他。

不想他竟答应得非常痛快。

在即将成为一个富人的狂热心情平复之后，在等会计领我去取款和签字之前，我这才想起问一问这只动物的名字。

它是什么！它是“猫”吗？

它的学名叫“荒漠猫”，又称草猫、草猞猁，是脊椎动物亚门食肉目动物，是猫科猫属的一种。它们不畏气候的恶劣，在荒漠山林边缘、高山灌丛和高山草甸地带生活。分布于西北、西南地区，是神秘的小动物。它们还是中国的特有物种。

园长的解释，像教科书一样规范。

会计进来了。

园长和她耳语了几句，随后会计准备领我去签字，另有两位工人进来，抬走了那只笼子。那只笼子很轻，一个人便能搬得动。床单仍旧罩在那笼子上，我本想再看一眼那只有着不俗名字的“猫”，那只被我从家乡带到这陌生城市来的“猫”。当时我或许在想，想同它道声“再见”？或想祝福它一番？但看到他们抬在肩上的样子，却忽地想起老家有人去世时，被人抬往坟地里的棺椁。我呆呆站着，目送工人离去。园长在身后喊我，他的声音听上去自有一番慷慨，小伙子，谢谢你啊！如果以后想来动物园，我可以给你免费。

三十张十元的票子，捏在手里厚厚一沓。我从会计手里接过那沓票子，当场便数起来。我数钱的样子肯定会被会计耻笑，但她会知道吗？这么多的票子，不光是我，即便我们村里最有见识的人，也没有见过这么多的票子。我对她投来的目光毫不在意，不时往指尖上啐一点儿唾沫，又不时瞟她一眼。她离开座位，起身去倒水。我的目光落在她身后的墙上，忽地凝神愣在那里。

她身后的墙上，贴着一张打印的表格。我从那张表格上看到了“荒漠猫”三个字。定睛细看，这三个字的后面，坠着一串庞大的数字：两千六百元。再仔细看，原来是一张价目表，一张动物园收购动物的价目表。那只“猫”，它公平的价格应该是两千六百元，而他们，只给了我三百元。那位看起来十分厚道的园长，显然无情痛宰了我一刀。

会计倒水回来，望了望身后，泰然自若地在椅子上坐下。她肥厚的身子随即将那张价目表遮住。再次瞟了我一眼，问，还有什么问题吗？

我咽了一口唾沫，慌乱走了出去。

在这个酒醉的夜晚，我的朋友停止了他的讲述，一副疲惫至极的样子。作为听众的我们，觉得这个故事到此该结束了。

这是一个与欺骗有关的故事。显然那个园长太可恶了。在那样一个年代，两千六百块是个什么概念？

哥们儿，你不被骗的话，早该是一名富翁了，而不是一位穷酸的诗人。有人说。

我的朋友苦笑,干了杯中酒。

你追到央珍了吗?有人问。他现在的老婆,是一位中学教师,自然不是央珍。但当时追到或者追不到,也总该揭开这个与爱情有点沾边的故事的谜底。

算是追到了吧……他说,只是后来她父母不同意我们结婚,最终没能走到一起。

那就是吻到她了?上床了吗?

每当说起“上床”,男人们都会感到兴奋。

他跳过这些烂俗的提问,语调变得感伤,说,那个年代,哪会轻易就能吻到一个姑娘啊。我们只是牵过手,还是在很隐蔽的状况下。

没劲!有人做出沮丧的表情。

他兀自沉陷在自己的感伤里,喃喃自语,后来,央珍嫁给了一位干部的儿子。如今在拉萨生活。前年,我见过她一次。生活境遇不太好,老了很多……分手时她从背后抱住我,让我吻她。我吻了她,吻了她皱纹堆叠的额头。她说,对不起,等转世,我俩再在一起吧。

这如诗歌般的表述,瞬间将我们打动。

她不该道歉的，当时我心里非常自责，觉得该道歉的是我，是我对不起她，也对不起那只“猫”。

他再次说到了那只“猫”，不由令人恍然大悟，觉得他所讲的这个故事，终究是一个和“猫”有关的故事。联想到他是一位爱猫人士，随即有人调侃地说道，你现在喂养那些流浪猫，原来是觉得有所亏欠啊！

他抬了一下眼皮，发出一声长叹，是啊，卖掉那只“荒漠猫”之后，我一次也没到动物园去过。每次从那里经过，都要绕着走。

有人不禁笑起来。

他的神情中却不见丝毫尴尬，仍旧喃喃自语，后来，我无数次梦到过那位身穿毛皮斑斓衣服的女人。只是她不再对我哀泣，而是对我横加指责。她的眼里仍旧流着红色的眼泪，胸口滴淌着白色乳汁……她在梦中对我发出诅咒，每次都会让我从噩梦中惊醒。这样的噩梦，一直追随了我多年。我试图求得她的谅解，在梦中反复问她，我该做出怎样的补救，才能弥补当年犯下的过错？她最终原谅了我，告诉我，现在她的那些孩子们，成了这座城市里四处流浪的猫。如果你想补救，就力所能及地去照顾它们吧……我这才开始照顾那些流浪猫。而不是像你们认为的那样,是天性或是出于对弱小动物的关爱。

我忽然插言,一语道破天机,你照顾流浪猫,真的不是出于关爱,而是出于忏悔!

他看我一眼,心有余悸地说,不,也不完全是忏悔……应该是出于真实的恐惧!

# 猫的故事

**文珍**　　作家，出版有小说集《夜的女采摘员》《柒》，散文集《三四越界》，诗集《鲸鱼破冰》等。

文珍在路边捡到一只状况不佳的小流浪猫，照片拍摄于带它去医院检查的路上，后小猫被成功送养。

野猫，会攻击人类的猫咪群体。它们在野外必须要保持警惕，不然活不下来。一些国外组织的统计数据表明，流浪猫的平均寿命只有两年，不但要忍受同伴的欺凌，还要防止个别人类的虐待，导致它们对人类充满敌意。

遇到流浪猫不要想当然以为猫咪都是可爱的，要循序渐进，消除敌意，不要一开始就上去喂养或者抚摸，城市的流浪猫基本上都是家猫，敌意一般情况下很容易消除，但不可操之过急。也不要认为猫抓伤、咬伤你就说明猫的邪恶，任何动物和人的关系都需要引导，即使是看上去无害的猫咪。

我从未这么快完成一篇小说，它其实根本就不是一篇小说，而就是发生在北京某个下午某条街道的事。你也可以说这是每一分钟都可能会发生在这个国家这个城市这些好人之间的事。

故事也许要从前一晚上说起，如果不嫌这个开场过分冗长的话。

前一晚我在家加班写稿。神思枯竭之际,穷极无聊打开了微信网页版，发现一个女友几秒钟前刚在小群里发了一条消息:我刚才做了一件特白痴的事！巨尴尬!

我的好奇心被调动起来,目不转睛等她说完。

她说,事情是这样的。我朋友圈有个小孩一天到晚总感叹没钱，没年终奖，我今天终于受不了了，给他发过去一个红包——我们平常几乎从不联系。他被吓到了,不敢收。是不是没法儿更尴尬了?

我问,发了多少?

五百。

我瞬间被这数字刺激到了:这么多! 你有钱干吗不发我们群?

一瞬间潜水群友纷纷浮出水面表示赞同。

关键是那小孩不收。女友坦白道，我这纯属做好事献爱心，人家还怀疑动机不纯。

你能有什么不良动机？

觉得我看上他了呗。我可比他大十几岁。

嗐。你这也是好心，和你熟一点儿的人不至于不知道。不过他朋友圈都怎么个哭穷法值得你慷慨解囊？让我也学习一下如何和熟人讨赏。

女友过了一会儿发过来七八条截屏，风格泰半如下：

孤绝站立于这城市的十字路口，才发现两手空空。想拂袖离开这并不足够了解我价值的污秽尘世，又心有不甘。那么多不如我的，凭啥都混得比我好？

我需要很多很多钱。每一个人都需要很多很多钱。但是年终奖仍然是上帝制造出来最可笑的产物，是这世间最大的不公不义。

总有一天，你们所有人争相把金钱送到我手中，我也依然会弃之不顾。我辈岂是蓬蒿人？

就像那个阿拉丁神灯里的妖怪，晚了，已然晚了。我恨这个社会，恨所有对我不够重视的人。我恨。

女人，你需要包吗？需要口红吗？需要因为没发年终奖所以什么都不能给你买的我吗?

如果我是肖邦，那么亲爱的桑夫人在哪里?可以肯定的是,绝不是不发给我年终奖的女上司。她不单相貌丑陋,而且俗不可耐。

已经不指望年终奖了。这或许是一种罕见的幸运?

我卑微,可耻,都是因为我比别人更穷。

…………

我快速拉完,沉默了好几十秒才说,依我所见……这永不落幕的年终奖协奏曲,不值五百块啊。

女友说,是吗?我倒觉得他挺真诚。这年头哪还有人在朋友圈这么说话啊?大家都要脸,都假装自己过得比别人好。他能正视自己的失败,挺不容易的。

可我没觉得他正视失败了啊?倒是一股子怀才不遇的酸气扑面而来,这小哥学中文的?

是学中文的。女友说。名校。

名校中文系毕业,就把咱博大精深的汉语学成这样?不琢磨怎么把工作干好,光在朋友圈写当代离骚了,我要是他领导也不给他发年终奖。眼高手低,不开除就不错了。您也真是爱心泛滥。幸好他没收，否则真成奇葩了。

女友那边半天没动静。又过了一会儿，怯生生来一句：他刚收了。

我：……

她：我本来还以为自己干了一件好事呢。

我：你就不是在帮他，是害他。俗话说救急不救穷。他这就是典型的穷。

他是说他穷呀。女友说。

穷不光是一种物质状态，也是一种精神痼疾，人格障碍。

……我现在啊，就担心他以为我看上他了。你说倒霉不倒霉，明明是想做件好事！

五百块钱在这个时代又能做什么呢？这句话都打出来了，我终于没忍心按下发送键，又一个字一个字地删掉。或者女友也并非真能做什么，而只是图个安心：一个善良慷慨，为了帮助他者不惜陷身险境的天真成年人。

一时冲动，哎。谁让他暗恋过我，还当众表白过。女友说。

我没追究这句话的逻辑相悖之处：收就收了吧，你就当出去请我吃了顿火锅。

火锅可不要五百块钱啊。她打了个笑脸——仿佛有点儿失望。我并没有夸赞她的义举和善行。可她不知道,"好人总是自以为是",社会学家乔纳森·海特如是说。他在同名著作里最重要的论断,就是"理性即为且应当只能为热情的奴隶,除服侍听命于热情外,无法妄求他职"。换言之,就是我们所有的行为,一开始其实都出于直觉,随后才要求理智追补最大合理化的理由。

她希望那个小哥感激她,爱她。可那小哥也喜欢别人更爱自己。朋友圈都说得这么明白了。我想。

往窗外看了一眼,一轮月亮高挂中天。清冷,嘲讽,置身事外。这个无效沟通的月圆之夜就这样过去了。明天的发言稿还没写完,不知道为什么,我有点写不下去。当我们在说爱、善良、正义、崇高……到底在说些什么呢。所有人都如此固执、如此刚愎自用,如此自欺欺人。

"而我曾也要求自己当一个好人。才因此深知那善良的虚妄。"

渐渐陷入了无法可想的困顿。走到阳台上长时间凝望那面容惨白的月亮。球体的阴影是它表面固有的山丘,但是很长一段时间内人们都坚称那是嫦娥和玉兔,以及永远砍伐桂花树的吴刚——他一旦闲下来,正当壮年又会和嫦娥发生一点儿什么呢？所有神话故事背后，都藏着一个试图控制一切的卫道士和一个无法自圆其说的设计者。身份尴尬的吴刚因此变成西西弗斯，永世不得安宁。

阳台窗户大开。月色清朗的那些天，偶尔会在幻觉里看到自己走出去——我住十二楼。

前几天安慰一个得了抑郁症的朋友，亲爱的想开一点儿，不是每个人都拥有像我们一样的优越条件，还年轻……她瞪大眼睛看着我说，遇事你总这么开解自己吗？你离抑郁症也不远了你知道吗？

那天我睡得很晚，但因为忘记拉窗帘，第二天仍然被明亮刺目的夏日阳光早早弄醒了。看了看表，只睡了四个多小时。

人们总是容易对一些斩钉截铁的句式留下印象。比如说，“一个人就要像一支军队”“人类总是习惯于自设障碍”。

我喜欢的一个女作家如是写她笔下的德国女子：

以理性与节制去理解。

莱泛爱拉这样理解时间。如果舞蹈课早上九时三十分开始，每逢星期一至五，她从来没有缺过课，早上九时二十五分她就坐在舞室的地板上等，永远是第一个。“没有什么事情可以改变我。”她想。同样她亦无法改变任何事情。

她这样理解命运。

我对这个女子印象深刻，那还是二十岁那年看的香港小说。也许那时我就应该知道——仿佛提前掌握真理—— 一个人只能够要求自己。

然而我却不知道过度相信自己甚至只相信自己，同样也是与全世界为敌，同样也是必败的悖谬和荒唐。

贾木许的《帕特森》里有一段对白很有趣。每天早上公交车司机帕特森在出车之前总是要问候一下负责夜班的搭档，你好吗？往常他都说，我很好。突然有一天开始，他每天都告诉帕特森说，我不好。然后就开始絮絮叨叨到底有多少不好，婚姻、亲戚、子女、疾病……帕特森听了以后不知道该说什么。但是他仍然习惯每天都问。搭档每天都回答不好。终于有一天，帕特森有点恐惧地看着他，但照常问，你好吗？搭档刚拉开大谈一番的架势，突然间叹口气说，算了，反正你也不想听。

我觉得当代很少有寥寥几个镜头就把现代原子社会中人和人礼貌之下的不相干表达得这么好的电影了。这就是我们的日常。我们都想当一个好人但事实上却做不到，也没人需要……每个人大多数时候都并不是真的想得到回答，不过是一种资产阶级式礼貌的闲聊罢了。我们真正感兴趣的事情是那么少——除非有机会表现得比他人更重要、聪明、高尚、成功，为此几乎可以付出一切代价。帮助他人只是为了鹤立鸡群。永远追求正确的好学生的迷思。

渴望被爱、被肯定、被艳羡、被追随。

晚睡早起，临近中午便饿了。很久不见不在同一层楼的要好同事，她怀孕三个月了，我一直挂念着要去看她，但总是忙。工作效率最低的翌日，反倒心血来潮打通座机，问她中午要不要一起吃饭。窗外是初夏的青枝绿叶。在这样微微有风的季节，也许正宜陪孕妇一起散一会儿步。

同事没通过昨天的孕期糖尿病筛查。忌口几个月，毫无改善。她的声音在听筒里听来无比沮丧，要不你就自己去吃点好的吧，反正我只能吃粗粮荞麦面什么的。

我说，没事，那我就陪你吃粗粮荞麦面。

并肩走在去面馆的路上，我在正午阳光里捏了一下她手臂，怀孕还瘦了，营养怎么够？

瘦也是糖尿病。昨天十三个孕妇去检查，只有我和另一个没通过。怎么会这么倒霉！

还在绞尽脑汁想各种无用的安慰的话。她突然说，猫。

我应一声，哎？

不是——猫，你看。

让我看什么？我问。她们都叫我猫，因为我喜欢猫。早习惯了。

哎不是。她急得跳脚，那边有只猫！

真是猫。

一只猫赫然出现在临街某熟肉店橱窗内。

在玻璃窗内的陈列台上，在若干鸡胗、鸡爪、鸡腿、鸭脖子、鸭掌和完整的卤鸡和盐水鸭，夫妻肺片和豆皮海带之间，一只活生生的猫正在那里，而且很脏。

一个高个子的年轻店员正企图拿扫把赶这只猫。如果它毛皮不是那么褴褛稀脏打结，大概可以勉强称之为白猫，但身上几乎已经看不出来完整的白了，眼角爹满眼屎，肉眼都可以分辨出细菌无数。

我立刻忘了孕期糖尿病的同事，失声尖叫起来，住手，不要打猫！

譬如苍蝇见血,橱窗边立刻聚拢了看热闹的一小群人。有人飞快拿出手机照相——很奇怪,无一例外全是男的,无论年轻还是年老。更多人指指点点,脸上都是事不关己的笑:熟肉店怎么会有猫?一个大妈徐徐道出了大家的心声,这一柜台肉可全毁了,总得上千吧?

抬头看了看那店的招牌,以前经过那么多次从未留意过。橱窗里一如往常密密麻麻摆满烤鸡的零件和整体,正是一家街面再常见不过的卤味店,不知怎么回事,居然蹿进去了一只长毛白猫。那猫明显恐惧得发狂,还将淋漓着卤汁油水的尾巴奓开来回横扫,眼睛肿成两条缝,头上还有一道长长的血痕,不知是被卤味店小哥打的,还是此前不知在哪儿厮杀挂的彩。偏偏那半圆玻璃橱窗从外还没法打开,只有左上角一本书大小的窗口用于交钱取货。玻璃橱窗不断被猫头撞得嗡嗡作响却死活逃不出来——窗口太高了,也太小。

此前听说过有麻雀误闯办公室慌不择路一头撞死在玻璃窗上的事。玻璃大概是动物最难以理解的人类发明——明明看得到外面。关键是,后有追兵。

阳光越来越刺眼。周围的看客走了又来,始终有一圈儿人。我陡然想起同事,才发现不知何时她已远远躲到人群外围了，未照顾好友人的内疚感油然而生。走过去用身体护住她，发愁道，这可怎么办？卤味店小哥可能会把那猫打死的。

同事脸色比离开单位时更不好了，也难怪，怀孕的人容易饿。我说，要不你先去店里吃饭，我回头自己去吃，你肚子里还有个人呢，别饿着。

好。那你一会儿也快过来。

目送她步履蹒跚地走后，其他人还在原地，更多吃瓜群众兴高采烈地举起了相机，一个新来的大妈问，这猫是怎么进去的？看样子是只野猫，饿疯了吗？

早到者讪笑，可不是。这猫就算可劲儿造，也能吃到春节。

不管怎么被议论，那只猫心思可明显不在吃上。它在那些熟肉上狼奔豕突如入无人之境，但凡小哥敢把棍子伸过去，就展开更疯狂的新一轮乱窜，几近血溅玻璃。我养过猫——到现在也还在养——没法见死不救。

有人说，你看那猫尾巴爹的！吓疯了吧！

好可怜。好几个姑娘都异口同声，这猫太可怜了……

也有同情店主的，这一柜子肉，市值怎么也上千。这下可都完了。也是倒了八辈子血霉，啧啧。

小哥试着用棍子赶，但每次都伴随着撞头巨响，周围立刻响起姑娘们山呼海啸的“不要打”,这阵仗震慑了小哥。他眉头紧皱,暂停动作,模样就像世界末日提前降临到这不到两平方米的卤味店——他没法不恨这只从天而降、彻底毁掉了他这一天工作的猫。他是唯一无法置身事外的人，必须对老板负责、必须处理好这个烂摊子。真正值得同情的倒霉鬼是他和猫,不是老板和其他任何人。

猫的状态也糟极了。它弓起背缩在玻璃柜边上,充满恐惧地看往外面,间或又转头看手持棍棒的小哥。状态也满可以用几个成语概括:鱼死网破、负隅顽抗、玉石俱焚。

惊呼“不要打”声音最大的是一个穿碎花格子长 T 恤的姑娘。见人群渐散,小哥再次试探性地举起了扫把杆。说时迟,那时快,碎格子姑娘发出了一声更惨烈的锐叫,别打!

人都走光了,她这声喊立刻吸引了几个新的路人。

猫太可怜了！你别动,我把它捉出来!

我试图阻止她,这猫现在处于极度恐惧的状态中,很容易伤人……

她如武林高手一般目不斜视,仅用衣角之力就震开了我。我连退三步,总算看明白了:她要进店。

小店当街没门，要进店只能从旁边包子铺里绕到后面的院子里。几秒钟后，她就和小哥并肩在店里一起战斗了。橱窗里那只猫面朝他们，腰高高弓起，哈气不止。

从玻璃橱窗上的小窗可以听见里面在喊，所有人都让开！这只可怜的猫吓坏了！走开！走开！

紧接着，她又把小哥赶出了房间。

现在所有人更舍不得不看这热闹了。一只在熟肉堆里奔突的猫，一个满脸晦气的店小二，一个见义勇为的护猫侠。是的这女侠身材微胖，但并不重要，热闹最重要。

人群有越来越多的趋势。猫眼神狂乱，不断冲窗外哈气。不久前那个被老虎咬死的年轻人，是不是也看到过同样多好奇的眼神？当时是不是也有很多人举起手机来拍照？最坏的事尚未发生之前，一切新鲜事都是值得上传社交工具的，是难得的街市奇观、俗世奇人。并非每天，都能看到一只猫从屋顶掉到熟肉铺子里的。

我终于也绕进了卤味店。小哥愁眉守在后门，原来他一直没走。店面比外面看上去更小，幽暗狭深，碎格子一筹莫展站在中央，见我遂命令，你去把外面那些人赶走吧！

她已经忘了刚才甩开我的事。

我便听话地出去赶人。新看客三两散去，一个大叔却不理会,饶有兴味地端详,咦,这猫怎么进去的?

我说,您当心。快走吧。猫特别害怕。

到底咋进去的?

天知道。

他满脸都是好奇而天真的笑意。不远处有个方脸小伙子也在笑。

那个大叔看小伙还在拍照更来劲了，他也拍。非但不肯走,更把脸和手机贴近橱窗。猫渐渐哈不动气了,在玻璃后恶狠狠地盯着他看。大叔敌不过它的眼神,更敌不过碎格子一声比一声大,都快走！有什么好看的?

大叔恋恋不舍地走了。方脸小伙子还没走。碎格子便在里面指挥他找来几张有色纸板盖在橱窗上；她倒有临阵不乱的大将之风。

我又重回到店铺。碎格子瞪我一眼说,你怎么又进来了?还不到前面去赶人?

我没意识到她一直使用命令句式,笑道,人已经走得差不多了,而且这猫不光怕前面的人,它也怕你,你这样站它面前,它怎么敢下台子?

碎格子拒不回应。小哥短暂消失了几分钟,大概是去打电话报告老板了，这时又愁容满脸地进来。碎格子看见他就大喊,你出去!

小哥不从,和橱窗里的猫一样死瞪她。

他想打死这只猫！碎格子说。

我说,他不会打死它的——他干吗打死它?就是想赶它走罢了。最好就让它在里面待着吧,到晚上自己就走了。

小哥看我一眼,都走,你们也走。一口塑料感十足的“川普”,把猫念成“焖儿”,都小心点儿。这“焖儿”疯了,咬人。

走吧。我伸手拉了一下碎格子,现在这猫不会下来的。

她再次使用了沾衣十八跌的神功,也就是说,碎格子再次不发一言地甩开了我。

现在的局面就是我们仨面面相觑地站在天井里，和柜台上的猫形成对峙之势。小哥手机响个不停,状态已从绝望转成烦躁,老板让我赶紧把猫弄走,喊我再进去试下,神经病。

最后三个字声音很低,“下”说成“哈”。大概是成都附近的。

我忍不住问了那个所有人都问过的问题:这猫哪儿来的?

小哥说,我晔个知道?未必是天花板上掉下来的?

碎格子问:好端端的猫怎么会从天花板上掉下来?

小哥电话又锲而不舍地响。他背影都写满焦头烂额。

我解释说，这是临街的平房，平房房顶都是通的，从天花板上掉下来很正常。好多家养的猫被放在家里太久，也把天花板吊顶掀开蹿上去。我有个朋友家的猫就这样。

碎格子过一会儿才噢一声，我就是怕他们又打它。这猫趁乱逃了得了，怎么老不下来？

你在这儿它不会下来的，它也怕你。我说。

她就跟没听见一样。我就又说了一遍。她说，我不能走，我怕他们打它！这只猫太可怜了！饿急了，才这样！

小哥接完电话，又走进来。不知从哪找来了几个塑料袋套手上，下午还是得开业。

这样你会受伤的。我说。

碎格子闹起来，你要打死它！我开过餐馆我知道，你们把那些卖不掉的碎肉留在院子里，那只猫吃饱了就不会偷了！

我说，这猫不是故意来偷的。就是不小心掉下来了。小哥不会打死它。

同样的话，一分钟前说过一次了。碎格子像压根没听见。

小哥绕开我们，直接向柜台走去。那一瞬间我简直不敢看，只听柜台上锅碗碟盆一阵乱响——猫没捉住，直接出溜到柜台下面了。这下它可找到了固若金汤的避难所——柜台下黑洞洞的，又有无数看不见的电线铁管纵横交错。

小哥手机又响了。

趁他去接电话，碎格子突然和我交起心来，我就是怕他打猫。猫出来了我就走。说真的我都想收养它！大不了为它专门租个房——其实那猫洗干净了挺漂亮的！

前面有个宠物店。我说，不知道他们有没有办法。

要去，你去。碎格子道，我怕我一走，那小哥会打猫。你说让那宠物店的人过来帮忙抓猫行吗？

宠物店的人估计不管抓猫。我叹口气，只能问问有没有麻醉剂什么的，或者买点妙鲜包。

那差不多是我们单位附近唯一的一家宠物店了。一进店就看见老板娘在仔仔细细给一只比熊剃毛，工作台上有一小圈儿洁白的废弃绒毛，象征着中产阶级的、安全的、无害的，和那只疯狂凄惨的猫完全不在一个世界的毛发。

老板很瘦，五十来岁，说，麻醉剂可没有。找个逗猫棒？

再也没有比这兵荒马乱的情况更不适用太平盛世的逗猫棒的了——但我懒得解释那么多。直接买了妙鲜包，回去路上经过快餐店又买了一次性饭盒，盛了水。

不料刚把妙鲜包递进去，小哥说，你别进屋！老板说了不让外人再进去，有监控。

我说，好。你把水也给它。

碎格子果然也被赶到了院子里，她说，宠物店的人不肯过来？那些人真没爱心，还开什么宠物店。

我不想继续这个话题，你刚说你是开餐馆的？

开过。她说，后来关了。你可别说我对人没爱心。这几年改吃素了，知道这种肉食店伤天害理，根本就没开的必要。而且那些肉洗洗肯定还会拿出来卖的，怕什么呀！我反正完全不同情他们。我一走，他们肯定得弄死这只猫。所以我绝对不能走。你也别走，下午没什么事的话，就陪我在这儿待着呗。

话题又绕回老路上，我也就只好车轱辘话再碾一遍，你确实有爱心。不过我也真的觉得小哥不想弄死猫，就是想赶它出来。我还得上班，老不走是怕你们把猫逼急了再被它伤着。其实不管它，留个门，到晚上就自己跑了。人越多，猫越不敢出来。要不咱还是走吧。

要走你走。碎格子脸说翻就翻，猫出来，我立马走。谁没事干在这儿耗着啊。

要不你记我电话，有什么事就找我？我就在这附近上班。

她看我的眼神就像看临阵脱逃的逃兵。鄙夷至极，又像意料之中，你走吧。别管了。

震惊像小火烧了很久的鱼眼气泡终于涌上心头。我这才意识到她不光不信任小哥，也压根不信任我这自以为的战友。

那我走了啊。

碎格子头也不回，继续虎视眈眈地看着那道门。

到单位了，轻微气恼渐渐退去，我还是不放心——不放心猫，更不放心人——查到了国际动物保护组织的电话。在电话里我问这种事一般专业人士怎么处理。工作人员自报家门，叫李佳。听着，这野猫已经吓坏了，又躲藏在很难触碰的角落，也不知道带不带狂犬病毒，这种情况建议不要着急处理。就让那猫继续待在那儿，给门留条缝，到了晚上夜深人静，就自己出来了——现在这阵势，硬赶很危险。

我说，都说了，不管用。小哥下午非得开业，那女生是猫不出来不肯走。

李佳说，那女生怎么感觉挺偏执的？小哥有点悬，你可让他千万别用手去捉猫啊。

他手上套了俩塑料袋把猫从台上赶到台下了。我说，估计一会儿急了还会上手。你们能专门过来一趟解决一下吗？

猫生虽短
爱且漫长
它像一个精灵
惊艳了那些黯淡的时光

现在单位没人,我也走不开,也没抓猫的笼子。小李抱歉道,要不这么着,我下班后再去看看?

再回去,卤味店的灯已经关了。百叶窗也放下了。午后一点半,这提前关门的黑洞洞的店静静发出一种不祥之气。我深吸一口气,从旁边包子店绕进后门。

一进院就吓了一跳。转瞬间,不足十平方米的后院站满了人——连警察都来了俩。一个光头胖子和小哥站在一起,看情形是老板。警察甲正试戴一双很厚的劳作手套,警察乙抱着手站在一边。

猫出来了吗?

警察甲看我一眼,摇摇头。

后门半开,只见碎格子蹲在柜台前面的背影,细看才发现她正气急败坏用一根比之前小哥赶猫用的扫把柄还粗的铁棍往底下捅,出来,猫。快出来。

里面悄无声息。就好像柜台深处并没有这样一个现行通缉犯,一个走投无路的动物罪犯。我也随她一起蹲下,才终于看见黑暗中一双瞪大的惊恐猫眼,闪着绿光。

说时迟,那时快,光头猛地开始呼天抢地,我每天都要交房租水电的,耽误不起的呀!

不知道警察是碎格子还是小哥叫来的。但碎格子和警察说,这是她的猫。

热血涌上脑门。我走进房子,关上门。

碎格子回头发现是我,反应出奇的大,你怎么又来了?干吗关门?等会儿猫怎么出去?

人都堵在门口,猫出不去。让我试试。

我不行你就可以?碎格子歇斯底里,大姐,我承认你比我伟大比我善良可以了吧?能不能给我出去?

黑暗中的猫看上去真的累了,不再拼命哈气,也可能在等鱼死网破的最后一搏。

我蹲下去,咪咪,猫咪,出来吧。

你太天真了,这就是只野猫,疯猫,会听你好言相劝?我倒要看你有啥能耐把它弄出来——现在那么多人在外面等,警察都来了!店老板下午还要开门做生意,每天都要交房租水电的,没时间让你慢慢劝猫!

咪咪,咪咪,出来吧。

得了吧大姐!你这么关着门不让猫走算怎么回事?

给我一点儿时间。我轻声说,刚才也没人拦着你不是。我给动物保护组织打了电话,他们会派人过来。我先试试。

现在没时间让你试!你以为你是谁?你门都关了猫怎么出去?

那一刻我也恼了,它出来,我就抱它出去。我养了十几年猫,应该还算了解猫这种动物的习性。

那你慢慢沟通!

说完碎格子啪地甩上铁皮门——旋即又开了。我听见她在门口大声和所有人诉说我的种种可笑,继续和那只猫对望着。

不知道对望了多久。也许只有三分钟,或者更短。

猫眼神里陡然闪过刹那清明,稍纵即逝。门口太吵了,而且门并没有真的关上。碎格子留了一条不小的缝,让外面声音可以完整清晰地传进来,这样猫永远镇定不下来。它此刻正肿着眼可怜地看着我,像一个自知命不久矣垂死挣扎的死囚犯。稀脏的毛在无风的暗处一动不动,不知道是台上还是台下传来卤肉强烈到发臭的香气。今天它可算祸害了不少吃的——要我是老板,估计也起杀心。但是它毕竟是只不懂事的猫——平房屋顶,是另一个我们不了解其秩序运行法则的秘密世界。掉下来估计也是被小哥吓的,一步就蹿上了最不该上的地方。

我看着猫,猫也看着我。我试图用眼神告诉它:不要怕。我会保护你、带你离开的。永远忘了这一天,永远不要再到卤味店来。

就在那一刻,最让人意想不到的事情发生了。

猫轻声呼噜起来。和我养过的所有家猫一样,起初声音轻微,接下来越来越剧烈,几乎整个小小的身躯都在颤抖,眼神同时柔和下来。

不知道为什么我也浑身发起抖来。灼热的眼泪迅速充满了眼眶。我不知道该怎样感谢它的信任,只能慢慢地,伸出一只手。

猫是一种一害怕就会整个身体颤抖的小动物, 也是一种擅长用呼噜声表达对情感渴望的动物。脆弱的温血哺乳类动物,攻击力有限的小型城市居民,因为弱小而容易过度防御。

对于眼前这只白猫而言, 这同样是流浪生涯里极为艰难如同噩梦的一天。外面那么多人,个个看上去都不怀好意,包括那个号称是要保护它到底的姑娘,也包括我。

但它竟呼噜起来,在此艰难时刻。

我把食物和水推得离它更近一点儿。它呼噜着,犹豫着向前踏出一步,又一步。就是这样。咪咪,过来。微笑还没来得及在脸上绽开,我的手差点就要触碰到它的前爪了,突然间,我俩同时听到碎格子大声说,你们聊完了吗?

事情就这样不可逆转地败了。

猫瞬间退回最角落。呼噜声停止,眼神重新变得抗拒。它一定以为我是在骗它出去了。我和外面那些人本质上是一样的,都不可信。它看着我,犹豫着要不要哈气,那眼神几乎是痛苦的。

不必再盯着它看,就知道万事皆休。刚建立起来的脆弱信任一击即溃,就像人世间所有以为心意相通却又彼此辜负的时刻。我慢慢站起身,因为蹲的时间太久而头昏眼花,从那道没关的门里走出去。

它不会出来了。我低声说。

碎格子像一个笑到最后的女战士,手持铁管冲了进去。接下来就是一通好敲。

快出来啊猫,要懂事,啊?人家还要开门做生意呢,快出来!你再不出来我打你了啊?

声音高亢,用那根铁管横扫、捅、敲击。不比小哥最初的力道更轻,只是由扫把杆子换成了铁管。我心底一个声音在狂笑。一切毫无区别,一切游戏规则的解释权都在自己。

光头在门口绝望地说，我每天都要交房租水电的呀。我不能不开门做生意呀。

但碎格子在这碎碎念中渐渐找到了敲铁管的新节奏，边敲边回嘴，你还做生意啊？还以为你要把这猫也卤了卖了呢。

警察甲的防爆手套戴上了又脱掉，脱掉了又戴上。

警察乙仔细地低头看对方手套的厚度，大概在估计多厚能敌得过猫爪的锋利。

小哥脸色发青。

我再次拨通动物保护组织小李的电话，亲爱的，你能不能早点过来？

小李说，等我，我在建国门这边借笼子，过去还得一会儿。

与此同时，铁管敲得震天价响。小哥试图过去阻止碎格子，她恶狠狠地回过头，别过来！打猫不够还想打人！警察可在这儿呢！

道理因果全满拧了。警察对视一眼，笑了。他们打算走。

别敲了，你这样敲，除了把猫吓死没别的作用。

她更狠地瞪我一眼，起开！我不认识你！你是谁啊你教训我！就你养过猫，了不起?!

小哥看我一眼。我俩都不知道说什么好。

管声如雷，像有人持续不断地拿最大功率的电钻装修。下午两点整，正午的太阳悄然从头顶上方移开，但所有人的太阳穴却同时被子弹击中一样。年长一点儿的警察终于把防爆手套交给那个年轻一点儿的警察，大步走到我面前问，那啥组织的人怎么说？在路上了？

得到回复后又对光头说，你该干吗干吗，该收拾收拾，该卖卖。也别赶猫了——这猫一时半会儿出不来。等会儿动物保护组织的人过来再用专业工具捉猫也不迟。也别一生气真把猫打死——把猫打死在里面，自个儿生意不也犯晦气嘛！

最后一句是向着碎格子说的，别敲了，出来吧！专业人士比咱有办法！

管声戛然而止，余音袅袅。碎格子手持钢管威风凛凛地出来。大家都以为她要拂袖而去，不料她整理了一下包带，说，那我就在这儿等。又补一句，我不相信你们所有人。

警察走了。我回单位开会去了。开会到中间，手机响了一声短信提示音：我快到你单位了。李。

紧接着又一声：那家店在哪？怎么进去？警察电话一直占

线,打不通。

小领导不满意地说,你今天怎么了,一直神不守舍?

我说,有点私人急事要处理。

我不顾一切匆匆离开会场，带着小李急急地在太阳地里走。从单位到卤味店门口不过三五百米的路，却觉得无比漫长,一路听小李告诉我如何借不到诱捕笼,这笼子原本也是她们的,自从送给一个收养流浪猫的老太太后,老太太便轻易不再出借,今天也要求她必须下午五点以前还,因为她还要去公园捉流浪猫做节育……

就像听另一个天方夜谭的事,同时左眼皮一直跳个不停。跳财,还是跳灾?

进院子后竟空无一人,警察、老板、小哥,所有闲杂人等都不在。唯有碎格子满脸无辜地站在中间,说来啦。

我提着那个很沉的长方形诱捕笼,一时间回不过神。突然间看到了地上大量的,鲜红的血,几近昏厥。血迹滴滴答答,一直通往里屋。

小李说了句什么我没听到,只听到自己在嗡嗡声中问,这是谁的?很奇怪的,听着不太像自己的声音。

刚才小哥动手捉猫,猫把他手咬了,跑了!一嘴血!心疼得我呀!

我没问她心疼的到底是人还是猫。

两分钟后,小哥从另一间平房走出来,伤口不需要刻意展示也非常明显:五六个很深的血道,指甲盖里都是发紫发污的瘀血。看上去抓咬得非常深。这几乎是我见过的,最骇人听闻的猫抓惨案。大概有一小块肉整个被撕掉了,血流如注。

他几乎没什么表情地看了我和小李一眼。

现在只能带他去医院包扎一下了。要不要一起去?

碎格子声音轻快。真好,猫横尸街头的惨案终究没发生。

一行人鱼贯而出。外面是五月下午三点多钟的太阳,正是一天中温度最高的时刻。小哥神情木然地跟着碎格子。小李跟着我。我提着笼子。

咱们快走,我知道那边有家医院。

小李不再往前走。我看她一眼,也停下来。

我得把笼子还回去了。本来答应老太太下午五点钟前还回去,还愁呢,她笑道,好多在公园里照顾流浪猫狗的大妈和姑娘都这样,觉得别人都不理解自己,净添乱。其实这笼子还是我们给她的,再借出来就得费半天唇舌,否则也能早点到。

我轻声说，哪怕咱们能早到五分钟呢。老太太五点到底要做什么？

嗐。赶着去公园捉一只怀孕的母猫。说已经快生了，再不抓来不及了。

小李走后没多久，警察给我打了个电话：猫走了？人还是被咬了？去打疫苗了？好，好，好。我们刚去抓逃犯了。——不，不是杀人犯，就一逃债的。

不知道是哪个警察，那个年轻的甲，还是那个年纪大一点儿的乙。只好统一：谢谢大哥。

逃犯和诱捕笼，是这个故事里唯一旁逸斜出的因素，却也起到了无比重大的作用。

这个过分漫长、燠热的初夏下午，所有人都曾站在那院子里，为了一只掉进卤味店的猫展开博弈。

所有人都设法改变进程，可坏的结果还是发生了——最坏的是猫被打死。那么，小哥被抓伤至少也是次坏的。感觉最糟糕的不是小哥，也许是一开始就指出了这种可能性的我。

这个不太有趣的故事还有一点儿残余的尾声。

当天我送走小李之后，并没有和碎格子一起陪小哥去医院——实在是不愿意再和她一起做任何事了——而是重新回到了那个小院。光头关店走人，小哥去了医院，包子铺的大妈仍然在和卤味店共用的院子里剁韭菜馅。不过半个小时，一切癫狂痕迹都已消失，生活重归岁月静好。蒸包子香气传来，我才想起还没吃中饭，差不多整三小时也没喝过一口水。

一个大妈说，你不就是刚才一直在这儿的姑娘吗？你说的都对，可他们不听你的。

另一个大妈说，那女的有毛病。老板也真是。就是小伙太可怜了。

我迟疑地问，大姐，如果我想给他一千块钱营养费，你们能帮我给他吗？

两个大妈异口同声，太麻烦了，你还是当面给吧。

与此同时，莫名的羞愧感传来。我突然没办法再责怪我那个圣母心的朋友了。

三天后，我去市场买了一个很大的凤梨切成小块装进塑料盒，又去了那家店附近。窗口没什么人——他们家生意好像一直就不怎么好。远观近望，只见小哥的右手用白纱布厚厚包裹了几层。趁他转身去院子的空当儿，我把那盒凤梨从那个方形的小孔塞进去。据说凤梨比一般的菠萝要甜得多，也贵得多，希望小哥不要以为是什么人的恶作剧转头扔掉。我终究没有好意思给钱，而只是单纯地希望小哥知道，初来北京城的他和流浪猫一样值得他人关爱。

时间又过了好几个月。入秋后，某天我无意间又经过那条街，才发现那家卤味店已经完全消失了，连同旁边的包子店一起，连同小哥、光头和大妈们一起，连同那只随时可能从天而降的猫一起。我这才想起北京这段时间到处都在拆除违章建筑，很多或红火或冷清的小店都在几天内人间蒸发，再也没有人记得这些店里曾经发生过的一切，而店主店员去向何方同样无人知晓。

至此，一切似乎画上了一个真正的句号。

我站在路边发了整整五分钟呆，接着，去还没被拆掉的朝内南小街菜市场买了一个凤梨。我以前从来没有吃过，没有想象中甜。

# 猫将军

**孙频**　江苏作协专业作家，代表作有小说集《松林夜宴图》《鲛在水中央》及《疼》《盐》《裂》三部曲等。

孙频近照。

我把我的小饭店从县城的南街挪到北关，又从北关挪到东门，最后又从东门挪到旧车站附近。在巴掌大的县城里这么腾挪跌宕一番，好像我正一个人对着一张棋盘下棋，把棋子下到哪里，完全是我自己说了算，倒也过瘾。在小县城里，像我这样靠做点小生意混口饭吃的人不计其数。我们都是被永远留在县城里的人。

南街的路面虽然宽敞些，但一条路上几百米内就长出了几十个小饭店，雨后蘑菇似的，密密麻麻令人心惊，小老板们一里地之外就开始拉客。开张几天之后我就盘算，老子还是搬走算了，不在这凑热闹了。到了北关又发现，这里藏着很多地头蛇，招惹不起，还是赶紧滚蛋。东门倒是热闹，从前老县城的中心嘛，至今还有府君庙、城隍庙、广生院，虽然都已经破破烂烂，广生院门口的那棵大槐树已经活了一千五百岁，老妖精似的，还活得挺精神。据说住在这片的居民，连厕所都是拿明朝老城墙的砖垒起来的。可是房租贵哪，开业一月有余，发现连房租都赶不出来，只好再次把我玩具一样的小饭店折叠起来，雇个三轮车，又连滚带爬地迁到了旧车站一带。

经过考察，我发现这是个好地方。首先，房租便宜，荒凉嘛，自然就便宜。其次，这一带几乎看不到饭店。再者，旧车站属于半废弃状态，虽不算热闹，但至少还有客车经过，有人来往。于是直到此地，我的小饭店才算正式开张。说是饭店，不如叫面馆更合适。因为我主营桃花面，辅以凉拌三丝、西芹花生米之类的小凉菜。桃花面的名字听着绚烂夺目，其实也就是一碗刀削面加些浇头，浇头倒是有些讲究，里面必须有肉丸子、红烧肉、小酥肉、油豆腐、海带这五样东西，一锅炖得烂熟，浇上去，才能配得上桃花面这一称呼。刀削面我更是练得炉火纯青，站在两米之外，把面团顶在头上，都能把面准确地削到大锅里去。因为几乎没有人来欣赏我的绝技，我在削面的时候时常暗自落寞。小时候成绩不出色，没有考上大学，父亲原打算把我塞进他们厂里，结果厂子先倒闭了，众人遣散，找不到个去处，没办法，我只好苦练刀削面。时间久了，觉得做饭的时候都像在耍杂技，我就是那个杂技演员。

空闲的时候，我时常站在饭店的玻璃门后往外瞅。我饭店前面的视野相当好，门口是一条坑坑洼洼的旧国道，斜对面是旧车站，旧车站旁边是一大片荒野，杂草丛生，几乎看不到建筑，荒野上只有一片稀疏的枣树林，枣树林的后面有一处孤零零的红砖院子，我知道那院子里住着一个养鸡的老头儿，姓刘。我之所以能认识他，是因为老刘时不时会来我饭店里吃碗面，就着生蒜，喝着面汤，一来二去，不想熟也熟了。

有时候，倚在玻璃门后便能看到客车路过旧车站，放下几个乘客来，有的乘客会来我店里吃面，我自然是求之不得。但我又生怕遇到从前的同学，在外地工作的，一回老家就是衣锦还乡的架势，我对他们避之不及。有时候，小饭店里只有老刘一个人坐在那里吃面，吃完面吸溜吸溜地喝汤。我解下围裙坐在他对面，一边抽烟一边问，味道咋样？他使劲吸吸鼻子，用手抹抹嘴，嘴里喷着刚猛的蒜味，还可以。我说，老刘，你怎么不住到城里，一个人住在野地里不害怕？他咽下满嘴的面条，又喝了口面汤才说，养鸡嘛，臭得很，把别人都熏着了，要躲到这野地里来养。我想想也是，便又问，你家三宝呢？又出去玩了？他一个人住在那红砖院里，养了一只大黑猫，取名叫三宝。我有些奇怪，没有看到大宝、二宝，何来的三宝，但不好意思多问。

三宝是一只极其威风的公猫，浑身漆黑如炭，毛皮溜光水滑，只有两只前爪是雪白的，两只眼睛则是绿色的，祖母绿一般。三宝从小到大只吃过两样东西，生鸡蛋和老鼠。鸡舍里碎掉的蛋通通喂给三宝，鸡舍里上蹿下跳繁衍兴旺的老鼠一直是三宝的主食，所以除了鼠肉，三宝从未吃过别的肉，也不认得鱼，更不知道鱼肉可以吃。有一次我拿鱼肉喂它，它只是很鄙弃地看了我一眼，然后踱到窗前晒太阳去了。有时候老刘喝酒的时候，还会喂三宝一点儿，三宝喝了酒很快醉倒，躺在炕上四仰八叉地睡着了，呼噜声比老刘打得还响。

大概是因为鸡蛋比较有营养，三宝比一般的猫雄壮魁梧很多，简直不像一只猫，而像一只小型的黑色老虎，虽然都是猫科动物，但毕竟气场有别。它身手极其敏捷，可以像闪电一般从房梁上忽地跃到地上，又可以像蛇一样无声地游走在天花板上，据说它一天可以抓一串老鼠，然后纷纷进贡到主人的炕头。它吃不完的老鼠，老刘就帮它做成鼠干，挂在房檐下，替它储存着。这都是听老刘说的，他那院子我一次都没进去过。人家从没邀请过我，我也不好厚着脸皮硬要进去串门。

有时候他来我店里吃面的时候，三宝会跟着他一起过来。

我饭店的玻璃门正对着荒野里的那条羊肠小径，所以他们一出门就在我的视野里。三宝走路的姿态，简直就像一匹老虎坐骑跟在他的后面。我喂它两颗肉丸子，它也并不知道吃，只拿爪子拨来拨去当球玩，时而抛到空中跳起来接住，时而扔到柜子下面，再用爪子使劲勾出来。我叹道，你这猫当得真亏，除了老鼠什么肉都没吃过，白活了。老刘和三宝共盖一床被子，三宝前半夜出去云游四方，后半夜回来，钻进被子睡在老刘的脚边，还打着震天响的呼噜。

老刘来吃面的时候，有时候会给我拎两只死鸡当礼物。他拎着死鸡的爪子递给我，说，放心吃你的，不是药死的，没毒。我看着两只血淋淋的鸡，其中一只轻飘飘的，但体形完整，好像是缺了内脏。我有点心惊胆战，悄悄问，它们是怎么死的？他一屁股坐在凳子上，跷起二郎腿，慢慢抖着上面的一条腿说，这鸡吧，啊，有个爱好，就是个爱好，就像你喜欢抽烟，我喜欢喝酒，就是个爱好。它们喜欢红色，不对，是不能见红色，一见红色就会发疯，所以嘛，你知道关在鸡笼子里的鸡最怕什么？最怕有伤口，不管是什么部位，只要受了伤，流了血，别的鸡就会哗啦全围上去，使劲朝着流血的伤口啄，有时候伤口越啄越大，内脏都被啄出来了，那受伤的鸡有时候就这样被啄死了。

虽然死相不好看，但毕竟是肉嘛，炖熟了都一样。早和你说了，不是老鼠药药死的。把心放宽，加点干蘑菇，就是个不赖的菜。

我看着死鸡，皱着眉头说，你自个儿怎么不吃？他要了一瓶二两装的柔绵汾阳王，拧开盖子喝了两口，继续抖着腿说，我从来不吃鸡肉，不对，是自从养鸡之后，就再不吃鸡肉。我说，为什么？他叹气道，你自己养养就知道了。我说，那就给三宝吃嘛。他得意地说，我家三宝打小在鸡笼子里长大，小鸡们都是它的亲戚，它根本就不知道这些亲戚还能吃。

走的时候他一般还要再打包一份小碗面带走，开始时我很是疑惑，怀疑他并没有吃饱。我说，不够吃早说嘛，我给你加面就是。他却说是留着给自己晚上吃的。不过通常他吃完也并不急着走，总要慢慢啜两碗面汤帮助消化，一边找些话和我说。到最后，小饭店里只剩了我们两人，分别坐在一张桌子的两旁，我抽烟，他喝汤，半天找不出一句话来。

我猜想，他一个人住在这县城边上，只有一只不会说话的猫做伴，到底还是孤单了些。我便找话说，老刘，最近鸡蛋卖得咋样？他说了等于没说，时好时坏，不好说。我又说，老刘啊，你以前是干吗的，怎么跑到这里来养鸡？老刘说，以前是机床厂的工人，后来厂子散了，总得想法子挣两个钱，要不吃什么喝什么？我朝空中慢慢喷了几个烟圈，看着烟圈渐渐消散，感慨道，可不，一天抽一包赖烟都得十块钱，现在钱不好挣哪，你说我当初要是考出去了，怎么也比现在强吧？

老刘忽然面色铁青，一语不发地看着玻璃门外。我吓一跳，心想自己哪句话说错了？我们俩半天没再说话，长长的沉默，都呆望着玻璃门外。门外走过去一个胖女人，又走过去一个光头男人，光头男人还趴在玻璃门上往里看了看。我没话找话，问道，老刘，你家三宝为什么叫三宝呢？莫不是它上面还有别的兄弟姊妹？他神情依然冷峻，看着门外点点头，嗯，它上头还有俩哥。我说，怪不得。像是怕冷了场，又赶紧问了一句，你家儿女呢？也不见来看你，莫不是都在外头上班？

我注意到他摆在桌子上的那只手忽然握成了拳头，关节突出，大如核桃，我在空气里都能闻到一种类似金属的味道。我忍不住一阵害怕。只听他叫了一声，三宝，过来。三宝闻声，噌一下就跳到了他腿上，然后眯起眼睛，像只小老虎一样卧在他膝上。他一边用大手抚摸着三宝的头，一边倨傲地说，我家那小子还算给我长脸，念完博士就留在北京啦，在大学里当老师。我啧啧惊叹，博士都念完了，真是长脸，老刘你是怎么培养出一个博士的？他慢慢抚摸着那只硕大的猫头，忽然从鼻孔里冷冷笑了一声，当年我和我的连襟在一起喝酒，我连襟工作比我好，那天他喝多了，指着我说了一句，你一个烂工人。我说我这辈子就是个烂工人了，不过烂工人也有后代，对吧？时日长着呢，咱们慢慢走着看。

又是一段长长的沉默，长得足以让人昏睡过去。我觉得自己应该再说点什么，说什么都行，只要不让我们之间就这样荒着。但奇怪的是，我一句话都不愿再多说了，我心里什么地方隐隐觉得不舒服。直到老刘站了起来，他把三宝高高举过头顶，然后放在了自己脖子上，让三宝骑在那里，自言自语道，我们回家喽，喂鸡的点到了。

在他站起来的一瞬间，我发现他的裤子拉链又开了，露出了里面的红色裤头。有时候他这样堂皇地敞着拉链就过来吃面，我一直不敢告诉他，怕他觉得我在看笑话。这次我忽然下定了决心，小声提醒了他一句。他连忙低头查看，一愣，赶紧拉上，抱歉地对我笑笑，说，这裤子不太合身，一坐下去，拉链就容易开，站着就开不了。说完他赶紧驮着三宝出去了，笨拙地左顾右盼了一番，看没有车辆经过，这才穿过国道，向荒野里的红砖院子走去，三宝像顶黑色的帽子戴在他头上。我倚在门后，一直目送着他的背影彻底消失。

没有顾客来吃饭的时候，我经常这样，倚在门后，叼着一支烟，看着面前的人来人往。除了长途客车，县城的公交车每天也要从我门口经过六次，我数了一次又一次，不多不少，整整六趟。县城的公交车极小，看起来像长着轮子的大面包，车上只有四五个座位，一路大声放着歌，所以每次只要远远听到有粗暴的歌声传来，就知道是公交车快来了。在县城里开车是一件很不爽的事情，因为刚踩了一脚油门，就到目的地了，实在没有什么快感可言。公交车又是踩着点晃过来的，所以更多的人还是选择电动车。电动车开起来无声无息，又可以在马路上快速游动，一不小心就蹿到了背后，幽灵一般。到冬天的时候，寒风刺骨，为了保护膝盖，大多数的电动车上都要加个挡风的垫子，骑车的时候，把厚厚的垫子盖在腿上，简直像一人裹了一床棉被在赶路。

我注意到有个老头儿，经常用自行车带着一只硕大的音箱，一直骑到我对面的荒野里，然后取下音箱，拿起麦克风，开始一首接一首地唱歌，唱得极其投入，每次唱完，都要对着无人的荒野深深鞠躬，大声说谢谢。我还注意到有几个女人经常在旧车站前面的空地上跳舞，其中有一个烫着钢丝头的女人每次必在，无论春夏秋冬、刮风下雨，她都会按时出现在旧车站旁，像上班一样准时。身上穿的也永远是同一套行头，迷彩裤，马丁靴，冬天是黑皮衣，夏天是黑半袖衫。我奇怪的是，她们在早晨跳，上午跳，下午跳，晚上跳，深夜跳。似乎是除了吃饭时间，剩下的所有时间都在那儿跳舞。

有一次和隔壁五金店的老板蹲在一起抽烟，说起跳舞的事，他笑眯眯地说，这两年县城里就流行跳舞，好事，总比耍钱强，不会跳得家破人亡，我老婆现在不打麻将了，天天忙着跳舞。我抽了口烟，说，我看这跳舞一旦上了瘾，比别的瘾都大。

除此之外，进入我视野的便是老刘的那座红砖院子。只要他一出门，就铁定在我的视野里。有时候他会开着他那辆三轮车出门，估计是去卖鸡蛋。远看三轮车只有火柴盒大，蹦蹦跳跳地跑远了，回来的时候，车里装着一大袋玉米，车顶上还绑着一大袋玉米，玉米袋看起来比三轮车还大，把三轮车压得像块三明治。大约是喂鸡的饲料。还有的时候，他会带着几只少了鸡冠或少了内脏的死鸡出门，把它们便宜卖给一些饭店。我亲眼看见了那些死鸡的惨状后，曾有一段时间给所有亲戚都打了一圈电话，只叮嘱他们一件事，去了饭店千万不要点鸡吃。

天气越来越冷，初冬到了，路边白杨树的叶子已经落光，树干上长满了大大小小的眼睛，猛地看过去，还真有些恐怖的意味。对面荒野里的杂草都枯死了，变成了衰败的黄色，阳光好的时候，则会变成金色，整片荒野在阳光下闪闪发光，近于璀璨。我的小饭店里生了个铁皮炉子，炭烧得通红剔透，炉子上坐了一只大号的白铁茶壶，水煮开的时候，满屋子都是雪白的水汽，人的脸都消失了，几个“无头人”坐在桌前吃面。

老刘还是隔三岔五地过来吃碗桃花面，心情好的时候就多要一瓶二两装的汾阳王，就着一碗面慢慢喝酒。天一冷他就把自己一层层地裹起来，毛衣外面穿着棉背心，棉背心外面是棉衣，棉衣外面是军大衣。我之所以能一层层地看到最里面，是因为，不管天多冷，他总喜欢敞着怀，所有的衣服都不扣扣子，好像又是不怕冷的气概。我猜测，大约是因为他觉得这样敞着比较时髦。不过他天天如此敞着我也就习惯了，裤子拉链倒是再没开过。

这天天气阴沉，铁青色的天幕扣在大地上，空气里已经隐隐飘出了雪花的气味。我把炉子生得分外暖和，红彤彤地蹲在地上，如一只猛兽。中午时分，有两个人携着寒气推门进来了。我一看，是老刘和一个从来没有见过的年轻女孩。那个女孩戴着眼镜，从冷天里一钻进暖和的屋里，眼镜上顿时就起了一层雾，镜片变得雪白，她像盲人似的摘了眼镜，眯着眼睛摸着凳子坐下了。老刘的军大衣依然敞着,一直看到最里面一层,身上却散发着一种奇怪的气息,他看我的眼神也不大对劲,使劲盯着我,好像也是第一次见到我。他干巴巴地说话,也不知道在对着谁说,他说,周围没什么饭店,天气又冷,就在这里将就吃碗面吧,大碗的,桃花面,两碗,多加几个肉丸子,再拼个凉菜,多放点五香花生米。

我想,这话应该是对我说的。嘴里答应一声,提起茶壶给他们倒茶。老刘一把抢过茶壶,他的手又硬又凉,铁器一般。他紧张地看着我说,老张,你去做面吧,我来倒茶,这是我小子的朋友,从北京过来的。那女孩不作声,等眼镜上的雾气散了,重新戴上开始埋头看手机,头发垂下来,我看不清她的脸,又见老刘神色不似往常,便连连答应着进了厨房。

饭店本来就很小,厨房只用一张布帘子隔开,所以我即使在厨房里做饭,也能隐约听见他们的谈话声。我关了吹风机,一边削面一边竖起耳朵听着。是老刘的声音,只听他说了一句,他一年都没有回老家了,也有一个月没给我打电话了,我不知道他去了哪儿。沉默了片刻,又听他说,你一个学生娃娃,还是回学校上课去吧,我找着他了就给你回电话,把你电话号码给我留下,我保证给你打电话。又是一阵沉默,忽听老刘猛地把声音拔高了，语气很是凶悍，他嚷道，你这女娃娃是怎么回事，要不要脸？我都告诉你了我也不知道他在哪儿，你让我去哪里给你找去？那女孩开始低低地抽泣，过了一会儿，哭声戛然而止，我听见那女孩忽然冷冷地说了一句，行啊，他就躲着不要见我，他以为他是老师，就可以随便骗学生？我回去就给我们校长和书记写信。沉默了几分钟之后，又听老刘叹气道，你这娃娃要长相有长相，要学历有学历，找谁不行？非要找他。那女孩说了一句，他把我当什么了，连我电话都不接，我就等着他，他必须给我个解释。老刘又是叹气，低声说，你们这些人啊，先吃碗面吧，吃了再说。听到这里，我连忙把两大碗桃花面端了出去。

见我出来，两个人都不再说话，开始默默地吃面。那女孩只吃了两口便把碗推到一边，又开始埋头看手机。老刘极慢极慢地把自己那碗面吃完，又把女孩那碗里的肉丸和红烧肉细细挑出来，夹到自己碗里。那女孩没有抬头看他，只是盯着自己的手机屏幕。面吃完了，他又要了一碗汤，一小口一小口地啜着，最后，面汤也喝完了。我有些暗暗替他着急，又给他端出一碗面汤来。他感激地对我笑了一下，却不再喝汤。两个人又默默地枯坐了一会儿，然后起身，一前一后出了饭店的门。

两个人出去以后，站在饭店门口又说了半天话。外面寒风呼啸，女孩扭脸看着路上来往的车辆，立在那里一动不动，看上去极其瘦弱又极其坚定。老刘依然敞着怀，像要把自己剖开了给人看一般，他嘴里一直在说着什么，但隔了一道玻璃门，我一句也听不见，只能看到他的嘴唇在不停翕动，哑剧一般。屋里的热气一头撞到玻璃门上，凝成水珠，一串一串往下流。我倚在门后，隔着玻璃看着外面的两个人，他们就像站在雨中一样，仓皇潮湿。就这么站了好一会儿，女孩扭头向东走去，老刘一个人在原地又呆立片刻，然后迟缓地穿过国道，慢慢向荒野里的红砖院子走去。

第二天中午，我正在收拾一个客人吃完的碗筷，门开了，进来两个人。我一看，又是老刘和昨天那个女孩，她把眼镜摘下，眯着眼睛打量了一下周围。老刘说，桃花面，来一个大碗一个小碗，拼个凉菜。我答应一声，先拼了一盘凉菜摆上桌，让他们先吃着，然后进厨房削面。我一边噌噌往锅里削面一边竖起耳朵听着外面的声音，但没有听到任何声音，两个人干坐着没说一句话。

面好了，我犹豫了一下，还是在两个碗里各自多加了两个肉丸。老刘剥了一头大蒜，一边大口吃面一边就着蒜瓣，女孩又是吃了两口就不吃了，把碗一推，开始埋头看手机。老刘又把盘子里剩下的凉菜都倒进自己碗里，直吃得满头冒汗，吃完又慢慢喝了一碗面汤。炉子上的茶壶煮开了，开始喷着水汽大声呼啸，我坐在炉子后面，借着茶壶和水汽的掩护，窥视着这两个人。但他们从头到尾都没说一句话，似乎根本不认识对方。吃完之后，老刘用大手抹了一把嘴，出去了，女孩紧跟着走了出去。他们站在门口简短地说了几句话，然后，女孩又像昨天一样，朝东走去，头也不回。老刘则慢慢穿过国道，走回自己的院子里。

第三天中午，老刘一直没来吃饭，倒是来了一男一女，要了两大碗桃花面。我把面端上来的时候，那男人正面无表情地看手机，女人不时用手碰碰男人的胳膊肘，或把手搭在男人的腿上，男人只是专心看手机，并不搭理女人。女人看着面前的大碗，尖着嗓子叫道，哎呀，早知道这么多就不要大碗了，小碗就够了，来，我分给你一点儿。男人冷冷地摇摇头，拿起筷子，一边吃面一边看手机，女人像在撒娇，人家吃不了这么多嘛。男人眼睛盯着手机说了一句，吃不了就剩下。女人上前抢男人的碗，执意要把自己的面分给他一部分，男人忽然一扔手机，对女人吼道，说不要不要，听不见吗？女人吓得一哆嗦，忙松开碗，呆呆坐了几分钟，然后也拿起筷子，开始若无其事地吃面。我坐在炉子后面想，这两人是什么关系呢？不像是两口子。这时忽见那女人也掏出手机说，忘了给咱儿子打个电话了，让他去奶奶家吃饭。男人没吭声，继续面无表情地吃面。

我坐在炉子后面，抽了两支烟才想明白，这几年稍微优秀一点儿的男生大学毕业后都不愿再回到县城，争先恐后地留在了城市里打拼。但女生求安稳，返回县城的就相对多一些，导致这几年县城里出现了一种奇怪的现象，很多女老师和女公务员找不到对象，眼看年龄大了，只能将就着找一个男人结婚。一条看不见的食物链主宰着众生。我心中感慨，忍不住又想起了老刘那个留在北京的儿子，老刘曾和我抱怨过，他那儿子过年都不愿回家，就是怕他催结婚。老刘说，他居然不想结婚，你说他怎么就不想结婚呢？看那女孩找上门来的架势，这次事情还是比较严重的。

我坐在炉子旁边打起了瞌睡，好像还做了一个梦，梦见老刘推门进来，要了一碗桃花面。声音过于真切，就在耳边，我从梦中惊醒一看，老刘真的就站在我眼前，那个女孩跟在他身后低着头玩手机。我看了看表，已经下午两点钟了。老刘在桌前坐下，把大手往桌上一拍，指甲缝里都是黑色的泥垢，食指和中指上还缠着胶布，他大声说，来两碗桃花面，一大一小。这次连凉菜都不要了。

两个人还是一言不发地吃完了面，又面对面呆坐了一会儿，但还是没说一句话，随后便出了饭店，依然是一个朝东走，一个朝荒野里走。

下午饭店没人来吃饭，我坐在炉子后面，一边烤火一边琢磨着这件事。忽然再次想到一个问题，老刘为什么要一个人住到这荒野里呢？我总觉得哪里有点不对劲。于是便给亲戚朋友打了一圈电话，打听老刘的底细。在一个馒头大的县城里，要打听一个人太容易了，只要拐两个弯便打听得一清二楚。老刘原来确实是机床厂的工人，他老婆和他是一个厂的，早早得癌症死了。老刘一个人带大了三个子女，子女都十分有出息，上学的时候都是好学生。大儿子大学毕业后去了深圳工作，可是工作一年之后就莫名其妙地失踪了，谁也不知道他去了哪里，后来也一直没找到。二儿子读完博士后留在了北京一所大学里当老师，挺有出息。最小的是个女儿，学习成绩也特别好，可是这个女儿在十四岁那年爬上教学楼的楼顶，跳楼自杀了，据说是因为学习的心理压力太大。这件事当时被学校给压下来了，所以知道的人不多。

直到晚上十点，实在没顾客了，我才关了小饭店，拉下卷闸门，准备骑着电动车回家睡觉。整个县城在冬夜的寒风里缩成一团，街上鲜有行人。开始有拉煤的大货车借着夜色的掩护狂奔在国道上，因为白天是不允许大货车上路的。货车庞大诡异的黑影不时在我面前疾驰而过，我站在路边眺望着对面的荒野。夜晚的荒野看上去阴森可怖，如被一场黑暗的大雾笼罩着，依稀能看到一点微弱的灯光，飘动在无边无际的黑暗里，那是老刘的窗口发出的灯光。

一连五天，一到中午，老刘就带着那女孩来我的小饭店吃面，到后来他们已经不再做任何交流，只默默地吃完面就离开了。到第六天的时候，他们又来了，这次都不用吩咐，我就知道要两碗面，一大一小。我在厨房做面的时候，忽听见老刘说了几句，你有这钱每天住旅馆，不如干点别的。那女孩没说话。沉默了一会儿，又听老刘说了几句，我和他也联系不上，你打他的手机嘛，能打通吗？你说让我上哪儿给你找去？女孩还是没说话，像是睡着了。我把面端出去一看，女孩还是坐在那里低头看手机，老刘正笨手笨脚地给自己剥蒜，指甲缝里全是泥垢。

吃完面走出饭店，我看到他们站在门口忽然激烈地争吵了一番。我只能看到他们的嘴唇在动，却一点儿声音都听不到。争吵完之后，女孩没有向东走，而是跟着老刘过了国道，向荒野里的红砖院子走去。我倚在门后看着他们的背影渐渐消失在荒野里，背上忽然一阵紧张，我意识到可能要发生什么了。整整一下午，我都没挪地方，一直紧张不安地盯着那条荒野里的羊肠小径，从红砖院子里出来的话，只能走这条路，而只要走在这条路上，就能收进我的视野里。那女孩一直没再出现在这条路上，那就是说，她还在老刘的院子里，还没有离开。

到天快黑下来的时候，她仍然没有出现在这条路上。我一下午抽完了一包烟，抽得喉咙发痛，整个人却既兴奋又紧张，一条腿站麻了都不觉得。随着夜色的降临，我的恐惧感在一点一点增加，那条小径上依旧空空的，没有一个人影。我甚至几次拿出手机，想着要不要报警。最后我没有报警，却走出了小饭店，穿过国道，向那片荒野走去。我不敢去敲老刘的院门，只是围绕着那红砖院子慢慢转了一圈，试图发现点什么。荒野已经在半透明的夜色里渐渐狰狞起来，我什么都没发现，只在院子后面发现了一座小小的坟堆，坟堆没有墓碑，长满荒草，坟前却摆着些五颜六色的纸花，还是簇新的，在萧索的寒冬里看上去十分扎眼。我心想，老刘把院子就建在坟墓旁边，晚上也不觉得害怕？

直到我晚上十点打烊的时候，都没有见到那女孩再从红砖院子里走出来。那院子已经亮起了灯，一点幽幽的灯光，像荒野里的鬼火一般。我站在路边徘徊了半天，不知道该怎么办，最后决定还是先回家睡觉。

第二天上午，我骑着电动车来到小饭店前，连卷闸门都顾不上拉开，就急忙走到那条羊肠小径上细细察看，想看出些痕迹来。结果，就在这条小径上，我发现了几点血迹，已经变成了暗红色。看到那几点血迹的时候，我的脚都开始发软，头在寒风中忽地变大。我想，我可能是这件事唯一的证人，只有我看见了什么，但又什么都没看到。像我这样一个普通人，没什么本事，开着一个小饭店糊口，没见过什么世面，一辈子可能都不会有什么惊天动地的大事了，却忽然之间亲眼看见了这样一个秘密。我又顺着血迹跌跌撞撞走了几步，发现路上还有不少散落的鸡毛。在小径的尽头，红砖院子静静地站在那里，如坟墓一般，没有任何动静。我停住了，不敢再往前走。

中午一点多的时候，饭店里顾客渐少，我正收拾碗筷，忽然有两个人推门进来，夹着一股冷硬的寒风。我一看，吃了一惊，来人是老刘，跟在他后面的正是那女孩，那女孩又摘下眼镜，拿脖子上的围巾随便擦了两下便戴上了。她看上去毫发无损，和前几天没有任何区别。我又是惊喜，又是失望，一时说不出话来，张了张嘴没发出声音来，只呆呆地看着面前的两个人。

老刘坐下来，搓了搓两只又大又硬的手，对我说，桃花面，一碗大的、一碗小的，多加几个肉丸子，再拼一盘凉菜，多放点五香花生米，再来一瓶二两装的柔绵汾阳王。在听见他说多加几个肉丸、再拼一盘凉菜的时候，我的眼睛忽然就没有来由地湿润了，我拼了满满一盘凉菜摆在他们面前，又给他拿了一瓶二两装的柔绵汾阳王、两个酒盅。老刘对我笑了笑，露出了一嘴黄牙。不知为什么，我不敢多看他，赶紧进厨房做面去了。

等我把两碗面端出来的时候，老刘正就着凉菜喝着汾阳王，那女孩第一次放下手机，手里也捧着一个小酒盅，她伸出舌头轻轻舔了一点儿，皱起眉头，赶紧吃了粒花生米，然后又舔了一点儿，又赶紧吃一粒花生米。老刘看着她笑，但两个人始终没说一句话。我把两碗面轻轻放在了桌子上，我竟然有些紧张，因为我在每碗面的最下面埋了一个卤蛋。我怕他们马上就发现了，又怕他们吃到最后也没看到藏在底下的卤蛋。

老刘很快把一碗面全吃完了，包括埋在下面的卤蛋，女孩还是吃了两口就不吃了。我躲闪了半天还是不小心碰上了他的目光，我们相互对视了一眼，又很快闪开了。他走过来付钱，身上还背着一个样式陈旧的人造革包。他把五百块钱放到我面前，我大吃一惊，好半天才说出话来，老刘，你这是什么意思？两碗面大的六块、小的五块，一盘凉菜八块钱，一瓶汾阳王三十五块钱，你又不是头一次在我这里吃饭。

老刘把几张钱压到筷子盒下面，又掏出两把钥匙和钱放到一起，然后终于看着我的眼睛说，老张，我问你，你是开饭店的，每天有没有剩菜剩饭？我说，那还用问，每天都有剩菜剩饭。他用大手一拍桌子，说，那就行，有一碗剩饭就够了。老张，我要出趟门，去找我家那小子，我不在的时候，你端碗剩饭，多去我家里看看。

我说，你是让我帮你喂三宝吧，放你的心。他略一犹豫，说，还有大宝。我诧异道，原来你养了两只猫啊，怎么从来没见过那只？放你的心，一只是喂，两只也是喂，包在我身上。说着我拿起那五百块钱，硬要往他包里塞。他突然发怒了，用力把我推开，后退几步，眼睛明亮异常，嘴里却呵斥道，你这人怎么这样，让你拿着你就拿着。

我不再说话，手里捏着那几张钱，呆呆地目送着他和那女孩一起离开了饭店，他们都没有回头看我一眼。我倚在玻璃门后，看着他们一前一后穿过国道，走到了旧车站的前面，那是长途客车路过的地方，经常会有人在那里截车，看见车过来了，远远就招手。如果客车还没拉满人，就会停下，如果已经客满，客车就毫不犹豫地疾驰而过，不做片刻停留。我看到他们两人在那里默默站了一会儿，彼此间并不说话。一辆大客车过来缓缓停住了，挡住了两个人的身影。等到客车开过去之后，我才发现，他们已经不在原地了。

我有一种可怕的预感，我可能再也见不到老刘了。一种奇怪的恐惧感压迫着我，让我几乎喘不过气来。我呆呆地坐在一把椅子上，一支接一支地抽烟，中途有两次拿起手机想报警，也只是拿起来便又放下了。

一直到傍晚时分，夕阳西下，半透明的夜色已经在荒野深处悄悄生长了出来，我破例提前打烊，拉下卷闸门，拿着那两把钥匙，穿过那条羊肠小径，朝着小径尽头的红砖院子走去。

这是我第一次走进这神秘的院子。院子的北面有三间红砖瓦房，盖得很粗糙，靠西面的一间还拉着窗帘。院子中间是一块小菜地，因为是冬天，菜地里什么都没长。菜地旁边还打了一眼井。院子南面是一排简陋的鸡舍，我走进去一看，只有空空的鸡笼，里面居然连一只鸡都没有了，槽里的玉米粒还没有吃完，满地都是鸡粪和杂乱的鸡毛。

这时天色更暗了，夕阳即将沉入群山之中。我终于朝那北面的三间房屋走去。最东面的那间是做厨房用的，里面有灶，灶上有一口铁锅，旁边站着一口一人高的大水瓮。墙角立着十几棵大白菜，用破棉被小心盖着，桌子上摆着两副碗筷和一只电磁炉，还有半根吃剩的白萝卜放在案板上。中间那间应该是老刘睡觉的屋子，屋里有张炕，还是热的，炕洞里烧着柴，炕上是一卷油腻枯瘦的被褥。在这里我看到了三宝，那只大黑猫正缩在这被褥的缝隙里睡觉。地上只有几件家具，一个立柜，一个平面柜，一把折椅，墙角立着自己做的洗脸架，架子上摆着一个搪瓷脸盆，还有半块肥皂。椅子下有一个篮子，里面盛着满满的鸡蛋。平面柜上摆着一个相框，里面是一张黑白老照片。我拿起来一看，照片里是一对夫妇，他们身后站着两个男孩子，女人怀里还抱着一个女孩。我认得出来，那照片里的男人正是年轻时候的老刘。

我走到了最西面的那间房前，房间里面拉着窗帘，房间居然从外面锁上了。我看了看手里的两把钥匙，试着用那把小的开锁，结果，锁开了。门嘎吱一声开了，屋里散发出一种混浊难闻的气味，但屋里一片死寂荒凉，像是根本没有人住在里面。

我战战兢兢地走了进去，夜色正在加重，屋里又拉着窗帘，所以我走进去之后，一时难以辨认出屋里到底有什么，便茫然地站在那里。等到眼睛终于开始适应黑暗，我忽然发现，有一个人影正静静地立在我面前看着我。我吓得转身欲逃，刚转过身就听见那人影对着我叫了一声，爸爸。我惊恐地回过头来看着那人影，只听他又说了一句，爸爸你看，我把作业都做完了。像是把一个小孩的声音嫁接在了一个大人身上，狂乱稚嫩，带着点哀求，让人听了忽然想流泪。

我摸索到墙角把灯拉开，这才发现，我面前站着的是一个中年男人，身上裹着一件旧棉袄，头发蓬乱，胡子拉碴，一手拿着作业本，一手握着圆珠笔。我发现他看人的眼神不对，直勾勾地，一眨不眨，他盯着我看了半天，又举起作业本说，爸爸，我把作业都做完了。看起来应该是个傻子或精神病人。我忽然想起老刘临走前对我说的话，还有大宝。我背上一阵发冷，一种毛骨悚然的感觉弥漫在我全身的每个角落。

我开始慢慢靠近他，看他并没有攻击我的架势，他甚至有点怕我，我往前的时候，他往后躲了躲，温顺而畏惧地站着，依然坚持把手里的作业本举了起来，对我说，爸爸，你看，我把作业都做完了。我向他伸出手去，他使劲盯着我的眼睛，盯了一会儿，把手松开了。我看到自己的手在发抖，我看着他所说的作业，是一幅画，用圆珠笔画的，如儿童画一般简陋，画上有三个小孩手拉着手，都没有面孔，最小的那个扎着两个小辫，看得出应该是个女孩，那女孩手里还拉着一只小猫。他们的头顶有太阳，身后有一座木头小房子，女孩的脚下还长着一朵花。

我举起作业本，看着他的眼睛，试着问他，你画的这是谁？他盯着我又看了半天，忽然说，我带着我的弟弟和妹妹一起玩，这是大宝，这是二宝，这是三宝，这是我妹妹养的猫，我妹妹最喜欢的就是猫。我几乎有些站立不稳，我说，你就是大宝？他又往后退了一步，把两只手藏到身后，这时我听见他对我说，爸爸，我把作业都写完了，明天就要考大学了，你不要打我，也不要打妹妹。

我后退几步，一直退到门口，好不容易才站稳，这时候我才想起来打量这间屋子，也有一张炕，几件简单的家具，屋里收拾得倒还算干净，只是到处扔着书和作业本，每一本打开的作业本上都画满了奇怪的图像和符号，似来自另一个世界的语言。忽然，我注意到柜子上有一件奇怪的摆设，是一只白瓷猫，四脚着地，昂着头，尾巴高高翘起，神情骄傲，在这瓷猫的背上，骑着一个用泥捏出来的小女孩。小女孩骑在猫背上，也高高地昂着头，神情欢快，似乎随时等待着和她的坐骑一起奔跑。

# 今日痛饮庆功酒

**杜梨**　生于1992年，北京人。英国莱斯特大学英语现代文学和创意写作硕士，双语写作，同时从事艺术创作。作品见于《人民文学》《花城》《西湖》《山花》等，曾获香港青年文学奖和“澎湃·镜相”非虚构写作二等奖。出版短篇小说集《致我们所钟意的黄油小饼干》。译有帕蒂·史密斯《奇思妙想》、菲利普·肖特《宠物医生爆笑手记》。

杜梨家中的三花猫，没有好吃的就怨声载道，又十分怕孤独的小咪噶儿。

大约今年三月的时候，我打法华寺附近经过，遇到过一个故事。

那时一场春雨听不着响儿，杨树柳树正比着把孩子送进风里，一个穿芝麻糊色长袍套雪花银马甲，脑后辫子长长的细眼睛男人站在街边冲法华寺的门缝往里看。他一手提着一只蓝绸暗花的鸟笼，一手盘着俩白玉珠，指甲长又弯，还戴了枚翡翠戒指，一转头正巧看见了我，就问我看没看见他的百灵鸟，眼边儿两道白头顶一个小棕帽子。

我瞥了他一眼，没好气地说："没瞧见，满地的家雀儿，这不都是？"

说实话，我看见他那辫子心里就烦，论说遗老遗少，这位可是造极。

他登时脸色一沉，碎叨起来："我找白大爷看过了，白大爷说就得奔城外的畏吾村儿（魏公村的旧称）这边儿来找，说准能找到。我专门儿雇的马车，白闹呢不是？"

要别人打这儿过，权当他说疯话。可那天我正闲，这人奇怪，我也乐得招惹他，就站定了问："您打哪儿来的？"

"四九城啊，刚打西直门出来，专门跟拉闸的守卫说的。怎么就找也找不到了呢？"

"您也忒含糊了不是？那鸟长了翅膀，哪儿不能飞？这您哪儿能找得着啊？"

"不对不对，白大爷昨儿跟我说了，就得往这边儿找，说就在法华寺门口儿。过了午时可就再也找不到了！"

"可是这哪儿有松树？"

他一看四周，面皮更白了："我马车呢？嘿！你瞧见我马车了吗？这哪儿啊？这不是畏吾村儿吗？我这刚到这儿，怎么……"

白毛雨嗒嗒嗒地下坠，春寒落身上让我一哆嗦，往周围一瞧，才发现四周青草茵茵，哪儿还有铁栏杆和马路牙子。再一转头，发现法华寺前有几个僧人正在扫地，一辆漂亮漆红木紫绸帘儿车上的车夫正百无聊赖地剔牙，两匹红毛小马都低着头休息。我刚想说，哎您的马车不在这儿吗？才觉出不对，这哪儿还有那人的影儿?

我心想糟了,眼前浩荡晴空,我们怎么就对调了时空?忽然头一晕,眼前阴沉,又感觉到细雨微风,听见汽车轰鸣,赶紧转身,发现一切照旧,身后还是马路。我骇了一跳,拔腿就跑,一边跑那人似乎还一直缠着我问:“哎哎,瞧见我的百灵儿了吗?”

我叫霍一,我的表妹周妙羽有躁郁症和妄想症,时好时坏,发病时常有幻听和幻视。她少年阶段躁狂表现严重,多年按时服药,现在状况稳定。

她的父亲也就是我亲舅舅,曾是驻外大使,在一次针对使馆附近餐厅发生的恐怖袭击中丧生。事情发生的前两天,我舅妈才坐飞机去探望我舅舅。那天中午两人坐在铺着绿格子餐布的小桌子边,刚喝了一杯当地的红茶,爆炸就发生了,小餐馆几乎被夷平。

妙羽才三年级,正上着课呢,班主任突然把她从班里叫出去,说有电话找她。

刚接完电话,她就听见了她爸在楼下喊她,就像每次他回国刚到楼下时那样忙不迭地喊她:“妙妙!爸爸回来了!快来接我！”她连鞋都来不及换，穿着拖鞋打开门就蹿下去，满楼道地喊爸爸。

她扔下电话就往窗户那儿跑，班主任吓坏了，以为她要跳楼，连忙叫着其他老师一起拖住她。她拼命尖叫，对老师们拳打脚踢，还用牙齿咬，没劲儿了喉咙里还执拗地低吼，最终还是被摁住了。妙妙跟我说，她至今都恨那些老师，因为她觉得那声音如此接近，如果当时不是他们摁着她，她一定能看见爸爸。

从燕郊到草房，从管庄到青年路，从九龙山到南磨房，从菜市口到珠市口，从景山到石景山，从西红门到大红门，从白石桥到中关村，从新街口到鼓楼大街，从正阳门到八大处。要说这些地儿，王三鲜可比谁都熟，因为他爱吃三鲜馅包子，大家都管王光武叫“王三鲜”。

他是干土木的，总去各个工地，工作上从不出什么岔子。可昨儿不知怎的，他梦见地震，他们盖过的楼沿着环路一个个全塌了。

直到听见两只鹦鹉叫，他才从梦里逃出来，醒来一身汗，往枕头边一摸，猫没在，一看表，都八点多了。叫了叫沈梦华，屋里没人。

小黑在他脚边转来转去，使劲摇尾巴。小黑是条拉布拉多，十岁了，吃得膘肥体胖，黑油油地亮。推开门，院子里挂着俩蓝虎皮鹦鹉，都叫小毛儿，一见到他来激动了，在笼子里上下扑腾，反复啄笼子。

他一边换水添食儿，一边斜眼往院儿里的猫食盆里看，吃的没怎么动过。"小毛儿，你俩瞧见咪咪了吗？咪咪怎么不在家呀？"

"小毛儿，小毛儿。""嗯？干吗呀？"俩小鸟就会这几句。

按理说，咪咪黏人，银枝走了以后，老两口儿只要在家，咪咪无论在哪儿都黏在脚边，娇憨地喵喵叫，顺便给狗儿爪子。今天咪咪不在，着实有点奇怪，他找了一大圈。

做那梦让他隐隐有些担心，王三鲜头疼。不行，吃完饭赶紧出去找找，咪咪肯定丢了。

回到屋里，桌子上沈梦华已经放好了早点，人不知道又去哪儿了。他吃了二两素三鲜包子，蘸着辣椒和醋，从锅里舀了棒糙粥，外加份炒肝儿，这才稍微踏实下来。

"小黑，小黑，你看见咪咪了吗？"

小黑只盯着包子，呜呜地摇着尾巴。唉，小狗不懂事儿，王三鲜赶紧吃完出了门。

“王大爷您早啊，吃了吗您？”

隔壁的张越推着自行车往街上走。他在妇女杂志社工作，家住房山区，租了市里大杂院儿的一间小屋子，房子逼仄，连个姑娘也带不回来。一个单身汉，只图近。

“哎，刚吃了，你瞧见我家咪咪了吗？三花，有小黑马甲儿那个？”

“没有啊，怎么了？猫找不到了？”

“啊，从昨儿就没回来。这猫跟我们闺女没两样，要是找不到这猫，我们老两口儿也不活了！”王三鲜斩钉截铁地说，话语里已经拖了哭腔。

“您别着急，我知道您难过，我帮您留意着，也跟周围朋友说说。真的您别着急，咱这几条胡同儿也找找，准跑不了多远！”

“成，”他一挥手，“你上班儿去吧小张，不耽误你了啊。”

“那咱就回见了大爷！有消息我一准儿第一时间告诉您的！”

王三鲜回家拿了猫薄荷和罐头，又抓了一大把猫粮，把方圆儿里猫的地盘儿寻了个遍，还去什刹海那儿的流浪猫小分队,拿着罐头“咪咪喵喵”地问了一通,小黑怕被猫挠,溜树根儿蹲旁边等他。旁边路过的小青年都以为这大爷疯了,一问才知道家里猫丢了。

唉,今儿这柳絮毛怎么那么多啊,王三鲜这半天累得火直冒,“哪个不开眼的把我猫给拐了!但凡让我逮着,给丫揍得让他妈都认不出来!”

他又盯着那群吃猫粮的猫咪看了半晌,恨不得把咪咪从它们中间拼出来。小黑可怜见儿地呜呜叫他,他抹了一把汗,带着小黑走了。

王三鲜走到黑芝麻胡同小学,想起第一个喜欢的姑娘,也是他的发小儿。过去在这儿当过老师,后来当了校长。银枝就是在这儿上的小学。

他想起年轻时和斌红骑车去北海公园,那时候名叫北京工农兵公园。两人怕被抓住,互相隔得好远,她在前骑得飞快,两根辫子几乎要飞起来,连头发梢都是金色的,那天下午阳光真好。只有她愿意跟他玩儿,那时他是茅坑石头都不待见的老八板儿。

两人一前一后把车停在门口,检票的时候,她装作不经意地看了他一眼,便昂首挺胸走了进去。他忙买了票跟上去,两人一前一后都装作不认识。快到了琼华岛附近,他在一个坡上追上了她。

“骆斌红同志,你怎么不等等我啊?”

“一万年太久,只争朝夕。谁让你骑那么慢啊!”她把辫子一甩,满不在乎地说道。

“女人能顶半边天,现在的女同志就是不一样了啊!”

“为有牺牲多壮志,敢教日月换新天。王兴武同志,我打算响应号召,去接受贫下中农再教育。”她压低了声音,“你也知道我想做一名人民教师,但想要教育人必先接受教育,所以我决定深入到广大的人民群众中去, 与他们一起为祖国的建设添砖加瓦。我已经报名了,你也应该接受改造,王兴武同志,你愿意一同与我去接受老乡们的教育吗?”

“为人民服务,斌红同志,只要你想在草原上放牧,我就愿帮你把羊儿喂肥。你在哪儿,哪儿就是我的革命事业。”他看着她鼻尖上一粒沁出的汗,脱口而出。

她睁大眼睛,擦把汗,把格子衬衫领口的小扣子一解。他看见了一小片晶莹的皮肤,像屋檐上雏燕樱黄的小嘴儿。

“又贫。你能保证吗?”她的脸被太阳晒得有些红,更如透明的一样了。

“我保证，广阔天地，咱们一定大有作为！”他把手伸过去，想要抓住她的手。

她一下弹开了，开始往山上跑。他愣了一下，开始在后面追，又怕别人看见，只好拿眼睛抓住她。等游客差不多都下来了，他才慢悠悠地爬上去，在一棵树旁找到了她，却发现她一脸泪水。

“怎么了？怎么了斌红？”

“兴武……我害怕……”

此时正是晚霞初上，震天的吼声把四九城弄得分外拥挤。他知道她是以生病这一借口出来的。

她瘫在树下，广播已经开始轰人，有人清山了。

他悄悄地挪到树下，生怕把她再惊飞了，蹲下来用手握住她的手。“咱们走。”

虽然这样约定了，但是两个人心里没有半点高兴的意思。之前在风里出的汗彻底凉了，两人望了一会儿下沉的太阳就往山下走。快到山脚的时候，骆姑娘迅速地抹了两把脸：“王兴武同志，和我一起吗？”

最终他们没能分在一个地方。姑娘去了东北的生产建设兵团，他去了西北戈壁滩的生产队，险些饿死在那儿。好不容易回来,姑娘已经和一个根正苗红的工农子弟兵结婚了,孩子都两岁了。王兴武的爷爷是镶蓝旗的贝勒,反封建“破四旧”时,落魄的贵族,配不上人家。

王三鲜这一生丢过不少东西,丢了自己的初恋,丢了那辆自行车,丢过一只公社的羊,丢了闺女,他老怀疑自己随身带了个洞。如今闺女留下的小猫也丢了,真是没用,老了,就成废物了。

过了黑芝麻胡同小学,往南锣鼓巷那边走,那边人多,没准儿。

在我十二岁那年, 也就是我爸妈去世的第三年, 我退学了。在那之前我休过一年学,即使上学也是三天打鱼,两天晒网。老师们也可怜我,大多不管我,只是背后悄悄议论说这孩子这么聪明,可惜了。

我坐在课堂里经常出现幻听,总听见我爸叫我,还有我妈戛然而止的惨叫。

又过了两年,爷爷心脏病突发。我趴在病床边,小腿肚子都软了,低声唤:“爷爷。”

爷爷去世后,我常常寄托于我家小院里的那棵槐树,树是爷爷在我出生时亲手种下的,我小时常在树下玩。每当槐花盛开的时候,我就摘下槐花吸花蜜,我奶奶会满大院里摘槐花,把槐花攒成团,蒸槐花砸蒜泥给我们吃。

爷爷去世的时候,奶奶每天在树下失神枯坐,到点扫地做饭洗衣服,就像我现在一样被剥了魂。她说,你爷爷和这棵树好,这棵树就有了灵气,你爷爷走了,这棵树也不想活了。

槐树通阴灵,所以我把脸贴在树上。我想让它传话给我的爷爷,让他和爸妈经常来梦里看看我。

我爷爷真的来了,最初那些年,我经常能梦到他,还曾经梦见他生前的一个场景。当时那棵树有些生病了,周围支着铁管,我在树下一圈一圈地跑,想着那个老虎在树下绕圈跑啊跑最后融化成黄油的故事。我问爷爷我一直跑下去会变成黄油吗？正想着,我就绊倒在了铁管上,他一边扶我起来一边说:"妙妙,好好走路,别摔了。"

我开车带妙妙去看前女友爸妈。几年前,银枝意外去世后,两个老人就跟丢了魂儿似的。沈阿姨以前特别活泼,总张罗着去这儿旅游去那儿逛街。出事以后哪儿都不去了,天天在家守着银枝留下的猫,把猫当成了银枝。

叔叔以前是个暴脾气，和银枝从小吵到大，没少和她动手。现在对猫，比丝绸还温柔，“咪咪咪咪”地跟在身后伺候着，再也没见他对谁发过火儿。

我之前单独去他们家的时候，阴阴沉沉的屋子里，叔叔阿姨不开灯，说是为了省点钱养老，又说是怕惊了银枝的魂儿。你问一句呢，就答一句，不问呢，三个人一只猫，总大眼儿瞪小眼儿，像参禅打坐。我总怕他们想不开，或者出意外，每次大气儿不敢出就悄悄道了别。叔叔和阿姨礼节性地送我到门口，伫立在那儿，像沙漠中死去已久的胡杨树，灵魂已经死去了，但是身体还能撑一会儿。

直到有次去，不小心带上了我的妹妹周妙羽。本来就不便打扰，没想到妙妙刚进了他们家门，就嘟囔：“大白天的，怎么不开灯啊？”

然后，她欻地一下就把灯摁开了。

我看见二老的脸色一下儿就亮了，就像童年冬天在墙垛边，猛撕下一条大白菜叶儿偷偷往嘴里塞的时候，大白菜帮子会露出的那种惊讶神色。

“来啦？”阿姨揉了揉眼睛，这是她出事儿后第一次主动招呼我，“这小姑娘是谁啊？”

“实在对不起,叔叔阿姨,这是我妹妹,她有些病,我刚带她去安定开了药回来。你们可千万别往心里去,我这就带她走,对不住,对不住……”我连连道歉,又顺手关上了灯,转身就要拉着妙妙走。

“开着吧,开着挺好。”王叔叔立刻站了起来,往前几步,轻轻地拽我,“留下吧,我们也要吃午饭了。”

妙妙倒是自来熟,转手就把灯又摁开了,又传来一声惊呼:“哎!哎你不是法华寺那老头儿吗?那个清朝老头儿,还梳着辫子的。你说你的鸟儿丢了,要找你的百灵鸟儿的那个!”

王叔叔眼泪立刻就下来了,我的头一下就嗡了。

王三鲜转了半天,头晕眼花,也没找到那猫,心痛如绞。王三鲜起先是不喜欢猫的,想着猫奸狗忠,猫与狗还犯冲总打架。况且家里还有小鸟养着,遂烦养猫。

可闺女银枝从小就喜欢隔壁老太太家的狸花猫,家里狗要欺负人家猫了,她就揪着狗的后脖颈子往家里拖,把狗关屋里,躁得它直咬桌子腿儿。

王三鲜回家看见一地狼藉,准急眼,不仅把狗胖揍一顿,还“小白眼儿狼、吃里爬外、胳膊肘往外拐”地骂,他还专门在大院儿里嚷嚷，好让隔壁老太太听见。隔壁老太太心肠好不计较，总送凉拌苦瓜和酸梅汤过来，给他泻火。

“不准养猫！你自己以后有家了你自己养去！”王三鲜三令五申地教育姑娘。

那时候银枝小，为了在各个胡同逮猫玩儿，常晒得乌漆墨黑的，要是碰见谁家大猫生了，准高兴得好几天睡不着觉，总央求着抱回一只，每每都因王三鲜大发雷霆而作罢。她还各个院儿里去偷耗子药，生怕哪只猫不小心吃了给药死。原来院儿里有只大白猫就是这么死的，银枝比猫主人还伤心，哭得稀里哗啦的，还跟着人家去拿小铲子埋了，每次放学回来都要去那儿放点好吃的零食。那时候胡同里的耗子药总不够发的，各家老去居委会闹。

“你老跟猫混，气质不好，以后到处招人儿！好好学习考个大学，不比什么都强？”王三鲜老敲打他姑娘，坊间都说太有猫缘不好，招猫逗狗容易惹事儿。

“我就不好好学习！我就想去动物园工作！”

“就你那学习成绩，只能去动物园给大象铲大粪！”

“哎，我告诉你王兴武，我偏养老虎！我养老虎就先拿你给他开荤！”银枝说不过他，气急败坏地跺脚嚷。

“你是不是反了天了王银枝！怎么跟你爸说话呢！”

银枝妈沈梦华吼一嗓子，眼看就要拿扫把抽她了，爷儿俩一个挠挠头出门带着狗遛弯儿，一个噌地摔门回屋，一边大哭一边做作业去了。银枝的作业本为此总是皱巴巴的，写作文都是责怪家长老打她，老师第二天点名儿准说，也请过好多次家长。

可她就是爱猫，打几次都不长记性，有次犯冲又惹恼了她妈，被拿着衣架从床上抽着滚到地上又爬回床上，手指头全给抽肿了。

王银枝穿着红色刺绣领白衬衫和自己最喜欢的绿色网球背带裙，裙下角绣着一只小动物，鼻血滴了一身。她一边号哭一边透过被抽肿的手指缝看她的裙子，很难过，耳畔炸起她妈妈的怒吼：“自己洗洗去！”

沈梦华打她从来不手软，事后也绝不会心疼，并且打过就忘，总说：“这都是应该的，不打小丫的不长记性！”

现在沈梦华一想起曾经那么对闺女，悔得浑身上下蹿痛，从头到脚指头，没一处不痛得钻心。闺女在的时候，她从来没想起过这些打闺女的事儿，就想她的倔脾气和不听话，闺女一走，不知怎么的，想起来的都是她对闺女怎么怎么不好。

闺女弥留时，嘴里含混不清地念着：“咪咪，咪咪。”他们夫妻俩傻子似的待在床沿儿，王三鲜直不棱登地拿出自己用了好几年的破手机，像是提前准备追悼会素材似的录下来。

沈梦华哭不出声儿了，哑着嗓子跟姑娘说：“好，爸爸妈妈一定给你照顾好咪咪，放心吧。姑娘，咱们不痛、不痛啊，乖乖的……”

大院儿里那些当官儿的孩子都不跟我玩儿了，他们见了我都绕着走。我只有奶奶了。

小时候，我只有逢年过节才能见到一次霍一，所以每次都希望过节，过节就能看见我哥了。如果看到奶奶家楼下停着一辆黑色桑塔纳，我就知道准是我姑姑开车带着霍一来了，会立刻蹿上去找他。

我能感觉到，姑姑和姑父怕我。以前因为爸爸工作的关系他们总来我家串门儿，托我爸从首都机场带烟带酒。自从爸爸妈妈出了意外，他们听说我得了病，怕沾晦气，不怎么敢来了。但霍一不怕，他总来看我，带着奥特曼和假面骑士的盗版光盘过来放。

有时候，封面是高斯·奥特曼的光盘常常蹦出来假面骑士

555，封面是假面骑士月骑（Kiva）的光盘又蹦出来一个奈克赛斯·奥特曼。我们常常看了上顿没下顿，可我还是开心。

他爸妈怕耽误他学习，不让他来，高中三年我见他十次都不到。

哥哥放心不下我，总在下了晚自习后，站在街上的小橙电话亭里，用电话卡给我打电话，生怕我想不开离家出走或者自杀。那个年代的警匪剧和悬疑剧看多了，他总胡思乱想。

我说，哥，我想你，你什么时候来看我啊？

哥哥总说，快了，妙妙乖，把奶奶给你买的奥数卷子做了，做完了哥哥就去看你。

我做了五十套卷子，还偷看了不少书后答案，自己倒推了好多公式。终于到了春节假期，姑姑带着哥哥来跟我们吃饭，说霍一要去南礼士路上新东方剑桥中学英语，不能久留。

奶奶抱怨着，怎么大过节的也不让孩子休息休息。

姑姑说，洋人不过春节，就匆匆带着哥哥走了。

我能理解他们，毕竟谁都不喜欢家里有个精神病人，发疯的时候还会咬东西、挠人、砸东西、满眼冒金星儿、拿小刀往身上刻字儿。奶奶死命地抱住我，直到我安静下来。

家里的管制刀具、洗涤液和消毒液全都锁了起来，玻璃换成钢化的，防盗网也装上，有棱角的地方全都用橡胶皮包起来。我发作的时候，她会拿麻绳把我捆在椅子上，往我嘴里塞上毛巾，坐在一边哭。奶奶舍不得给我穿束身衣，怕影响我发育。

直到我挣累了睡着了，或者疯劲儿过去，说："奶奶，我好了。"她才把我松开，给我拿糖过来吃。有时候是酸三色，有时候是大白兔。

有时候我会把药片藏起来，有时候会吐掉，有时候会攒在一起吃很多。宣武医院的医生发愁，说这姑娘怎么不见好呢？这么小这么年轻，不应该啊。直到奶奶在床头柜的夹缝里，看见我塞到里面的药片，才明白是怎么回事。

我不去上学后，奶奶也管不了我，只能跟姑姑哭半天，把霍一叫过来住着，给屋里压阵，也是怕我被送去安定。霍一那时刚考上大学，上学的地方离我家很近，姑姑这才放了行。

那个暑假不知道为什么特别热，霍一来的第一天我就感觉到了。他穿着一身骑行服，背一户外包推车进来，摘下头盔和骑行眼镜，眼睛发红，大汗淋漓，就像安纳托利亚下雪时，坠入冰河的野马。

"今儿天真热。妙妙，姥姥呢？"

“我奶奶出去买菜了，哥你骑车过来的？你吃冰棍儿吗？小雪人冰棍儿，小时候爷爷总带我吃这个。”

“没事儿，姥爷走了，我带你吃。”霍一把包放沙发上，摸了摸我的头。

我从冰箱里拿出两根小雪人，那天热得连知了也悄无声息，霍一靠在沙发上，我们一起剥开雪糕袋吃小雪人。我们家有一台老式立地风扇，不会摇脑袋，和硝酸亚铁溶液一个颜色。那天只有它在工作，风从霍一的方向吹来，我感到他肩膀上的温热，闻到他被汗蒸出的洗衣粉味儿，奶油滴了一手。

那天黄昏，我们喝完奶奶做的绿豆汤，霍一带着我去看他的大学，走了好几圈，我们谁都没说话。到了一处长椅，我们坐下歇脚，霍一盯着他的鞋看了好久，忽然说：“妙妙，你退学了？没事儿！你的功课，哥教你，想吃什么，哥给你买。”

他说这话时被金色的光芒吞没，我霎时间感觉爸妈和爷爷都还在身边。然而我突然就想到这一切不会持久，早晚有一天，他也会被人抢走，就像我的父母一样销声匿迹，我的奶奶也会离开，就像我的爷爷一样不知所踪。

霍一接了奶奶的任务，看着我按时吃药。青年小伙子更有力量，奶奶已经摁不动我了。

我的日子是糊的，无字毛边书一样迷迷瞪瞪。每过一天都被我温柔的哥哥裁开一页，被我勤劳的奶奶浇上绿豆汤、紫米粥、薏米粥、娃哈哈，辅之以豆包、花卷、馒头、肉龙、米饭、炝炒白菜、蒜苗炒肉、蒜薹炒肉、土豆炖豆角、白菜粉条、冬瓜丸子汤等，这样每一页才能慢慢地洇出点颜色和轮廓，明悉自己的存在。

但我没想到，那天那么快就来了，我很快就见到了银枝。银枝长了一双古画仕女的凤眼，黑眼瞳很大，面皮很白，鼻梁高高的，有个小驼峰，手脚细长，倒是配她的名字。

放假时，有时霍一带我去东城区找银枝玩儿。我们去逛故宫和景山，在景山顶上什么都不想，就站着吹风，细目远眺那些黄盏盏的琉璃瓦和红澄澄的宫墙。雪后的故宫就像千层雪雪糕，好像我一伸手就能摘下一片儿吃。

要是有灯笼挂在宫门边盈盈相照，就更好看了。我说，我就喜欢亮堂，太黑了我害怕。

银枝说，明朝的正德皇帝过元宵节，放烟花的时候不小心烧了乾清宫和坤宁宫，他就跑到了自己的动物园躲着，还回头看火，笑眯眯地跟左右人说，好一棚大烟火也。说到这儿，银枝也转过脸来，笑眯眯地对我说，你也跟那个正德皇帝一样，喜欢看烟火。

从景山出来，我们看着白塔，走过文津街、北海大桥，穿过西安门大街，到了西四歇歇脚。他们喝咖啡我吃冰激凌，银枝说她高中时在阜内和四中的学生一起上数学班儿，他们穿着黑压压的校服稳坐前排，骄傲地背着四个毛笔字“北京四中”，她一看就想昏倒。上课需要穿过一片濒临倒闭的小店儿，沿一段矮红墙走，一抬头，妙应寺的白塔近在咫尺，一看就想逃课去逛北海，让我们荡起双桨，只要五块钱，小船儿推开波浪。

“姐姐太羡慕你了，不用上学，逍遥自在。”银枝问，“小糊涂仙，长大打算干什么呀？”

“银鞍照白马，飒沓如流星。十步杀一人，千里不留行。”我得意扬扬，“燕赵多慷慨悲歌之士，我要做大侠。”

“我现在就让她背古文，做数理化，看名家散文，把北京市历年高考卷儿、模拟卷儿都做一遍。”霍一叹了口气，对银枝耳语道，“我不能一辈子看着她啊，妙妙总得自力更生。”

银枝爱怜地摸摸我的头：“小可怜儿，要是咱俩能换换，就好了。”

霍一瞪了她一眼，银枝打了他一下。我若无其事地吃着冰激凌，什么感觉也没有。爸妈走了以后，我什么都感受不到了。

奶奶天天让我吃药，让我的神经变得迟缓，世界和我之间永远隔着一层薄纱。我就像安史之乱以后的王维，世间声色对我而言只有味觉，没有知觉。

到了银枝家的院儿里，叔叔开了门，小黑油黑汪亮地扑过来，妙妙热情地奔几步，抱着小黑的上半身，把它像蒙古摔跤似的摔在地上。我手里拎着一盒味多美的巧克力蛋糕，摆在桌子上。“叔叔，今儿银枝的生日，我订了餐厅，咱们出去吃一顿吧。”

“费心了小霍，没心情啊，猫丢了。我这儿正和你阿姨弄寻猫启事呢。”

“什么？猫丢了！”妙妙推开小黑，冲到了两个老人面前。阿姨正戴着眼镜，翘着手指，一下一下摁着键，像章鱼第一次坐到电脑前似的。“前天咱们才给它滴了眼药水儿，我还给它揉了半天眼睛呢，你们怎么把咪咪给弄丢了！怎么丢的呀叔叔阿姨！”

“妙妙！没大没小！”

妹妹又激动了，每次来银枝家都跟过电门儿似的，让我非常尴尬，好在叔叔阿姨似乎从她身上看见了一个长不大的银枝，从来不怪她没大没小。阿姨没少给我发消息：小霍，你最近还好吧？工作忙不忙？注意身体，北京大风降温，穿多点。你小心点，海淀区雷电预警，东城区还没下。妙妙最近怎么样？按时吃药了吗？背书怎么样？请老师了吗？别给妙妙找突击的家教，你叔叔认识黑芝麻胡同小学的校长，她有挺多名师资源的。申请自考了吗？我看北大自主招生又开始了(发来链接)，这是相关资料，你是她哥，也催催她，能不能把病历资料藏一下儿？哦，自考没过啊？没事儿，来阿姨家吃饭！哦，又改成人高考了？妙妙考上了？来阿姨家吃饭呀！哪儿啊？农学院，挺好的啊，干什么呀？什么，兽医？为什么学兽医？哦，喜欢啊，行，那以后我家小猫小狗就让妙妙看了！来阿姨家吃饭呀！有空儿常来玩儿啊，阿姨做糖醋排骨和红烧肉，都是妙妙爱吃的。

大学毕业后，我去了互联网公司做设计，朝九晚九，有的时候还通宵，几乎天天返工，工作一忙，根本顾不上回复。阿姨给我的信息轰炸，都是晚上我在便利店里挑所剩无几的饭团时，才顾得上回。我就想，这信息不单单是给妹妹的，更是给银枝的。

正常人家的少女都正值叛逆期，最讨厌老人的循循善诱，可妙妙却甘之若饴，大概是从小父母就很少管她，出事以后我们更不敢多问，妙妙很享受银枝爸妈的关注。为了方便交流，她用抚恤金给自己买了手机，三天两头从家属院往胡同跑，说是要摸摸猫咪和小狗。

“找过了，你叔叔转到现在才回来，连口水都没喝，就让我写启事，我也刚买菜回来。”沈阿姨手边放着一摞韭菜、心里美萝卜、长豇豆和娃娃菜，“妙妙去冰箱拿个冰棍儿吃，阿姨知道你爱吃，时刻补充弹药。”

妙妙小兔子似的蹦到冰箱前，掏冰棍儿时顿了一下。“阿姨您吃吗？您爱吃的巧乐兹怎么没买啊？”

阿姨一边慢悠悠地打字，一边笑：“妙妙还记得阿姨爱吃巧乐兹啊，比你银枝姐姐可强多了……阿姨买菜的钱不够了，全都给你买了梦龙，什么味儿都有！”

“谢谢阿姨！您怎么不用微信支付呀？”妙妙咬着梦龙又弹回来，“现在大家都用微信支付，您打字儿太慢了，我来吧！”

吃过午饭，避了日头，沈梦华带着妙妙和小黑出门找猫，贴启事去了。

王三鲜坐在家里，急得来回转圈，看着那么多菜，他站住了，不知该如何下手。打开冰箱门，看见巧克力蛋糕，又愣了半响。“霍一，今天是小枝子生日，猫丢了，你说她会不会怪我们？这么大人了，连猫也看不住……”

沈梦华看着周妙羽在前面牵着狗一蹦一跳地走，又想到银枝。二十八年前的今天，她在北京隆福医院痛得死去活来，王三鲜拎着热暖壶来了，看她还没生又走了，把她气得直哭。护士以为是宫缩疼得哭，说不许哭，哭了一会儿哪儿还有力气生啊！她疼得想用脑袋撞墙，她想要是骆斌红，他肯定守在旁边。这么一想，更难过了，眼泪葡萄似的往下嘟噜。

“不会的，叔叔，您别多想，我正帮您转发呢。现在信息传播得巨快，过一会儿就能找到咪咪，您就放心吧。”

王三鲜比她大几岁，在他那儿，她就是流鼻涕的小丫头片子，入不了眼。他喜欢骆斌红，沈梦华老看见他俩背地里在胡同的旮旯儿见面，听见猫蹿上房的响声儿，两人吓得赶紧弹开。沈梦华躲在墙角，一看见两人往一块儿凑就冲瓦片上扔石子儿，让他俩跟惊弓之鸟似的大难临头各自飞。

“你说这猫会不会被人抓走了，运到哪儿给做成串儿了？你阿姨的竞争对手，有好多这样的！”王三鲜一想到这儿，冰箱门一摔，捂住了脸，“你说我们家怎么这么命苦，闺女留不住，连个猫都能让人害了……”

沈梦华打小儿就喜欢王兴武，小时候见着隔壁那王兴武的爷爷就轻脆脆地喊:“老爷子,您好哇！”完颜老爷子是个大罗锅儿,说:“小姑娘儿也好,长大了,许给我们家小小子儿好不好呀?”沈梦华从来都满口答应。王三鲜终于插队回来,因成分不好找不到媳妇,可沈梦华不在乎。她好不容易盼到骆斌红结婚了,自己也快成老姑娘了,可把王三鲜等到了。

霍一连忙过来安慰他，把放在桌子上的降压药也拿了过来。“叔叔别着急,我们肯定能找到小猫的。”

她初中毕业以后，去鼓楼西大街的北京市牛奶公司当工人,总把自家分配的牛奶悄悄往王三鲜家送,还用快过期的酸奶蒸出松软大馒头,一听见王三鲜的二八杠铃声,就跑到胡同拐角等着,悄悄塞给王三鲜,回家就被自己父母劈头盖脸一顿骂。她看王三鲜身子骨太瘦,电线杆儿似的,总心疼。邻里大妈一撮合,终于结婚了,年轻的沈梦华认为,那是她一生最大的胜利。

“小霍,咱们也别在这儿待着了,赶紧去找派出所,调监控去。这胡同儿里到处都是监控……”

王三鲜结婚后考上了不错的大学,学土木,早先嫌她没文化,什么事儿都闷在心里不跟她说,两人只聊些馒头咸菜豆腐脑、明天早晨吃什么。沈梦华起初觉得夫妻过日子就该这样，那时候牛奶公司福利也好，骆斌红还只是个小学老师，她从来不觉得不如对方，还是觉得命运的天平偏向她这边。

这样也行，霍一叹了口气，又把寻猫的图片转了三个群，被新街口西饼店的群主警告了一次，发了红包道了歉，就和王三鲜一起出门了。不知道丢了猫，警察帮不帮忙，死马当活马医吧，至少在今天，不能让银枝的爸妈失望，也不能愧对了银枝。

一转眼，改革春风吹满地，国企纷纷改制，沈梦华成了下岗工人，黑芝麻胡同小学却被东城区升为了重点小学，骆斌红也成了教导主任。满大街都是刘欢的《从头再来》，沈梦华一下颓了。银枝很快就到了上学的年纪，就算沈梦华不服，她也得眼睁睁地看着王三鲜隔三岔五地去求骆斌红，让银枝进了黑芝麻胡同小学。牛奶公司也改名叫了三元食品，沈梦华从来不订他们家的牛奶小箱子，她订上海的光明，哪怕三元就离家门口不远，送货最快。

现在市里严查食品卫生安全，加紧打击不正规大排档和小脏摊儿。好多猫肉狗肉都上了羊肉串摊儿，被群众举报了好几次，加上最近接到丢猫狗的案件很多，几个辖区的民警都接到了消息。一出现这种事情，大家都怀疑是遇上偷猫盗狗的团伙儿了，片儿警张德顺一听说猫丢了，心里就咯噔一下，又来了。

因此，沈梦华心里一直有口气。下岗之后，脾气越来越差，孩子只要一不好好学习，就揍她，不蒸馒头争口气！看周围的人纷纷下海，她跟王三鲜说，她也想南下批点儿衣服到动物园去卖。可是王三鲜不肯，说她不聪明，别再让人骗了。还说面粉一厂就有两口子被骗了，倒的电视机好多都是假冒伪劣，借了高利贷，跳了护城河，都上了报。“不聪明”三个字可戳着了沈梦华，两人大吵了一架。银枝一边抹眼泪一边抱着作业本，去隔壁老太太家写了。

张德顺快进捯两边的录像，没发现有什么异常。直到早上快七点的时候，发现胡同里有不少好车拐进来，不少送孩子来上学的，所以特意慢下来，得一个一个地盯。忽然一辆五菱面包慢慢驶入视野，停在了顺心饭馆旁边。

沈梦华气得一夜没睡，第二天早起，顶着两只肿得老高的眼睛，骑三轮车去驮了两袋面粉回来，说要支个馒头摊儿。王三鲜心里有愧，也知道沈梦华要强，就依了她。

从面包车里下来一个穿蓝汗衫的中年胖子，手拎着一个大编织口袋，还有一个穿灰短袖的瘦子从驾驶室跳下来。两人沿着墙根走。

这下银枝可不乐意了，觉得丢脸，常常飞奔跑过自家胡同口，经过馒头摊儿头也不回，沈梦华叫也叫不住。就算这样，也总被同学嘲笑是卖馒头的，回来没少给家里跺脚。沈梦华让她给家里的馒头写个宣传语，银枝就拿粉笔写，“酸奶馒头，神奇的香”。结果城管找上来了，阿姨，您这个酸奶得需要卫生许可证儿，跟工商局报备了吗？有营业资格吗？邻里街坊的都认识，今儿就不罚您了，回家去办证儿去吧。

中年胖子经过王三鲜家院儿时往里瞜了一眼，停了下来，拽了一下瘦子的胳膊。瘦子掏出了什么东西，两人一起走了进去。“对，警察同志，这是我家那大杂院儿。”

沈梦华只好一通折腾，咬咬牙盘了个馒头烧饼店，捎带着做些熟食。夏天卖卖烤串和烤鸡架，门脸儿排风差，生生给自己熏出了甲状腺结节和支气管炎。

七分钟后，两人从院儿里出来，看录像，胖子手里的袋子似乎有些坠。两人快速往车那儿走，瘦子回头看了几眼，胖子把袋子塞进了车里，上了车。

两人只有银枝这么一个闺女，王三鲜在国企当技术干部，当然要做好计划生育的表率。沈梦华打过两个孩子，第一个为了保全丈夫的工作，第二个是因为实在养不起了。好不容易把银枝供上了重点大学，沈梦华才骄傲地直起了腰板儿，再也不打骂姑娘了。

两人开车往西走，混入了接孩子的车群中，看不出异常。“警察同志，您看看这可怎么办啊，我们家小猫儿一准儿让他们给抓走了！”

三年前，银枝才二十五岁，当新闻记者，年轻有抱负，全国四处跑。一次在外地采访，被歹徒捅了六刀，肺叶穿孔，脾脏破裂，大出血。他们夫妻俩买了机票，机场打车从省城直奔县级医院，姑娘还剩最后一口气。

“目前来看，这两人有作案嫌疑，我先记下他车牌号，给交警队那边打一电话让他们调录像查这车去哪儿了。您可以存一份回执，回去等消息，我们尽快给您处理。”

银枝一走，沈梦华的心里就空了。她觉得王三鲜根本不爱她，这么多年都是自己一厢情愿。爸妈都偏向弟弟，说养儿防老，把房子也给了弟弟。要说世界上真正爱她的，还是和她吵了一辈子的银枝。世界上最爱我的闺女去了，老天把我最爱的闺女给夺走了。一想到这儿，她就受不了。

“我这哪儿还等得了啊！警察同志，我姑娘几年前没了，这猫是她给我们留下的唯一念想，就是我们老两口儿的命……”王三鲜嘴唇青紫，眼看一口气上不来。

尤其是骆斌红的两个儿子，一个去美国拿了绿卡，另一个留在北京当了大学老师。一想到这儿，沈梦华就枯萎了。她常常琢磨，要是她爱人真跟骆斌红在一起了，是不是也能这么光宗耀祖？是不是自己不该冲他们扔小石子儿，棒打鸳鸯散？是不是他跟自己在一起以后，才这么倒霉？

“您先别急，您呀，赶紧叫上您家里人，或者发动发动邻居，去咱们东城这一带宠物店和卖串儿的馆子都打听打听。好好说，没准儿还有希望，发现线索了也希望通知一下我们。”

想着这些有的没的，沈梦华被晒得有些头晕眼花。电话铃响了好几声，才被周妙羽提醒，接了电话。电话那头王三鲜扯着嗓子喊：“猫不是丢了，是让人给偷了！赶紧回家！”说完就撂了电话。

有年夏天，每次下过阵雨后，北京城被高温蒸出白雾，柏油马路上烟波浩渺。我和霍一出门溜达，没一会儿两人就在院儿门口买了个大西瓜，然后抢命似的回家了。北京又闷又潮，没有个四九城的样子。回家打开空调，让奶奶杀了西瓜，我们仨就往一小脸盆里吐西瓜籽，这才觉得痛快。

吃了西瓜，奶奶去熬绿豆汤，我听见奶奶在厨房跟霍一小声说，抚恤金跟不上物价了，她得去申请低保。她还让霍一给我找个工作，也督促我点儿学习。病情稳定了就不能老在家待着，以后怕照顾不了我了，哪怕去上个护士学校，也比在家里杵着强。

霍一满脑门子官司，嗯嗯啊啊答应着。我想，他一定觉得很困扰吧，他自己的工作就很忙，又摊上这么个妹妹。我姑姑和姑父也不愿意我拖累他们儿子吧？

霍一稳重，总是愁眉紧锁，但银枝实际上是个快乐的人。和银枝在一起时，我从来不觉得她比我大，而是觉得我们一样大，在一起玩儿总能哈哈大笑。一瓶北冰洋下去，也不知道有什么好笑的，两人笑得嗝儿都打不出来。

银枝的胳膊和手上也有许多伤，有的是被她妈妈打的，有的是被猫咪抓的。她看了我胳膊和大腿上的伤痕，我们竟然有了惺惺相惜的感觉。她不怕我，更不会把我当傻子。

她总夸我长得美，说这大概就是霍一看我比较紧的原因。哥哥严禁我走太远，他非常怕我被拐到一个荒山野岭，被铁链子拴着,哪儿都跑不了。

银枝对我很有耐心,经常带我去看各种展览,逛各种打口CD店,从西单图书大厦、王府井新华书店、FAB精彩无限文化广场到经典音像、福声唱片或是私人的唱片小铺。她总想从我身上开发出绘画之类的艺术家的天赋。

至少,她说,要破了我身上这层茧。她说我是极地的松毛虫,如果能挨过漫长的极夜寒冬,就一定能活下去。

她说她最讨厌学习和爸妈的管教,我很羡慕她,如果我的爸妈还在就好了。小时候我爸妈总问我,妙妙,长大想干什么呀?我从来都毫不犹豫地大声说,我想和爸爸一样,当外交大使,去好多个国家,环游世界。

爸爸在非洲工作的时候,趁放假把我带过去,我们去草原玩,坐在吉普车往外看。我能看见长颈鹿的脑袋,因为它们个子最高。那时非洲的犀牛种群还没有像现在这样濒危,爸爸让我看望远镜里的角马和斑马,角马群跟着斑马群走。斑马受惊时的警诫声像是咕儿咕儿的警笛声,我们在很远的地方就能听到。夕阳的余晖把斑马身上的白条纹映成了金色,往昔如梦来。

霍一在网上,给我找了个家教过来,为我自考升学做些培训。那个男的穿土黄或蓝黑的短袖，每次来都黑着眼圈，一副睡不醒的样子。每周来两次，一次两小时。

有次恰逢我奶奶出门买菜，回来给我们烧萝卜丸子汤，不知道他是不是看出我日常反应有些迟缓，表面上一边给我讲该如何计算摩擦力，手下一边摸我大腿。我说过我对很多事情没有知觉，但我并不是傻子，我知道这是不应该发生的事。

我的脸烧得厉害，转过脸凶狠地看着他。“老师，你在干吗呢？知不知道我们家是干什么的，等我爸爸回来打折你的腿！”

虽然我色厉内荏，他还是浑身一抖，收回了手。

接着，我不动声色地上完了课，那节摩擦力和推力的课让我至今都觉得恶心。等他出门以后，我把门反锁，靠在门上腿都软了，滑到地上瘫坐着。想起刚才我说爸爸，爸爸你在哪儿啊，我好想你，眼泪就止不住往下掉。

羞耻和憎恶第一次清晰地浮现在我面前，我没想到，霍一和银枝给我铺陈的无数美好景色没能将我从茧中唤醒，反倒是丑恶和卑琐把我的知觉唤醒了一些。这是最让我恶心的地方。

我给银枝打了电话，我们说话的时候，我看见窗外的几只喜鹊正在围攻一只灰喜鹊，喜鹊张开黑色的翅膀从空中猛扑下来，把蓝翅的灰喜鹊吓得惊慌失措，惊惶的嚷叫呈抛物线直跌下去。我对着电话号啕大哭，银枝立刻明白了，她挂了电话，逃了英文口译课，直接把我哥从马哲课上拉出来，两人直奔我家。

我哥知道情况以后，二话没说，黑着脸就出了门，银枝让他小心点儿，也不知道他听没听见。直到傍晚，我哥也没回来，银枝打了好多个电话，一直无人接听。奶奶回来以后，银枝就过去找他了，刚出门就接到了派出所的电话。是对方报了警，还要通知霍一的大学。

霍一跟警察说了原委，警察说，这事儿涉及性骚扰，可向法院起诉对方，但因为你妹妹的特殊情况，是否在发病期，能否准确指认，取证会非常困难，建议咨询律师。对方听到要起诉，可能耽误前程，吓得屁滚尿流，这个实在划不来，就恳求霍一不要把事情闹大。

出了派出所，霍一又把那人胖揍了一顿，这次那人没再吱声儿。这些都是银枝偷偷告诉我的。我哥那天挂了彩，没再回来，怕我看了难受，只给我打了个电话。“没事儿啊妙妙，有哥哥呢，谁要再敢欺负你，哥哥给丫拍花。”

后来就变成了他和银枝轮流给我补习了，找的家教他都不放心，周六日我出去上课他也要跟着旁听，生怕我在课堂上出什么岔子。有向我要联系方式的同龄男孩儿，都被我哥哥连环审问一番。银枝说，你不能这么圈着她，妙妙总得面临这些，她有自己的处理方式。霍一说，我是怕她再受伤害。银枝说，有我呢，怕什么？我的茧子又破裂了一些。

银枝遇害这件事，让我严重怀疑自己到底是不是天煞灾星。就像从天上忽地跳下来一个神兵，用方天画戟竖直劈开我的厚茧，把我拉扯出去，扔在了地上，暴雨倾盆。

那个意气风发的北京男孩儿不见了，他能帮有病的妹妹制服一头恶龙，让它暂且安住于洞穴深处，但对于意外，他却毫无办法。台湾花莲有个七星潭，海水碧蓝荡漾，不知深浅的人去海中游泳，不知海床沟壑纵横，离岸不远，海沟陡然下坠，看一排凶浪扑来，人转瞬即灭。我哥就是这样，连还手的能力都没有，被浪卷走的人不只是银枝，还有他自己。

很长一段时间，哥哥都要和我一起去医院开药，开车之前要吃几颗药让自己镇定下来。他的疗程时间比我长，日常神情恍惚，有时也会出现幻听，整夜整夜无法入睡，大把大把掉头发。等他鼓起勇气去看银枝父母的时候，已经过了半年。

在银枝发的照片上，阿姨肤白而圆润，就像她爱蒸的那种馒头一样，满脸红光，一心向上。而等我真正见到她的时候，阿姨至少缩水了两圈，就像放进西门子洗衣机里用最大转速滚了两小时，又烘干了，出来就成了三块五一包的烤馍锅巴，焦干，蜡黄。

父母过世后，我被为数不多的人给予了太多的爱，已是弥足珍贵。是该我回报的时候了，给予也是得到的一种方式，你会得到更多。

我发动汽车，散了散热气，带着叔叔阿姨、妙妙和小黑去通州梨园。妙妙掀了人家好几个串店的后厨，都没有找到咪咪。警察跟叔叔说，那辆车往东边儿走了，在梨园附近的狗市停下了，线索中断。累，真的累，我的五脏六腑都累，我看故宫的五脊六兽也累。我把车停在路边，让妙妙进去给我买两罐红牛。

以前上学的时候不觉得，现在工作一忙，我的肚皮就水涨船高，洗澡一看，简直没法要了。还要照顾妹妹，记得按时去看银枝的父母，爸妈让我找新女朋友的压力也日渐增大，光是相亲局我就吃了不下五顿了。姑娘倒是漂亮，可我总想起银枝。

手机又响了，领导发来一长串语音，我一看就头大，肯定是又要改方案。去你大爷,周六日还让不让人休息了,今天什么事儿都没有我找猫重要。

在大学里,我还隔三岔五去踢球,在北理工的操场上,和一帮大爷叱咤风云,踢北京市大学生足球联赛。把头发扎起来,或者让银枝给我编成小辫儿,以为自己是人大的伊布。银枝就打着伞,在足球场边坐着看我,还被球闷过几次,差点儿把那个漂亮的鼻子撞歪。

以前有银枝在身边,我从来不觉得累,所有人都觉得我们是天造地设的一对。她在舞蹈社团跳蒙古舞,我在管弦乐团吹小号,就像雅典娜和波塞冬那样势均力敌。银枝脾气犟,得顺着毛捋,我从来不跟她急,我让着她,爷们儿不就该这样吗?

我们经常提着水壶去自习,她的水壶总被偷。有次她从家里拎了一个很漂亮的铝皮热水壶,红皮上面画着一白一橘两只猫咪和一蓝一红俩毛线团,二十世纪的工笔画法,她喜欢得不得了。

拿来第一天,刚摆在食堂外,吃个饭的工夫就被人顺走了,银枝为此生了一个月的气,说这丢三落四的本事她爸天下第一,而她天下第二。我们在学校里再也没看见那暖壶,也不知道它到底被谁拎走了。

她喜欢猫，无论走到哪儿都有小猫出来跟她亲近，她说，我爸总说我招猫逗狗，气质不好。我说，你爸封建迷信，你的气质天下第一，边说边竖起大拇指。她就拿拳头捶我，不许说我爸。

我们经常去做流浪猫狗的志愿者，在房山区有个大爷做猫狗收容所，我们也去过一次。那时候房山线还没开，我们骑车去，不巧赶上下雨，两个人为了赶时间，只好在雨中狂蹬自行车向西南进发。一路看见西边树上的喜鹊和灰喜鹊的雏儿被雨砸下来，就得停下，把受惊的小鸟再送回去。

别贪心，它们不属于你。银枝总这么说，老北京祖传的鸦科动物，只属于西山和天空，它们熬过几百年的寒冬，能一直留在这儿，就是信任这片土地和山水。

她从来都不是个贪心的人，可是为什么上天这么贪心，要把她带走呢？我们房、车都齐了，就等着在全聚德开订婚宴了。

离开的人什么也感觉不到了，留下的人痛苦万分，辗转反侧。

那天我们没能够带走任何一只猫咪，大爷死拧着不让任何人带走任何一只猫，就怕猫咪被猫贩子弄走。我当时不明白，现在全懂了，失去的滋味太可怕了，大爷不想丧失对于猫咪命运的掌控，每一只。

刚失去她的那会儿，我就在火葬场见到一个骨灰盒子，我鲜活漂亮的女朋友，就剩一只盒子了。我睡眠很差，一睡着，总能梦见满屋子的猫，咕噜噜地，向我拥来。

一路上，王三鲜和沈梦华没怎么说话，说话也是感谢小霍和妙妙费心，耽误宝贵的休息时间，陪两个老人满四九城地发疯。然而，妙妙回过头来："阿姨，我们才没有发疯，发疯的是那些失去心爱之物却不敢表达的人。"

妙妙借着上厕所的名义，直奔了很多串馆的后厨，没有碰见待宰的猫狗，碰见的都是冷冻的肉串。在一家饭店的后厨，她看见了一群飞奔的鸡，它们见到她都害怕地跑了，有一只躲在矮冬青底下，抖着冠子刨土，小圆眼睛盯着她，希望她注意不到自己。在另一家烤鱼和烤串店里，她看见很多鱼都翻了肚皮，有条鱼头顶上还被撞没了一块，露出猩红的肉和飘荡的组织，也转着小眼睛看着她，胡须漂荡在水里，晃晃悠悠，呈一个问号。她觉得它在跟她说话，向她祈祷，恳求她救它出去，她脑袋又开始晕了，不能深想，拔腿就跑。没跑多远，看见地上有只被完全踩扁的小龙虾，被踩之前还是活的，黛青色的身体下是黄色的脑浆和内脏。再往前，看到还有一只缓慢爬行的小龙虾，以螯虾科的独特走路姿态，正在一板一眼地向外迈步，它要去哪儿呢？她扭头看了看那一盆子在水里的小龙虾，想起一只从沸腾的火锅里拼死爬出来的小龙虾，为了活命，断掉了自己的一只钳子，她悄悄地把这只离队的小家伙带走了。

此刻，在副驾驶上，妙妙专心致志地跟小龙虾玩，还去便利店买了矿泉水，要了一个关东煮的方盒子。把小龙虾泡在了水里后，她的心里非常平静，头也不混乱了。

王三鲜怪沈梦华出门没注意猫跑了，沈梦华也不吱声，再说，她就抱着小黑，眼泪打湿了它的毛皮。王三鲜长叹一口气，算了，命该如此，她也是为了出去给我买早饭。他慢慢地把手移过去，握住了她的手。

来到警方给的位置，梨园派出所的执法民警都已经到了，霍一把车停在警车后面，赶紧跳下来，再看警车前面，就是那辆五菱宏光。这是梨园后面的城中村，面前院落的大门儿已经开了，他们还没进去，就闻到一股重度的猫尿臊味儿，臭不可闻。

沈梦华顾不得许多，拉着小黑就冲进去，大嚷道："你们把我们咪咪放哪儿了！"

十多个铁笼子撞进眼帘，它们全都摊在院子里，里面塞满了猫咪，看到人来，不是干哑着嗓子大声喵呜，就是在低低怒吼、互相打架的哈气声，以及娇弱小猫的叫声。铁笼子的缝隙里嵌着猫的身体，时不时地鼓出来一块，黄的、白的、黑的、黑白的、狸花和三花，每只猫轮流被挤到笼子边上，想喘口气，无数只圆眼睛擦向笼外，躲闪着，热情着，恐惧着。猫咪用尽全身力气，施展缩骨术，生怕被人抓了去，土地上到处都是猫屎和猫尿。

警察和辅警纷纷转过头来："你们是谁啊？"

"他们偷了我们家猫，我们过来找来了。"王三鲜指着在地上坐着的那个中年胖子，"就他，我监控录像里看见的，我们特意从东城区开车赶过来的！"

中年胖子蔫蔫的，一声不吭，和那瘦子一起蹲在地上，手都反铐了起来。作案工具，大号老鼠夹子、猫笼子、麻醉针、发射枪、弹弓、香肠和两罐兽药，笼子里面还有几只蔫头耷脑的麻雀。

本来他们今天想凑够十个笼子，就能出发去河北，燕郊有个皮毛加工厂，最近赶上一大批出口单子，狐狸和貉子的皮毛不太够，只能拿猫皮接上。找花色差不多两只猫拼成猫皮马甲，单只可以做围脖和手套，有的白猫还可以接白狐的皮，猫皮更细腻，一般人摸不出来。肉可以送到加工厂，切碎冷冻批发给小摊，或者直接灌进香肠。

在梨园附近的繁殖村里落脚，可以避开市里检查，这里到处都是猫狗的不正规繁殖场所，可以掩人耳目。这几天他们辛辛苦苦开着五菱，把城八区都转遍了，好不容易搜罗了这么多猫回去交差，昨天一夜干到现在刚买了份儿盒饭，头昏眼花，连屁股都没坐热，警察就敲门了。

“胖子，我问你，你今天早晨去南锣鼓巷附近、黑芝麻胡同附近抓的猫在哪儿呢？你给我找出来，你快把我们家咪咪还给我们！偷猫盗狗，你不仅气质不好，还犯法了你知道吗你！”王三鲜挥着胳膊，义愤填膺的，嘴唇都紫了。

霍一站在后面，听见这句“气质不好”，本来严肃对峙的场面，差点儿笑出声儿。沈梦华拉着小黑正一个一个笼子地找，被辅警拦住：“你们等会儿再找，别妨碍我们办公。”

有位年轻的警察走过去跟王三鲜交涉，看着跟银枝差不多大。他说：“叔叔，你们是不是来找猫的？我们本来要运回所里再清点的，既然你们人多，那你们就帮我们清点一下，看着点儿，行吗？”

王三鲜想了一会儿:“可以，但是你得让那胖子先告诉我们,我们家咪咪在哪儿,不然我心里不踏实。”

胖子抬起头,他脸上沾着饭米粒儿,还有西红柿汤渍。他用头点了一下右边的笼子:“我记不清了,可能在右边,右边是新装的。我们收了好多三花,累了一天一夜,记不清了。”

“那您呢,就从右边开始点。”

王三鲜他们赶紧去开笼子。猫咪起初都缩在里面不敢出来,霍一以为叔叔一着急,恐怕会把笼子直接往下倒,但是王三鲜没有,他一只一只地往外抱,显出了超乎寻常的耐心。

“你们也真够狠心的,这么热的天,猫挤一块儿全中暑了,你看好多猫都吐舌头了。”沈梦华把小黑的绳子交给妙妙,帮王三鲜一起抱猫咪点数。抱出来才发现,好多猫都是他们用逮猫笼和老鼠夹子夹的,腿脚和爪子都折了。

沈梦华一边抱猫,一边骂:“心真狠！为了钱什么都干得出来！”

两个老人热得汗直往下流,把猫放到地上,猫咪犹疑地、一瘸一拐地走,走到一边就趴下不动了,转头盯着这些忙碌的人。小黑一凑近,猫咪又奓起毛来,有些猫身上还湿淋淋的,王三鲜想起来,昨晚上北京城下了一场大雨。

他赶忙把自己随身带的袋子打开，从里面抓出几把猫粮："咪咪，吃去吧！"

不知道多少天没吃过东西了，这群猫咪都赶紧凑了上去。终于到了第四个笼子，他在里面看到了自家的咪咪，三花，黄脸白下巴，有个小黑眼圈儿，上身披着件黑色小马甲，下身是黄的，四条白腿都脏了。它瞪着眼睛，看见他又惊又惧又不敢相信，那种表情他从没有在它脸上看到过，平时它只会撒娇，跟狗干瞪眼，连两只小毛儿也能合起伙来欺负它。

王三鲜一把揪住它，把它从笼子里拽了出来，抱着它似笑非笑，眼睛发紧。良久，怀中的猫咪发出呜的一声叹息。

"好了，既然都找到咪咪了，咱们就加快点儿速度吧，警察同志还等着呢。"沈梦华去掰王三鲜的手，"好啦好啦……"

霍一说："叔叔阿姨，这大热的天儿，就让我们来吧，你们先歇会儿。"

年轻的警察从那边转过来，看见王三鲜抱着猫在地上待着半天不起来，连忙跟着劝："能找到就好，别伤心了大爷，多少找不回来的猫呢。去年四川那边有个做流浪猫救助的，做了二十年，结果是个骗子，全国好多偷猫的都卖给他，人家送过去的流浪猫，让他杀了当兔肉卖出去，实在猖狂。您还算幸运的，起码能找回来。能对自己家动物这么上心，从东城区开车过来找，不容易。”

一家人都听愣了。“那接下来这些猫你们怎么处理？”

“我们所里通知了北京电视台那个《北京您早》，还有《新京报》的记者，看看能不能过来发个快讯。有人认养就来，没人认养就卡车拉到收容所，集中处理。流浪动物太多了，顾不过来。”

几个人张了张嘴，想说什么，都说不动了。不知道王三鲜怎么想的，他抱着猫站起来，太阳西斜了，从遥远的西边过来，打在梨园的城中村里，折射在平房的屋檐上，把他的脸映成了一种神秘的橘色。他清了清嗓子，对着警察说：“我们在昌平区工地还有个空出来的厂房，可以把猫都先送到那儿去，我们帮着警察同志们处理。您看，可以吗？”

“热心群众帮忙，我们当然欢迎，只不过我们要走程序。这两人涉嫌盗窃他人财产，我们还要带回局里审，你们做个证，一会儿跟我们回去把笔录做一下吧。关于这个猫的问题，过几天再给你打电话。”

从梨园派出所出来，天都快黑了。霍一开车回城里，王三鲜搂着猫，沈梦华抱着小黑，妙妙盯着龙虾，霍一看着前方深一脚浅一脚。周末晚上回城的车多,京通快速都有些堵了。

沈梦华突然开口责怪王三鲜:“没那个金刚钻，你揽什么瓷器活儿？那一百多只猫呢,你弄得了吗？吃饭、绝育、打疫苗儿,这都得多少钱啊！咱们就是个普通人家,房子拆不了,银枝不在了,以后咱们靠谁养老啊！”

“我记得银枝写过房山区的一个老头儿,就做流浪猫狗救助,也这么自己弄了一个院儿,我一激动我就……”

霍一一听很讶异,想想也是自然的。自从银枝意外去世,叔叔就总翻看她以前的报道和各种随笔，把那些报纸都一一藏好,每天在家上网看看新闻,点进银枝的博客留留言,好像她还能看见一样。

“别拿闺女当挡箭牌,你逞什么能？老了老了,简直老糊涂了！”沈梦华气得挥挥手,不说话了。他累了一天了,不能再给他添堵了。

周妙羽侧过脸来:“叔叔阿姨别吵了，正好我去宠物医院实习,认识动物保护组织的人。有很多猫咪都送到了国外,我来帮你们联络。救助猫咪是好事儿,积大德……”

过了通州区,进了朝阳区走二环,不多时,回到了家里,王三鲜把猫和狗都安顿好之后,把蛋糕从冰箱里拿出来。“小霍和妙妙，今天叔叔和阿姨实在是太谢谢你们了，叔叔请你们去下馆子。咱们今天不光是给银枝过生日，更是庆祝把咪咪带回来，深入虎穴，有惊无险。走吧咱们！”

“再庆祝庆祝，你退休以后有了新事业！”沈梦华嗔怪道。

她挺了挺腰，想起刚做馒头那会儿，网上购物还没有，小麦面粉和酸奶都是爱人下班后，一袋袋用三轮车驮回来的。那么一个爱面子的高级知识分子，肩上背着个破书包，书包里是《每日英语》杂志和《儿童启蒙英语》磁带。骑车经过地安门大街和黑芝麻胡同小学，正是孩子放学，满大街都是小孩儿和家长，不少熟脸儿，他也不害臊。到了胡同口儿，他吃力地把面粉抱进家里，看她揣面的手腕儿肿得老高。“你别弄了，等我洗几遍手，我帮你揣。”

“养一只也是养，养一百多只也是养……”王三鲜一瞪眼睛，弯下腰拽了拽猫耳朵。猫把身子一歪，蹭到他腿上去。

一百多只猫，就有一百多颗心要操，这大半辈子没遇到什么好事儿！无所谓了，六十多岁，从头再来。沈梦华想起那个满大街飘荡着《从头再来》的年代。那时候我多年轻啊，嘴里哼着歌，推着馒头车就上街了，特别有劲儿。

银枝上初中的时候，每个周五放学，都会邀请同学过来吃烤串和凉菜，喝北冰洋汽水，聊摇滚乐、聊《钟鼓楼》、聊窦唯、聊模糊乐队（Blur）和安迪·沃霍尔，又要去工体看谁的演唱会，奥运会快开了，鸟巢买不到票怎么办啊，要不要参加今年的新概念作文大赛。有时叽叽喳喳，有时愁眉不展，更多的时候，是哈哈大笑。

如果下班儿早，王三鲜常常在店里正襟危坐，手里拿着份儿报纸挡脸。实际正竖起耳朵，听听闺女有没有早恋对象，像极了在北海白塔下，贴着墙壁，想听见风中初恋的回音。

几个人吹着夏夜的晚风，慢慢溜达着去饭馆儿，高墙上风吹槐树摇。王三鲜一颗悬着的心总算松快下来，看看霍一疲惫的样子，又不落忍。他也该找女朋友了，我一会儿催催他。

“哥，咱们让奶奶打车过来，今日痛饮庆功酒！”

“还壮志未酬誓不休呢！我刚给她打了电话，放心吧。”

沈梦华看着周妙羽唱着歌在前面蹦蹦跳跳，心想，这小姑娘怎么就不知愁呢？明明挺苦的，还百灵鸟儿似的，唱起歌儿来了。

# 目录

# 说友谊

〔英国〕培根

能把如此其多的道理甚至无道理以如此其少的语言表达出来，比如像下面这句话那样，也真算是够难为说这句话的人了。这话便是，凡是一个会以孤独为乐的人，则此人必然非兽即仙。❶原因是，说一个人，不管是谁，竟然会对社会生活天生厌恶，求隐趋避，此人定是兽性不少，这话实在讲得大有道理；但如若因此便说他颇有几分像神，那又会讲得太无道理；除非是所说之人不是由于对孤独之喜与不喜，而是因为另有其一番追求，以期能够专心致志于更高尚的事业。而此种高士，不拘出于人们之虚构抑或想象，则确曾在一些异教

---

❶这句话的意思来自亚里士多德的《政治学》第1章第1节，但所引之具体词语并不很确切。

人中偶尔见之，比如坎底亚之埃庇曼尼底斯[1]罗马之努玛[2]、西西里之恩庇道克里斯[3]，以及戴亚娜之阿波龙尼乌斯[4]等；至于在古代的隐士与教会之长老中则更是不乏其例。不过问题在于人们对何为孤独，乃至孤独之能至于何极，其实了解甚少。因为一个人群并非即是伴侣；许多面孔也无非是画面上的若干图像；而人与人的谈话，如其中并没有爱，也不过仿佛铙钹的空响而已。有句拉丁格言稍能表达此意：Magna civitas，magna solitudo.[5]（一座巨大城镇乃是一片巨大荒原。）所以会如此说是因为身居巨大都市之中，一个人的友人大都居住得比较分散，因而在多数情况下，人们很难享有到那种朝夕相处的亲切快乐。但孤独之意义远不止此，而我们不妨进一步指出，一个人没有真正的朋友那才是真真不假的可怕孤独；没有朋友，整个世界只不过是一片荒野。而孤独这事的意义也正是这样，因而谁如果在天性在情感上不适于与人结成亲密友谊，则此人之性情与其说是人性，不如说是兽性。



---

[1]即Epimenides the Candian，Candian为Candia之形容词，代表那个地方的人（这种表达法以下几个例子相同），而Candia则为克里特（Crete）之旧称。Epimenides为公元前六世纪希腊哲人与诗人，据说他年轻时曾在一岩穴中睡着，从此在那里一睡五十七年。

[2]即Numa the Roman，罗马第二任皇帝。据说他做皇帝期间不时地遁入一岩穴中以受教于一位名叫伊吉利亚的女水仙（NymphEgeria）。

[3]即Empedocles the Sicilian（B.C.490?—B.C.430?），希腊哲学家、政治家。他提出过火、气、水、土为组成世界的四元素。据传说，他曾跃进埃特纳火山口，原因是他想使人认为，这样的消失大有“仙逝”的味道，从而被人敬奉为神。

[4]即Apollonius of Tyana。

[5]语见古希腊一本佚名作者的《格言集》（*Adagia*）506页。

友谊的最重要的果实即在它能使一个人心中之郁结块垒得到平和与宣泄，而人既具有七情六欲，这种情况便概所难免。我们知道血脉不畅、胸腹发闷往往对人的躯体最为有害，人心灵上的不适也与此无大差异。躯体上的疾病发生时，我们往往采取多种方法以调治之，例如食菝葜以舒肝，饮铁剂以通脾，服硫华以护肺，嗅海狸香以健脑；但论到心病之疗治，则离开一位忠诚之友人，则其事且莫办；因为只有对他你才能将你心中的种种忧伤痛苦、喜怒疑虑、顾忌希望、想法意见，乃至一切久积心底抑郁难申的东西倾而出之，一吐为快，其效验之独特，实亦不亚于一番忏悔或获赦。

一件令人惊奇的事即是，我们常常看到一些伟大君王对上述的友谊之果竟然给予那么高的重视，以致为此目的每每置其自身之安危与尊严于不顾。君王之所处地位既与其臣仆距离过远，这种友谊之果本是他们享不到的；如必欲享之，则唯有一法，即将彼原属卑微之身份提拔至堪与其为伍甚即近乎侪辈之地位，而这样一来，所造成之种种不便，自亦不难想见。近世一些语言对这种人的通常叫法多为近臣或宠臣之类，仿佛这不过是出之于在上者的一种降尊做法或俯就之道。但罗马语中的这个名称则更准确地道出了这个问题的用途与实质，即名之为Participes curarum（分忧人），这个才是这种维系的真正原因。在这点上不仅一些优柔寡断或者多情重义的君王曾是这样，就连不少素以睿智或权变著闻的明君英主也常难免乎此；这些帝王每每将个别臣下拉到他们自己身边，然后不仅以友人一词彼此相称，甚至公开令其他人也对他们作如此叫法，于是普通人交往中的这一称谓竟也用之于君臣之间。

历史上苏拉统治罗马[1]时，即曾将庞培(故庞培从此而被冠以伟大这一头衔)擢升至这一荣耀之高度，以致庞培后来便自诩过苏拉尚且不是他的对手。这话也并非无据。原因是，庞培曾支持其一名友人竞选执政官之位，而苏拉亦支持另一人，但苏拉支持之人却败于庞培支持之人，以故苏拉自然对庞培大为不满，致形诸言词，但庞培却寸步不让，竟以一言而使苏拉语塞，其言为，人们只崇拜朝阳而不崇拜落日[2]。裘利斯·恺撒临朝之时，曾获此帝友之称的德西穆斯·布鲁图斯[3]亦曾做到使其姓名在恺撒遗嘱中继承人的排名上仅次于恺撒之侄孙[4]，其名位之显赫亦可概见。而此人实亦即大有足以导致其死亡之实力[5]。而此说也有根据。一次恺撒竟因了某道不吉之占卜，尤其是因了其妻子卡尔波耳尼亚之不祥夜梦，



---

❶苏拉虽尚未称帝，但其权势之大已完全同于帝王，故这里培根将他放在帝王部分来谈论。至于庞培，则为当时(公元前一世纪时)罗马的著名将军与政客。

❷当然是带隐语味道的话，其意虽不甚明确，但显系以朝阳与落日在暗示不仅他二人所推举之人，而且也未尝不是在影射他自己(庞培)与苏拉。

❸即曾在恺撒手下一直任军官的狄西摩斯·布鲁图斯(既非其他几名也叫狄西摩斯的布鲁图斯，也非后来直接刺死恺撒的马克·布鲁图斯)。

❹即屋大维。

❺所以如此说是因为，后来狄西摩斯·布鲁图斯也确曾是颠覆恺撒政权甚至杀害他的重要参与者。

而公然宣布欲解散元老院时，正是这位布公竟胆敢将恺撒从其帝座上轻轻拉至一旁，对恺撒耳语道，希望他能撤回这项解散成命，因为不久帝后定将梦见佳兆。事实上此人受宠的程度确可谓无以复加。安东尼在其一封信中(按此信曾被西塞罗于其《斥安东尼》的演说中一字不差地引用过)即曾称这位布公为venefica(巫师)，意即恺撒随其魔杖转也。奥古斯都时代也曾有此情形：奥亦曾将一名唤阿格里帕[1]的人(此人实则出身寒微)抬高到过同样之高度，这点以下一事可资证明。某次，大帝曾就其女朱莉亚之择夫事商之于麦西拿[2]，麦之回禀竟然是，或者将此女嫁与阿格里帕，或者赐死阿格里帕，舍此再无第三种办法。陛下已使阿格里帕权势过高。提比乌斯[3]之时，塞吉努斯[4]亦达到过同样高度，不但他们君臣二人彼此以朋友相称，他人视之亦复如此。提比乌斯在给塞吉努斯的一封信中便有过这样的话，haec proamicitia nostra non occultavi，(念孤与卿之情愫，平日事固罔不对卿言，)而整个元老院也因此而恭筑友谊圣坛一座，有类敬神一般，以志此伟

---

❶即Marcus Agrippa，公元前63年生，罗马将军与政治家，出身寒微，但才能卓越，甚为屋大维所倚重，历任重要官职，屋之一切重要决策，他无不予闻，甚至即出其手。

❷即Gaius Maecenas，公元前一世纪罗马政治家与文学赞助人，屋大维之宠臣。

❸即Tiberius claudius Nero，一般却只称Tiberius(而非尼禄皇帝，罗马皇帝，在位期14—37)。

❹即Sejanus，上注中提比乌斯的宠臣，近卫军统领。他多年来一直将这个皇帝控制其手中，屡谋篡位，后谋泄，被处死。

大之友谊。较此尤为卓著者则当属塞帕提米乌斯·塞凡鲁斯皇帝[1]与普劳提安乌斯[2]之间的友情。这位皇帝曾强迫其长子非娶普劳安提乌斯之女不可；甚至对普劳安提乌斯冒犯皇太子之行为亦常为其袒护；并于一封致元老院之书信中有过如下语言：孤对此人眷爱极深，故甚愿其寿数尤逾于朕躬。如若上述君王于德行一端个个都堪匹配特拉金[3]或马可·奥瑞里乌斯[4]，那么人们读至此处完全可能会认为，这类至情之语言实乃出之于一副丰厚之纯良天性，然而实际情形又是如何呢？他们论精明，无人能及，论权力，无人能比，一副心灵对他人既严酷之极，一腔怜爱也仅限于他们自己，而且个个如此，鲜有例外。因而此事之正确解释只可能是，他们终于发现他们自己的幸福(虽则就尘世下土而言已属登峰造极)，仍然尚缺少半份，因而除非能从一名友人那里寻回那另一半，他们



❶即Septimus Severus，罗马皇帝(在位期193—211)，也属于由地方军统帅而拥兵自立的皇帝。

❷即Plautianus，塞凡鲁斯皇帝之侍卫长。他个人行为极不检束，且处处好以皇帝之代表身份与口吻出现。因而招怨极大。文中所提的婚事最后导致了他的覆灭。群臣闻知此议婚事，大恐，不仅强烈反对，而且尽发其恶。帝无奈，赐之死。

❸即Trajan，罗马皇帝(在位期98—117)，被认为西方古代最杰出的一位君主。他虽然也是最好兴兵黩武的人，但对罗马民众的利益却较关怀，在这点上是罗马历史上几乎仅见的一位“仁君”，另外个人生活也极简朴。

❹即Marcus Aurelius，罗马皇帝(在位期161—180)。受其师傅影响，自幼崇奉希腊斯多葛派哲学，个人生活自奉亦节。他虽同特拉金皇帝一样，一生也东征西讨不断，但大体上说还算罗马历史上较仁德的皇帝。所著《默想录》(*Meditations*)极有名。顺便提一句，我国《后汉书》中所称的“大秦王安敦”指的便正是他。

的快乐便不完全。其实他们的福分迥非一般凡人所能向往，他们是后妃嫔嫱、公子王孙、皇亲国戚、舅姑甥侄样样不缺，只是所有这一切似仍不足以填补友谊之空缺。

我们不应忘记科米尼[1]对其第一位主子，亦即勇毅之查理公爵[2]所作的那个评语，即这位公爵平生从不愿将自己之隐秘，尤其是最使其内心不安之隐秘，诉说与任何人听，正唯如此，他继续评道，到了晚年，这种郁积烦闷终于毁了他的心灵，甚至使他失去理智。显然科米尼的上述评论，如若他肯这么去写的话，用到他那第二个主子亦即路易第十一[3]的身上也会完全恰当，这第二个主子的缄默沉闷也同样戕害了他。毕达格拉斯[4]的一句格言诚然隐晦之甚，但却也再真实不过，那即是，Cor ne edito（勿食心脏）。的确，说句刻薄一些的话，那些从来便缺乏朋友可以一倾其肺腑的人实即那种自食其心脏的吃人生番。不过有一件事确可称为神奇至极(而走笔至此，友谊之果的第一要义亦即将告一段落)，这即是，向友人倾诉衷曲这事每每能产生两种性质相反的奇妙效验，也即是说既能使一个人其乐倍增，也能使其苦减半。原因为，凡能将他的快乐说与他友人的人，其快乐无不变得更多，而能将痛苦倾诉于其友人的

[1]即Comineus，亦称Philip de Commines，生于1446年，法国历史学家。

[2]即Charles the Hardy，法国伯根底公爵(Duke Charles the Bold of Burgundy，1433—1477)。他长期与法王路易第十一矛盾冲突不休。

[3]法国国王，在位期1461—1483。

[4]即Pythagoras(前582—前500)，希腊哲学家，曾遍游东方各国，年四十，去意大利南部授徒，教数学、天文、哲学、音乐诸科。其学说以数为宇宙之本质。

人，其痛苦也必有所减弱。因此之故，这种效验实亦即对心灵之效验，其作用与历来炼金术士所宣称之点金石对人体之作用并无二致；不错这效验每每多种多样，殊非一端，但于人之裨益、之惠泽则一。即使撇开这类术士之奇技不说，仅仅日常生活当中也常能见到这种现象。正如在躯体方面，事物之结合每每能一方面增强涵育任何自然之行动，而另一方面削弱减低许多外来之冲击，同理人之心灵亦然。

友谊之果的第二桩是它对人的心智的培养具有奇效，正如那第一果实之于人的情感那样。在情感方面友谊往往能在狂风暴雨之中给人带来美好天气，同样在心智方面友谊也能往黑暗混乱里面射入灿烂阳光。这种情形不仅限于良言忠告一端，那种一个人可以得之于其友人的规劝勖勉；其实在得到这些良言忠告之前，一个其头脑中便有着许多思想的人必将觉得，他的一番聪明悟性，在与另一个人的交谈之中，即已渐渐变得明晰起来，开展起来；他开始将自己的思想调遣得更加轻松，把它们安排得更有条理；他逐渐看清，一旦这些事物被形成词语之后，它们会呈现出怎样的一副情景；他会终于发现，他比原来的他更为聪明，一小时的畅谈快晤远胜于一整天的苦思冥想。这种情形在狄米托克里斯[1]说与波斯王

[1]即Themistocles(前528？—前460？)，雅典军人与政治家，曾大胜波斯王薛西斯于塞拉米斯湾；在政绩上也极卓著，但因蛮横骄纵，被放逐。遂改投波斯朝廷，备受重用，后病死于波斯。以上的引语见普鲁塔克《名人传》中他的部分。

的一句妙语中表现得极为透辟，那话是，一幅张挂出来的锦帷绣幕，绮文丽彩，美不胜收，但是思想则不同，密裹深藏，无人能见。另外友谊的这第二种果实，在心智的开展方面，实不限于能从友人那里受益一端(尽管这事也极重要)，即使抛开这点不提，一个人通过谈话也能学到不少东西，他得以将其心底里的思想拿出来见见天日阳光，其功效有如在一具磨石上将其着实砥砺琢磨一番，而非此他的智力便总不免会像钝刀一柄，是切割不动东西的。一句话，一个人如果实在无人可与交谈，对着自己的图画雕像倾诉倾诉也比把一腔思绪总是闷在心里要好得多。

为了使友谊的第二果实这一要旨发挥得更为详尽，那更明显同时也是人所共见的另一点，亦即良友的忠告，对此仍有稍加补充之必要。赫拉克里达斯[1]的一句晦涩的话讲得好，干燥的光乃是最好的光。显然那种来自于他人的忠告的光，就其干与纯而言，往往要较之来自一个人自己的理解与判断之光要强胜一筹，因为这后一种光总不免会过多地陷溺浸淫于一己之旧日感情习俗。正如那来自一名友人的告诫与来自一个人自己的告诫，其间会存在不小的差异。那来自一名友人的告诫与来自一个奉承者的告诫，这两者间的差异也不会小。其实那最大的奉承者不是别人，而正是一个人他自己；而

❶即Heraclitus(前540？—前475？)，希腊哲学家，倡万物轮回说，所言皆以比喻隐语出之，艰晦难解，世称隐晦之哲人，著有《自然论》，已佚。

医治这种自我奉承的最好良药即是一名友人的忠告。说到忠告，历来有两种：一种针对人的行为；一种涉及人的事业。关于这第一种，能使心灵保持健康的最好药剂再莫过于一个友人的忠诚劝诫。将自己的种种不是进行一番严苛剖析有时会是一副过于伤人或太具腐蚀性的药剂。阅读道德书籍则有失沉闷死板。借助于对他人失误之观察以从中汲取教训又往往会与自家的情形不符。所以最好的药方(不论论效验论服用)仍是一个友人的忠诚劝诫。一件可惊的事即是，不少的人(特别是其中的伟人) 便只因缺了一名友人去及时提醒一下他们，以致犯下那么多性质严重、荒唐至极的错误，结果不仅名声扫地，而且家业荡尽。这些人，的确如圣雅各所说的那样，有时倒也照照镜子，只是不久便忘记了他自己的一副形容面貌❶。其次说到那第二种，亦即关于事业方面的劝告。这时一个人(而且这事极有可能)也许会产生下面的看法，比如，两只眼睛未必便一定比一只眼睛看得更准；一个旁观者未必便一定比一个当局者看得更清；一个正在发怒而且即将有所动作的人未必便一定比一个这时先停下来直至念上一遍24个字母再作道理的人❷更欠沉着；一支毛瑟枪顶在胸膛边去射击也未必便一定比靠在支架上去打出更不稳当；等等等等，乃至诸如此类的高傲如意想法；于是认为，许多事情又何需

❶引语见《新约·雅各书》第1章23—24节。

❷一种缓和怒气、稳定神经的做法。

他人，只要有了自己，一切也就全都够了。但尽管如此，那来自其友人的一句忠告到底会使一个人在事业上减少错误。有的人倒也是肯听人劝的，但他却只想零星采纳，于是在这件事上问问这位，在那件事上问问那位；当然这也未尝不可(也即是说，总比谁都不去请教要好)，只是这样去做难免会陷入两种危险。其一是，你的那忠谏未必会来得那么忠诚；原因是，人的建议，除非是来自一名忠心耿耿的友人，少有不因那建议者的个人目的而受到几分改样乃至歪曲的。另一危险则是，那所提出的建议，尽管动机纯正，总不免会带有几分危害或不够安全，而且其间捉弄与善意的成分可能兼而有之；这情形也有如得病求医那样，你延请的医生在治疗你所声称的病状上确实非常在行，但对你的一般身体状况却并不了解；其结果，本来一两服简单的剂量即能药到病除的微恙，却被他弄得一塌糊涂，平添出新的病来；亦即所谓的，病治好了，人也死了。但是一名熟悉你的友人却会当心，不致在促进你的事业之时，使你陷入新的麻烦。因此之故，征求意见不宜过于零星分散，否则只会使你愈听愈乱，走入迷途，而并不能帮助你拿定主意，把好方向。

友谊的这两种果实叙过之后，它的最后一种这里即将说说，而这种果实，颇有类石榴的情形，其中的颗粒极多。我此话的意思是要说，它会在不止一个方面或场合成为一个人行动之臂助或代理。为了更形象生动地展示出友谊的多方面的功能，最好的办法即是首先查询一下世界上到底有多少事情一个人他自己处理不了；而这样他才能更好地懂得，古人的那句话语，亦即友人是另一个自己，也还说得不够分量。原因是一个友人的作用比他自己要大得多。人生几何，而事务殊多，但往往在这许多最令他放心不下的事务完成之前，比如某一子嗣之继承、某一工程之竣事，等等，他已撒手而去。但如果这个人有一名友人能忠于其事，那他便尽可完全放心他这未竟之业仍会有人赓续。这样他的性命便不仅是一条，而是两条。再比如人的躯体只有一具，因而不可能同时而无所不在，但是如果有了友人，生活之门便会对他处处开放，而且不愁无人替他办理。所有他不能分身去办的事都可请其友人代劳。再比如世上又有多少事一个人难以拉下脸来毫不在意地去说去办？一个人只要稍顾颜面，许多优点长处他自己是不便去讲的，更不必说去自唱赞歌；另外也必有许多事自己不好去向人乞怜求情，类似的事还有许多。但这些话放在一名友人的口里便会十分体面自然，而出诸己口只会令人汗颜。再比如，一个人必然会有种种身份，许多关系，但却一件也摆脱不得。一个人对他的儿子讲话时必得不失父亲身份；对妻子讲话时不失丈夫身份；对仇人讲话时必须不失荣誉。但一名友人讲起话来却往往可以据实而言，并无太多的身份顾忌。诸如此类，确实举不胜举。好在我已提出了一般原则，即凡遇自己不能胜任的事尽可委之于一名友人去做；不过他如连一个友人也没有,那他也只有自认晦气,早些退出人生舞台吧。

高健　译

# 友谊

〔美国〕爱默生




我们的善意，用言辞表达出来的只是极小的一部分。除去那些如阴冷的东风般的自私之心，整个人类大家庭都沐浴在爱的温暖之中。有多少人，只和我们偶尔相遇，连话都没有怎么说，可我们却尊敬他们，他们也尊敬我们！又有多少人，只和我们在街头擦肩而过，或是在教堂中一同祈祷，我们虽然没说什么，但心里却为能和他们在一起而感到衷心的愉悦！去读一读那飘忽的目光中包含着的语言吧，心会读懂的。

当沉醉在人类的这种爱中时，我们感到的是一种亲切的暖意。在诗歌和日常交谈中，这种对别人的善念和满足之情常常被形象地比作火焰。这种心中的火焰燃烧得那么迅猛，甚至比真的火焰更迅猛，更有活力，也更能使人振奋。从最痴情的爱恋到最不起眼的好意，这些爱心使生活变得甘甜如蜜。

当我们的爱心增长时，我们的智力和活力也都随之增长。当学者坐下来写作时，他多年的沉思默想并不能给他一丝美好的情绪或一些欢乐的词句。可当他有必要给朋友写信时，柔情就从笔下喷涌而出，遣词造句也变得自然流畅了。让我们来看一看在一户善良自尊的人家里，由一个陌生人的到来而引起的那种激动。当宣布一个受人称赞的生人就要到来时，一种介于快乐和痛苦之间的不安情绪就笼罩了全家人的心。他的到来简直让这些想欢迎他的好心人感到敬畏了。屋子给打扫得一尘不染，家什转眼间都各归其位，新外套换下了老外套。可能的话，还一定要备下一桌饭菜。旁人们只说这个陌生人的好话，我们听到的也都是他身上新鲜美好的东西。对我们来说，他就是人性的化身。他是我们的理想人物。一旦头脑中有了这样的印象，我们真得自问跟这么个人在一起该怎样交谈怎么动作了，心里也真会变得忐忑不安。这种念头也使我们和他的谈话变得盎然有趣。我们比平日更健谈了，想象更丰富了，记忆也更充实了。讷言的幽灵也暂时遁走了。我们能从最遥远、最隐秘的记忆中抽出材料，一连几小时进行真诚、高雅、内容丰富的交谈。于是，连在我们身旁坐着的亲朋好友也会为我们这不同寻常的能力而感到惊喜。但是，在谈话中，这位生人的偏见、局限和缺陷一旦显露出来，一切就都结束了。他已听完了他所能从我们这儿听到的最初的、最好的也是最后的话语了。他不再是生人了。粗俗，无知，误解对我们来说可不陌生。现在，当他再来时，屋子还会被收拾整洁，人们还会穿上整齐的衣服，备好饭菜，可那种心灵的震颤，灵魂的沟通却是再也没有了。

这些令人愉悦的真情的喷涌，使我觉得世界年轻了。两颗心平等地、坚实地交会了，找到了一个相同的思想，一种相同的情感。这是多么的惬意啊！当那些聪颖的和真诚的人们走向这颗跳动着的心时，他们的脚步，他们的身影是多么的优美！在我们真情涌现的刹那，世界改变了。严冬不再了，长夜不再了；所有的悲剧，所有的无聊都荡然无存了——所有的职责都公允合理了。在无穷的永恒中，我们深爱的人闪烁着光芒。在宇宙的某个地方，心灵迟早会遇上自己的朋友，为此，心灵会心甘情愿、欢欢喜喜地忍受千年的孤寂。

我早晨醒来，虔诚地感谢上帝赐给我这些新朋友老朋友。我难道不该颂美上帝吗？每天，他都在给我的礼物中显得那么美。我责骂社会，我拥抱孤独，可我也不至于那么不知感恩，连不时从我门前经过的那些明智的，可爱的，还有那思想高贵的人们都视而不见。他们听见我的话，理解我，成为我的财产——永恒的财产。自然多次给我这种欢乐，我们也因此而得以用我们的社会关系去编织一张新网。随着各种想法相继占据我们的头脑，我们将生活在我们所创造的新世界中。

我们不再是过去世界中的陌生人和流浪汉。我的朋友不是我追求来的，而是伟大的上帝赐给我的。凭借人最古老的权利，以及美德那神圣的相互认同，我发现了他们。更确切地说，不是我，而是我和他们身上的神性。人们因性格、关系、年龄、性别、环境的差别，通常倾向于在彼此间筑起高墙，而我们身上的这种神性则嘲弄并摧毁这些高墙。于是，我们融为一体了。我真感激你们，具有爱心的人们。正是你们把我的世界推展到一个宽广而全新的深度，使我的思想具有了更多的意义。不是僵硬死板的人，而是上帝新近谱写的诗篇——永不停顿的诗篇——是奔流着的圣歌、颂歌和史诗，还未凝固在带着注释和语法里。书本中，他们是阿波罗和缪斯唱出的歌！他们，或他们中的一些，会再离开我吗？我不知道，但我并不害怕。因为我们的关系是如此的纯洁，我们是因为亲和而结合在一起。我的守护神是善于社交的，不管我身处何方。同样的亲和倾向会找到同样高尚的人。

我承认，在这一点上我的心极其柔弱。想要我不沉浸在情感“错酒那甜蜜的毒液”中，简直是太难了。一个新朋友的出现，对我总是一件大事，往往使我兴奋得不能入眠。近来有两三个人让我度过了非常愉快的时光，我也把他们想象得很好。但当白日到来，这种快乐就结束了。它没有任何结果。既产生不了思想，也没改善我的行动，我总是为我朋友的成就——他德行中那种奔放、精巧、颤动着的特质——而感到骄傲,几乎把这种成就看成是我自己的了。当他受人称赞时,我就好像一个恋人听见别人称赞他未婚妻一样,心中暖洋洋的。我们总是过高地估价朋友的德行,总感到他的优点总比我们的要强,他的天性更完美,并且不太容易受诱惑。他的一切,名字、身段、穿着、书籍、用具,都被拔高了。我们自己的思想若是从他口中吐出,也显得更有新意,更加深刻了。

然而,心的张缩和爱的增减有那么几分相似友谊,如灵魂不朽,美好得让人无法相信。当恋人拥着自己心爱的女郎时,他隐约地感到她并非就是自己心头的偶像:在友谊最牢固的时候,我们也为自己暗中的怀疑和不信而吃惊。我们怀疑是我们自己给偶像披上美德的光环,把他们视同神人,然后去崇拜他们。严格地说,一个人总是更看重自己,而不是别人。从精确的科学意义上讲,所有的人都倾向于无限地远离人群。面对这个事实,发掘出这么一个天堂神殿的形而上基础,难道有必要害怕我们的爱冷下来吗?难道我不再实实在在地存在,一如我所视之物吗?如果我是实际存在的,那就不会害怕了解他们的本来面目了。他们的内心同外表一般美好,虽说理解这种美好需要更敏锐的感官。在做花篮和花彩装饰时,我们只取花枝,可对科学来说,花根也不是什么难看的东西。在这些令人陶醉的印象中,我必须冒昧说出这些无味的事实来,即便那就像在酒宴上摆个古埃及人的头骨。一个思想严密的人总是对自己充满信心。他相信自己总会成功，即使那可能是经历许许多多具体的失败。任何优势、强权、金钱和暴力都不是他的对手。我毫不选择，只能依靠自己的贫穷，而不是你的财富。我没法让你和我拥有相同的意识。天上只有恒星在闪耀，行星只能发出极弱的、月华般的微光。我听见你赞颂某人令人景仰的品质和可靠的性情，可我不会因为他有紫色的大氅而喜欢他，除非他也如我一般穷困潦倒。哦，我的朋友，我不得不说，你已被那涂抹得斑斑驳驳的“现象”所笼罩。同这庞然大物一比，一切皆成了影子，你也不例外。你不是永恒的存在，如真理，如正义——你不是我的灵魂，而是反映我灵魂的一幅图画，一座雕像，你不久前才走进我的生活，可你已要告辞了。心灵对待朋友，不正如树叶的生长吗?新芽发出时，茎叶很快就枯零了。自然之律就是永恒的更替。电荷互相吸引。一个人身边一定要有朋友，以更好地认识自己，更好地享有孤独。而人有时又需要独来独往，以让自己更善交谈，更善结友。我们关系发展的整个过程都是如此。爱的本能唤醒我们加入朋友的意识，而重新袭上心头的孤寂感又使我们从滚滚红尘中挣脱出来。可以说，每个人一生都在寻找友情。如果想记录自己的真情，他大概会给他有意结交的人写这么一封信：

亲爱的朋友：如果我对你和你的能力有信心，确信可以使我们情绪合拍的话，我绝不会在意你来来去去这样的琐事。我并不聪明，我的情绪也很一般；可我敬仰你的天分。对我说来它深不可测；但我还是不敢说你能完全了解我，所以，你对我说来是一种甜蜜的折磨。愿永远做你的朋友，要不，就干脆不做朋友。

但这种使人不安的快乐和愉快的痛苦只是为了满足好奇心，而不是为了生活。我们不应沉溺其中。这里编织的只是蛛网，而非布料。我们的友谊之所以短暂脆弱，就因为我们是用美酒和梦幻编织它，而不是用心灵的坚实丝线。友谊的法则是伟大、严肃而永恒的，是自然法则和道德规则结成的一张网。可我们只求急功近利，迫不及待地要吮吸甘露。我们在上帝的果园中采摘生长最慢，历经好几个寒暑才结成的果实。我们不是虔诚地寻找友谊，而是掺杂着私念，总想让对方适应我们，却又每每不能如愿。我们全身都带着一种微妙的对立情绪，这种情绪在我们彼此一碰面就开始作祟，使所有的诗篇都变成陈腐的文学。几乎所有人在与别人相遇时都降低了自己的人格。与人交往总会有些损失，而最糟的是，双方在相遇时，天性中那美丽的花朵和芳香都消失了。即使是德操高尚和天性聪颖的人，在实际交往中也总是那么令人失望！在友谊和思维的全盛期，尽管我们事先仔细考虑过相见时应当如何如何，可我们总还是很快遭到当头一棒，遭受毫无理由却突如其来的冷漠，心智失常，或兽性大发作。我们的官能似乎都在欺骗自己，只有当独处幽思时，双方才能得到解脱。

我应该和各个朋友都平等相待。不管我有多少朋友，各自在交谈中说些什么，只要有一个人不平等，一切都毫无意义了。如果我在一场竞争中相形见绌了，我在别的竞争中获得的欢乐立刻变得不值一提甚至可鄙了。如果我把朋友当避难所，我会因此而憎恶自己。

英勇善战的战士，
由于百胜后的一败，
便英名流传不再，
一切业绩均被忘怀。




因此，我们的急躁显得毫无理由。羞怯和冷漠像一层硬壳，保护里面柔弱的组织，不至于过早成熟。如果在别的灵魂尚未成熟，尚未了解和拥有它之前，灵魂就已认识了自己，那它就会迷失方向。我们应该敬仰红宝石在百万年的时间形成的自然历程吧，敬仰那漫长的造物过程。在这种过程中，阿尔卑斯山和安第斯山脉像彩虹般形成而消逝。生活中高尚的精神会因为鲁莽而失去光彩。爱，这上帝的精髓，不可以轻浮地对待，而是要以人的整个价值去追求。我们对人，不能有这种孩童般的轻率，而要带着质朴的自身价值；让我们在接触朋友时，勇敢地相信他的真诚吧，相信他的友情忠贞不贰，永不改变。

这个论题的吸引力令人无法抗拒。我此时不谈那些泛泛的社会交往，只说说那种特殊而神圣的绝对关系，这种关系甚至使爱的语言也显得平庸和让人生疑。它是如此的纯，没有别的什么比它更神圣了。

我可不想优雅地去对待友情，而是用十分粗野的勇气去处理它。当友情的确存在时，它不是空中楼阁，海市蜃楼，而是世上最坚实可信的东西。现在，在体验了这么多年的人生之后，我们对自然、对自己又了解多少？在归宿这个问题上，人类连一步都未曾迈出。世上所有的人都可以被斥为愚蠢。我在同我弟兄的心灵沟通时获得的那份甜美真诚的欢喜和平安，正是果实的内核。自然也罢，思想也罢，不过是外壳而已。接纳朋友的家庭是快乐的。即使他只待一天，也值得像节日里造起亭子和拱门那样为他建造一座房子。如果他懂得这种关系的神圣并尊重这种关系的法则的话，就更令人高兴了。这可不是无谓的约束，也不是什么假日的约会。加入这种协议的人就像一个参加奥林匹克竞赛的人，他把自己置于和时间、欲望、危险的竞赛中。只要他拥有足够的真诚，就不会因为对手而磨损他那优雅的美，他就是唯一的胜利者。不管幸运之神是否惠顾，这竞赛的成功之机取决于内心的崇高和不计小节。友谊中有两种成分，各自都显得如此至高无上，我说不出哪一个更重要，也没理由共举哪一个。一是真诚。友人就是我能以诚相待的人。在他面前，我可以毫无顾忌地披露思想。我终于找到这么一个真实而与我相称的人了。我连最后一层人们永不脱去的伪装也可脱去了，那就是：欺瞒、礼仪和谨慎。我就像一颗原子碰撞另一颗原子那样，简单而直接地去对待我的朋友。真诚如王冠，如权威，只属于最高层次的人，他们因无人出于其左，不必刻意追求，因而能够真言待人。每个人在独处时都是真诚的，可当第二个人一出现，虚伪也随之出现了。我们用赞扬、闲话、逗乐、琐事来回避和抵挡别人的接近。我们把自己的思想层层掩饰起来。我认识这么一个人，他在宗教狂热下撕去了这层布幔，不再随口恭维，泛泛而谈，而是直接与他所遇人进行良心对话，说得非常优美而深刻。起初，别人不愿这样谈，都说他疯了。但他我行我素。几个月后，他就在他认识的每个人和他自己之间建立了真诚的关系。没有人想到和他作虚伪的交谈，我不是用些市井杂议来打发他，而是把自己性格中的爱心，把自己拥有的诗意和真诚展现给他。但对大多数人来说，别人并不以本来面目出现，而只是把侧面和背面给我们看。在这么一个虚伪的时代，为了获得人间的真诚，有点疯狂还是值得的。难道不是吗？我们几乎无法挺起脊背走路。我们遇到的每个人几乎都要求我们彬彬有礼，强作幽默。他有声名，有才干，有一些无可置疑的宗教或慈善的奇想，也正因为此，破坏了我们与他的谈话，而真正的朋友应该是一个理智健全的人，他和我交往不是为了让我绞尽脑汁去周旋。我的朋友使我快乐，而不要求我低声下气，胡言乱语或是自我隐蔽。从这个意义上说，朋友这东西从本质上说是矛盾的。当我独自一人时，我不信世上还有与我一般实实在在存在的人。而朋友却让我看到了我的相似，站在芸芸众生之上，性格多变，令人好奇，并且是在另一具躯体中再现；朋友真可谓是造物的杰作！

友谊的另一要素是温柔。我们通过各种关系和别人建立联系：血统、骄傲、惧怕、希望、利益、欲求、憎恶、敬仰，还有各种具体情况，徽记和琐事。但我们又很难相信，在另一个人身上，也会有如此的性情，会使我们身不由己地对他们产生爱心。有这样的可能吗？另一个人也具有我们一样的性情，而我们是如此之纯，不由自主地温柔相待？当有人和我亲近时，我便已叩响了幸运之门。我在书中几乎找不到直接描绘这类心态的文章，但有一篇文章却让我铭记在心。那作者说："鲁莽而不作抵抗地把自己交给我事实上所属的人，对我最爱的人，我最不温存。"我希望友谊不但有眼睛有辩才，而且还有脚。在走上月球之前，它必须扎根地下。我希望它在成为天使前，能带些市民的气息。我们责备市民，是因为他们把爱看作商品。在他们眼中，友谊意味着礼物的交换，困难时的借贷，或者和睦的邻里关系；意味着看护病人，在葬礼时帮助抬棺，却忽视了友谊中那微妙而高尚的一面。虽说我们无法发现这粗俗下藏有什么神灵，但另一方面，诗人如果只顾编织精美的丝线，不把日常的美德：正义、守时、忠诚和怜悯注入他的故事，也同样使人不能原谅。我憎恶滥用“友谊”一词去指那种时髦而俗不可耐的关系。我宁愿与耕童和小贩为伍，也不喜那种充溢着圆滑和脂粉气的友谊。这种友谊只是一些轻浮的铺张，是驾上马车邀游和上流酒店的宴请。友谊的目的是加入一种严格而亲切的交易。它比别的任何交易都有更严格的要求。它在生死攸关的各种关系、各个阶段里给予我们帮助和抚慰。它存在于丽日晴空里，在精美的礼品里，在乡村的散步中；可它有时也在泥泞的道路上，在粗陋的伙食里，在沉船，在贫穷，在受迫害的日子里。在妙语连珠中，在和宗教的迷惘里，友谊仍与你为伴。我们互相使日常生活中的需求和帮助变得有意义了，并用勇气、智慧和团结把生活装点得更加丰富。友谊应该永远不会成为惯例，固定下来，而应始终充满机警和创新，甚至能给苦役增添韵律和理由。

可以说，完美的友情需要两人都具有非凡的性情和脾气，彼此非常适合，还要各种条件都成熟(因为就在这一点上，有一位诗人曾经说过：爱需要双方完全匹配)。因此，完美的友情是极难达到的。有些人很懂得这样暖意的学问。据他们说，在多于两人的时候，是不可能有完美的友情的。我的要求没有那么高，可能这是因为我从未像别人那样经历过那么高层次的友谊。我更多地是把一群男女想象成天神般的完人,他们彼此互相关联,非常了解。但我发现在谈天中,这种一对一的法则过于专横,谈天是友谊的表现,同时也是友谊的完美和极致。不能让太多的人混在一起。即便是最优秀的人在一起,也跟良莠不齐时一样糟糕。有时,你可能会在两个人面前做非常有益和令人欣喜的宣讲。但如果让你们三个人合在一起,你就再也说不出一句发自内心且有些新意的话了。可能会两个人讲,一个人听,但三人总是无法进行最真诚、最有深度的谈话。客人来时,大家在饭桌上所说的,绝没有你和两个客人单独在一起时谈得好。客人们在一起时,各自都把自我隐入了一个与在座各人都不冲突的社会心灵。不再有朋友间的偏爱,不再有兄妹、夫妇间的挚爱,有的只是别的一些东西了。只有不阖于个人思想超脱在社会心灵之上的人才可能说出有价值的东西。这种意识所要求的惯例,毁掉了谈话自由,而高品位的谈话要的就是两颗心完全融为一体。

只有单独面对的两个人才能有最朴实的关系,而那两个人可以聊起来,就完全取决于两人是否有共鸣。两个毫无共同之处的人不能给对方什么快乐,也永远不会去猜想对方有什么潜在的能力。我们有时说到口才,似乎那是有些人永久的财产似的。谈话只是短暂的关系——仅此而已。某人可能以其思想和口才著称,可他并不能因此而与他叔叔或侄儿谈得来。别人指责他,可那正如指责日晷在阴影中无所用处一般。在阳光下,日晷就能指时了;在欣赏他的思想的人们中间，他的谈锋就又会锐利起来。

友谊需要在异同之间找到一种微妙的平衡。一方过于强大或过分的唯唯诺诺都会使另一方的自尊心损伤。我宁愿独自走向世界的末日，也不愿让我的朋友，哪怕是用一个目光或一个词语来表达一点虚假而过分的同情。对抗和屈从同样地使我难受。让他永远是他自己如果他成了我，我得到的唯一乐趣，就是不属我的成了我的东西。当我需要寻找男子汉的力量，起码是男子汉的那种抵抗时，却遇上了懦弱的屈从，那简直就像是晴空中的几朵乌云，让人反胃。与其做你的朋友的应声虫，还不如做他身旁的一根刺。真正的友谊要求双方都能离开友谊而生活下去。伟大的友谊需要双方的伟大和卓越。在两人成为一体前，先要有真正的两个个体。在他们意识到两个不同人之间那深层的共同之处，并结为一体之前，先让他们各自拥有伟大而让人敬畏的性情，互相注视，互相害怕吧。

只有宽宏大量的人才能适应社会。他必须这样，才能懂得社会的规则。他必须确信伟大的善行总是有节制的。他不能随意干预自己的命运。让他不会这么胆大妄为。给钻石以时间去生成，不要试图去加速永恒的诞生。友谊需要以一种宗教的态度来对待。我们不能自行其是，不能一厢情愿。我们谈论选择朋友的问题，但事实上，朋友是不请自来的。尊重是友情的一个重要部分。要把你的朋友当作一个奇迹。要知道，如果他真的比较杰出，他身上就会有你所不及的优点。而如果你一定要让他和你靠得太近，你就无法发现这些优点的价值。后退几步，给这些优点一些空间吧。让它们去增长，去扩大。不要和他过分亲密，使自己看不见他独有的力量。就像一个溺爱儿子的母亲，把男孩锁在屋子里，直到他几乎成了柔弱的小姑娘。你是你朋友纽扣的朋友，还是他思想的朋友呢？对一颗伟大的心来说，他在许多琐碎方面是陌生的，只有在最神圣的基础上才能被接近。把友情当作财产是小男孩小女孩的事。那不是在吮上帝之甘酿，而是要吮吸一种短暂而错误的快乐。

让我们在进入这互助协会之前，先好好地见习一番。我们为什么一定要侵入那些高尚美好的灵魂，去亵渎他们呢？为什么一定要坚持和朋友保持一种庸俗的亲密关系？为什么要上他家去，认识他的父母姐妹兄弟？为什么要让他来拜访你？对我们的友谊来说，这些东西有什么重要？抛开这些世俗吧，让他仅仅作为一种精神而对我存在。我只要他的一条信息，一种思想，一点真诚，只要他对我瞥上一眼，而不需要小道消息，也用不着浓汤。我跟次一等的同伴就可以谈论政治，闲扯聊天，或得到邻里间互相关照。我朋友的世界对我，不是应该如自然一般诗意、纯净、宽广和伟大吗？当我把你我之间的友情和那天际横斜的云彩，和那溪畔摇曳的草丛比较时，非得感到自惭形秽吗？我们不要自己贬低自己的友情，而是应把友情提升到那样的境界。朋友那种富有挑战的炯炯眼神，仪态动作中那种带着自傲的美，不应该使你的自尊沉沦下去，而应该增强你的自尊，使你更臻完善。去崇尚他的长处吧。绝不要希望他不那么完善，而应该珍藏他的长处，宣传他的长处，把他当作一个了不起的对手护卫起来。对他要有恢宏的气度，让他永远成为你完美的敌手，不可驯服，令人真心尊敬，而不是一种无谓的便利，很快就会被厌倦，被丢弃。当靠得太近时，珠玉上的水珠，钻石上的光彩反而看不见了。我给我的朋友写封信，从他那儿我收到一封信。在你看来，这似乎没什么，可对我来说，这已经足够了。这是精神的馈赠，在他是值得一赠，在我是值得一收，谁也没受到亵渎。与言语不同，在这些温馨的字里行间，蕴藏着心的信任，预示着一种天堂般的存在。这种存在，甚至使那些因为记载着英勇行为而生辉的史册也黯然失色。

尊重这友情的神圣法则，不要因为你等不及它开放而硬说这绝美的花朵不好。我们在被别人拥有之前，必须先是我们自己。根据拉丁谚语，在犯罪中你至少可以平等地和你同谋交谈。Crimen qùos inquinat oequat可对我们所尊敬和喜爱的人来说，万万不能这么做。在我看来，自我性情上最小的瑕疵，也会损害整个友情。在谈话中，只有双方都分别代表整个世界，两个灵魂之间才能有真正的和平和尊重。

世上有什么像友谊这么伟大？对友谊，让我们尽自己所能拥有精神的高贵。不要出声——让我们听听神的低语。不要干涉。谁让你把应该对特别的人说的话到处传播?谁让你对那特别的人说些毫不相干的话?不管这些话是多么精巧、雅致或和蔼。愚蠢和智慧之间有无数等级,什么都不说就是不庄重的表现。等着吧,你的灵魂会说话的。等着吧,直到永恒的真理迫你开口,等到流逝的岁月让你自己述说。上帝的货币就是上帝,他不用别的,也不用次一等的东西来偿付。善德的回报就是善德,拥有一个朋友的唯一办法就是自己做一个朋友。你不会因为去了某人家就和他关系近乎。如果你们秉性不同,他只会从你这儿逃得更快,你将永远抓不住他一丝真诚的眼神。我们看到高尚的人站在远处,可他们不让我们靠近;而我们为什么一定要侵入他们之中呢?我们到了很晚——非常晚——才意识到没有什么安排或介绍,没有什么常例或社会习惯,能帮我们和他们建立我们所希望的关系——只有我们自己的人格升华到他们的高度,才可是真正地起作用:那时,我们就会水乳交融了。如果到那时我们还没遇上他们,我们就不需要他们了,因为他们和我们本来就是一体了。说到底,爱只是一个人价值在他人身上的反映。人们有时会与友人交换名字,仿佛名字可以表示他们都热爱自己的灵魂似的。

我们对友谊的要求越高,用血肉来构筑它当然也就越困难。我们在这世上孑然独行。我们所企望的友情只是梦想和寓言。但有一个光辉的希望却总能让一颗忠诚的心永远欢愉;在别处,在宇宙力量其他地方,灵魂在行动,在忍受,在奋斗。灵魂会爱我们,而我们也可以爱它们。我们可以庆贺自己独自一人走过了不成熟和愚蠢，走过了粗心和羞辱的阶段:当我们长大成人之时,我们英雄的手将紧紧相握。只拿你已看明白的来训诫自己。不要结交廉价的朋友,那不是友谊。正是因为缺乏耐心,我们误入了莽撞和不明智的交结。这种交结是没有神佑的。只要坚持走自己的路,尽管你会失去一些,但得到的却是更多。你有了自己的主见,你展示了自己。于是,你不再受那些虚假关系的约束,你将与世界的始祖们在一起——他们可不常在世上出现,只是偶尔降生于世。在他们面前,那种粗俗的炫耀只是飘游的阴影和幽灵而已。

没必要害怕我们的关系太精神化,似乎这样就不再有真正的爱一样。我们的悟性使我们对一些观点作出的修改,一定会被自然证明是正确的。虽然看起来这使我们失去了一些欢乐,但却以更大的欢乐来回报我们。我们应当感到,我们需要绝对的真空。我们相信我们已拥有一切。我们去欧洲,我们追求别人,我们读书,我们本能相信这些会帮助我们懂得事物的真谛,了解自己的本来面目。一群乞丐,真是可怜之极!其实,别人正是和我们一样的人;欧洲只是死者一件褪色的旧外套。书本则是他们的鬼魂。抛去这种偶像崇拜吧,不要再行乞了。让我们甚至对最亲近的朋友也说声再见,违抗他,对他说："你是谁？放开我，我不再依赖你了。"哦，我的兄弟，你难道没有发现，我们现在分别，却会在一个更高的层次上相遇？你难道不知道，因为我们更多地拥有了自己，我们就可以更多地拥有对方？朋友是双面人，他既回首过去，又展望未来。他是逝去岁月遗下的孩子又是未来时光的预言家。他预示着更伟大朋友的到来。神圣的预示是有再生能力的。

于是我像对待书本一样地对待我的朋友。当我能找到他们时，我乐意拥有他们，但我很少利用他们。我们必须自己决定与别人的交往，可以以最微小的理由决定是要还是不要这种交往。和朋友谈得太快，我实在担当不起。如果他是伟大的，那么他将使我也变得伟大，使我无法谈一些形而下的东西。在伟大的日子里，预感重在天幕中，在我前方，很远很远的地方。这时，我就应把自己奉献给预感。我四下奔跑，想要抓住它们。我害怕失去它们，害怕它们隐入苍穹，成为天上略为明亮的云彩。同样，虽然我珍重我的朋友，我也担不起去和他们交谈，去研究他们的形象，以免连我自己的也丢失了。我希望不再做这种高尚的探求，放弃这精神上的太空探寻，不再追寻那星星，而希望和你共享温情。这一定会给我一种平淡的喜悦。但我知道，我会永远为我伟大神灵的逝去而哀叹。的确，下周我就会有慵懒的时刻，那时，我有足够的空闲思考那些不熟悉的东西，我会后悔不能再读你的思想了，会希望你重又回到我的身旁。但倘若你真的来了，我或许只能看见你的新形象。你呈现给我的，不是你的真实，而是光闪闪的外套。我还会如现在一样无法同你交谈。因此，我感激朋友们同我进行短暂的交流。我获得的是他们自己，而不是他们所拥有的东西。他们给予我的不是能正常赠予的东西，而是他们的辐射。他们再不能用那些微妙和纯净的关系来约束我了。我们相遇，恰如我们未曾相遇，我们分手，恰如我们未曾分手。

我现在比以前更深地感觉到，友谊可以是单方的，不一定需要另一方的回应，我为什么一定要因为对方接受的空间不大而烦恼呢？太阳的光辉射入广漠的太空，丝毫未见回报，只有一小部分被行星反射回来，而太阳却从不抱怨。让你的伟大去教育那些粗俗、冷漠的同伴吧。他和你不相称的话，他会很快逝去，而你却会因为自己的辉映而得益。你不再是虫豸的伙伴，而是随上界的神灵一起翱翔，一起燃烧。通常，无返之爱被认为是不光彩的，但伟人知道，真正的爱是没有回返的。真正的爱超越那无价值的爱的对象，在永恒中获得新生。当勉强套上的盔甲破裂时，不但不可悲，反而使人感到超脱了世俗，更确切地感到了它的独立。不过这么说，好像总带些对这种关系的不忠。友谊的精髓就是完全，完全的慷慨，完全的信任。不应该猜疑或者懦弱。友谊把对方当作神，而这又使双方都获得神圣。

姚暨荣　译

# 窗口之光

〔俄罗斯〕邦达列夫





正月间，风雪交加，巷内的白杨树冻得吱吱直叫，来自上游的劲风把房顶上的铁皮吹得隆隆乱响；房檐上的雪粉不断被风卷落下来，然后顺着白皑皑的栅栏，围绕一个个新的雪堆，飘来舞去。而它，在夜幕中间唯一发亮的这个窗口，透射出恬适的绿色光亮，用窗帘遮掩着，总是那么明亮、温暖，总是那么引人注目，并且使人产生一种困倦和神秘莫测之感。

每天晚上，固定不变地在巷内迎接我的，就是小木房里的这个令人愉快的家庭小灯标，就是这个用窗帘遮掩着的台灯的光亮——我这时想象得出，一座炉火正旺、散发着木柴气味的小木房，里面靠墙摆满了旧书架，一块破旧地毯铺在沙发前的地板上，有一张写字台，玻璃灯罩在昏暗中扩散着光环，那里有一个人，静静地，微驼着背，面带老年人的慈祥皱纹，孤独地生活在书籍的极乐天地里，他无求于世，也不向往世俗欢乐，时而用手指爱抚地翻动书页，时而在室内寂静之中蹒跚地踱来踱去，常常伏案思考和工作到深夜。可是，他究竟是谁呢？——是学者？是作家？是谁？

有一次，在去年春天（在三月的一个黑夜里，融雪散发着浓浊的潮气，到处是噼啪滴水声和冰锥摔碎的铿锵声，路面上一汪汪未结冰的水在月光下呈现玻璃似的淡紫色），我望着那个陌生的、神秘的、不眠的窗口，望着那个在室内灯光照耀下似乎永远呈现温暖绿色的窗帘，突然产生一种完全不可抑制的感情。我很想走过去，敲敲窗户的玻璃，看看窗帘被掀开时的轻微摆动和他那慈祥的面孔（我想象那面孔是白白的，稍微眯缝着的眼睛，周围刻有网状皱纹），看看堆满了纸张的桌子、塞满了书籍的小房间和地板上的旧地毯……我想对他说，我大概是弄错了门牌号码，怎么也找不到我要找的住家——这样简单地撒个谎，为的是哪怕匆匆瞧一眼他那个十分整洁的生活和工作场所的迷人而宁静的气氛，他的周围全是书，书籍好像就是他唯一的忠实朋友。

但是，我没有下定决心，没有去敲窗户，后来我一直不能原谅自己这一点。

两个月过去了，世界上什么都没有改变，是的，一切依然如故，而在静静的小巷里已经充满春色，清澈的五月之夜把蓝色的阴影洒在人行道上，莫斯科河南岸市区的宅院深处慢慢地暗了下来；在翠绿茂密的树丛中，在栅栏的上头，路灯亮了起来。这时，我看见一只小金虫使劲儿地嗡嗡叫着，开始从暗处慢慢飞来，它撞到了路灯的玻璃罩上，坚硬的甲壳摔落在人行道上，动弹不得，后来又大为惊慌地活动起小爪爪，试图翻过身来。我这时用鞋尖帮了它一下，不知为何对它说："你怎么啦？……"它顺着人行道向一座房屋的墙壁、向一条排水管（离窗口三步远）爬去，就在这时，我感到一种沉重的不安，一种意外的空虚从五月黄昏的深蓝色中出现在我的面前。

小房子的窗口没有亮，它变得一片黑暗，像地陷了一样……

发生了什么事？

我走到小巷尽头，在拐角处伫立了二十分钟，然后又转身而回，因为还想看看那看惯了的窗口之光。但那窗口却黑着，玻璃反射出晦暗的微光，窗帘一动也不动，不再像往常晚间那样发出令人喜爱的绿光，顷刻之间，一切都变得死气沉沉，令人毫无舒适之感，这表明：在那里，在那间看不见的小房里，发生了不幸。

我怀着愈益强烈的不安心情，再次来到拐角处，就地抽了两支烟，接着又不由自主地急忙转回，再次来到巷内。我暗自说，现在或者再过几分钟，那个窗帘上就会突然出现绿色的光亮，小巷内将一切如故，将平安无事……

窗口之光没有亮。

第二天，黄昏刚临，我就在回家的路上几乎是跑步来到这邻近的小巷，这时，这里出现的意外新情况使我大吃一惊。窗户敞开着，窗帘拉开了，房间的内部、书架和某种地图都露了出来——所有这一切，我都是初次看到，尽管我曾不止一次想象过这位好在晚间工作的陌生的朋友。

一个相貌像男人、发式也像男人的渐近老境的女人，站在写字台旁，抽着烟，用疲倦的眼光瞧着房间里的空地方。

恰在这时，她忽然发现了我，马上气呼呼地拉上了窗帘——接着，台灯亮了，又像往常那样出现了一小片淡绿色光亮。而我却不禁觉得毛骨悚然，有一种可怕的空虚感顿时袭入了我的心房。房子也好，小巷也好，窗口之光也好，对我来说，一下子都成了昏暗的、虚幻的、陌生的东西。

我这时明白了，是发生了不幸，我想象中的朋友，那位走路时脚下发出悦耳的沙沙声的白发孤身老人，那位书籍爱好者和哲学家，每晚窗口发亮时都如此吸引我、如此令我心醉神往的那个人，不可能是刚才看见的站在写字台旁的那个生有一副阴郁的男人相貌的女人。在悟出这一真相的最初时刻，我觉得自己如坠五里雾中，感到一种失去亲人的悲伤，仿佛刚刚收殓了一位故交，收殓了一位如此有自知之明、有创造力、与我最亲近和心神相通的朋友，我虽然与他素不相识，从未见过面，但我终生都需要他。

王子英　译

# 文人未必相轻

〔美国〕班伯





有关作家的反目我们获知甚多，可是有关作家的友谊却鲜有所闻。何以如此？此人喝醉了酒之后与彼人的情人同床共寝，然后又各自在书评中把对方的作品批得体无完肤。著名作家就如我们的神祇或者我们的父母一般，是些具有超凡魅力的人物，唯其魅力巨大，也就令我们永远也不能原谅他们在幕后的拙劣行径。不仅如此，作家的书信里还充塞着针对其他作家而发的卑鄙而又才华横溢的言论，而且这些小小敌意的爆发又对文学生活的编年史家具有不可抗拒的力量。另一方面，文学友谊又为撰写乏味论文的作家所写，弗吉尼亚·伍尔夫的《到灯塔去》一书中所描写的那篇正在炮制的论文即是一例。人们在涉及这一领域时，总是用"某人对某人的影响"为题。

可是我们如果单是盯着文学关系中堕落的一面，也就歪曲了事实真相。以弗拉迪米尔·纳博科夫与埃德蒙·威尔逊的友谊为例，那友谊结局悲惨，其中有大量误解。威尔逊是伟大的开风气之先者，他不喜欢纳博科夫的名作《洛莉塔》，并且劝告他不要发表。友谊破裂之后，威尔逊称纳博科夫狂妄、势利、作风败坏，而纳博科夫则称威尔逊自以为是、无事生非且又无知。然而在二十年的期间里，纳博科夫与威尔逊却互致信件，互赠书籍和相互造访，各自把对方介绍给自己的朋友，在一些文学项目上进行合作，尽力盛情款待对方，钦佩并称颂对方的大量作品。从他们书信的下述节录中，人们最能领悟到他们友谊的基调，远胜于他们后来有关对方所写的一切。

"亲爱的弗拉迪米尔：我们感恩节过得怎么样就全在你了。要是让我们失望，那就是不可宽恕的，因为我们打算订一只火鸡，火鸡的大小是以设想你们都会来(而定)的。而且对我们来说，能够坐下来花点时间检查一下这些译文也事关重大。迄今我所读到的译文令人拍案叫绝——只不过你的英文偶尔偏离了原文。"

正是在三年前纳博科夫来过感恩节时威尔逊提醒纳博科夫，"你构思了你的伟大的冰箱诗"。人人都记得，纳博科夫与威尔逊在《纽约书评》打过激烈的笔战；可是又有多少人记得，纳博科夫是在他的朋友本尼·威尔逊[1]的食物和谈话的影响下，而构思出了一首伟大的冰箱诗呢？

事实在于，大多数作家为了写作需要其他作家，而且那种必要成分强化了一切。文学友谊险象环生，重要而又有趣。例如，赫尔曼·麦尔维尔对他的朋友纳撒尼尔·霍桑的友情深挚诚笃，在一封信中写道，"我觉得，神经崩溃了，就像耶稣最后晚餐上的面包一般，而我们就是那些面包片"。麦尔维尔感激得欣喜若狂，因为霍桑承认，《白鲸》是当之无愧的杰作。在收到霍桑的"带来喜悦、滋生兴奋的"信之后，麦尔维尔问道，"你从哪儿来，霍桑？""此刻在我身上有一种不可言传的安全感，因为你已理解这本书"。麦尔维尔用一种想入非非的怪念头为他的书信作结，"一卷大页书写纸展开在我的书桌上，滚滚而来，永无罄尽；而我会在那永无罄尽的卷纸上写下一千种——一百万种——十亿种念头，都是以致你的信的形式写成"。

如果说麦尔维尔想象自己是为霍桑而写作，那么以一个当代的例子来说，艾伦·金斯堡则想象自己是为杰克·凯鲁亚克[2]写作。"凯鲁亚克是倾听我的天使，"他说，"现在还是，虽然他已经死了。但是凯鲁亚克只不过是主要的倾听者，而并非唯一的倾听者。""每当我写出点俏皮话时，"金斯堡先生

[1]对埃德蒙的昵称，纳博科夫与威尔逊1940年8月开始通信。1941年4月起纳博科夫开始称威尔逊为"本尼"，1941年10月威尔逊也开始称纳博科夫为"伏洛佳"。"冰箱诗"《冰箱醒了》。见《诗与问题》，第153—154页。

[2]杰克·凯鲁亚克(1922—1969)，美国诗人，小说家。

说，“我就想到巴勒斯[1]的干涩简练的才智。每当我写出点浪漫的诗句，我就想到奥洛夫斯基的伟大的心。当我铸选出一个滑稽的短语时，我就想到格雷戈里·科索[2]。如此等等，不一而足。”不管是实际的朋友还是想象中的朋友，他们的反应有时比名声和成功还要重要。“当我写完某种东西我就无法等待，”菲利普·洛佩特[3]说。“我一直孤独地写着它，因此就让它在地下出版社里出版。当某个能够理解这作品的人收到时，那就好像它已经出版了。这是真正的出版。”洛佩特先生作品的最有规律的接受者是马克斯·阿普尔[4]，阿普尔对他的作品毁誉参半。“写作完全是桩孤独的行当，”洛佩特先生说，“因而不管反应是肯定的还是否定的，也就几乎无关紧要了。你须和分担了那种孤独的其他的人呆在一起。”

并不是所有的作家都感到有这种需要。例如，格雷斯·佩利[5]说，有许多年她实际上回避了文学友谊，在某种程度上是唯恐文学友谊会把她与真实世界割离开来。“当时我不想认识作家，”她说，“我最初开始写作时，对那个世界敬而远之。我并不认为他们平庸，我的意思是说，我也并不认为他们美好。我推测，我当时认为文人的圈子会太时髦。也许是如此，

---

❶威廉·巴勒斯(1914—　)，美国实验小说家。
❷格里戈里·科索(1930—　)，美国诗人。
❸菲利普·洛佩特(1941—　)，美国作家。
❹马克斯·阿普尔(1941—　)，美国作家。
❺格雷斯·佩利(1922—　)，美国女作家。

只不过现在我已经进入文人圈子里了。”

斯坦利·库尼茨[1]是又一位在文学友谊之外开始创作的作家。在他的处女作完成与出版之前，他从未见过任何作家，直到西奥多·罗特克[2]来到他的门阶——“身穿一件硕大的浣熊皮外套……我的第一本诗集被抓在浣熊爪子里”——库尼茨先生才得以与人谈论诗歌。文学友谊并非总是文学创作的先决条件，但正如惠特曼所言，“要是身边没有朋友或者情人”，许多作家就写不下去。





1935年，舍伍德·安德森确信，在美国，作家的孤独是流行病，于是他写信给西奥多·德莱塞，提议他们在信中谈谈这一问题。哈特·克莱恩和维切尔·林塞[3]两人都刚刚自杀不久，安德森认为，他们是这孤独病的牺牲品。安德森的解决办法简单至极，他提议作家互相通信，以保持接触。

“例如，特德[4]，设想每天清晨你到书桌去工作时，你以写信来开始一天的工作，比如说，给与你从事同一领域工作的另外一个人写一封信。因为要写信，也就容我们作为作家所创作出的成品确实减少吧。正在创作的东西大概是太多了……我并不是说要你给我写信。我可以把需要你和你所需要

---

❶斯坦利·库尼茨(1905—　)，美国诗人、编辑。

❷西奥多·罗特克(1908—1963)，美国诗人。

❸舍伍德·安德森(1876—1941)，西奥多·德莱塞(1871—1945)，均为美国小说家，哈特·克莱恩(1899—1931)，维·林塞(1879—1931)，均为美国诗人。

❹西奥多的昵称。

的其他人的姓名和住址给你。”

当然，安德森的方案从一开始就不顺利，即使开端顺利的话，大概也不会有多大裨益。对作家孤独的治疗，在于身边的某个共同享有一想象世界的人——而不是在一个“网络”(安德森实际上用了这个词)中的知名人士。有史以来最亲密的文学朋友，大概就是勃朗特兄妹了，他们的文学合作始于童年时期。他们中夏洛特和布兰韦尔为一对，爱米丽和安妮为一对，分别写出其幻想的世界冈德尔和安格里亚，并且为对方演出。多年之后，三位文学姊妹又定期会晤，讨论她们的作品。伊丽莎白·盖斯凯尔描述了夏洛特、爱米丽和安妮在牧师住宅工作时的情景：

“三姊妹保持着老习惯……在九点钟将(针线活)撂在一边，开始研究，在起居室里踱来踱去。在这个时刻，她们讨论正在创作的小说，并将故事情节描述一番。每周有那么一两次，每个人将自己写出的那部分念给其余两人，并倾听对方的意见……那些朗读对所有的人都具有巨大而撩人的兴味，使她们从日复一日家务事的折磨人的压力中解脱开来，将她们置于一个自由之地。正是在这样一个场合里，夏洛特决定不顾当时所认可的规范，而把她的女主人公写得朴素、渺小、不惹人注目。”

这种自由感似乎是起作用的文学友谊所带来的一种经常性好处。麦尔维尔告诉霍桑，他的赞扬信不仅引起满意知足，而且还导致“不负责任”。“那是种奇怪的感觉，”他写道，“里面没有希望，没有绝望。”朋友的理解所造成的“自由之地”是一种禅宗的心无旁骛状态，是文学创造性的理想精神状态。夏洛特·勃朗特由于妹妹们的具有献身精神的兴趣而茅塞顿开，突然明白她该怎样刻画她笔下的人物。麦尔维尔由于霍桑的夸奖而受到鼓舞，因而有“一千件——一百万件——十亿件”事情要倾吐。对伊丽莎白·毕肖普而言，经常给她提供了那块“自由之地”的是玛丽安·穆尔[1]。毕肖普像许多作家一样，在穆布的布鲁克林信宅受到她的接待。毕肖普写道，“每次我离开她家，我都感到更加愉快，精神振奋，甚至激起灵感，决心向善，愈加勤奋工作，不介意别人想些什么，只有在我认为我已竭尽全力时才试图发表作品，不管那作品花费了我多少年的精力——或者根本就不发表。”

在某种大为迥异的情况下，安娜·阿赫马托娃与奥西普·曼德尔施塔姆也给对方产生了一种自由感。在《一线希望》中，娜杰日达·曼德尔施塔姆告诉人们，她的丈夫和阿赫马托娃于1937年一起讨论和朗诵他们的近作，当时曼德尔施塔姆刚在沃罗涅日流放三年后返回莫斯科。“自打他们的友谊之初，”曼德尔施塔姆的妻子说道，“他们就一直把所写的每一行诗告诉对方。……当他与阿赫马托娃待在一起的时候，人

[1]伊丽莎白·毕肖普(1911—1979)，玛丽安·穆尔(1887—1972)，均为美国女诗人。

们就总是能看到他们的关系又返回到他们年轻时无所顾忌的日子里。每当他们一见面，他们又都变得年轻了，并且用只有他们才解其意的词汇说得对方开怀大笑。”

另外一位离乡背井者约瑟夫·康拉德说的话则令人沮丧。“根本不能理解兰波的诗，”他于1908年写信给小说家兼批评家R.B.坎宁安·格雷厄姆。“你过高估计了我的智力……我巴不得你来把我枪毙。”格雷厄姆来了，但并没有枪毙他。他的来访使康拉德“再次相信事物的现实”。“在彼此为伍的时候，”理查德·柯尔写道，“他们似乎变得年轻了，他们彼此相待的那股顽皮劲儿，只能产生自一种完全的、无条件的、古老的友谊。”

康拉德作为一个文学朋友的举动是罕见的，也许独一无二。他无节制地称赞朋友的作品，而又不期望得到回报。“你大喊大叫的永恒朋友”，在他称赞格雷厄姆的作品的许多封信中，有一封就是这样作结。福特·马多克斯·福特[1]抱怨说，“当康拉德无节制地夸奖自己时”，他经常感到“就像一个虚幻的佛教偶像一般”。可是当康拉德的朋友们称赞他时，他却不敢相信。他一听说格雷厄姆十分欣赏《特务》一书，立即写道，“你听说的每一个字我都珍惜。”“没有办法：我无法掩饰我听到你的称赞时的得意劲儿。这称赞虽说在极大程度上是出自你的慷慨的头脑和温暖的心，但对我来说仍是件非同小

[1]福特·马多克斯·福特(1873—1939)，英国小说家、评论家。

可的事情。"这两个人互相拜读对方的作品达二十七年之久，到了第二十七个年头康拉德告诉格雷厄姆，自他们的初次会晤起，"我写的每一本书……都是在精神上多次征求了你的意见之后写成的，我始终觉得，在我的读者当中，几乎只有你才会理解"。

作家除了称赞与理解之外还能彼此奉献点什么?也许没有了。菲利普·洛佩特说，当马克斯·阿普尔让他看一篇作品的时候，"他并不一定非要我作一番评论。我的感觉是他给了我一件东西，而他则只是从我所表现出的热情程度上得知我是否喜欢"。但是有些作家却确实依赖从朋友那儿获得实质性的帮助。斯坦利·库尼茨说，罗伯特·洛威尔[1]把为数众多的朋友的建议融合贯穿在作品之中，因而称他为"一位聚合性诗人"也不为过。库尼茨先生说，"不管对方乐意还是不乐意，他都使朋友们成了他创作中的搭档。他把诗歌草稿阵雨似的送给他们，草稿往往是些断简残篇，不成样子，因而无须提醒，对方也会提出改进意见。有时你看到一首诗有接连五六种文本，每一种新文本都比前一种更充实更大胆。你会看出你本人的建议已体现在诗句之中——此处或彼处有一个短语，句子顺序中的某个变更——而且你也可能惊讶，该有多少他人卷入这创作过程之中。这似乎并无多大干系，因为最后的产物总是将自己展示为确实可靠、毋庸置疑系洛威尔的



---

[1]罗伯特·洛威尔(1917—1977)，英国诗人。

作品。”

苏珊·吉尔伯特·狄更生致她小姑艾米莉·狄更生[1]的一封信，使人们看到了在批评朋友作品时所采用的理想语气。苏珊说："亲爱的艾米莉，第二诗节我不敢苟同。诗节中写到在南方的天空里……令我们眼睛昏花失明的闪电，可谓非同凡响，可是它与第一诗节中的幽灵般的微光却并不协调。”狄更生由于她嫂子的钟爱之情和得体举止而戒心全消，又写了一节替换的第二诗节寄给苏珊，询问道，“这一诗节有所节制吧？”的确是有所节制。

作家不仅分享他们自己的作品，而且也分享他们的同代人和前人的作品。他们互相借书，给对方读诗。在《影响的不安》中，哈罗德·布卢姆[2]向我们指出，在作家对他们的杰出的前辈的感情中有大量恋母情结的侵犯行为，但是友谊的处境能够使这侵犯行为失去爆炸性，与同胞姊妹的共谋能够减轻存在于两代人之间的苦恼一般无二。伊迪丝·沃顿讲了一个掌故，可资佐证。有一天晚上，在马萨诸塞州的伦诺克斯，亨利·詹姆斯取下一卷惠特曼的诗集，“发自心灵地”大声朗读起来。看到在所有人当中，詹姆斯像她一样热爱惠特曼，沃顿感到惊奇。她欣然听他朗诵，两位朋友“相互把一块块珍宝朝对方”掷来掷去。但最后詹姆斯对惠特曼的诗感到厌倦了。

[1]艾米莉·狄更生(1830—1886)，美国诗人。
[2]哈罗德·布卢姆(1930—　)，美国作家、学者。

"他的情绪常突然又幽默地产生变化，这点已广为人知，此刻他的情绪又突然而幽默地产生了变化，双手猛地朝上甩去，像惯常那样眨着眼睛结结巴巴地说道：'啊，是的，一位伟大的天才。毫无疑问是位十分伟大的天才！只是人们不能不痛惜他的语言太艰涩了。'"

一位文学界朋友的去世能够对作家的创作产生严重的影响。凯瑟琳·曼斯菲尔德去世的时候，弗吉尼亚·伍尔夫写道，她感觉到"什么？是如释重负的震惊吗？——又少了一位对手吗？然后是感到如此渺小时的困惑——然后，逐渐感到空虚和失望。然后是一种那一整天我都不能使自己从中振作起来的抑郁。我动手写作时，却又似乎不得要领。凯瑟琳读不到它了，凯瑟琳再也不是我的对手了。"

福楼拜对乔治·桑的死亡所作出的反应更为出于至诚。"你谈到你亲爱的杰出的母亲，"他写信给莫里斯·桑，"我认为，除你本人之外，不可能还有谁比我更怀念她了。我是多么想念她！多么需要她！我当初写《一颗纯朴的心》完全是为了她，只是为了使她高兴，可作品写到一半她就去世了，我们的所有的梦也只做到一半。"

至于蒙田，朋友的死不仅深化了创作，而且实际上为开始创作提供了刺激。蒙田正是在失去了他的朋友艾蒂安·德·拉·鲍埃蒂时，才着手写作《随笔集》，艾蒂安是他在波尔多市议会的一位同事，后来，蒙田在《论友谊》一文中歌颂了他们的关系："如果你硬要我说出我热爱他的理由，我觉得难以言传，只能这样作答：因为那是他，因为那是我。"据唐纳德·弗罗姆说，蒙田"能够"向这个朋友"表达出他的每一种思想、见解和感情"，在《随笔集》中，读者"取代了亡友的位置"。

斯坦利·库尼茨八十岁的时候，许多朋友都已亡故了。在他位于格林威治村的住宅里有一个门厅，墙上满是在世的和已谢世的画家和诗人的照片，"那是罗特克，他在我的工作室门口醉倒了，"他告诉我"，那是卡尔(即罗伯特·洛厄尔)与玛丽安·穆尔的合影"。在一幅油画旁边有威廉·德·库宁[1]的几张照片；马瑟韦尔夫妇是穿着合身的圆领运动服拍的照片，理查德·威尔伯、菲利普·格斯顿，还有许多其他人的照片。有的朋友赠送的是快照，有的朋友送的是书籍护封照片，有些是一本正经的团体照。"很是令人感到安慰，"库尼茨先生说，"你要是从这儿通过，就好像他们在为你祝福似的"。作家所仰赖的，正是这种祝福。一定总是会有那么个人，"我始终觉得，在我的读者当中，几乎只有他才会理解"。不然的话，为何要写作呢？

王义国　译




[1]威廉·德·库宁（1904—　），抽象表现主义代表画家，生于荷兰，1926年迁居美国。

# 为乏味的客人辩护

〔英国〕普里斯特利





在这个季节，也就是一年的开头，我们常常发觉有机会跟在另外的时候见不到的人聚首。节日的浪潮把我们卷入难以数计的亲亲戚戚、世交故旧之中。在正月起始的日子里我们的良心恢复了一点鲜艳的花期。于是我们赶忙对“我们真的应该看望”的那些人发出邀请，以弥补过去十二个月的疏忽，或一丝不苟地不找借口拒绝他们的邀请。结果是我们发现自己有一阵子处在奇异的困境中。我们的朋友，我们的真正的朋友倒退居后台，他们的位置被三种人所占据：一种是那些(如果我们还不到五十岁)记得我们其时“只不过那么高”的人，他们倚老卖老，尽量利用这一不体面的情况；另一种是老同学，三十年来我们跟他们毫无共同之处，除非都喜欢抽烟，都讨厌交税；再一种则是一帮其他的一本正经的怪人。我们自己的小小世界的价值突然变得无足轻重；我们受到别人从种种离奇古怪而并不稳妥的角度的注意；我们受到尊重仅仅因为我们的堂兄表弟是小波林顿市检察官，我们受到嘲笑因为在十二岁时吃布丁吃出毛病，我们受到怜悯因为我们没有像我们的大姨子小姨子的丈夫，某公司的创办人那样，占用一份财产。我们吃下一次自动流放的苦头。

在这种时候跟我们见面的人通常是沉闷乏味的。这大概是我们跟他们交往成为天良重新发现的缘故，这事在六月和九月是想也没想到的，那时候这些人在记忆的可怜幻影里还抵不上一枚颤抖的树叶的影子。我们的朋友，自然并不沉闷乏味；要是如此，他们也就成不了我们的朋友了。确实，我自认我的大部分朋友无论跟什么人在一起都不致被看成沉闷乏味的，除非在一群未入社交界的少女当中，即使这样，我想他们里面有些人也会表现得不错。他们之中有那么一两个是那种少见的叫人感到可爱的人，他们的外表本身就是受人欢迎的信号，会叫别人的大门敞开；要是他们从飞机上掉到某个偏僻而又是异国的城市，我相信在他们还没走完一条长街之前就会受到半打请吃饭的邀请。我的朋友就是如此。他们是妙趣横生、和蔼可亲、能言善辩、健康活泼、感觉敏锐、聪明幽默的人，我跟他们在一起感到非常愉快。可是我重复一遍，在一年当中这个时候见到的人，而且只是在这个时候，可不是我的朋友，他们是沉闷乏味的，人人都认识他们。他们不是俗话说的“衣橱里的活宝”，因为这种活宝通常是某个亲戚，一个快快活活的废物，突然在不方便的时候出现借五先令；不管怎么说，这类活宝还叫人兴奋。那些人可不一样，他们倒像这句俗话里的衣橱，毫无特色，样子简单，冷杉木打的。他们是十足沉闷乏味的人，全是规规矩矩的纳税人，国家的脊梁骨，社会的羊油布丁。

对他们作为客人有许多好话可说，或者至少偶尔适度地说几句。如果我们跟朋友在一起我们就忘乎所以，也就是说，不是在这个现实世界里而是飘飘然在一个小小的、我们自己画出来的世界里；我们跟我们的朋友一致由于同样的妄想好比太阳而感到温暖，由于同样的意见好比雨露而感到清凉。由于许多共同的语言和经验使我们共同制订出我们的计划，山冈、溪谷、道路、河流了如指掌，所以我们总是知道我们在什么地方而可以舒舒服服地旅行。一旦脱离我们的朋友的社会，置身于我们的远亲和这一类人当中，一切都改变了。我们的视野为乔治叔叔无限地扩大，他过去是在煤炭业做事，年纪老大，脑子糊涂，一点也不了解我们的性情爱好，更不关心我们。我们跟他们见面，犹如开始面对一个新世界，但跟它接触对我们有好处。我们被迫接受数不清的观点，我们给振奋起来，于是叫人昏昏欲睡的状态给打破，不管愿不愿意，得把大部分我们终于无条件接受的意见给放到天平上斟酌斟酌。

我们跟当证券经纪人的表兄表弟终于成功地进行一次简短的交谈，犹如勃朗宁的优秀诗篇所描写的罗兰公子[1]来到黑塔似的，我们这位老兄对文学的看法同我们对香水的看法差不多。这样的相见应该不是经常的，这绝对正确，但是假如他们主动提出来跟我们见面，我们反而退缩，那就更糟。不止一名激进的革命青年准备面对得意忘形的压迫者的法庭，但却不愿面对他的从切尔坦海姆[2]来的老处女姑母。

我们跟这种乏味的客人在一起消磨的光阴，不仅是一段在法庭受审的时间，而且是一段休息和恢复精力的时间。在这一点上没有什么坏处。即使是十字军战士或中世纪的游侠，一旦他们出征，至少可以避开债主。所以我们身体的一部分在受这种交往的考验，另一部分则在休息，甚至受到娇惯。在乏味的社交中这一受欢迎的休息随不同的人而在形式上略有区别，下面说的也许只适用于我自己。如果是这样，我感到遗憾，但那没有办法；作为最后一招，人除了把他自己的经验写成文字就再无良策了。就我这方面来说我发现跟乏味的客人交往时有一种暂时的满足和精神上的欣慰之感，因为那可以使我从思想的重负下舒一口气。我的朋友大部分是有思




---

❶英诗人勃朗宁(1812—1889)所作《罗兰公子来到黑塔》是写同名主人公的一次历险记。在他之前有许多骑士也曾试图接近黑塔，但一一失败，只有罗兰公子取得成功。当时他吹起号角表示他的胜利。

❷切尔坦海姆系英格兰格罗塞斯郡的一个小城市，与伦敦相比当然偏远闭塞。

想的男女。现代心理学划分所谓“稳定”的和“不稳定”的心理状态，在前一种状态下，一个人容易陷进先入之见，多半让直觉发挥作用，另一种状态则更多受变化的支配，更合乎理智。我的朋友属于“不稳定”那一类。跟他们交往，我意识到种种微妙的感觉和事物间更密切的关系，一切都是相对的，变化无常的，搅成一团，遮遮掩掩，我们从黑暗到黑暗进行摸索，我们只有被短暂的光明的间隙弄得更加迷糊；绝对不容许我忘记我是一个神智不十分清楚的两足动物，一半是猿，一半是神，在一个沿着轨道穿过黑暗不断旋转的地球上，咕咕哝哝，睁眼盯视一个来小时。这很好，我不埋怨，只是不能多得叫人受不了。所以在这样的时候来找我的乏味的客人非常及时，通过他们我可以得到一点安宁。




跟这种乏味的客人交往，明显缺乏思想负担是唯一可取之处。我是根据这一理由为他们辩护的。这种交往肯定有某种舒适惬意的气氛，既没有犹豫也没有怀疑，新年之际我大胆进行这类交往时，这是我所需要的灵丹妙药。黑暗的外层空间给关在门外忘掉了。抽象的东西，如此冰凉易碎，消灭了，我们在具体的事物当中移动，它们看得见摸得着。天地缩小，变得更为温暖，富有人情味，更为我们熟悉，黄昏开始，示意拉上窗帘，点起明亮的炉火，端出茶和作为茶点的松饼。那种突然提出种种尴尬的问题要你在内心进行分析的危险谈话不再听到了。我们听到的全是实实在在令人欣慰的事情！

"一年收获这么大。……老大,玛贝儿[1]非常漂亮。……把房子卖出这么高的价钱。……想办法找一个特好的旅馆吧。……"这本身可能没有多大意义,不过起无限的镇静作用,使像狼群一样嗥叫的思想受到牵制不能放肆。谈话本身不像气氛,精神——浅显明白这种精神那么重要,没有什么模棱两可,变化不定;无论男女人人都显出本色,今年跟去年没有什么不同,永远乏味得精彩出色。我们不受时间的约束,在永恒中消磨一个或两个晚上,烦恼不来打扰,在一个一切是固定和惯常的世界里;一些故事以前听到过这么多遍,这么冗长。平平淡淡地讲了好几百年,我们可不管。我们再一回听到梅黛丽姑母是怎么没有赶上九点五十二分的车的;炉火在愉快的脸上闪烁,室内一切温暖舒适,室外风吹雨打,死亡毁灭,世界上的一切思想,全不相关。我们坐在那里,惬意,无忧无虑,光荣地休整,啜饮我们足以忘忧的茶,吃我们的热奶油莲子。以后,我们将像一觉醒来的孩子们一样,恢复了疲劳,机灵活泼,心情热切地往外面跑。

林荇　译





---

[1] 玛贝儿为英国普通女孩子的名字,这里作者是说跟这些客人扯的都是不用多动脑筋的家常事。

# 把我从朋友那里解救出来吧

〔印度〕艾尔德拉姆





我对当代人没有任何奢望

不对我施恩便是一种恩赐

一天，我经过德里的月光市场时看到一个乞丐，他正在向人们哭诉着自己的不幸，每隔几分钟他就重复一遍那辛酸的话语。他的情形引起了我的注意，不禁驻足观察起来。乞丐的个头儿很高，身体结实，相貌也不错，只是因为哭丧着脸而有损容颜。这是他的模样，再就是他在说些什么。我不能太狠心，只作一番简单介绍。他的话值得逐字逐句地引述，下面是他说的：

"穆斯林兄弟们，看在真主的分上，请听听我这个苦命人的情况。我有七个孩子，现在连饭都吃不上，日子过不下去了。我不想要饭，只想回家去，但没有碰到好心人把我送回去。穆斯林兄弟们，我流落他乡，一个朋友都没有啊！真主的仆人，请听我说，我现在是流落在外呀！”

乞丐一边说一边接受一些被他的言语感动后给的施舍往前走了。我的心里产生了一些想法，于是将自己的情形同他作了比较。我惊讶地发现，在很多方面我比他好，的确，我有工作，他靠乞讨度日；我受过教育，他是文盲；我衣冠整齐，他穿得破破烂烂；在这些方面我都比他好。再比下去他就比我强得多了。我羡慕他的身体，我一天到晚要考虑那么多的事，他整天无忧无虑；尽管他一脸愁容，但他面部的气色很好。我想了一会儿，什么原因竟使我产生对他的羡慕呢？最后，我得出了一个奇特的结论，那就是他认为是不幸的事正是他的幸运，他遗憾地说：“我一个朋友也没有。”而我要遗憾地说：“我的朋友太多了。”他一个朋友也没有，如果真的是那样，那么应该祝贺他。

我一边走一边想，回到了家。多么幸运的人啊！他说他一个朋友也没有，真是幸运，这就比我强得多。难道他真的没有我那样的朋友，一天连五分钟的空闲都不给他？我回家来是要赶写一篇文章，但不知道是否能有一点点时间认真地思考、从容地动笔？也不知道能否有些时间考虑一下明天要做的演讲？这个乞丐大白天身上能带着钱，他在路上不会遇上个把朋友？ 他的朋友不会这样问他？

“哎，老弟！看在朋友的分上，我现在需要钱，借给我点钱吧。”难道他的朋友不无时无刻请他去赴宴或出席集会？难道他没有遇到过当他十分困乏时，他的朋友还让他去无休止地天南海北侃一番吗？难道他不要给朋友们回信吗？难道他不要拜读他尊敬的朋友的著作并为之写评论吗？难道他不要为朋友大喊大叫吗？难道他不要去会见朋友，如果不去，朋友也不抱怨吗？如果他这些都不要的话，那就毫不奇怪了，他有如此结实的身体，而我却十分虚弱。天啊，他难道不感激真主吗？天知道他还想得到什么样的恩赐。人们要说，这个人怎么这么怪。生活中没有朋友是枯燥无味的，这人却不要朋友。然而，我不是说朋友的坏话，我知道他们是为我好来找我的，但实际效果是，朋友们的一番好意却是有损于我。无论怎样怨我，我今天要说，迄今为止谁也没有在我面前证明，交一群朋友能带来什么益处。而且我要说到这种程度，如果我们想在世上成就点事业，不在空谈中虚度年华，那么我们就不得不摆脱一些可敬的朋友，尽管这样做在我的心上也将造成创伤。比如：

我的朋友叫艾哈迈德·米尔扎，我称之为噼里啪啦的朋友。他是一位好心肠的人，与我素有交往，无拘无束，但他生性好动，从来不能安静地坐哪怕是两三分钟。他到我这里来总是吵吵嚷嚷，东翻西翻，一言以蔽之，他的光临与发生了地震没有两样。只要他一来，我心里就想："哎，又来了，但愿不会是世界末日。"我远远地就能听见他的脚步声，他走上楼，啪地推开门，如同炮弹落地。至今他从未敲过门，每次都像狂风似的卷进来。

"哈哈哈，我终于逮住你了。别，别，千万别为了我停下你的笔，我不是来打扰你的。老天爷帮帮忙吧，看写成什么样子了。身体还好吗？啊，我多么自豪呀！我的朋友中有一位是作家。好，我该告辞了，不打扰了，只是想看望一下你。再见！"

说完，他友好地同我握手，那份热情劲儿把我的手指握得直觉得疼痛，以至于我再握笔就感到难受。这还在其次，我的整个思路都被他搅乱了，只好重新梳理，但怎么也理不清楚了。你看，他在我的屋里呆了总共不到一分钟，然而，他即使呆上一个小时，对我带来的影响无非也就这样。

再说说我的第二个朋友穆罕默德·德赫辛。他已有妻室儿女，整天想的都是些婆婆妈妈的事儿。他来找我常常是在傍晚，我虽然忙完了工作，但已是精疲力尽，只想安静地在座椅上休息个把钟头。德赫辛一来，我必须接待他，而他谈话的主题除了家里老婆孩子的事情就再也没有其他的话题了。无论我怎么说，他都三句话不离本行。如果我谈谈天气，他就会说，是呀，这天气真不好，我的小儿子患感冒了，二女儿咳嗽。如果是聊聊与政治和文学有关的话题，德赫辛先生就会表示歉意，说近来家里有人生病，没工夫看报纸。如果是参加某个集会，他一定把孩子们带去，并且会一个一个地问孩子们是不是感到不舒服呀，口渴不渴呀，有时还要号号孩子们的脉。在那种场合，他碰见熟人也总是说说家里人生病的事儿。

我还有一位嗜好谈论打官司的朋友。他除了谈论他那个地区发生的争执，对立一方的无理，以及赞扬(当他打赢官司时)或谴责法官之外再也没有什么别的话题了。

总之，除了其他各种各样的朋友之外，我尤其要介绍一下穆罕默德·夏吉尔·汗先生，因为他对我关怀备至。夏吉尔·汗先生是沙力姆普尔区的王公，在当地很受尊敬。他酷爱文学，虽然他对文学的钟情比起阅读文学作品来更多的是表现在同文人学士交朋友和拉关系这一方面。在他看来，给予文人一些尊敬是他们这些贵族们的荣耀。有一次，他光临寒舍，盛情邀请我去沙力姆普尔。他说："城里一天到晚都很喧闹，到乡下去住一阵，换换空气，也可以在那里安心地写文章。我为你准备了房间，写作用品一应俱全，你一定得去，给我赏赏光。"

我盛情难却，带上简单的写作用品就跟他走了。到了夏吉尔·汗的别墅，我看了他为我准备的房间。这房间在二层楼上，装饰一新，一扇窗户朝着后花园，景色十分迷人。第二天早上，我在楼下用早点。当我喝过第二杯茶准备回房间时，王公劝我："哎呀，别这么着急，难道今天就开始写作吗?先让脑子休息一下，看看风景，来，我这就备车，下河去钓鱼吧。离那儿几里远就是艾哈迈德纳哥尔，给你引见一下达立布·阿里王公。"我愣住了，心想如果这样的话，那我在这里也没有时间写作了。好说歹说终于谢绝了邀请，我的朋友也未去成。很快，我就明白了，我希望寻觅的一个安静的环境看来在这里也实现不了。

我连忙起身走回自己的房间。我看到为我写作准备的文具用品，书桌上铺了一块十分昂贵和做工考究的台布，心想要是不小心掉一滴墨水在上面岂不同犯罪一样；银质的墨水瓶空空如也；贵重的英国制自来水笔，但却没有笔尖，吸水纸夹在一本绒面的书里。桌上没有稿纸，虽然上面还摆着许多珍贵的东西，但没有一样是能用得上的。最后，我还是拿出了自己使用了多年的文具盒、墨水和钢笔，开始写作。诗人们常常赞美的那些百灵鸟悦耳动听的鸣唱，我可不敢恭维。此时，这些鸟都集中在我房间窗下的树上叽叽喳喳，我只好充耳不闻，全神贯注地投入写作，不料又响起了敲门声。

"谁呀？"

"是我，用人。主人说，麻烦您到楼下去一趟。来了一位先生，主人想让您同他见见面。"

我很不情愿地起身，下了楼。夏吉尔先生的朋友塔立布·阿里王公驾到，与他见了面。之后不久他就告辞了，我没事了，于是又专心致志地开始写作。过了一会儿，用人又来敲门，我知道又准是有人要见我。我朋友的朋友又来了，我得去露露面，似乎我成了主人刚刚买来的一匹良种马，不时地要从马厩里牵出来给他的朋友们展示展示。把他的朋友们打发走了后，我又返回自己的房间。思路中断了，我不得不重新组织句子，情绪全没了，我只好硬着头皮坐下。大约有半个钟头没有人再来打扰。正当我展开思路，笔在纸上飞快地写作时，敲门声又响了起来。

“又怎么啦？”

“先生，饭已经准备好了。”

“哦。”

敲门声又起。

“知道了。”

“先生，主人在等您，饭菜要凉了。”

“哦，我现在不想吃。告诉主人，别等我，他们先吃，我不饿。”

敲门声又起。

“又怎么啦？”

“主人说，您要是过一会儿吃的话，我们也过一会儿吃，不过，饭菜凉了就没味儿了。”

“那好吧，我这就来。”

说完，我便下楼去用餐。我向大家表示了歉意，主人十分关心地说：“看您脸上的倦意，写了不少东西吧！你看，我不是说了嘛，在城里哪有这样安静的环境！”

我除了说的确如此还能说什么呢？往下是吃饭，凡是我不喜欢吃的东西，主人都让我。饭后，主人说："下午坐车出去玩儿，我可不是要把你的身体弄垮才请你来的哟。"

回到房间后，我想躺下来理理写作的思路再继续写，但脑子乱得很。拿起文章看看往下该写什么？"关于生与死的问题……"不知当时脑子里想到了什么，也不知这句话与上文是如何连接的。就这样躺着躺着入睡了，下午醒来，头脑清醒了许多，于是，"关于生与死的问题"终于得到了解决。我高兴地坐在桌前拿起笔来，这时敲门声又响起来了。

用人通知说车已经准备好了，主人换好衣服正在等我。我连忙下楼，主人第一句话便说："今天写了几十页吧。"我实话实说，一点儿也没写。他笑了笑说："这有什么可谦虚的，有诗为证：

看在真主的分上，别发假誓，
我完全信赖你，一片诚意。

直到傍晚才返回，晚饭后又聊了一会儿。睡觉前我拿起这一天的活儿看了看，只有一页多，而且还不通顺。一气之下，我将它撕了个粉碎。第二天，我向主人告辞，打道回府。让他生气去吧，让他说我不知好歹去吧，我无可奈何，不得不与这样热情友好的朋友再见。

我把这位朋友的情况描写得详细了一些，请别认为我这样的朋友就到此为止了。不是，还有许多呢！比如说，有一位朋友，很少同我见面，但只要他来，我就知道他是为借钱而来的。另外一位朋友，他总是在我正要出门办事的时候光临。另外一位朋友，他每次见到我就说："先生，我早就想请你的客了。"但他从来说话不算数。另外一位朋友，他每次来都提出一大堆的问题，当我回答时，他却心不在焉，要么翻翻报纸，要么哼哼歌曲。还有一位朋友，他一来就滔滔不绝，根本不听我说。这就是我的那些好朋友，我如何是好呢？对他们中的任何一位，我都可以坦率地说：

不对我施恩便是一种恩赐。

我既然提笔写了这些，真想一吐为快，再把我对另外一些朋友的看法也说说。不巧，门口驶来了一辆车，我知道是谁驾到了。我不抱怨他，因为我已经连续三个小时在写作而没有人来打扰。我感谢他，将这篇没有写完的文章就此搁笔以便迎接客人。这是一位极为关心我的身体的朋友，每次来都要生气地对我说："你太不爱惜你的身体了。"我知道，他此次又带着什么新药或医生、郎中为我开的新处方来了。

"请进，请进，好久不见了。"

刘曙雄　译

# 记舍伍德·安德森

〔美国〕福克纳





那是在新奥尔良，有好几个月，我们总是边走边聊——其实是安德森聊，我是在听——有一天，我发现他坐在杰克逊广场的一条长凳上，在对着自己笑。我的印象是他这样已经有好一阵了，就一个人坐在长凳上对着自己笑。这不是我们经常碰头的地方。我们根本没有这样的地方。他住在广场北边，我们事先并没有特别约好，我中午吃过一些东西之后，知道他准也吃完午饭了，我就朝广场的方向走去，如果没有见到他已经在散布或是坐在广场上，我就干脆在能看见他家门口的街沿石上坐下来，一直等到他穿着那身鲜艳的、一半像赛马骑士一半像穷艺术家穿的衣服从家里走出来。

这一次他已经坐在长凳上对着自己笑了。他立刻告诉我这是怎么一回事:一个梦,昨天晚上他做了一个梦,梦见自己牵了一匹马在乡间路上走了许多里路,他想用这匹马换来一个夜晚的睡眠——并不是光换能睡一个夜晚的一张床,而是睡眠本身;现在有我在听了,他就从这里开始编开了,添枝又加叶,把它编成一件艺术品,用他写所有的作品时的那种啰唆的(这个故事似乎有点把握不定,实则不然:它是在探索,在寻求)几乎折磨人的耐心与谦卑在编,我在听可是连一个字都不相信,根本不相信那是人睡着的时候做的一个梦。因为我知道得很清楚。我知道那是他凭空想出来的,他编造的;大部分至少有一部分是我在那儿看着他听着他的时候现编的。他不知道为什么自己非得要说,至少是有需要去说,那是一个梦,为什么非得与梦和睡眠扯上关系不可,但是我知道。这是因为他已经把他的整个一生都写成了一件轶事或者说一个寓言:那匹马(起先是匹赛马,可是现在又变成了一匹干活的马,有犁,有车,有鞍,身强力壮,仅仅是缺少有文字记录的家谱)代表着广袤、富饶、强烈而又柔顺的密西西比河谷,代表着他自己的美国,而穿着扎眼的蓝色赛马衬衫、打着有朱红斑点的温莎领巾的他,正在以幽默、耐心和谦恭的姿态,不过主要还是耐心和谦恭的姿态,建议以此来换得他自己的写出纯粹、完美、坚实、源源不绝的作品与产品的梦想,而他的《俄亥俄州瓦恩斯堡镇》和《鸡蛋的胜利》,正是这样的迹象和象征。

他自己是永远也不会说这样的话，用语言来这样表达的。他甚至可能永远也认识不到这一点，要是我打算向他点明，他肯定会加以否认，态度说不定还很激烈。但是这并不足以说明这个看法可能是不正确的，也不足以说明，不管本身正确还是不正确，他的不信是有道理的。事实上，正确不正确，他信还是不信，这都是关系不大的。他肯定会加以否认，其出发点恰好是他性格中的大悲剧。他希望别人取笑他，嘲弄他。他希望在地位、成就、机智以及别的任何方面都无法与他比肩的人能使他显得愚蠢可笑。

这就是为什么对他所写的每一篇东西他都如此孜孜矻矻、不厌其烦和不知疲倦地下功夫的原因。这好像是他在对自己说："这至少是、将是、必定是无懈可击的。"仿佛他写作甚至都不是出于那种耗费精力、永不休止、难以餍足的对荣誉的渴望，(为了这样的荣誉，任何一个正常的艺术家都不惜消灭自己年迈的母亲)而是为了对他来说是更加重要更加迫切的东西，甚至还不是为了不值一提的真理，而是为了完美，为了无与伦比的完美。他没有梅尔维尔的力度与冲劲，梅尔维尔是他的祖父，也没有马克·吐温的对生活的旺盛的幽默感，马克·吐温是他的父亲；他也没有他的兄长德莱塞对种种细微差别的粗暴的蔑视。他的特点是追求精确，在有限的词汇范围之内力图选用最最恰当的词句，他内心对简朴有一种近乎盲目的崇拜，他要把词与句都像挤牛奶一样挤得干干净净，总是力图要穿透到思想的最深的核心里去。他在这上面费了那么大的力气，到最后他的作品里剩下的只有风格了——风格成了一种目的而不是手段。接下去他很快又相信，只要他竭力使这种风格纯粹、不走样、不变化与不受污染，它所包容的内涵就必定是第一流的——无法不是第一流的，他自己因而也必定是第一流的。

在他一生中的这个时期，他无论如何得相信这一点。他的母亲曾是一个契约女奴，他的父亲是一个临时工；这样的背景使他明白，他所得到的安全与物质上成功的总和是，也必然是，生活的答案与目的。可是他在中年以后放弃了这一切，舍弃与抛弃了这一切，他当时的年龄比做出献身艺术与写作的决定时的大多数人的年龄都要大得多。可是当他做出这样的决定时，他发现自己只不过是一个有一两部好作品的人。他必须相信：只要他努力使自己的风格纯而又纯，那么这种风格的内涵也必定是纯而又纯、最最优秀的。这就是他必须要捍卫自己风格的原因。这就是他因为海明威写了《春潮》而感到不快与愤怒的原因，也是他在稍轻程度上对我感到不满的原因，之所以稍轻是因为我的错误不是写了一整本书而是仅仅出版了一本自己印刷、自己征订的小书，在我们这个新奥尔良的小圈子之外不会有多少人能看到或听说过这本书，这是一本斯泼拉特林的漫画集，书名我们叫做《舍伍德·安德森与别的克里奥尔人》，我给这本书写了一篇序言，用的是安德森的初级读本式的风格。我们俩——我指的是海明威与我——谁也不可能损害、嘲弄他的作品本身。可是我们使得他的风格显得可笑;那是在他写完《邪恶的笑声》之后,他已经到了应该搁笔的阶段,他却在不惜一切代价地保卫自己的那种风格,因为时至今日,他内心里也必定已经知道,除了这件东西以外,他别的什么也没有了。

这是一种纯而又纯的精确,或者说是一种精而又精的纯粹,随你怎么说都行。在对待人民的态度上,他是一个滥情主义者,在看待他们的问题时往往不正确。他相信人民,但是好像仅仅在理论上如此。他对他们已经做了最坏的打算,虽则每一次他还要重新准备感到失望,准备受到伤害,好像这样的事以前没有发生过似的,好像他能真正相信可以相处的唯一的人是他自己笔底下创造出来的那些人物,是他自己探索地做着的梦里的虚构品与象征物。在他的作品里,他有时是一个滥情主义者(莎士比亚有时候也是如此),可是他从来不是一个掺假的人。他从来不语焉不详,从来不庸俗化,从来不走捷径;从来都是怀着一种谦卑,甚至是一种宗教般虔诚的态度来对待写作,以一种几乎让人怜悯的至诚、忍耐、甘愿臣服和自我牺牲的态度来对待写作。他仇视下笔千言;如果人家写得很快,他认为里面准保掺假。他有一次告诉我:"你有太多的才能。你可以轻而易举地写出东西来,而且用各种不同的方式。如果你不小心,你会什么也写不成的。"在那些下午，我们总是一起在旧城区散步，我听着，他讲，对我或是对别人——我们在街上、码头上任何地方遇到的任何人，或是晚上坐在什么地方共对一瓶酒，他在我的小小的配合之下幻想出牵着马的睡不着的人那一类稀奇古怪的角色。其中的一个据他说是安德鲁·杰克逊的后裔，在查尔梅特战役之后就留在了路易斯安纳州的沼泽地带，再也不是半马半鳄鱼，现在成了半人半睡眠后来又成了一半是鲨鱼，它——我的意思是整个故事——到头来变得那么古怪又是(至少我们是这样想的)那么有趣，我们决定把它写下来，用相互通信的方式，就仿佛是一支动物考察队的两个暂时分开的队员。我把他写的第一封信的回信交给他，他读了之后说：

"你自己满意吗？"

我说："怎么啦？"

"你对这封回信满意不满意？"

"为什么不满意？"我说，"这封信里没说的我可以放在下一封信里说。"这时候我明白他心里相当不高兴了。他变得态度生硬、严峻，几乎都要发火了。他说：

"要么把它扔掉，咱们不进行下去了，要么把它拿回去重写。"我接过了信。我足足写了三天才重新交给他。他再次读了，读得很慢，像他素常那样，这以后他说："现在你满意了吗？"

"不满意，先生。"我说，"不过我也不知道怎么才能写得更好了。”

“那咱们就让它通过吧。”他说，把信放进他的兜里，他的声音重新变得温暖、圆润、洪亮而带有笑意，准备再一次相信别人，再一次受到伤害。

我从他那里学到的比从这件事里学到的要多，至于我有没有也一直遵照着他其他的教导行事，那是另一回事。我学到的是：作为一个作家，你首先必须做你本色的人，做你生下来就是那样的人；也就是说，做一个美国人和一个作家，你无须必得去口是心非地歌颂任何一种传统的美国形象，像安德森自己与德莱塞所独有的让人心疼的印第安纳、俄亥俄或爱奥华州的老玉米或是桑德堡的畜栏以及马克·吐温的青蛙。你只需记住你原来是怎么样的一个人。“你必须要有一个地方作为开始的起点，然后你就可以开始学着写。”他告诉我，“是什么地方关系不大，只要你能记住它也不为这个地方感到害羞就行了。因为，有一个地方作为起点是极端重要的。你是一个乡下小伙子；你所知道的一切也就是你开始你的事业的密西西比州的那一小块地方。不过这也可以了。它也是美国；把它抽出来，虽然它那么小，那么不为人知，你可以牵一发而动全身，就像拿掉一块砖整面墙会坍塌一样。”

“有水泥和灰胶的墙可不会坍塌。”我说。

“是的，不过美国还没有抹上水泥与灰胶呢。人们还依然在建造美国。正因如此，一个血管里有墨水的人不仅仍然能而且有时还必须在美国内部不断地走来走去，不断地走来走去边倾听边观察边学习。正因如此，像你和我这样的没有学问、没有学历的土老帽儿不仅有机会写，而且还必须写。美国所要求的一切就是观察它、倾听它、理解它，如果你做得到的话。不过理解也还不是重要的：重要的是相信美国即使你并不理解它，接着试着叙说美国，把它写下来。文章绝不会一下子就很精彩，不过总还有下一次呢；墨水和纸张总不会缺，也总有你想理解和要告诉别人的东西。这一次说不定也还是不完全对头，不过它也有下一次嘛。因为到了明天美国将变成截然不同的另一样东西，一样更丰富更新值得你去观察、倾听和试图理解的东西，即使是你不能理解无法相信的东西。

"要相信，要相信'纯'的价值，要更多地相信。不仅相信价值，而且要相信忠诚与完整的必要性；选择艺术作为自己职业和甘愿忠于艺术的人是幸运的，因为艺术的报酬是不会落到邮差的头上去的。"安德森把这些道理推向极端。这在表面上当然是不可能的。我的意思是，在往后的年月里，当他也许终于承认剩下的只有风格时，他写作时是那么努力，那么费劲，那么不惜牺牲自己，他有时候竟显得比原来的自我更高一些，更大一些。他热情、慷慨、善良、开朗，不乖戾也不妒忌，只有追求完美时才是例外，这种对完美的追求他相信任何一个对自己的行当有兴趣的人都是必须具备的；他随时愿意慷慨帮助别人，只要他相信这个人是怀着他自己的那种谦卑与崇敬心情来从事这门行当的。在新奥尔良的那些日子里，我逐渐明白世界上真的有人是愿意整个上午都关在屋子里的——关在屋子里努力工作。到了下午安德森会出现，于是我们就在市里走来走去，边走边聊。到了晚上我们又会再次见面，这回是共对一个酒瓶了，现在才是他倾心而谈的时刻；微缩的世界就在任何一个黑黝黝的庭院里，这里杯瓶碰撞发出了叮当声，棕榈树在微风中沙沙地响着。到了第二天上午他又把自己关起来了——在写作呢；于是我对自己说："要是当一个小说家只需花这样的代价，那么这种生活对我来说也是合适的。"

于是我开始写一本小说：《士兵的报酬》。我认识安德森太太在先，后来才认识安德森。我有一段时间没看见他们了，有一天我在街上遇到了安德森太太。她问起这一向怎么没见到我。我说我正在写一部小说呢。她问我要不要给安德森看看。我回答了，我记不清原话是怎么说的了，反正意思是如果他想看我也没有意见。她让我写完了把稿子交给她，我照着做了，那是在大约两个月之后。过了几天，她捎话叫我去。她说，"舍伍德说他想跟你做一笔交易。他说如果他可以不看的话，他愿意跟里弗赖特(霍雷司·里弗赖特：当时他自己的出版者)说一声让里弗赖特接受出版。"

"成。"我说，事情的全部经过就是这样。里弗赖特出版了这本书，这以后的几年里我只见过安德森一次，因为那个不愉快的漫画事件也就发生在这先后，他不愿见我，一直到有一天下午在纽约的一次鸡尾酒会上；可是那又碰上了他比他写过的任何作品都要显得高显得大的时刻。这时候我记起了《俄亥俄州温斯堡镇》、《鸡蛋的胜利》还有《马和人》里的某些篇章，我知道我在看着、我在注视着的是一个巨人，他所在的世界上居住着的大部分——绝大部分——的人都是侏儒，虽然他只做出过两次或是三次与巨人身份相称的举动。

李文俊　译

# 良师雷蒙·卡弗

〔美国〕杰伊·麦克英尔奈





雷蒙·卡弗去世一年后，经常浮现在我脑际的是一个与他联系在一起的形象：那是一个人正弓屈着探过身去努力在听他讲话。卡弗则在嘴里含混不清地说着。托·斯·艾略特有次形容埃兹拉·庞德，说他们的良师，就像是"一个人扯起嗓门儿要告诉另一个耳朵十分背的人，说屋子已经着了火"。雷蒙·卡弗的态度恰恰相反。烟雾已经迷漫了屋子，地毯也已吐出火苗，而卡弗还会问："呃，这屋子有点热吧，是吗？"你则坐在椅子里，渴望地弯着腰，说："对不起，您在说什么，卡弗？"从来不坚持一己的意见，也很少对人有决断的意见，他实在不像是个教书先生。

我有次坐着聆听他在接待来访者的访问，差不多有两个半钟头之久。这位来访者把录音机越放越近，末了问卡弗是否可以放在他的膝上。然而几天之后，那位访问者来了电话，声调近乎绝望，因为录音带上卡弗的声音简直难以分辨。“说话温柔”一词很难用来形容他的讲话；这一情况，在他被迫作结论或指示时格外严重。

上面我提到他说话咕噜咕噜，一度好像认为那只是一种面部习惯性痉挛的特征，类似按指节骨作响，或是用脚跺地板，如今则寻思那是深怀谦恭的功能，一种尊重语言几乎近于敬畏的行为，一种他感到遣字造句应该十分审慎的反应。好像无法说出自己要说的话似的，甚至，说话是件很危险的事情。听他在课室里或在他和苔丝·格拉齐尔[1]共用的锡拉丘兹那所维多利亚式大厦的起居室里讲述写作，你就感到他是一位爱好大师们所用词句的作家；那些大师把语言传授给他，而他却计较轮到自己也许不配拾起这一工具。你感到这种在他作品中对每句语言的崇敬，已经近乎心惊胆战的那种谦恭了。

早在70年代初期看到卡弗的小说，使我这一代的许多作家得到一种脱胎换骨的经验，这种经验堪与20年代发现海明威的语句相比。事实上，卡弗的语言明显像是海明威的——简洁、明了、重复，近乎对话的节奏，外部事物描写的精确。但是卡弗完全舍弃了浪漫的自我主义，那种心态曾使海明威的

[1]苔丝·格拉齐尔(1943—　)，女诗人，卡弗的伴侣。

表现手法成为20世纪后期其他作家难以应付的样板。咖啡店、法国寄宿公寓与欧洲战场,为拖车式活动房屋、停车场与公寓建筑楼群所代替,吸引人的工作变为走进死胡同的职务。卡弗溪流里的鲑鱼因受污染而易于异变。优质的法国土酿葡萄酒为廉价的杜松子酒所代替,开怀畅饮成了百无聊赖的酗酒。某些批评家为此而觉得卡弗的作品令人沮丧抑郁。对许多年轻作家来说,这真是可怕的解放。

卡弗看来要对我们——甚至包括对一个从来未到过锯木厂或汽车拖车停车场的人——说的一个观点是,文学可以从严格观察真实生活中得到形成,文学随时随地存在着,甚至在餐桌上的一瓶海因兹牌番茄酱里也存在着,何况电视也在那儿发出嗡嗡的声音。这在学院派超小说模式占优势的时刻,确实是个新的信息。卡弗的榜样使现实主义短篇小说的形式重新得到了活跃。

虽然卡弗大半生都是教书老师,他却从未有意识地去网罗一批追随者围在他的四周。但是70年代后期及80年代初,当我在大学研究院及纽约出版界到处叩门时,没有一个作家能比卡弗在作品朗诵会上和在作家会议中得到如此多的议论和模仿。大概除了唐纳德·巴塞尔姆[1]从60年代开始出版作品以来,没有一位短篇小说作家在文学世界里,鼓动了如许的赞美声。

---

[1]唐纳德·巴塞尔姆(1931— ),美国小说家。

读他的第一本小说集《请你安静些，对不起》使我对雷蒙·卡弗着了迷，单凭这个书名，我就要买一本；我有幸在几年之后遇到了他。最后到了80年代初，在锡拉丘兹大学成了他的门生，尽管国内设立了有几千个之多的创作讲习班，也还是不能有效地回答写作是否可以教授的问题。要说福克纳和菲兹杰拉德从来也没有得过艺术硕士学位，那就太离题了。暂且搁下不谈小说家们和短篇小说作者们喜欢和凡人一样多吃多喝，而且乐于在他们致力于一己的创作时，寻找到资助金。因为对于20年代的作家，巴黎的汇兑率对他们有利，30年代有公共事业振兴署的支持，还有到好莱坞去的淘金潮。近年来，大学便成为创作作家们的公共事业振兴署了。

卡弗本人就是这一新制度的产物，他在依阿华大学作家创作讲习班和斯坦福大学学习写作，尔后则以教书为生。他这样做是为了需要，但他对担任这样的任务觉得不惯。他做这些只是为了谋生，因为教书比他做其他活计来得容易——他在锯木厂、医院工作过，担任过加油站的服务员、看门人、递送员和教科书编辑。虽然对绅士派头的职业有所铭感，不过他也真正看不到为什么有写作天赋的人必须有能力教书。而且他十分腼腆，一想到要面对全课室的人，便使他胆怯。在那些他必须去教书的日子里，他会忐忑不安，好像他自己就是个面临期终考试的学生。

同其他驻校作家一样，卡弗还须在创作课之外，担任若干英语课。其中要教的有“短篇小说的形式与理论”，这是卡弗从研究生英语课程表中继承下来的。他在这些课程所用的方法，是每星期由他指定一本他喜欢的短篇小说集，包括当代和19世纪的作家及翻译过来的作品。我们要读这些指定的书并讨论两个小时。弗兰纳里·奥康纳、契诃夫、安·比蒂、莫泊桑、弗兰克·奥康纳、约翰·契弗、玛丽·罗比森、屠格涅夫，还有更多的契诃夫短篇（他钟爱19世纪俄国人的作品）。一上课，卡弗就说几句如“好吧，朋友们，你们是怎样喜欢尤多拉·韦尔蒂的？”较之讲课，他更愿听人谈论，他也会朗诵一些他爱好的段落，谈谈他选中的书里喜欢的章节。他处理那些有特征的地方，不离原作，最后谈到他自己受感动的片段瞬间时，他的不安就离开他了。

有一学期，一位十分认真攻读博士学位的学生光临了这一课室，他发现整屋里大部分坐着的是些作家。当时，那个英语文学系就像全国许多大学的英文系一样，已经成为理论家和人文主义者之间鏖战的场所，后结构主义把校园压得够呛。经过几个星期卡弗对文学那种漫游与印象式的对待，那位年轻的理论家就提出了严重的抗议：“这一课程的名称是短篇小说的形式与理论，可是我们只是坐在这里读作品。形式与理论又在哪里？”

卡弗显得有些苦恼。他点点头，深深地吸了口嘴上的纸烟。“好，这是一个好问题。”他说。停了长长一会儿，他又说：“我相信这里的要点是我们读了些好书，而且讨论了这些作品……然后由你自己形成自己的理论。"说完之后，他浅浅一笑。

作为教创作的老师，卡弗也显得有种说话点到即止的习惯。他认为使任何人失去写作的信心，这不是他的职责。他说一个人要成为作家，须经过各种磨难，已经足够使人灰心丧志了，所以他完全根据一己的经验，加以阐释清楚。批评一如虚构小说，对卡弗说来是种移情作用，是使自己穿上别人的鞋子。他不能理解那些专写消极评论的作家，有一次他因为我写了这样的评论而呵责了我。他相信虚构小说和诗是两项兄弟般友好的事业。在极少数为卡弗提到他所不喜欢的人当中有一位诗人，因为卡弗的汽车驶到盐湖城时发生了故障，那个诗人却不愿借他50美元去修车；此外还有攻击他作品的两个评论家，以及那些攻击他朋友的作家们。

对于一个害羞的人说来，卡弗那种爱集体的精神是惊人的。他同几十个作家、学生以及狂热爱好他作品的人保持通信。他写推荐和鼓励的信件，帮助别人获得工作及资助金，找到编辑和代理人以及代寻那些需要陪同他们首次去出版社出席改稿讨论会的朋友。

有一天，当我责问他对我认为的一个交出低劣作业的学生太宽容时，他给我讲了个故事：不久前他担任一次有声誉的小说竞赛评判，那位得到一致同意的获奖者——此人的作品后来也引来了许多称许——竟是二十年来也许是他的一个最低劣、最少希望的学生。"如果当时我没有鼓励她，她会有今天吗？"他说。

他最最严厉的批评惯用语是："我想你最好把那事忘掉。"意思是：我猜想，一个人要到帕尔那索斯[1]，路上必须走过一些丑陋的荒原。如果能随着卡弗的做法，班级和讲习班都会完全由学生主持，但是要他首肯什么，他会把甘愿缄默不语看得更为宝贵的。

有次，他坐在创作讲习班里，听人朗诵一则又长又古怪的故事：据我记得的，这故事叙述两个根本不相同的角色，放在一起，先是谈情说爱，最后结了婚。经过几次创业失败，他们决定开一家饭馆，对开店的筹备工作，加意描写，极为详尽。饭店开业之日，一群持手提机枪的恐怖分子冲进店来，把店堂里的顾客都打死了。故事就到此为止。在这烟雾弥漫的讨论室里差不多每个人都发表了对故事情节不满意的意见，之后，我们都转向卡弗。显然他不知如何是好。最后他轻声地说："是呀，有的故事需要一支手提机枪。"这一回答看来似乎使那些认为故事有问题的人满意，也使作者满意。就这样有效地消除了这一尴尬的局面。

我的第一学期，卡弗不知什么缘故，忘了记下我在创作

[1]帕尔那索斯，希腊神话中福克斯地区一山名，是阿波罗和缪斯诸神的圣地，山里有给诗人灵感的卡斯塔利亚山泉，有缪斯女神居住的山洞。

讲习班的学期分数，我向他指出了，于是偕同他到英语文学系办公室去改正这一情况。“你真做了些优良的习作，”他说，通知我可以得到一个“优”。我对自己很满意，但当卡弗打开分数册，在我姓名旁写了个“优”，而下面整整一栏也都是同样的分数时，我就多少有点泄气了。显然，每个人都做得很好。在创作讲习班里，他对每个故事都重视——把每一个都作为活生生的存在物看待，可能有些小毛病，或是有残疾，但是这些都能够得到爱护或训练，从而恢复健康。

虽然卡弗一贯鼓励，但如果他知道批评受欢迎时，他也能变得苛刻严峻。有幸的学生便遵循卡弗在自己无数草稿中所用的那种程序，修改故事。原稿退回时，布满着卡弗的删改、替换词语、提问的记号和吹毛求疵的质问。我曾经一稿先后七次交给他，他至少花了十五或二十个钟点来加以修改。他是个细致的萦绕于怀的逐字逐句的编辑。面对面，在他的办公室里，他差不多成了一个固执的人，他说话的声音因他的坚持而变得逐渐高了起来。

有次我们用了十分到一刻钟，辩论我用的那个“土地”一词。卡弗觉得这应该是“场地”，同时他认为这是值得彻底讨论一番的。这一交换意见简直无法估价，我在工作时会常常想到。后来卡弗自己在当年他写的一篇文论中讨论他的恩师约翰·加德纳[1]的影响时运用过同样的例子。“场地是场地，”

[1]约翰·加德纳（1933—1982），美国小说家。

他会说，“意思就是‘场地’是泥土尘埃那一类的东西。但是如果你说‘土地’，那就是另外一回事了。那个字会派生出别的意义。”

小说家约翰·加德纳是卡弗的第一个写作老师。60年代，他们在加利福尼亚州奇科州立大学相识。卡弗说他在一生的写作生涯里，都能感觉到加德纳在他肩后看着他写作，对于某一些字、一些措辞及写作方案，是许可还是不许可，判定那些不适当的描写。他说一位优秀的写作老师有些像是文学的良心，是你耳中听到友好的批评的声音，我知道他指的是什么。(我有颗良心，但是嗫嚅着。)

经过了差不多二十年，卡弗才和他的老师重逢，加德纳住在离锡拉丘兹不到百里远的纽约州宾哈姆顿教书。加德纳肯定他的作品，他认为是十分宝贵的。1982年春天，我碰巧在卡弗的家里有几分钟的停留，那时他听到加德纳在一次摩托车车祸中丧生，他神经震颤得简直不能平静地坐下来。我们在屋子周围及屋后散着步，他不停地谈着加德纳。

“这以前，我甚至不知道一位作家长得什么样儿，”卡弗说。“约翰长得像一位作家。他有那样的头发，就像是一顶经常戴着的便帽。我学着模仿他走路的样子，他惯于让我在他办公室里工作，因为我没有一块安静地儿可找。我看遍了他的文件夹，把他的小说题目偷偷地用在自己的故事上。”

他一定理解，我们这些不懂羞耻的人都从他那儿剽窃，我们是指锡拉丘兹、依阿华、斯坦福以及国内其他创作讲习班的学生，看来，几乎人人都在使用雷蒙·卡弗用过的那类题目，如《你嫌我抽烟吗？》或是《亲爱的，这个怎么样？》来写和发表短篇小说，他当然不希望看到毫无独创性的复制品，但他知道这种模仿多半是为了找到自己的声音。

我邂逅卡弗，是他乐意称作他的“第二生命”将近开始的时候，在他戒酒以后。我听到一些关于坏老头子卡弗的故事，那些他喜欢讲的自己的故事。当我会见他时，我以为作家都是熠熠生辉的疯子，他们喝太多的酒，开太快的车子，散发一页一页才华横溢的文稿，沿着他们命定的轨辙走下去。也许有一时期他也是这样的。在他那篇《火》的散文里，他写道："我理解所谓作家，是一批星期六不在自助洗衣店消磨时光的人。"有人亲眼看到过海明威在洗衣服吗?不会，但是威廉·卡洛斯·威廉斯会这样干。同样，那位卡弗爱戴的契诃夫也会。在课室里和书页上，卡弗多少传播了振奋人心的消息；现在即使在文字的王国里也有洗刷污垢的洗衣店了。

这里并不是说，卡弗也消磨许多时光在自助洗衣店里，命运一直善待他，终其一生，看来在某种程度上，他是经常为之感恩不尽的。但是听到一位美国散文大师打字机的敲打声就在街那边响着，邻居们在扫落叶，孩子们在掷飞碟玩儿，群犬还是过着狗样的生活——这本身对我来说，就是一堂课，不用管什么隐藏的神秘潜伏在那颗创作的心灵里。他总是执着于这一行业唯一的秘密：你得奋斗，才能得到拯救，找到一块安静地，天天埋头苦干，以免被淘汰。于是我去看望他，一起喝杯咖啡，或者同他一起去看一场球赛，或一场愚蠢的电影，对他不愿在教室里讲的某些有关写作生涯的有害传说提出点看法——虽然他有时也会提到那些传说，如果他认为有助的话。当我们首次在纽约相识之后，他感到有责任在一系列出色的信件中，对我提出忠告，一年后我便到纽约州北部地区成为他的弟子。

读柏拉图的谈话录，人们最终认识到苏格拉底的自我贬责其实是种策略手法。然而，卡弗的谦恭却是十分恳切的，不自觉地出自内心，是他一桩最为令人惊讶的事实。他问一个学生"你怎么想法?"心里就是想知道实情。这看来是少有的，令人鼓舞而又启发人的态度。他一己的意见表示是那样的小心翼翼，使你知道这些话是经过了多么谨慎的衡量。

对一个自称不爱教书的人来说，卡弗对他众多的学生产生了很大的影响。他当然彻底改变了我的生活，我也听到别人讲过同样的话。

我还是把头歪在一边，俯身向前拼命捕捉他的声音。

冯亦代　译

# 会见乔伊斯

〔加拿大〕莫利·卡拉汉





一天傍晚，喝开胃酒的时刻，我们在林荫道上遇见麦卡曼[1]，他问："你们今晚干什么？"

"同往常一样，不干什么。"

"我正要上三驴餐馆与乔伊斯夫妇共进晚餐呢。不想参加吗？"

吉米·乔伊斯！"不行吧。"我立即答道，"据我了解，他不愿见陌生人而且不肯谈论任何人的作品。"

"谁告诉你这些的？"

"海明威。"

"噢，胡说，"他噘起嘴表示鄙夷，"你们难道不想见见吉

---

[1] 罗伯特·麦卡曼，巴黎的一个小出版商，也写一些作品。

米？你们会喜欢他的，也会喜欢他的夫人诺拉。”

“我们当然想见见乔伊斯啦。”

“那么，一个半小时后在三驴餐馆见。”说完他便走了。听他的口气，仿佛任何人都可以随时会见乔伊斯。他称呼他吉米。然而，西尔维亚·比奇[1]却不断为他挡驾，因为有几十位英美学者在竭力接近这位爱尔兰大师。麦卡曼究竟有什么魔法？难道乔伊斯也同我一样暗暗尊重麦卡曼，而且喜欢和他一起喝酒不成？我们很快就会明白真相的。黄昏时候，我们朝三驴餐馆走去，无拘无束地像走近一个公共汽车站那样。

这家餐馆在蒙巴纳斯码头附近，那儿的菜肴挺有名气。刚进餐馆的右侧，我们便看见麦卡曼和乔伊斯夫妇坐在一起。这个爱尔兰人的形象同任何电影明星一样，我们一看便知。他块头不大，肤色黝黑，眉目清秀，戴着一副深度眼镜，穿一套雅致的黑色西装。他那彬彬有礼的举止使我们随和大方地入座，他的妻子面目和善，和颜悦色，给我们以巨大的母亲般的慈祥感。他们两人都谦逊质朴，毫无架子。我不可能来繁文缛节的一套，甚至不好意思说：“先生，您是我们时代最伟大的作家。”乔伊斯立即打开话匣子侃侃而谈，同我事先获得的印象截然两样。他说话的声音柔和悦耳。他的幽默依赖于双关语的运用，这使我感到惊异。即使在简短的交谈中，他都在轻松地玩弄文字。不过，他讲的妙语一个也没有惹得他妻

[1]莎士比亚书店的女老板，《尤利西斯》一书最早的出版者。

子笑出声来；这时我记起麦卡曼讲过的故事：有一次，乔伊斯的妻子这样询问幽默巨著《尤利西斯》的作者："吉米，我们家里可有一部爱尔兰式的幽默书籍？"

无论交谈什么，我一直感到诺拉和颜悦色。桌上的菜肴，洁白的桌布，我们自己交谈的声音，餐馆里的一切都仿佛告诉我，乔伊斯在《尤利西斯》的结尾部分所写的莫利·布卢姆的那些美妙的内心独白，全都来自坐在我对面的这位女人；她整个的秘密，夜间的思索和渴望，通通囊括其中了。我这样想着，变得有些不好意思，不敢正眼看她。但她那沉静慈祥的母亲般的风度，很快驱散了我头脑里的这一切胡思乱想。她同乔伊斯一样，随和大方，和蔼可亲。他们俩都从容自在地闲谈着。

乔伊斯的声音突然使我颇有感触地想起了我的家人。我说过，我父亲专读诗歌，不看诗以外的现代作品。他虽然喜欢音乐，却从不听爵士乐。安德森的小说他也不愿读。我原以为他对试验性作品绝无兴趣。一天晚上，当那本载有我的第一篇小说的杂志《拉丁区》寄到家里，同期还有乔伊斯、庞德、斯坦因、海明威等人的作品，我父亲却坐在厨房尽头的桌边读了起来。没读多久，他便开始咯咯地笑。他脸上呈现出的滑稽神情令我惴惴不安。我从他背后走过时瞟了一眼，看他正在读的是哪一篇。他在读乔伊斯的《进展中的工作》，这是小说《为芬尼根守灵》的一个片断。我猜父亲会说些苛求贬抑的话，于是严肃地问他："得啦，有什么好笑的？"

但他温和地抬起头来，蓝色的眼睛清澈，带着真正的喜悦说："我想我懂得这篇。读起来颇有爱尔兰的乡土味……辛蒙斯缩写为辛蒙，就像风趣地把雅各布说成捡块布一样。有些难懂的词可以猜出意思……读起来像在听人用道地的爱尔兰土语讲话，是不是，儿子？""是。"我说，但感到有些歉然。

而现在，听了乔伊斯同我们广泛交谈，我突然说道：我父亲讲过，乔伊斯新创作的小说应当用爱尔兰土语大声朗读。我记不清是乔伊斯还是麦卡曼立即插话表示同意。原来，乔伊斯曾为这部小说录过几张唱片，从他运用声调的方式看来，他确有让人感到是在听爱尔兰乡音的意图，词语的音乐性和意义大量包含在乡土音里。因此，我父亲的话帮助了我。我继续讲下去，乔伊斯是否读完了海明威送去的清样《永别了，武器》？为什么不可以问问他呢？但我脑子里响着海明威的警告："他不喜欢谈论别人的作品。"于是我感到被绑住了手脚，没有办法，只好陷入沉默。这样一来，乔伊斯得唱主角了。我们还要去伦敦吗？很快去还是过些时候去？他为我们写了尤斯顿车站附近的一家廉价旅馆的名字。

麦卡曼像平时一样喝了不少，猛然站起身告退离席，径自往盥洗间走去。麦卡曼刚转过背，乔伊斯便俯身过来轻声问道："你认为麦卡曼的作品如何？"

我吃了一惊，一时答不上话来。乔伊斯？问及别人的作品？最后我才说，麦卡曼只是不肯在作品上花时间，他懵懂地认为，要紧的是先写出来。

“他具有才能，”乔伊斯说，“真正的才能，但是凌乱散漫。”听他匆匆忙忙地谈论麦卡曼缺乏约束的散乱才能，想在他回席之前小声讲完，我直想笑。他不愿谈论别人作品的说法怎么传开来的？然后，乔伊斯突然住嘴了，眼睛转向一旁。这时麦卡曼从盥洗间回来，乔伊斯像一个玩弄计谋的人立即转了话题。

当麦卡曼带着高贵的神气缓缓朝我们走来，我注意到他外表有了变化。看来他像是刚洗过脸梳过头。我从以往的经验知道这是怎么回事。他与自己敬重的人一起时，绝不让自己喝醉酒语无伦次，他总是到盥洗间去，把手指伸向喉咙呕吐，然后洗洗脸，梳理好头发，像殡仪员那样神色庄严地回到座位。

这时快10点钟了。乔伊斯转向他妻子，他说的话我记得很清楚：“诺拉，咱们家里那瓶威士忌还没喝完吧？”

“是的，还有。”她说。

“也许卡拉汉夫妇愿意同我们共饮。”

问我们愿不愿意？我妻子答道我们十分愿意，我掩饰住内心的激动和兴奋。在乔伊斯夫妇家里晚餐，一边喝酒，一边听乔伊斯随兴谈论别的作家！讲述有关叶芝的故事，议论普鲁斯特！他会怎么评论劳伦斯？海明威？他知道菲茨杰拉德的作品吗？我们离开餐馆之后，这些想法一齐欢跳在我脑海里。

麦卡曼去找出租车，同乔伊斯夫人和洛伦脱走在前面，我和乔伊斯跟在他们身后。街道上灯光昏暗。我走在乔伊斯身旁感到无比高兴，开始迅速地讲话。他一声不响。我猜他在专心听我讲。不一会儿，我听见身后边响起拐杖急切地敲在鹅卵石地面的声音，回头一看，他在暗中摸索着朝我走来。我忘了他几乎看不见路。这时一辆出租车的头灯照在他身上，他在亮光中乱舞手杖。我的良心受到责备，直想放声大哭。我赶紧冲过去抓住他的胳膊，出租车绕过我们而去。我结结巴巴地表示歉意。他却就我话里的某个字说了句双关语；我现在记不得那双关语了，但我当时战战兢兢，那个即兴的双关语仿佛使当时的情景带上了乔伊斯所独有的幽默意味。

乔伊斯住在一幢单独的公寓里，进了门厅乔伊斯夫人解释说，我们得轮流乘电梯上去，每次不能超过两人。第一次由乔伊斯夫人和我妻子进电梯。电梯下来后，麦卡曼主动说他再等一会儿，让乔伊斯和我先上。不，乔伊斯说，咱们三人一齐上。电梯十分缓慢地上升，我气都不敢透。谁也没有吭声。我们三人挤在一起，长久沉默之后，乔伊斯冒出一句俏皮话，他绷着脸说："想一想，要是电梯坠下去，我们三人一起送了命，这对英语文学该是多大的损失啊。"

乔伊斯住的公寓，至少我们就座的那间起居室，使我很不安。没有哪一件东西得体。在整个世界上，再没有比乔伊斯更富有独创性的作家了，堪称英语文学中的奇葩。在他正写的一部作品里，他在探索梦幻世界中的语言。在这间他每日活动的起居室里，我原以为会看见他那奇特想象力的某些痕迹。然而这地方只是朴实可敬而已。我当时年纪尚轻，还不懂得心智最为独特、最有胆识的人在服饰和住处方面很少古里怪气，与众不同。这间起居室与普通的中产人家的房间完全没有两样，如果我记得不错的话，壁上糊着褐黄色花纹的墙纸，一个壁炉台，壁炉上方悬挂着乔伊斯父亲的一帧画像。乔伊斯很快拿出那瓶威士忌。我们开始一边喝酒，一边说说笑笑。乔伊斯谈起电影来了，他对电影颇有兴趣。听他谈着，我仿佛看见他坐在暗黑的电影院里，这位伟大的散文大师沉浸在电影技巧之中，多么类似梦幻世界的逻辑？

随着谈话内容开始变得散漫，我做好了准备，一有适当的机会我就要插进去询问他对当代作家的看法。但倒霉的是，我太慢了。谈及的电影中有某桩事令麦卡曼忆起了他的祖母。一时他兴高采烈，热情洋溢，像平时同我们一起那样，他同乔伊斯夫妇自在地谈开来，脸上挂着怀旧的幸福微笑。他从童年记忆中获得的巨大乐趣是那般真诚纯洁，无论是谁，乔伊斯夫妇，洛伦脱和我，都不忍心打断他。至少开始时是如此。但他一开头就没个完，接二连三地讲了整整半小时。我不住地暗暗诅咒他。在这儿不能听乔伊斯讲话，却偏偏听麦卡曼快活地追忆他的祖母。我急得发抖地瞟了一眼乔伊斯，他带着一丝有趣的微笑。谁也不便打断麦卡曼。乔伊斯仿佛具有特别的本事，坐着不动并显出乐意听讲的神情。我痛苦地想着，总有一天我会对自己的子女说，我同乔伊斯在一起的晚上，却在听麦卡曼喋喋不休地谈他的祖母。

但是，当麦卡曼停下来再斟酒时，乔伊斯趁机打断了他。他对妻子说："你觉得卡拉汉夫妇喜欢听唱片吗？"

"什么唱片？"麦卡曼问，怀疑地眨巴着眼睛，这时我也认为乔伊斯是在影射他。乔伊斯夫人神情严肃地打量着我和我妻子，说道："不错，我想他们会感兴趣的。"

"什么唱片？"麦卡曼不安地又问了一遍。

乔伊斯夫人起身从唱片柜里取出一张唱片放在唱机上。不一会儿，我和妻子彼此惊异地望了一眼。竟是艾梅·森普尔·麦克弗森布道的唱片！那时候，欧美的人都听说过麦克弗森夫人，一位金发碧眼、富有魅力的来自加利福尼亚的福音传教士。但是乔伊斯为什么会对这位女传教士发生兴趣？我们有兴趣吗？麦卡曼有兴趣吗？得啦，麦卡曼只好垂头丧气地坐在那儿，疑惑不解。乔伊斯朝我点了点头，唤起我作为明白人的注意。乔伊斯夫人坐下之后则以一种庄重的关注神情打量着我的妻子。

这位传教士有一副非凡的嗓子，声音热情低沉，喉音挺重，恳切动人。但她在召唤什么呢？我们一边听着，我和妻子不断交换眼色，我们意识到当麦克弗森夫人的声音忽起忽落之际，乔伊斯夫妇在密切注视我俩。她的声音以出神入化的调子带上了熟悉的古代节奏。当她哀告时，那声音仿佛成了一个女人恳切求爱的呼唤："来吧，来到我身边。来吧，来到我身边。我会给你安宁……我会给你安宁……来，来吧……"我妻子抬起头，正与我的目光相遇，我们赶快避开，像是害怕乔伊斯夫妇看出我们心里的想法。可是一直在密切注视我们的乔伊斯，的确发现了我们交递的目光。这就够了。他神采奕奕，咯咯地笑了。接着，同样在注视我们的乔伊斯夫人也忍不住笑起来。不需要再做什么解释。乔伊斯调皮地咧嘴笑着，为他的小小成功感到十分欢欣，又给我斟了一杯酒。

我们还未来得及发表评论，他的女儿，一个黑头发的漂亮姑娘进来了。几分钟后，他的儿子也加入了我们。是我们应该告别的时候了。

我们把巴黎的出版家罗伯特·麦卡曼送回住地之后，又漫步来到库波尔咖啡馆。那天晚上，我们分享到了在巴黎能有的特殊愉快，不想马上回到住所。我们在库波尔咖啡馆遇到一些朋友。有位朋友问洛伦脱会不会跳查尔斯顿舞。她便在那儿独自翩翩起舞。早就在座的一位年轻英俊的塞尔维亚伯爵，手执一枝长茎的红玫瑰，赞赏地观看她跳舞。我的一位朋友对伯爵说，跳舞的姑娘是我的妻子。他远远地朝我羞怯而又豪爽地鞠了一躬，问我是否同意让他把那枝玫瑰献给洛伦脱。这是一个愉快的夜晚。

蓝仁哲　李淑贤　译

# 谢师恩

〔日本〕堀口大学



不才生得愚者身，幸获明师常教诲。

一开头，就让你看这首胡诌的歪诗，实在有点失礼。但在我这篇回忆师恩、往顾菲才的文章里，也许是极贴切的。我在构思这首歪诗时，脑子里所想的恩师有三位：与谢野两位先生[1]和永井荷风先生。他们都是我十七八岁受其教诲、名副其实的终生的恩师。我曾听过一种怨言，说荷风先生对后进缺乏指导推挽的热情，事实上正好相反。我认为，再也没有比那更为恳切的指导与推挽了。师恩抑或是赐予，但有许多是门生应该汲取之处。而且，荷风先生是位不太容易接近的人。他

[1]指诗人、作家与谢野铁干（又名宽）和与谢野晶子夫妇。

受过严格的礼仪教育，这从明信片上的一节文言便可知晓。况且，礼仪种类繁多，有人对他执异质之礼，这在先生看来，则感到是非礼行为。

那时候(明治四十三年)，三田的小丘上只有几座建筑。高大的银杏树在由品川海面吹来的海风中，翻动着闪光的叶子。称做塾监局的教务兼教员室和教室楼之间，有一条走廊相连接。一天，我和常在一起的佐藤春夫君两人，背靠着板壁晒太阳。偶尔通过这里的荷风先生瞧见我们俩在这儿，他站住了，带着一副特有的朝露一般明朗而温情的笑意，同我们搭话了。

“你们都在《星》杂志上发表作品吧？下次有什么新作拿给我看，我想登在《三田文学》上。”

荷风先生这年四月，在庆应义塾大学任文科教授，同时担当《三田文学》的编辑。春夫君和我九月里参加插班考试，进入文学部预备科一年级，当时只有生方克三君一名学生。先生三十二岁，春夫君和我都是十八岁。我们幼稚的诗文，竟然也能堂而皇之在当时称誉文坛的《三田文学》刊载了。五十年之后的今天，我回味着当时先生的声音，仿佛是从空中降下的天使，依然在耳畔回响。这丝毫没有什么奇怪。想必春夫君也和我有同感吧。

在插班考试的前一年，两人(春夫君和我)所师事的与谢野宽先生，介绍我们去大久保余丁町拜访荷风先生，恳请他给予关照。这是盛夏里炎热的一天。从门口到停车房，太阳火辣辣照射着沙石地面。记得宽广的通道中央，一棵巨大的百日红，浑圆而茂盛的树枝上开满了花朵。当天先生不在，我们向看门人说明来意，把带去的介绍信交给他，就回来了。特意登门拜访，因为外出竟未得见面，失望是当然的事了。可事实却相反，我们反觉放心了。这种反常的心理我至今还记得很清楚。未能一见的荷风先生，在少年的我们眼里，是多么令人敬畏！这里我用了"我们"这个词儿，虽然我没有询问过春夫君，我坚信那时的春夫君也是和我同样想法。我们两个朋友，即便不说不问，彼此也都熟知对方的心思，可以说气味相投，肝胆相照。这种奇异的关系真是难得。我们从一开始就是这样。

访问先生府邸，先生招呼了一句"请进"，是在那之后又过三年，大正二年的事。那天，我因不久就要第二次出国外游，趁他暂时闲暇前往拜访。先生的《大洼通讯》大正二年七月三十日这样写着：

> 四时顷，堀口大学氏来访。彼看到廊前有少许橘梗花开，言及紫花于夕暮，黄花于小雨初降之日殊美。八月上旬出发去比利时国。云云。

那是初次见面。倾多年之精诚所竭仰之师，今日始见。和先生只有咫尺之隔，欢欣、惊恐至于颠倒之情状使我穷于表述。那番“夕暮时之紫花、小雨日之黄花”之类定是骄矜愚妄的胡说，每拜读先生这段日记，五十年后的今日仍使我腋下冷汗淋漓。地点是在来青阁的里间客厅。已经脱离妓籍的八重次小姐端茶进烟，温柔，体贴，她的后颈和前额很有特征，是位柳腰艳冶、玲珑娇小的美人儿。

陈德文　译

# 学校和我

〔日本〕川端康成





“很多场合都被忽视了，我希望世人留心我的《艺术和学校的关系》这本书。观看现代学校建筑，都是非常合乎卫生要求的，但其中多数是令人难以置信的枯燥乏味，缺乏温情。确实正像批评的那样：现代的校舍由于外观像兵营，所以成为村中最丑陋的建筑。云云。”

约翰内斯·福尔盖特这样说。

这个时期，艺术教育兴盛起来，进行着各种各样的研究。在兵舍一般、医院病房一般的大煞风景的教室内，对儿童施行情操教育，感到多少有点滑稽。要使整个学校变成令人心情舒畅的地方是颇为困难的，但至少要把音乐室、唱歌室和图书室搞得美一些。

所幸，我的小学和中学都在乡下，后来到东京的高中学校和大学里上学，教室窗户外面经常是美丽的风景，不过对教室本身没有留下美好的记忆。因此我以为，我在上课时眺望窗外，教师也没有斥责我的权力。例如，一高[1]校园内的樱花，钟楼，还有帝大[2]的公孙树林荫道，毕业后永远没有从我的心中消失。看来这些对于学生来说，比教师和教科书也许更有价值。

不光是自然风景。教师的五官长相、西服领带、鞋子这些外形上的特色，长期留在我们的记忆中。教师的容貌、风采，教室和校园的风景，同样是促进学生情感教育的重要因素。这当然不是说，教员个个都应当是衣冠楚楚的美男倩女。




我们不知不觉也逐渐明白了这样的事实：和自己同年级的同学成了小学教师，初中教师，高中教师，大学教师，自己也经历了这样的年龄，但是世上所有的教师，从品格上说，从学力上说，都不一定十分出色。同时也明白了过去教过自己的教师之中，那些在这个岗位上十分出色的人的真正价值。世上也有许多教师，由于不得志或出自谦虚精神，所处的地位远在他的实力以下。这些教师所教的学生，在成长的过程中，总有一天，一定会感受到这些教师的真正价值，并献上一

---

[1]第一高等学校（即高中）的简称。

[2]帝国大学（即今日的东京大学）的简称。

份同这些教师的人格学识相称的感谢之情。

我的将近二十年的学生生活是走着一条极正规的道路。在不留级的前提下经常懈怠偷懒，所以几乎没有关系特别亲密的老师，也很少觉得学到些什么。不过，还是有两位我很想叫一声“恩师”的先生。他们是中学时代的英语教师仓崎仁一郎先生和升学考试时的数学教师藤森良藏先生。我上初中时是在当时以游泳著名的茨木中学。那里的游泳池是我们上体操课和暑假期间当作“作业”而挖成的。我们所学的内容，在加藤校长时代，即使在全国也是很稀有的。我们都是穿着和服、木屐，打着绑腿来上学的。进入校园，无论在教室或操场，都是光着脚丫子，有人取笑是“鸡窝学校”。我们毕业后不久，大阪府各校学生集合于大阪车站迎接某位高官，当时女学生们嘲笑我校学生穿和服打绑腿的那副装扮，以此为导火线，于是掀起了服装骚动。

仓崎先生辞世时正当我们五年级即将毕业之际。从一年级起，他一直是我们的级主任，他的死和他的人格深深震撼着我们的心灵。我们的悲痛是非常巨大的。葬礼等一切后事都是五年级学生操办的。是五年级的学生把老师的灵柩抬到寺庙去的。灵前的鲜花和灯笼也是学生们拿去的。说我身子弱，让我拿灯笼，不让我抬灵柩，我很不服气。由弟子们护送的葬礼是我看到的最美的葬礼！还是五年级学生，在禅宗的寺院里，为自己的恩师守了一夜灵。翌日晨将遗体运到火化场，我们每个人分了一朵装饰灵柩的鲜花带回家。我把葬礼的过程写成文章，投寄给当时石丸梧平氏在大阪发行的杂志《团圆》。

关于藤森良藏先生，我初中毕业后到七月底的高中入学考试期间，有三个多月去参加由先生主讲的“日土讲习会”❶，他是一位教学热诚的师长，在他之前和在他之后，我再没有遇到一个人像他那样。每想起来就涌起感谢之情。

陈德文　译



❶“日”、“土”分别指星期日和星期六。

# 回忆爱因斯坦先生

〔日本〕汤川秀树



爱因斯坦博士大正十一年受改造社邀请来日本时，我还是个初中学生。我虽然知道他是伟大的学者，但想到他的演讲我未必能听懂，就作罢了。然而，后来我立志要做一名理论物理学家，其中一个原因也许因为受到爱因斯坦先生无形的影响力所致吧。昭和十四年，我到欧洲去，由于世界大战爆发，急急忙忙离开欧洲，取道美国回日本。当时访问了普林斯顿先生的住宅。那是我同先生第一次见面，他最初给我的印象是：头发已经半白，功成而名就，是一位生活悠然自适的学界长老。

那次正逢先生的一个门生、青年学者来访，两人就相对性原理进行了讨论。谈话一开始，我就发现先生立刻变得神采奕奕，探求真理的热情一点没有减少。昭和二十三年，我应聘到普林斯顿高等科学研究所工作，有了同先生经常见面的机会。我的房间位于研究所的三楼，楼下宽大的草坪一览无余。每天上午十一点多钟，我都看到白发皤然的先生，沿着草坪中间的小路慢慢走来。说质朴也罢，说简素也罢，反正先生的穿戴和住居一点也不讲究，对这些方面，他丝毫也不关心。先生不喜欢使用汽车以及其他文明利器。他来研究所上班从不乘电梯，一步步沿楼梯爬上去。我还听说，先生刚来普林斯顿时，电梯公司提出要给住在二楼的先生安装电梯。先生周围的人吓了一跳，婉言谢绝了。

先生当然没有装备电梯的豪华住宅。即使有电梯，他也一定不会使用。同先生见面交谈起来，就感到先生是个温厚善良的人。他老是对我说他是东方人。我感到他的言谈中包含着几分对于美国机械文明的讥讽。他对从前那次访问日本印象很深，对改造社的山本实彦社长和石原纯博士充满深深的怀念。他担心日本的人口问题，时时抱着同情和忧虑。这使我非常感动。

先生本来是个爱孤独的人。他最大的快乐就是埋头于自己喜爱的理论物理学的研究。他指导培养了众多的弟子，更多的精力是放在独自开辟自己的道路方面。因此，先生一直极力避免涉足学问世界之外。然而，先生一颗温暖而富有同情的心灵，以及作为一名犹太人对于从小一直饱尝的人世的不合理性的愤懑，终于促使先生不单成为一位学问家，同时又成为一名世界和平的使者。先生的人道主义不单表现在他的思想，也浸透了他的生活的方方面面。人们丝毫看不出他因自己是世界著名科学家而自负。他对任何人都是一视同仁。

前年我回日本前，有人要拍电影。因忙着打点行李，再三婉拒之后还是答应了。导演恳切希望影片中出现先生的镜头。我表示，只要先生本人同意，我当然没有异议。先生欣然接受了导演的要求。因而，电影中拍了这样的场面：就在先生住居附近的森林里，先生和普林斯顿大学的维拉教授，还有印度的巴巴博士，以及我四个人，边走边谈。当时导演提出要我们重新再来一次，我发火了，说："对先生不好一遍遍随意摆布！"先生听了说："任何人都有不受干扰的权利。"这句话使我终生难忘。我做梦也没想到，这是我同先生最后一次见面的机会。我认为，像先生这样的大学者，大伟人，几百年才会出现一位两位，失掉了先生是无可挽回的损失。

陈德文 译

# 老师

〔日本〕东山魁夷





1957年2月3日，未明。听到急剧的电话铃声，我飞身下床，怀着不良的预感拿起听筒。结城素明先生突然去世了！他的夫人报告了这一消息。大约是四时半，我和妻子匆忙赶往中山车站，乘上头班电车，来到御茶之水，然后又叫了出租汽车直奔林町的府邸。原来先生于昨夜十点左右就寝时精神还很好，今天早晨发病，等叫了医生已经来不及了。他患的是心脏麻痹。

在芝地的增上寺举行了隆重的葬礼。先生于1902年在东京美术学校做聘用教师，1904年成为副教授，1944年退职。在这段漫长的时间里，他作为日本画专业的教师，培养了众多的学生。正如他作为画家留下伟大的足迹一样，先生作为一个教育家，其功绩也应受到很高的评价。然而，战争末期，先生作为一个自由主义者，不得不辞去了教职。

他是历经明治、大正、昭和的日本画坛的先驱者，巨匠。作为画家和教育家，他像一棵大树，强劲的枝条上结满了丰硕的果实，粗壮的树根周围培养了众多的幼树。狂风猛烈地吹打这棵大树，大树受伤了，受到枝叶庇护的幼树却平安地生长着。作为一个先驱，一个巨人，先生有着不可避免的命运。可以说他是竭尽全力走完了八十二年漫长的道路的。

先生的门生之中，我是他最末代的学生，因此，即便从画集上，我也未能看到过像《鸣啭》、《歌神》、《八千草》、《夏山三趣》、《朝霁薄暮》、《诗经图》之类的传世之作，而这些都是他在画坛上风华正茂、大显身手时期的作品。我第一次看到这些画，还是在为纪念先生逝世一周年所举办的遗作展览会上，当时我更加深切体会到先生的伟大。

我进美术学校是昭和初期，那是先生从海外归来成为美术院会员的第二年。我在学生时代既没有受到先生的表扬，也没有挨过先生的批评，没有什么值得回忆的事情。倒是松冈映丘先生常和学生们聊聊，所以印象很深。松冈先生总是穿着长袍大褂来教室上课。川合玉堂和小堀鞆音两位先生当然也是一样。特别是川合先生，端然整洁的和服和纯白的布袜，给我留下了鲜明的记忆。然而，结城先生却不修边幅，他那一身粗毛西装，从当时的常识来看，无论怎样都不像个日本画家，给人的感觉倒像一位油画大师。先生体格魁梧，在我这个做学生的眼里，显现了一个画家、一个人的伟大之处。

松冈先生在颜料的调配、上胶和涂矾水上，唠叨得使人心烦。结城先生对这些细小之处从来不说什么，但是对构图要求极为严格。有时候上石膏和人物素描课，他会用粗大的手指猛地蹭着画面，把走样的地方订正过来。那黑糊糊的指印，用多少面包屑也擦不掉。两位先生站在迥然不同的立场上，在指导学生方面鲜明地表现了各自的态度，这是很难得的。我们是从这两位老师身上汲取营养成长起来的。

前面说了，结城先生是个巨人，世上的人和我们这些门生对他的认识，仅仅是眼前的一部分，就像瞎子摸象一般。有很多人认为先生是个世界主义者，强烈地体现着西欧合理主义精神。他确实博学多识，富有进取性。我年轻时到西洋去，这在第三者看来一定是冒险的事，但先生却极表赞成。我能够作为日德双方交换学生出国留学，固然由于两国文化交流的倡导者友枝高彦先生的协助，同时结城先生也到文化部去为我苦心周旋，这是我后来才知道的。在柏林时接到先生的来信，他提醒说，参观古典的东西固然有必要，但也应当了解欧洲美术发展的新动向。

回国后，我有一段很长时期不为画坛承认，是在暗暗摸索之中度过的，先生多次指出，说我练习写生不够。

“不经过写生，绘画就站不住脚。缺乏这个根柢，就会感到气韵不足。在使作品精益求精的道路上伴随着苦恼,是要碰几次壁的,这时,就要回到写实中去加以修正。"他还说,"细致观察平常事物,就会有非凡的发现。"至今,我依然常常想起这些话来。当我在"文展"上落选的时候,先生为我把盏:"我看了展览,某某的画不错嘛。"接着又马上说道,"但是如果认为明年还是这样那就错啦。"这些话简直叫人捉摸不透。可不是吗?那时"帝展"变成"文展",进而变成"新文展",画坛动荡不止。战争的风暴已经袭来,我不过是这风暴中的一片树叶罢了。

"拿起素描本出门写生去吧,要心如明镜般地观察自然。"先生结束了他的谈话。

那时的情景,现在回想起来眼睛还是热辣辣的。我遵照先生的话,立即拿起素描本踏上了旅途。先生的话语像照亮黑夜的明灯,流贯了我的全身,使我受到强烈的感动。这是后来的事。那时候,战争夺去了我的一切。

我以为,人们未能真正理解先生关于写实这话的意思。他所说的写实决不是对自然表面的描摹。先生是个激进的民族主义者,他具有旺盛的东方精神,尤其对于佛教有着渊博的知识和浓厚的兴趣。

他说:"将来,为了求得日本美术的繁荣,必须求得日本国家的繁荣。"

先生在战前繁忙的日常生活中,自己徒步遍访各地,出版了《东京美术家墓志考》。战后对这本书又加以增补，编纂了日本全国美术家和文艺家的墓志。先生拥有的多方面丰富的藏书中，有关佛教的书籍占着很大的比重。

陈德文　译

# 恩师

〔日本〕新藤兼人





先生一直躺着。枕畔放着电视机，终日躺着看。不看电视时就睡觉。

"新、藤，我、在、看、哩。"舌头已经不很灵活。他在看我写的电视剧。他说话显得有些吃力。

夫人在里间屋子告诉我，这样已经五年了。五十年前，夫人也在同一所小学，他俩恋爱了，弄得全学校都轰动起来。先生和夫人结婚了，举行婚礼那天，全体学生停课自习，我们好不高兴！

先生紫膛脸，泛着光亮。夫人鹅蛋脸，皮肤白皙。先生顽健如牛，夫人娇小清秀。先生的领带总是歪斜着，夫人的发髻又整齐，又得体。我跟先生学习，直到六年级。他高兴起来，无拘无束，他发起怒来，紧闭着嘴，那露出的门牙更加显眼。

他从邻村骑自行车来校。早晨是下坡，回家是上坡。只见他高抬着屁股，使劲蹬着。一双结实粗壮的腿脚。

年老退休后，住到了学校近旁。盖了两间小房，靠养老金过着晴耕雨读的生活。和操场只隔一条河，整日都能听到孩子们的声音。据说，他想一边听着孩子们的声音，一边过日子。

所谓晴耕，就是耕种住宅周围的一点儿田地；所谓雨读，就是边抽烟边躺着。使人心性浮躁的学问，跟他合不来。

在道旁遇见学生，就毫不客气地说："喂，有香烟吗？"随即要上一支抽。教过的学生做了父亲，自己的头发也白了，还是像以往上课时一样。

学生们离六十不远了，举行同窗会，我也去参加。大家在过去洗海水浴的海边寿司店的楼上集合。一班五十多人，已减少了一半。先生兴致很高，他频频举杯，大呼小叫每人的名字。宴罢来到门口，找不到鞋子了。

于是他大叫：

"喂，我的鞋子呢？胡闹！怎么被人踩到那里去了？快给我拿来！"

先生患脑溢血病倒，是六年以后的事。他有两个女儿，都出嫁了。她们都想把动弹不了的父亲接过去，但老师说："这里好。"他没那个打算。他只想死在操场旁边这座小房子里。

先生病倒后我去第二次探访，是两年之前。沿着河畔的小路向前走,河沿上就是先生的家。从广岛到那里得翻过一座山。

打开大门叫了一声,没有人应。走进门里,障子内似乎有人。我一边招呼一边打开障子,只见躺着的先生正要起身。我进了屋子,止住他不要起来,随即说出了自己的名字。

先生用呆呆的眼神瞧了我好一会儿,嘴唇翕然欲动,随后安心地躺下了。他以为有人来访,本想去到门口接应的。

先生比前个时期更加衰弱了,说不出话来,但他仍然以电视为友,一直放在枕畔。此时,夫人回来了,她到超市买东西去了。

"他想呆在这里,就一直住下了。操场上不是有孩子的叫喊吗?他似乎就爱听呢。朝礼和下课后最热闹,声音清清楚楚传到这里。就两个人,没有什么话可讲。他只是躺着,想必也不愿听别人说话。我也不想跟他说什么。一上了年纪,就没有话可讲啦。"

人的一生,究竟意味着什么? 我思考着。

我跪在枕边同他告别,先生默默伸出了手。

"难、为、你、来,看、我。"他的嘴唇动了。

我紧紧握住先生孩子似的小手,走出屋外。

眼前的操场上一派明丽的阳光,孩子们的声音越发响亮了。

陈德文　译

# 严 师

〔日本〕芥川比吕志





掌握一门艺术归根结底要靠自己揣摩体会，光凭你教教我、我教教你是学不到手的。

把所谓现代的科学方法应用于艺术训练之中，固然取得了一些成果，这是事实。但是艺术的最重要部分，仍然要通过个人的琢磨修炼来掌握，别无良法。那些受过系统的专门训练的人，未必人人能成为大家名手。

剧中情节自然有好有坏，但最重要的还是演员对待练习的态度，以及个人在钻研领会中所下的工夫。因此，担任艺术指导的老师们往往采用古代斯巴达人的训练方法。这和以斗智为主的棒球运动也少不了剧烈的体力训练是一个道理。

对演员来说，最可怕的老师，戏剧方面是舞台监督，电影方面则是导演。

“你的走法有点不对呀！你从舞台这边走到那边，走上一百遍试试！这段时间，其他人休息！”

“瞧，你的面部表情太夸张！再来一遍！还不真实！再来一遍！还是过分，再来一遍！”

“怎么搞的，瞧你那动作！简直不成样子！你当了几年演员啦?！”

“再也做不出啦？开玩笑！你这个演员真了不起，竟会说出这种话来！”

我写着写着不觉感叹起来，正因为他们进行了这么严格艰苦的排练，才能表现出那么高超的技艺。

论严厉，电影导演X是众所公认的。据说在X先生导演的电影中出场的女演员，没有一个不曾哭过鼻子，所以X先生的严厉程度是可想而知的。十年前，我初次参加演出该先生导演的电影，亲身领教过先生在技术指导方面早已为人们熟知的那种严厉态度。

一天，我受到了严厉的申斥。导演说我丝毫没有表现出角色的感情。说得非常正确，我也是照他说的那样表演的，可就是怎么也表现不出来，我自己也感到不争气。反复演练，仍不逼真。为此，我受到了狠狠的批评。

X导演的脸色渐渐发青起来，这是个危险的预兆。果然，一句刺人肺腑的责骂脱口而出。他训斥道：

"总而言之,你的演技太拙劣!"

X导演用可怕的目光死死盯视着我,并且厉声补充道:

"这还算是客气的!"

——打那以后,我再也没受过训斥。我想这并不是因为我的演技有所长进,可能是X导演随着年龄的增加更加成熟起来了吧。不料前几天我又目睹了他的大发作,这是许久以来不曾有的事了,简直是像怒吼的浅间火山!

"怎么搞的,背什么台词都是一个腔调!你究竟看过脚本没有?你简直是个机器人!只会读出脚本上写出的字!说得好听一点,你是个笨蛋演员!"

挨批的并不是我,是一位年轻的新演员。但是我从他紧咬着嘴唇、静听导演训斥的表情中,仿佛看到了自己十几年前的,不,也是现在的形象,不由得浑身感到一阵战栗。

同X先生形成对照的,有一位冷静而严厉的老师,他是戏剧导演Z先生。他导演戏剧时,不只是少言寡语,甚至可以说是沉默无言。以致人们佩服他竟能在无言之中排练好戏剧。他总是默默地、微笑着观看排练。

导演一语不发,演员反而惴惴不安。究竟好还是不好?哪儿满意,哪儿不满意?完全不得而知。于是演员们在排练的空当儿,轮番地跑到Z先生跟前去征求意见。

"老师,刚才这场戏,您看怎样?"

Z先生侧首不语。大约过了三十秒钟,好容易才微笑着说道：

“是啊，怎么样呢？”

请教的演员茫然而返。另一演员问道：

“您看我读台词是否有点喊得太厉害了？”

Z先生又沉吟了三十秒钟左右，微笑着答道：

“难呀！”

简直像是打哑谜。第三个人问道：

“我的角色，大体照现在这样演下去可以吗？”

Z先生目光一闪，沉默了三十秒之后，依旧微笑着回答道：

“完全不行！”

大体可以演下去的想法，在Z先生那里是通不过的。像Z先生那样始终不渝地严格要求演员进行自我修养磨炼的导演是很少有的。

X先生和Z先生是严师的两个典型。当然除了他们之外，要求严格的老师还很多，可是严师无论有多少，人们都不会嫌多的。

周祥崙 译

# 回忆康拉德

〔英国〕高尔斯华绥





许多作家认识我的这位故友，写他会写得比我好，但没有人像我认识他那么久，也没有人既知道他是海员又是小说家。

我第一次见到他[1]是1893年3月在阿德莱德港[2]的一艘行驶中的英国船"托伦斯"号上。当时他正督查这艘货船装载的货物。他在炽烈的阳光下显得非常黧黑，那是给晒的，几乎漆黑的头发，一把尖尖的褐色胡子，眼睛深褐色，双眼皮。他清清瘦瘦，个子不高，手臂挺长，宽肩，头部位置有点靠前。他跟我说话时带有强烈的异国口音。我觉得他在一艘英国船上有

---

❶康拉德(1857—1924)当时是36岁，作者25岁。
❷澳大利亚南部滨海城市。

点奇特。我们作为同伴共同航行了五十六天。

大副担负航行的船只的主要职责。整个头一晚他都是在跟货舱里的一团火搏斗，我们十七名乘客一个也不知道，直到很久以后才得悉这回事。对付从柳文[1]刮来的飓风风尾的基本上是他，后来对付另一场暴风雨的也是他。他是一名优秀的海员，时刻注意天气的变化，迅速掌握轮船的情况，关心船上实习的海员们——他们里面有一名身材颀长、闷闷不乐的比利时青年，他启航时笨手笨脚，害怕高空作业，康拉德尽量同情地原谅他。他在船员中人缘不错；对他来说他们是一个一个的人而不仅仅是一群一帮；后来事隔很久他还常常谈起他们当中的这个或那个，尤其是老修帆工安第："我喜欢那个老家伙，你知道。"他跟年轻的二副关系友好，后者是一个快活能干的青年海员，英国人的做派十足，对他的胡髭满腮、身躯肥胖的英籍老船长态度尊敬，不过稍稍有些嘲弄的意味。我是打算为了参加海事律师工作而学习航海的，每天要跟船长一道判断轮船的位置。在船上客厅桌子的一侧我们坐下来检查我们观察的结果，康拉德也在内，他在桌子的另一侧，探询地看我们。康拉德曾经当过船长，他现在在"托伦斯"号当副手，只因为他在刚果的经历差点要了他的命，身体依然在康复期。天气好的时候我们把许多晚上消磨在艉楼守望中。他从来就是一个了不起的善于讲故事的人，他已经储存

[1]即柳文角，在澳大利亚的西南端。

了二十年的故事要讲。它们是有关船只与风暴的故事，波兰革命的故事，他青年时代为西班牙保王党人私运军火的冒险故事，马来半岛的海洋故事，刚果的故事，各种人之间的故事：通通都是讲给一个永不满足的二十五岁的听者听的❶。

七八年后，虽然那是康拉德创作最好的时期❷，他被少数人赞扬为一位大作家，然而他依旧年复一年在许多对他持冷淡态度的人中间挣扎，为的找一个栖身之处，而这些人则在他最糟的时期争相阅读他的作品。我记得曾规劝他公开讲故事以赚点钱。他不愿这么做，他是对的。可是，这么一个无与伦比的讲故事能手准可以取得成功，即使听众由于他的奇特的然而具有吸引力的口音会有好多词听不明白。



在那只船上他谈生活而不是文学。人说是我介绍他踏上文坛的，这不确。在开普敦，我这次航行的最后一晚，他邀我到他的船舱去，我记得感觉到在那次海行的所有其他经验方面我都不及他。令人倾倒是康拉德主要的特点——生动的表现力和热诚、深沉的爱心，包容博大的敏锐的理智，这些都是。他既具有不寻常的洞察力，又具有不寻常的接受力。如果我们记住他刻画的那些实干的朴实的英国人肖像——不善表达的克雷顿们，麦克惠尔们，林加德们，培克尔们，阿里斯

❶作者(1867—1933)当时为25岁，小康拉德10岁。

❷康拉德的最优秀的作品，都写于这段时期：《吉姆爷》(1900)，《青春》(1902)，《黑暗的中心》(1902)，《台风》(1903)，《诺斯特罗莫》(1904)。

敦们，以及他的某些作品中半文明的人物，再读一读1899年2月他给我的信中，论亨利·詹姆斯的小说的如下的片断——我们就得到他的同情达到何等广博的大致概念：

> 技巧上的天衣无缝，除非有某种真正的光焰从内部使它发出光和热，必然是冷冰冰的。我认为在亨利·詹姆斯的小说中有这样的光焰，而且不是暗淡朦胧的；对我们，习惯于，而且绝对习惯于明快、奔放地表现诚实(或不诚实)的感情的人来说亨利·詹姆斯的艺术显得缺乏感情。线条是如此清楚，人物形体这么完善，精雕细刻，轮廓分明，以致我们脱口而呼——因为我们习惯于当代小说的种种色调，多多少少习惯于种种畸形的色调——我们脱口而呼："石头！"然而一点也不是。我说——或许是以过于完美的方法——十分完美地表现出来的血与肉。他的感情在他处理手法的精致上表现出来。……他从来不在深深的阴影中或炽烈的阳光下。但他深深地、生动地感觉得到种种细微的差别。我们不能要求更多。并非人人都是屠格涅夫。再说，屠格涅夫在亨利·詹姆斯是文雅的这一意义上是不文雅的（其中含有许多对我们来说是魅力的东西）。够了。

从这些敏感的词句上看得很清楚，他完全欣赏那极其细腻的、极端文明的东西[1],像他掌握单纯的人的生活与思想一样透彻。然而就我记忆所及,在他的真正的英国典型人物的画廊里,马罗[2]除外,尽管姓名是英国的,没有一个人在性格上是如此。

在他的海员生涯最后阶段的岁月里,他惯常在两次海行之间待在靠近维多利亚车站的吉林汉街的寓所内。就是在这里他大量地读书,也正是在这里他忍受痛风症的折磨,那是流连不去的刚果热带给他的,这种病对他的健康紧追不舍,并且在他的精神上投下深深的、不稳定的阴影。一次他在给我的一封信中写道:“我不谈什么肉体上的实际痛苦,上帝是我的见证。我对这一点毫不在乎。”他确实具有不折不扣的坚忍精神,他的天生的愉快活泼极为迅速地作出反应。但是在我认识他的全部时间里——三十一年——他不得不为差强人意的健康而奋斗。这类的话如“我一直讨厌地生病”——正是这个词“讨厌”,一而再地出现在他的书信里,他用一种非母语创作,面对经常发作的痛风症,那近乎奇迹。

照我看来,是海洋把康拉德推给英国语言的。一种偶然的运气——因为那时他的法语比英语好。他的成年,可以说,是在马赛开始的。在一封给我的信中(1905)他说:“三十一年前我确实是在马赛开始生活的。这是一个自负的傻小子大开

❶亨利·詹姆斯的小说以细腻地刻画上层社会有教养的人物的敏感心理著称。康拉德这里即指的是詹姆斯的这种手法。

❷《黑暗的中心》的主要人物。

眼界的地方。"他对法国文学比对英国文学更为熟悉，说法语较少乡音，他喜欢法国人，对他们更清晰的思想理解得更好。可是他用英语写作或许不完全出于偶然，因为他毕竟具有使英国人成为世界上伟大的海洋民族的遨游气质；我猜想，是本能导致他寻求英国船只作为表现他的天性的最完备领域。对他来说英国也是一个浪漫的国家；它在他还是一个少年时，由于狄更斯，马瑞雅舰长❶，柯克船长❷和北极探险家富兰克林❸，早就被他视为圣贤。他谈及狄更斯时总怀着对迷住我们青少年时代的作家们的那种深情。

只要读一读康拉德的最早的作品，我认为不会有人不带着看到一个新世界时为之迷惑、为之神往的惊异目光；事实上，也不会不怀有作者自己在《青春》的片断中所描述的那种感情，他第一次去到东方的海港，在一艘露天的小艇上一觉醒来，睁眼看到"东方正对我望着"。我怀疑作为我们西方人称之为"异国情调"的创造者，究竟是不是会有人超过他。《阿尔梅育的妄想》、《岛屿上的漂泊者》中的马来海岸与河流；《拯救》中的最初几页；《黑暗的中心》中的刚果；《诺斯特罗莫》中的中南美，以及许多别的国家和海景，是风情画面的几个美妙绝伦的例子。只有一句话才能确切地描述我们读他

❶佛烈德里克·马瑞雅(1792—1848)，英国海军舰长与小说家。
❷詹姆斯·柯克(1728—1779)，英国航海家。
❸约翰·富兰克林(1786—1847)，英国探险家，在北极遇难。

1894年写的《阿尔梅育的妄想》后的激动的感受。我们擦亮了眼睛。康拉德从一开始就有批判地得到文学界的认可；他从来没有发表过一部作品而不引起同声赞扬；可是经过二十年他才得到公众相当热烈的欢迎和一份体面的收入。

1914年的《机遇》——那时他已是一个不在乎的康拉德了——最后给他带来一笔财产。从那一年起直到生命结束，他的作品一直畅销；可是除《秘密的分享者》和《胜利》的某些部分之外，他的晚期作品没有一部达到他自己满意的水平。普受欢迎的成功应该和较差的艺术成就一致，这难道是自然的吗？或者这不过是说明外国人要花多么漫长的时间才能打动老练的小说读者的一个例子？或者更为简单的是，它说明一个不可否认的事实：打动广大的读者要比过去更加容易？

在赞扬他的作品时不问青红皂白，这一情况对纪念康拉德是帮了倒忙。在这种一古脑儿大唱赞歌的反应上，人们已经注意到年轻一代人中间的一种趋势，翘起鼻子朝天，谈论他的"检阅"[1]。他创作他的光辉作品时期他们还未成年，那些作品把他的位置放在所有时代最优秀的作家当中。康拉德的作品，从《岛屿上的漂泊者》到《密探》、《秘密分享者》的文笔，《援救》(作于1898)的开头几章，《胜利》的某些部分，跟《金箭》的文笔和《援救》的最后部分相比，其价值如同珍珠之于珠母。在他生命的最后阶段他很疲倦，他完全竭尽了自己的精

[1]指一部一部地评论作品。

力。光用才华竭尽的作品去衡量他是荒谬的，应该把他整个的作品加以衡量，好像他总是那个康拉德，这才能对他的伟大作出公正的评价。

我跟他头一次重逢是在那次海行几个月之后，当时我们一同去观看在考文特歌剧院上演的《卡门》。《卡门》对我俩都是一把老虎钳❶。那已经是他第十四次观看那出真正的歌剧了。瓦格纳❷的响亮刺耳的音乐使他也使我对之冷淡，但是他跟我的父亲都对梅耶贝尔❸有一种共同的古怪的爱好。1910年6月他写道："我认为我是不列颠群岛上唯一把梅耶贝尔看作是一位伟大的作曲家的人；在这一点上我是个异端，不受完全信任。"但是尽管他喜欢音乐，音乐在海员生活中无法起重大作用，他在1895年结婚后，在乡村中也如此。他很少去伦敦。他总是写血和泪的故事，这需要独处。

康拉德小说的结局以突然加速为特色，他的大部分作品都以这种方式结束——他的生机勃勃的天性本能地以戏剧化的冲刺表露出来。还有，在整个漫长的早年他都是在纯粹出于迫切需要的鞭策下劳作的。

作为水手和作家，他简直没有金钱的概念。他不是那种能作出准确的计划，而且保持把支出限制在预算之内的人；再说，不管他怎么算计，他的收入也太少。他的充满激情的本

❶意指强烈的吸引力。
❷理查·瓦格纳(1813—1883)，德国歌剧作曲家。
❸雅可莫·梅耶贝尔(1791—1864)，德国歌剧作曲家。

能和敏锐常常在应付缺钱这方面感到一种乐趣，这没错，不过那对一个即便倦乏生病、走投无路时也不得不绞尽脑汁的人来说，至少是一种悲哀的娱乐吧。一封又一封信，一次又一次谈话对我展露那些年代里的艰苦的劳动。他需要成为一个斯多噶派[1]，他实际上也是这样的人。

从1895年起至1905年，我有许多时间跟他在一起，最初是在埃塞克斯郡的斯坦福，后来又在肯特郡的斯坦福。他始终对我友好，同时我的自负而呆傻的眼睛对文学打开了，我依然在努力学习他的技巧的早期阶段，而这是一个胜任的作家绝不完全放弃的。




他的深情的关心总是完全慷慨无私。在他给我的书简中——总数达二三百封——没有一句话放弃甚至动摇他认为应该写好作品的看法。有一些批评，但从来没有不耐烦，绝不吝惜赞扬和鼓励。他从不背弃友谊。“忠诚”这个词一直被那些写及或谈到他的人使用得不少。运用得恰如其分。他总是对他铭记在心中的一切忠贞不渝——他的人生观，他的创作，他的朋友们；他甚至对他讨厌的(为数不少)和蔑视的东西和人也是念念不忘的。人们谈起康拉德，把他看成一个贵族；我认为把这个词加在他头上是荒唐的。他的母系家族，别布罗夫斯基家，是波兰的地主；他的父系家族，柯尔仁尼奥夫

---

[1]斯多噶是公元前希腊哲学家芝诺创立的学派，其学说强调恬淡寡欲，坚韧不拔。

斯基家，我想也是地主家庭；但贵族这个词是过于干巴巴了，不适合康拉德，他跟“统治”毫无关系，对它也没有感情，除非，可能在驾驶船舶时才是必要的；他彻头彻尾是一个游子和艺术家。由于他对人和事都具有第一手的知识，因而通常他对种种标签和简单的分类，对廉价的理论和滥用语言是反感的。他目不转睛地直视生活，看得很多，不信任那些不这么做的人。首先，他具有使一切类别和目录狼狈不堪的敏锐的幽默，这种幽默也使一切不是建立在最简单的人性基础上的理想和雄心无地自容。他嘲笑所谓文明的陈词滥调。他的幽默感，其实，远比人们从他的作品想到的要多。他对荒谬的东西几乎有一种强烈的兴趣。写作似乎把他的幽默吸干了或讥诮化了。可是在交谈中，他的玩笑意识要活跃得多，它会在阴郁和忧愁情绪中一跃而出，高呼一声而失去控制。

康拉德婚后有六处乡村之家，此外还有两处临时寓所。他在写给我的妻子的信中玩笑地说：“房屋是天生难对付的，对人不怀好意。”大约，因为在船上生活太久，他确实有那种感觉。一段时间之后他已经厌倦它们了。

我清楚地记得在肯特郡斯坦福的品特田庄——那幢小小的，如果说不方便，倒是迷人的农庄老屋。场院对过是个大谷仓，在几乎是垂悬的品特山庇护之下。那是一个友好之家，可是你得防椽子碰着脑袋；从窗户你看得见对面草地上的鸭子、猫和小羊。他喜欢这片恬静的田野和那座起掩护作用的山冈。虽然他不是我们所谓的“自然爱好者”，我们指的是长时间生活在树木、花鸟、动物中这个意义上的那种人，但是他能从这些自然景物的丰富多彩与无穷魅力中得到生动活泼的印象。他也喜爱赫德逊[1]的作品，赫德逊的读者中没有一个人是对大自然无动于衷的。

在品特康拉德的书房里，我们抽着烟斗度过许多不眠之夜。在那幢房子里他写出《青春》这部集子里的某些作品，《吉姆爷》、《台风》集里的大部分，《诺斯特罗莫》、《大海如镜》[2]、《密探》，以及其他最优秀的作品。除开《水仙号上的黑水手》、《青春》是刚好此前在埃塞克斯的斯坦福写的，“品特”也可说是康拉德最好的创作时期。肯特无疑是他的第二故乡，这是他在肯特郡的四处家园之一。

许多人也许认为康拉德自然愿意住在海滨，但他从未这么做。他看海看得太多了；犹如回到船舱里双层铺上的水手，小心不让海上的空气进来，他总是好好地住在内陆。海对一个非常熟悉它脾气的人并不受偏爱。他不喜欢人给他贴上海洋小说家这种标签。他写的海，大约没有人写过，即使赫尔曼·梅尔维尔[3]也没有写过；但在他写的全部海洋作品中，其

---

❶威廉·亨利·赫德逊(1841—1922)，英国现代作家，被称为大自然的散文诗人，代表作有小说《绿厦》，以及一系列散文专集。

❷带有回忆录性质的散文集。

❸赫尔曼·梅尔维尔(1819—1891)，美国小说家，代表作《白鲸》，描写人与自然的斗争，虽写海洋但与康拉德不一样。

压倒一切的主题是斗争和脱逃。他的主人公不是大海，而是人跟冷酷而变幻莫测的自然因素的冲突。船，他爱，但大海——则否。不是说他曾经辱骂过它，或是带着反感谈论它；他接受它如同他接受大自然整个不可测知的残酷无情。用始终如一而坚定的感情跟大自然对抗，这是人的工作任务——这是康拉德的信念，他对人生的尊严的贡献。是不是有一个更好的信念呢？总的看来，他对人感兴趣，他被他们在这个宇宙中斗争的壮观景象所强烈地吸引，不过他对它并没有幻想，他的态度是含讥带刺的，但一点也没有玩世不恭的意味，而那些心肠冷酷的小人物却是以此为他们的特色。

他习惯于在上午工作，常常为写一页而坐老半天，1906年，他在伦敦的寓所时，写信给我的妻子说："我知道我在小木屋内写得不多"(那是在花园里的一间屋子)，"但每天上午我一心一意地抽三个半小时的烟，一张纸放在面前，一支美国钢笔拿在手上。我无法想象，从一个凭良心办事的作者那里，你还能期待什么更多的东西呢。"

晚年，当他写字的手常受他的敌人——痛风袭击时，他不得不大量借助口授初稿的办法。我不得不认为他的创作受到那种别无办法的办法的损害。但还有其他并且是越来越多的阻力——战争，他感受敏锐，以及那牵扯他的天生奇异的精力的一次次患病。我觉得我从未见到康拉德完全休息。他的手，他的足，他的膝，他的嘴唇——既敏感又富有表现力还含讥带讽——总是在运动，他内心的发电机从不肯完全安定下来。他的头脑非同一般地活跃，他对种种印象和人的记忆力非常之强，他把他深褐色眼睛观察到的一切都以令人惊异的准确性储存起来。他的眼睛是如此锐利又如此柔和。他具有对细节发生兴趣的宝贵的天赋才能。由于这种才能我们才得以读到他的风景和过去已久的生活画面的描写——它们的逼真是有强烈吸引力的，它们的变化多端的构图是极为生动的。他的潜意识的自我大概既有趣又无所不有，犹如世界上任何一座博物馆。我们是以我们的潜意识储存的材料进行创作的。康拉德的目光从未停止快速摄影，它们所拍下的数以百万计的照片被他储存下来以备用。再说，在天生喜爱观察这一点上他也不受内省的个性的专心致志精神所制约。他不是一个自我主义者；他对人和物都具有太多太多的好奇与确确实实的兴趣，因而不可能成为那样的人。我不是说他对自己没有兴趣，同时还缺乏对自己的力量的信心。他谈到自己的作品时一般是含贬义的；但在内心他知道自己的才能的价值；他喜欢赞美，尤其是来自那些他相信他们的判断力的人(不多)的赞美。他大概比我们时代的别的作家受到更多的赞扬，可是他从不受那种头脑发涨的毛病之害，那种病也可以称为"暴发户"病；"我"，"我"，"我"在他的交谈中毫无影响。

人们观察到了有助于他形成自己的风格的文学影响。福楼拜与亨利·詹姆斯被推举出来为他的精神上的父亲。这不说明问题。康拉德是一个非同一般的如饥似渴的读者,他懂得三种语言。斯拉夫人的气质,冒险而忠于职守的工作,广泛的五花八门的阅读,还有英国语言——这些是他的高度个性化的作品糅合在一起的几种因素。我如此经常听到他谈论福楼拜、莫泊桑、屠格涅夫和亨利·詹姆斯,我不是要否认他对他们的钦慕,但只要读一读他的第一部作品:《阿尔梅育的妄想》,看看他从一开始就走的是自己的道路,采用的是他自己特有的方法,可能卷入到一种充满危险的程度,我看不出任何作家对他的明显影响。他跟亨利·詹姆斯的区别犹如东西方的差别一般。两者都有一定的自然的错综复杂性和超心理学倾向,但他们的相似之处也就到此为止。至于福楼拜——是他经常阅读的——那位认真的法国人和坚定不移的文体家不能帮康拉德什么忙,除开给他愉悦。没有人能帮康拉德。为了想象,他不得不迁就一种非本族语,不得不采用那种媒介,而它却不是他的波兰气质的天然外衣。没有向导可以指引他越过他想越过的沙漠。我认为他大概最喜欢屠格涅夫的作品,但是一点也没有迹象说明他受屠格涅夫的影响。他喜爱屠格涅夫的个性,却不喜爱托尔斯泰的。陀思妥耶夫斯基的名字使他激动不安,别人告诉我有一次他承认陀氏"深如沧海"。可能是因为陀氏过于深具俄罗斯的气质而不适合波兰人的口味。不管怎么说,他的没有控制的极端主义[1]深深触怒了康拉德内心深处的某一点。

我曾谈到他对狄更斯的热爱。他喜欢特罗洛普[2]。萨克雷我认为他不过分喜爱,虽然他对潘登尼斯少校这样的作品人物[3]给予了应该受到的注意。梅瑞狄斯[4]的人物他觉得高不可攀,风格也过分华而不实。他佩服哈代的诗。他总是赞赏地谈起霍威尔斯[5],尤其是《塞拉斯·拉普翰的兴起》。我们从他为托马斯·比尔的《斯蒂芬·克兰[6]传》而作的介绍中知道他对那位天才作家的激赏。中期的亨利·詹姆斯,包括《黛茜·密勒》、《未来的圣母》、《真事》、《波列巴公寓》、《格列维尔·范因》——他都视为珍品。他对那位精致的大师,对安那托尔·法朗士、莫泊桑、都德和屠格涅夫的感情都写在《生活与文学札记》中,我也记得他对这么两位风格迥异的大师巴尔扎克和梅里美都非常喜爱。

哲学他读得很多,但总的说来谈得很少。叔本华在过去二十多年里使他满意。威廉·詹姆斯他既喜爱他的作品也喜爱他的人格。



---

[1]陀思妥耶夫斯基曾从一个政治激进派转变为狂热的宗教信徒。

[2]安东尼·特罗洛普(1815—1882),英国小说家,作品多以虚构的巴塞特郡为背景。

[3]萨克雷小说《潘登尼斯的历史》中的主人公。

[4]乔治·梅瑞狄斯(1828—1900),英国小说家和诗人。

[5]威廉·迪安·霍威尔斯(1837—1920),美国小说家。

[6]斯蒂芬·克兰(1871—1900),美国小说家,代表作有《麦琪:街头的妓女》、《勇敢的红奖章》。

战争期间我很少见到康拉德。在那些日子里你又能常见到谁呢？战争开始时他在波兰被捕，过了几个月他才得以还家。那类高调，比如“用战争结束战争”，使他，一个大陆人和现实主义者，感到相当冷酷。战争结束后他写道：“因而我寄给你这不多几行，向你表示一切可能的良好祝愿，希望你在新家不断得到幸福和多年的和平安宁。与此同时我愿坦率地说，不论幸福与和平都鼓不起我多少信心。这两个神圣但并不合潮流的幽灵有一种塞满了的旅行包的神气。我以为北极会是它们去的唯一的地方，那里既没有思想也没有热，而特有的水则是凝定的，人类规规矩矩的领袖的民主叫嚷在那里变成一片冰冻的冷漠的静寂。”康拉德对实干家，对坚持到最后做好本位工作的工匠总是怀着极大的敬意；同时则不信任非专业的全知全能和半瓶醋的万事通；他鄙夷政治和报刊上的抗议，一切廉价的劣质货叫卖和哗众取宠的空话引起他的明白表示的反感厌恶。我认为生活中他最最瞧不起的是缺乏修养的理论，他最憎恶的是炫耀做作。他如果嗅到那是从角落里出来的，马上他的毛发就会倒竖。他对人是一个迅速作出判断的法官。我记得一次由我请客的便宴，我想让他在宴会上认识一位嫁给了异国人的女同胞，他立时对后者产生反感，而且是如此强烈，以致我们的饭都吃得不舒服。他当时的反感是完全有道理的。这种对他觉得是格格不入的性格和某些类型人物的迅速的本能反应，由于同样明确的偏爱而得到平衡，因而他对人的友谊始终是，或者几乎始终是持久的——我能想到的只有一个例外。他生动地说明过友谊是一种在很大程度上属于神经方面的事情，他认为这是一个深刻的真理，他解释与其说它是由理性或环境来决定的，不如说是由本能决定的，它是一种制止摩擦的深邃的亲和力所造成的结果。康拉德对某些人一见如故而怀有持久的好感，对另外一些人却又一见生厌，他为《斯蒂芬·克兰传》所作的序言为我们提供了我们需要的一切证据。它还包含保证他在成为作家后从不写日记，也不持有笔记本的话——这一表白并不使那些深知他的丰裕的记忆力和喜欢思考的创造精神的人感到惊讶。



我忘了是什么书中把“天才”界定为一种以少创多的能力。二十年前康拉德在《诺斯特罗莫》中他从大概很少的实际经验中创造出一个地下世界。另一方面我们看到在《黑水手》，在《青春》，在《黑暗的中心》中，他把自己生活的素材转化为精美的艺术珍品。人们——有这样的人——认为像康拉德一类作家(若有的话)把他们的袖子一摆就会变出什么玩意儿来。要是他们能看看他的写作生活的紧张和艰苦，就会大吃一惊。在他1924年2月给我最后的倒数第二封信里，他说：“无论如何，我总算开始写了一点——我的逃跑的小说。我称它为‘逃跑的’，因为我已跟踪它有两年之久(《流浪者》仅仅是一段插曲)而未能追上它。可是结局依然像以前那么遥远！那好像是在一场噩梦中的追逐——离奇怪诞而又令人精疲力竭。你完成了一部小说的消息带给我一点安慰。既然也有可称完成的小说——为什么我的就不行呢?当然我见到报纸上刊登的'小说'广告——一大堆。但出版的新书预告照我看不过是幻影……我不相信那是事实。"在他的书信中有几十处提到这类心情的话,几乎达到绝望的程度。他一定,像所有优秀的手工艺人,有补偿他的时候;但要说曾经有什么人,他的精神和肉体都勤勤恳恳地劳动,那就是康拉德。这是使他了不起的成就如此令人鼓舞的缘故。他在任何情况下都不放弃工作,而大多数情况是恶劣的。他从不逃避责任。

在一个越来越机械化,越来越走捷径和采取阻力最小的路线的时代,他的毕生的劳作是一个光芒四射的榜样;他的直觉的忠于职守的精神,他的尽可能把作品写得至美尽善的艺术家的要求莫不如此。忠于职守!是的,那是总结他的一生和作品的一个最好的词。

我最后一次见到康拉德——约一年前——我那时身体不太好,他来访,坐在我的卧室里,充满深情的关怀。似乎依然简直难以相信我不会再见到他。他的妻子告诉我在他生命的最后一个月他身上有一种还家的直觉,他有时似乎愿意抛开一切回到波兰去。生在向死召唤[1]——不过如此,或许,因为他热爱英国,那是他的漫游,他的工作,他的最后漫长的着

[1]波兰是康拉德的诞生地,英国则是他去世的地方,故作者如是说。

陆的地方。

如果对一个人的功过是按他的安息的性质去衡量，康拉德应该睡得安稳踏实。

1924年

倪庆饩　译

# 亨利·贝尔[1]

## ——札记与回忆录

〔法国〕梅里美




## 一

我记起《奥德赛》里有一行诗。当厄尔珀诺耳[2]向俄底修斯显灵，央求他安葬时说：

Mῆμ άkλαυτου, ä θαπτου ίωυ ö πιθευ ιαταλε ίπεω

无人哭我，无人瘗我，君其毋舍我。

今天由于警章规定，人死均须殡葬；不过，我们这些非教

[1]亨利·贝尔(Henri Beyle, 1783—1842)，法国作家司汤达的本名。

[2]厄尔珀诺耳(Elpénor)，《奥德赛》史诗中俄底修斯的从者。

徒，对于我们的死者，也有一些责任要尽，这不仅在于履行市政当局的规章而已。我曾经参加过三次非宗教仪式的葬礼：一次是所德莱的，死于自杀；在他的葬礼上，他的老师大哲学家库申和他的朋友们，因为害怕正人君子而不敢讲话；还有一次是雅克孟先生[1]的，他生前就拒绝任何诔词；再就是贝尔的葬礼。我们出席了这三次葬礼，而这三次办得都很草率，因此我们连死者的最后遗言都弄不明白。每一次，我都感觉到我们有所欠缺，即使不是对于死者，至少对于我们自己也是如此。如果我们有一位友人在旅途中死去，我们会因未能在临行之际与他道别而感到一种强烈的憾恨。生离死别都应该举行一定的仪式来纪念，因为这其间寓有某种庄严的东西。即使一餐饭，一些通常的思想契合，也应该有点什么。这正是厄尔珀诺耳所央求的；他要的并不仅仅是那一抔土，而是纪念。



我写出下面的篇章以补充我们在贝尔的葬礼上所没有讲的话，我想跟他的几个朋友谈谈我的印象和回忆。

贝尔在各方面都很独特，在此风俗凌夷之际，这要算是一个优点。他平日颇以自由主义自诩，然而在他的内心深处，却十足是个贵族。他忍受不了蠢材；对于使他讨厌的人他非常恼恨，终其一生，他都不能把坏人和讨厌的人截然分清。

他对于法国人的性格怀有极深的厌恶情绪，人们所指摘(无疑是不正确的)我们这个伟大民族的缺点，如轻率、疏忽、

[1]雅克孟(Victor Jacquemont，1801—1832)，法国博物学家。

言行不一等等，他也曾经滔滔不绝地讲过。事实上，他本人身上这类缺点就很严重；就拿疏忽来说吧，有一次他写了一封密码信给外交大臣卜罗里先生❶，可是他把密码也装在同一封信里寄发出去。

他整个一生都是在他的想象支配下生活着，无论做什么总是一时兴起，热情勃发。然而他却以只按照理智办事自诩："一切都应该遵照逻——辑。"他总是这样说，说时还要在这个字的头一个音节和其余音节之间一顿；只是，如果别人的逻辑跟他的不同，他马上就受不了。不过他也很少争辩。他常用这样的话来结束辩论："你是猫，我是耗子。"不熟悉他的人往往会把这句由于尊重别人的信念而讲的话归于过分骄傲。

1813年❷，贝尔无意中曾经亲眼看到一整旅兵士的溃退；这支队伍大约有两千人，从绣花军帽上可以认得出其中有五个将军，他们遭到五百个哥萨克兵的突然袭击。贝尔也跟大伙儿一样奔跑着，只是跑不快，因为只有一只脚穿着靴子，另外一只靴子提在手上。在整个这支法国部队里只有两个英雄对哥萨克人顽强抵抗：一个是名叫纳尼伐尔的骑兵，另一个是新兵，在开枪打哥萨克时把宪兵的马都击毙了。贝尔负责把这件偶然邂逅的事告诉了皇帝❸。皇帝一听，大为震怒，手里不停地盘弄着百叶窗上的机键，立即叫人去找那个骑兵，



❶法王路易·菲利普时代的外交大臣。
❷法皇拿破仑一世侵俄之役。
❸即拿破仑一世。

准备赐给他一枚勋章，可是那人却躲藏起来，根本否认曾经有过这么回事，心里认定没有比一次溃退中抛头露面更糟的了。他还以为要被枪毙吧……

我没有见过谁像他这样大方，勇于接受别人对自己作品的批评，他的朋友们跟他谈起来总是毫不客气。有好几次，贝尔把曾经给维克多·雅克孟看过的稿子寄给我，原稿上被雅克孟在退回时加了许多眉批，比如："讨厌"……"此司阍人语"等等。当他的《论爱情》一书出版时，被讥嘲得更厉害(究其实，这非常不公正)，可是这些批评从来没有使他跟朋友们的关系恶化。

他写作甚勤，而且总要把自己的作品琢磨很久，不过，他对已完成部分并不修改，而是整个重来。如果他把第一次审阅中发现的错误地方删掉了，那么就会来些别的错儿，因为我从来没看到他试图改动自己的文笔，不管他的原稿有多少涂改，可以说那仍然是一气呵成。

他的书简妩媚动人，一如其谈吐。

在社交场合里他非常愉快，有时简直狂放，过于疏忽礼仪，不拘小节。有时他语气粗鲁，但总是那么隽永而独特。虽然他对任何人都不介意，但他却很容易被一些不含恶意偶然失口的话所刺伤。他常说："我是一只逗着玩儿的小狗，可别人却真咬起我来。"他忘记了他自己有时也会咬人，而且还相当厉害。这是因为他不大明白别人对事物对人可能抱有跟他不同看法的缘故。比如，教士和保皇党人在他眼中就都是伪君子。

他关于艺术和文学的见解一发表即被人看作大胆谬论。他曾把莫扎特、西马罗莎、罗西尼[1]看得高出于我们青年时代一些小型喜歌剧作者之上，这就惹起过不少风波：这样人们就指责他没有“法国感情”。

不过他在绘画方面的见解却是非常法国式的，虽然他颇想按意大利精神品评。他用法国思想评价诸绘画大师，这就是说，从文学观点去评价。他研究意大利画派的绘画就像研究戏剧一样。这仍然是法国式的品评方式，在法国，人们对形态既无感情，对于色彩也没有什么天赋的鉴赏力。要喜欢并了解形态和色彩必须具有一种特殊感受和长期素养。贝尔对于拉斐尔的一幅《圣母像》怀有戏剧式的热情。我总觉得他喜爱隆巴德画派和佛罗伦萨派的大画家，因为他们的作品使他想起许多大师所没有想到的事物。对于一切都以神韵去判断，这原是法国人的特点。确实，形态的精妙和色彩的丰富效果根本是言语所不能表达的。既然人们对于感觉到的这一切无法加以表达，那么只好通过别的一些能够为大家所了解的感觉来描述。

他觉得卡诺瓦[2]的雕塑比任何人的都好，甚至比希腊雕




---

[1]西马罗莎（Cimarosa，1749—1801），意大利作曲家。罗西尼(Rossini，1792—1868)，意大利作曲家。

[2]意大利雕塑家。新古典派的代表作者。

塑都好；这可能因为卡诺瓦的雕塑是为文人而作。这位艺术家关心自己的作品在有教养的心灵上可能激起的思想，甚于关心在懂得爱、懂得形态的眼睛里可能产生的印象。

帝国❶的警察无孔不入，傅舍❷连人们心里的话都了如指掌。贝尔了解这一庞大的侦察系统拥有它的神秘力量……他所有的朋友都有别号，他就从来不用别的名字称呼他们。没有人确知他见过什么人，他写过什么书，他旅行过什么地方。

我想某些20世纪的批评家将会在卷帙浩繁的19世纪文学书籍中发现贝尔的作品，而且会给予他没有能从同时代人那里获得的公正评价。狄德罗直到19世纪才声誉大振，莎士比亚在圣·艾茹尔蒙❸时代默默无闻，后来才被加里克❹所发现。但愿贝尔的书简将来有一天能公之于世，这些书简将使人认识并喜爱这个人。他的隽智和优异的才华现在还只活在少数人的记忆里。

## 二

我认识贝尔大概在1820年左右；从那时起直到他死，尽

---

❶指法国第一帝国时代。

❷第一帝国的警察总监。

❸圣·艾茹尔蒙(Saint Evremond,1610—1703)，法国作家，曾流亡英国，作有喜剧及文史论著多种。

❹加里克(Garrick,1717—1779)，英国作家，最先赏识莎士比亚的天才剧作，并大力宣扬。

管我们年龄不同，我们的关系没有断过，而且总是非常密切。没有谁更让我喜欢；也没有谁的友谊比他对我的友谊更弥足珍贵。除了某些爱好和某些文学上的见解以外，我们或许就没有什么共同的想法了，而且我们意见一致的问题也很少。我们常花费不少时间一心一意地互相争论，彼此都以为对方固执，发谬论；两个人交谊甚笃，但总爱争论不已。有一阵子我曾认为他骛于标新立异。但终究我还是相信他确是出于真诚。今天，回想起过去的一些事，我相信他的怪僻之处是极其自然的，他的谬论乃是夸张的通常结果，而却于无意中带出矛盾。阿尔塞斯特为人纯朴善良，当别人逼迫他为过去对奥隆特的诗句批评过严表示歉意时他不禁大叫："做这诗的人真该绞死。"在我看来，贝尔的一时意气实在只是一种深刻信念的夸大表现。

我不知道他对待问题几乎跟大家完全对立的这些见解来自何处。关于他早年所受的教育我所知者只有一点：他小时候曾经由一位年迈而怪僻的教士教导，这位师父的规矩严厉令他痛恨，至于终生不忘。确实，贝尔在精神上对于任何强制以致任何权威一概反对。别人可以打动他，只要让他心里愉快，事情就好办了；但是绝不可能把某种见解强加于他，任何人在跟他交往中如果摆出高人一等的样子就会狠狠刺伤他。40年后，他仍然犹有苦味地谈起，小时候有一天，他玩耍时把一件新衣裳撕破了，负责教他的师父竟因为这一过错当着他同学的面狠狠地呵斥他：这对宗教，对他的家庭都是一个耻辱。

这就是我刚刚提起的过分夸大之一例。当贝尔跟我们讲起这件往事时，我们都笑了；可是他从其中只看到一种教会的暴虐和可怕的不公正，并没有什么可笑的，并且直到那时他仍然还感到这件事对自尊心的伤害，就跟小时候一样强烈。

“当我们入世之际，我们的父母和老师，”他说，“都是我们的天然敌人。”这是他的箴言之一。他的这类看法，并非来自他的那些家庭教师。他时常极其赞赏地援引爱尔维修的著作，甚至强要我看《论心灵》这部书，只是在我请求下，他才不要我再读第二遍。我猜想他从其中得到了关于人类智慧平等的看法以及其他观点，至少他不相信在他看来是谬误的东西别人会认为是真理。我想他一心以为，在实质上每个人跟他的想法是一致的，只不过别人由于兴趣、虚矫、时髦或是偏颇，采取了另一种说法而已。他反对宗教甚烈，并从唯物论方面加以攻讦，他可以说是上帝本身的敌人，或许这也是由于我刚才讲起的箴言的缘故。他否认上帝，而且，就好像对他那位教师一样，他恨上帝。他从来不相信哪个教徒是真诚的。我想他在意大利的长期居留并没有促使他心里少一点这种非宗教的咄咄逼人的语气，这表现在他所有的著作中，人们因此对他颇多责难。

圣·勃夫先生，以其常具的洞察力，指出贝尔性格中最显著的特征之一：怕受愚弄而且经常注意避免这种不幸。因此，这种伪装的不动情，这种对于一切高尚行为都用卑劣动机去加以猜度的令人沮丧的分析，这种对于内心的最初冲动的抑制，依我看来，在他身上主要是一种矫饰而远非实际。他讨厌并鄙视假装的感动，甚至不惜夸张反目，这样就使得那些不熟悉他、只知机械地理解他谈到关于自己的那些话的人感到哗然。他非但不重视去纠正别人对他的言论著述所作的恶意解释，而且他在看到某些人把他当作不道德的怪物时反而感到一种恶作剧的快乐(我想这是由于虚荣心)。他在某篇序言中说过："我只为一二十个我从未见过面的读者写作，但是我希望他们了解我……"在他眼中，世界上只有两类人：跟他合得来的人和他所讨厌的人。为了获取自己所讨厌的人的敬爱而稍受委屈或做出最微小的牺牲，这种交往他都不能忍受。贝尔的独立性格，或者说是放诞不羁也可以，反抗任何强迫。一切束缚他自由的东西他都厌恶，我不大明白他是否能把讨厌的人和坏人确切分清。他那要求认识一切人心秘密的好奇心有时也会吸引他接近他向来蔑视的人。"不过，"他说，"至少跟他们能学到点东西。"只是一经在满足好奇心以外还获取了某些得益之后，他的骄傲、正直、高洁的心灵立即使他跟这类人断绝交往。

他对一切人和事物的判断常常总是由他自己切身经历

的厌烦与喜悦来决定的。他不能忍受无聊；有些医生曾经劝罗拉盖公爵以图谋杀人罪将一个无聊的家伙绳之于法，他完全同意这种看法。要说他反对那些不幸使他打哈欠的书和人是因为他脾气坏，这样说未免夸张。贝尔是个爱想象、易冲动的人，他无意对一切进行推理和按照逻辑法则行事。他时常谈到"逻辑"，他的朋友们总记得他慢悠悠地念出这个字时的那份特别强调的神气，在两个音节之间那么一顿：逻——辑。我们的行为当然应该由逻辑引导；不过他的逻辑却与众不同，有时人们要想猜出他推理的线索颇非易事。我记得有一天我们曾想合作一个剧本，剧中的主人公因为犯过某种罪孽而感到内心负疚。"要解脱这种负疚心情，在逻辑上怎么办？"他略一思索，说："可以开办一所互相教育的学校。"我们的剧本就此告吹。




他常说一个人在踏入社会时，就应该预先准备好若干格言，以防随时可能发生的事故。这些格言一经选定，即不必再去推敲，遇到令人感到踌躇的某种特殊情况，那么，只要迅速察看平素积累起来的某一一般原则是否可以解决问题就够了。——永远不要宽恕说谎。——入世之初应该立即抓住第一次的决斗机会——对做过的蠢事或说过的蠢话永不后悔。这就是他的一部分格言。

虽然他在女人身边从来不是非常大胆，他却劝年轻人要勇往直前，他说："成功的机会是十分之一。就算是二十分之一吧，难道一次幸福的好运还抵不上十九次碰钉子或者十九次闹笑话吗？”

看到我20岁时研究希腊文，他直笑我，说："你现在是在战场上，这不是磨枪的时候啦：该开枪。"

除格言之外，他还提出不少窍门，我还记得其中一些。我们当时痛苦的一大原因就是羞怯。初入沙龙，对年轻人来说，这是一件大事。他总以为大家都在凝神望着自己，生怕举止中有什么可以非议之处。我们有一个朋友比别人更为羞怯所苦，贝尔在谈起他时，说道："当他走进巴斯塔夫人沙龙的时候，别人总以为他在前厅已经把某种瓷器砸烂了。我当时就对他说：'我告诉你我过去的窍门。你要带着仿佛偶然在楼梯上的那种随便态度往里走，仪态合不合式，无关紧要；你要像'骑士的石像'❶一样，在初进门时的那阵激动情绪没有完全消除以前千万不要改变姿势。'"

下面是他关于第一次决斗的窍门："别人向你瞄准的时候，你要凝视一棵树，并且定下神去数树叶。一件心事会把另一件更沉重的心事排遣开的。等到你拿枪对准你的对手的时候，你得背诵两行拉丁诗，这样会免得你开枪过快，而且可以把激动情绪治好百分之五，此时的激情会把多少子弹打偏，高上去二十尺。"

---

❶莫里哀的喜剧《堂璜》里有这么一段：堂璜请客，为他害死的女人之一的父亲是石像，冷冰冰地突然闯人。

贝尔经常注意的乃是热情之研究。某次一个外省人问他从事什么职业,他严肃地答道:“人类心灵的观察者。”(有一天他用这句话回答一个傻瓜,那人以为这是便衣警探的别称,吓得几乎跌了个倒栽葱)在每一足以使人洞察心灵某些角落的轶闻中,他总要记下他所称之为“特征”的东西,“特征”,就是指表现出感情的词句或动作。譬如“膝行而前”,这是他在一个爱情小故事里觅得的“特征”,而且,根据他从某些个别事实得出一般结论的习惯,他认为这个动作乃是疚悔和热烈爱情的表现。

关于爱情问题,贝尔所下的结论是:在这世界上除了正在恋爱的人以外就没有幸福的可能。他说:“在恋人眼中一切都美丽如画。我宁愿跟歌舞剧院里的芙乐尔小姐恋爱,而不羡慕堂璜。”



爱情之外,他最爱文学。他喜欢不断地读和写。他时常责备我懒惰,说:Nulla dies sine linea[1]。尽管人们在他的著作中会发现某些粗疏之处,但他的工作不可谓不用功。他所写的书在付印前都要誊过好些遍;不过在文笔上改动并不多。他平常写作迅速,随时改变思路,而对于形式则不大在乎。他甚至轻视文笔,而主张:一个完美的作家要能使人们读过他的作品之后只记得意思而不复忆及个别词句。由于他痛恨雕琢和浮夸,因此对于那些专门生造奇字僻句,粉饰时代,给平庸

[1]拉丁文:每天要动笔。

的思想套上瑰丽文辞的作家毫不容情。他认为我们的17、18世纪的散文家才是值得赞美和吟咏的对象。他把这些书读了又读,他说,读这些是为了免致沾染当代流行的那种文风。

诗与他无缘。他时常在引用一些法国诗句时把它们割裂开来。虽然他的意大利语讲得流利而纯粹,英语也不坏,他对英国和意大利的诗却连音律和韵节都茫然无知。不过,他颇能欣赏莎士比亚和但丁的某些美妙之处。这种美妙和他们的诗句是密切相连的。他在《论爱情》一书中谈到他关于诗的见解:"诗的制作是用来帮助记忆的;让这种野蛮的遗迹保存在戏剧艺术之中吧。"他最不喜欢拉辛。1820年时,我们对拉辛的最大非难就是他的作品中缺乏对"风俗"的描写,或者用我们浪漫主义的专门词汇来说,他缺少我们当时称之为"地方色彩"的东西。我们总是以莎士比亚来对比拉辛,在这方面那就错误更多,我们就不提及。贝尔说:"不过莎士比亚对人的心灵了解很深。在莎士比亚的作品中,任何喜怒哀乐,任何情感,他都能以一种令人赞赏的真情实态细致入微地描绘出来。莎士比亚戏剧中人物的栩栩如生和不可摹拟的个性使他超出所有的剧作家之上。"——"那么,莫里哀,"有人问他,"你给他什么地位呢?"——"莫里哀是个滑头,他不肯把'朝臣'搬上舞台,因为路易十四不爱看。"

贝尔在美术方面著述甚丰,当时一些极端谬误的见解只要曾为著名作家所首肯,举世之人莫不盲目接受,而他却有他自己的独特看法。发现罗西尼和意大利音乐家的,可以说就是他。他的同时代人永远记得他为卫护《理发师》和《塞密拉米》的作者[1]、反对当时喜剧歌剧院的"老看客"们所进行的斗争。在复辟时代的头几年中,人们一想到跟我们相反的意见就会激怒那种民族自豪感;那时人们把任何争端都扯到一个爱国不爱国的问题上。喜欢外国音乐胜于法国音乐,在当时人看来,简直就是背叛祖国。贝尔从早年起,就摆脱了庸俗偏见,也许在这方面,有时还做过了头。在文明有了如此巨大进步的今天,人们很难想象在1818年时要有多大的勇气才敢说某出意大利歌剧比某出法兰西歌剧更有价值。要了解贝尔在作艺术上某些论断时所运用的某些章法,必须追溯到浪漫主义和古典主义之争。这些论断,在他发表的时候就是勇敢而大胆的,在今天,也如同德·拉·巴里斯所讲的正确理由一样,拿这位作者爱用的词语来说,这是一种truism[2]。贝尔虽然不是音乐家,但对旋律的感受非常敏锐,而由于他在意、德两国的旅行而致的某种赅博,这种感受性受到文明熏陶更臻完美。我觉得他在音乐中喜欢戏剧效果,并特意去追求这种效果;或者不如说他在分析个人印象时总是运用戏剧语言去说明。这是他所熟悉的,也是他认为唯一为他的读者所理解的语言。

---

❶即意大利作曲家罗西尼。
❷即显而易见的道理。

他在绘画艺术上也是如此。他对罗马画派、佛罗伦萨画派以及隆巴德画派诸大师深为赞赏，他时常把一些戏剧性意图加给他们，依我看来，画家本无此意。当他在拉斐尔和勒·高莱齐[1]这几位他所特别喜爱的大师的《圣母像》中，发现他们不能表达的热情或是种种感情的细微区别的时候，人们不禁怀疑他是否懂得这些大师的创作意图和目的。他只是按照自己的方式讲述他在这些作品前面所感受到的情绪；他描写效果，而无法说明产生这些效果的原因。如果他要写几次对于同一幅画的印象，他很可能会因自己前后看法的不同而感到诧异。贝尔跟所有批评家一样，总是在跟一个可能永远无法解决的困难不断斗争着。我们的语言，其实不管什么语言，都不能确切地描述一件艺术作品的诸种品质。我们的语言，其丰赡足以辨别色彩；然而在两种同一名称的色晕之间，又有多少色晕，眼睛虽足以品鉴，而绝对不可能给它以确切的名称啊！一提起形态和色彩，语言就愈显得贫乏。普通目力也很容易辨认得出某一轮廓有缺陷。谁只要仔细观察一下戈拉复制的米罗的《美神》[2]，立刻可以看出鼻部尽失古意。可是这只鼻子跟原来的希腊雕像的区别也只是毫厘之差；然则用什么文辞来表达决定其美的形态上的毫厘之差呢？正如贝尔所

---

❶16世纪意大利画家。

❷著名的《美神》雕像是1820年在希腊的米罗岛上发现的，故称为米罗的《美神》，后来法国机械师戈拉发明雕像复制术，能按比例缩小仿造，雕塑虽称精确，然终不免有失原作神韵。

说，即使很容易感觉到的东西，人们还是无法“白纸黑字”地表达出来。由于不可能确切加以描绘，因此必须找到一些比较的词汇，不过这些词对于这样复杂的问题却无能为力。我们法国人最懂得一切艺术里的戏剧性，大概就因为这一点，所以贝尔总是用感情来解释美。尽管他的意图是打破国家的界限，然而实际上他在智慧和心灵方面都完全是法国气派。

我觉得他对雕塑的感受力远逊于绘画。古代雕像在他看来太缺乏感情，他责备它们只提供了美的人物概念，而没有灵魂。他最喜爱的雕塑家是卡诺瓦，他欣赏这位艺术家作品的典雅，同时也承认有点雕琢。我想他对米开朗琪罗是赞颂得过分了，实质上超过了他内心对他作品的喜爱。当他领我去看儒勒二世陵寝的《摩西像》[1]时，他除了说没有人能更妙地表现这种不屈不挠的凶猛姿态之外，就找不到任何别的赞美的话了。

贝尔不重视色彩画家。我们在这个问题上曾有过很大的争论，他对鲁本兹[2]及其画派极其轻视，他批评佛朗德画派[3]甚至威尼斯画派构图平庸，表现手法低劣。按照贝尔的看法，唯有勒·高莱齐其构图及绘远景法诸艺最臻上乘。他认为这才是最优美动人的画家，而米开朗琪罗虽然富有诗意，但却





---

[1]《摩西像》系米开朗琪罗的名作之一。

[2]17世纪佛朗德画派著名画家，以色彩浓烈著称。

[3]佛朗德画派着色浓郁，而威尼斯画派色调华丽。

过分。

他对于建筑艺术甚少注意，看待一切建筑物仅从外观明丽如画着眼，至于是否切合目的性则毫无所谓。他嫌恶一切丑陋而沉闷的东西，他在我国建筑中就发现这两个缺点。我想我曾经告诉过他如何辨别罗马式教堂和哥特式教堂，我还让他去看这两种教堂，但是他将二者均置于摈斥之列。——他说我们这些阴暗而悲惨的教堂是坏蛋僧侣为了使胆怯的人害怕而设计的，这帮家伙并因此而发了财。文艺复兴时期的意大利建筑由于瑰丽、妩媚令他喜悦。但他喜爱的只是其典雅的细部而绝非总的格局。与“逻辑”相反，在这里下评语的不是他的理智，而是想象。

贝尔担任过几个月军职，他以审计官身份曾经参加过好几次战役，其中包括1812年的俄罗斯之役，当时他跟皇帝总部在一道。我们挺喜欢听他讲述他跟随皇帝参加的诸次战役。他所说的故事跟官方记载丝毫不同。人们可以据此来判断。他当然是勇敢的，总是怀着好奇心，冷静地观察战争。对于他所目击的伟大而充满诗意的场面固然深有感受，但他最爱揭露的则是那奇特而荒诞可笑的一面。他又生怕沾染那份浮夸的民族虚荣心，由于这种矛盾心理，他常常走上另一极端。他跟古里埃[1]一样，无情地嘲笑那个从此被称为“沙文主义”的东西。无论如何，这也有它好的一面，因为它可以使一

[1]古里埃(1772—1825)，法国作家，抨击复辟时代甚烈。

个新兵作战跟老兵一样勇敢。

他完全否认在战场上曾有过什么演说或崇高的讲话。"你知道所谓军中口才是怎么一回事吗?"他对我们说。"给你举个例子:在某次激战中,我们骑兵中的一员最勇敢的将军❶对他的行将溃散的兵士这样嚷叫:'前进,兵……我的阵……圆得像苹果!我的阵……圆得像苹果!'荒唐的是,在那危急之际,就凭这么一段话,兵士们马上转过身去,赶走了敌人。你可以相信恺撒、亚历山大❷在同样情况下,对士兵们讲起话来也不会高明多少。"

再举一个战争中演说的例子:"离开莫斯科❸,我们在撤退的第三天就迷了路,傍晚时分,我们大约一千五百人被一个强大的俄国师团把我们跟主力部队隔开了。大半夜在唏嘘叹息中过去。后来,勇士们把胆怯的人鼓动起来,就这样人们决定一等天亮能看清敌人,就握起刀剑打开一条通路。可不要以为那时人们会说:'勇敢的士兵们',等等……没有这样说。而是:'你们这群瘟猪,明天通通要死咯,你们太年轻,太……枪都拿不动,用不了。'这段英武的讲演竟产生了效果,天蒙蒙亮,我们坚决向俄国人冲去,当时还看得见对面营地上的灯火呢。我



❶作者原注:缪拉(这是拿破仑的一员大将,也是拿破仑的妹夫,以勇敢善战著名——译者)。

❷恺撒(纪元前101—44),罗马独裁者。亚历山大(公元前356—323),古代马其顿国王。

❸1812年法军征俄败退。

们按低了刺刀，到达敌人阵地，还没有被发现，可是我们在那儿只找到了一条狗。俄国人夜里早就跑了。”

他说他在撤退中并未为饥饿所苦；可是若不是他花二十法郎买过一块羊脂油，他就一点也记不起他是怎么吃的或是吃了些什么了；后来他想起这些来还觉得饶有兴味。

出莫斯科时，他身上带着一本伏尔泰的《故事集》。这本摩洛哥红羊皮面精装的书是他从熊熊大火的皇宫中拿到的。他每天晚上在营火微光下面阅读数页，他的同僚认为这太不严肃，老是怪他。扔掉这么漂亮的版本吧，他自己觉得有点心痛，不过，几天之后，他还是把那本书扔在雪里了。

我们的军队在从莫斯科艰辛的撤退中历尽了一切苦难；这其间只有极少数人仍然保持着他们的尊严，尊重别人，也尊重自己。有一天，在贝莱吉纳[1]附近，贝尔挺讲究的，刮了脸，衣冠齐整地走到他的上级达吕先生面前。达吕先生对他说：“先生，你刚刮过胡子？你真是个勇敢的人。”

国务会议审计官、曾担任皇帝总部联络官的贝尔戈尼埃先生告诉我：贝尔搭救过他的性命。贝尔由于预料通过贝莱吉纳桥时必将拥挤不堪，一定要他在全军溃退的头天晚间先到河对岸去。可是要贝尔戈尼埃先生决定走上这几百步那几乎是非强迫不行的。他盛赞贝尔的镇静，在那连最坚定的人也会狼狈不堪的时刻，他也从不失去良知。贝尔在情况严重

[1]第聂伯河的一条支流。

时从容不迫，他谦虚地说其所以能如此应该归功于他平日积累下的格言；就由于这个，他经常准备着的是行动，而别人则在研究对策上大费周章。

贝尔跟许多同他年纪相仿的人一样，对于他的同时代人品评甚严，而于我们这一代人则比较宽。他40岁时，很赞赏当时20岁的年轻一代所特有的学习热情和对各种事物钻研的好奇心。他有点嘲笑我们的那份严肃和书生气，但是说我们不是傻瓜，不像他们过去那样。按照他总是表现得比他本来实际更坏的习惯，他有意轻视豪情，实际上，就由于这种豪情才使得他当时的人做出那样伟大的事业。"我们有一股'圣火'"，他说，"我也有，虽然很不够。我曾经被派到不伦瑞克❶去征收500万特税。我教征收700万，我几乎因此被那些为我的过分热心所激起反抗的流氓殴打。皇帝问是哪一位审计官办的，还说了声：'好。'"

他对拿破仑的感情如何，很难捉摸。他的意见差不多总是跟你先提出的相反。他有时是批评者，有时又是赞美者，有时他谈到拿破仑就像谈到一个迷惑于紫绶金章、全无逻辑法则的暴发户；但有时又崇拜得五体投地。他时而像古里埃那样大肆批评，时而又像拉斯·迦士❷那样卑躬屈节。他对其他一些帝国人物也像对待他们的主子一样，态度时常变化，不



---

❶德国西北部地区，当时被拿破仑并人所建立的威斯法利亚王国。

❷拉斯·迦士(1766—1842)，法国历史学家，曾任拿破仑的皇帝侍从官。

过他承认皇帝对所有接触过的人具有极大魅力。他曾经着手写过拿破仑事迹，这是他在法国旅行时写成的，颇为精彩，在他的遗稿中还可以找到一些片段，如1815年皇帝莅临格勒诺布尔的盛况。如果我根据贝尔所讲的事迹来判断，我看在他青年时代，那时候利己主义并不像今天这样盛行，人们追求的时尚也比今天要高尚得多。贝尔虽不免也喜爱美食，但始终并不予以赞成。他甚至觉得在吃饭上花时间是浪费，他希望每天早晨吞下一颗丸药就能整天不饿最好。而今天人们都很贪吃，并且还以此自炫。在贝尔那时候，一个人首先要有毅力和勇气。如果人们尽讲究吃喝，又怎么战斗呢？

贝尔喜欢亲切而人数不多的聚会。在小聚中，围坐于朋友或者一些他不讨厌的人之间，徜徉自得，其乐融融。他从不在人前炫耀自己，但总力图使别人愉快，而且也使自己愉快；他说："这好比是付'入场券'。"他总是兴致淋漓，有时略略近于狂热，不合体统；可是他逗人笑乐，从不假装正经。无聊的人或是存心不良的人令他扫兴，并促使他立即离去。他从来不知道什么叫无聊。他曾说生命是短暂的，花在打哈欠上的时间永不再来。他很欣赏德·M·先生这句话："恶趣导致罪行。"

诚挚是贝尔的性格特征之一。谁都不像他这样笃实，与人交往有信义。我没有见过任何文人比他在批评中更坦率，或是接受朋友的批评更大方正直。他喜欢把自己的文稿寄给人看，并要求别人严厉地加以评断。不管别人的意见多么严峻，甚至不公平，他从不因此生气。他有一条座右铭是：谁只要干"白纸上写黑字"这一行，别人说他笨拙，就不应惊讶或是动气。他切实执行这一座右铭，而且，他自己绝不真正或是装作无所谓。他把别人的批评常常记在心头；他毫不恼怒，而是热烈地加以研讨，仿佛在研讨一个几世纪以前的作家的作品一样。

他有个怪脾气，就是在任何毫无所谓的行动中都把自己笼罩上一层神秘色彩，以避免宪警干扰，他大概认为这些宪警简单到只配管管沙龙里的闲聊吧。他从来写信都签假名字，如恺撒·庞培、戈多纳等等；地名则用"阿拜"以代替"契维达·韦克亚"❶，而且时常在信上用这样的句子起头："收到台端所寄来生丝，现已送堆栈待运。"他日常所作的笔记极类哑谜，甚至几天一过，连他自己也猜测不到其中的意义了。

他于死亡无所惧，然而他不爱谈起，只是把死看作一种污秽而丑恶的东西。他希望的死是当年恺撒所祈求的：Repentinam inopinatamque❷。

徐知免　译

❶意大利城市名，司汤达曾做法国驻此地领事。

❷拉丁文：倏如其来。

# 居斯塔夫·福楼拜

〔法国〕莫泊桑



我已经发表了若干介绍居斯塔夫·福楼拜作家生涯的文章。由于他不喜欢透露任何个人生活隐私，在这些文章中我很少谈到他的个人轶闻。我愿借他的朋友们在他的故乡鲁昂向他赠送夏皮[1]著名的雕像的机会，介绍福楼拜在性格上有特色的几个方面。虽然福楼拜的母亲和我的祖母自幼就是朋友，可我却很晚才结识福楼拜。岁月使朋友疏远并使家庭解体，因此在我青年时期仅仅见过他两三次而已。

战后，我成年了。有一次去巴黎拜访他，这次拜访在我与他的关系中起了决定性作用，并令我终生难忘。

他承认，对于文学的酷爱有一部分原因是在年轻时期受

[1] 夏皮(1833—1891)，法国著名雕塑家，多麦尔密圣女贞德塑像的作者。

了他最亲密的朋友阿尔弗雷德·勒·普瓦特文的熏陶。普瓦特文是我的舅父，可惜英年早逝。他是福楼拜艺术道路上的启蒙导师，他向福楼拜揭示了令人陶醉的文学的奥秘。在福楼拜写给我的一封信中，有这样一句话：

"啊！勒·普瓦特文，他使我在梦想之中产生过多么奔放的感情！我认识同时代所有引人注目的人物，我感到他们与他相比都显得渺小。"

他保持着对这种友谊的崇拜和信仰。

福楼拜在巴黎接待我时，目不转睛地看着我说："看看，你多么像我可怜的阿尔弗雷德。"接着又说，"当然了，这也没什么让人惊奇的，因为他是你母亲的兄弟。"

他让我落座并询问我家人的起居。他觉得我的声音也完全像我舅父的语调，猛然间我看到福楼拜的双眼中充满了泪水。他站起身，身着一袭宽松肥大像道袍一样盖住脚面的褐色长袍，因沉湎于往事而心情激动，他抬起双臂用发颤的语调对我说：

"拥抱我吧，我的小伙子，看到你使我激动，我刚才以为是听到了阿尔弗雷德的声音。"

这肯定是他对我产生伟大友情的真正和根本的原因。

当然，我把他又重新带回到他已经消失的青年时代，因为我在一个和他差不多一样的家庭中受教养，所以唤起他对自己青少年时代思想、感觉、甚至表达和说话时的怪癖等等的回忆。

在我身上再现了他往日的身影。

他吸引我、爱我。我感觉到了这种深沉的友爱，它演化成一种对我才能的监护力量；它是一种希望我上进、成为有用之材，一种把他自己的经验、知识、三十五年艰苦劳动、研究和对艺术的陶醉种种所能给我都希望给我的持续不断的关心，我深感与福楼拜相见恨晚。

我再重复一下：对于作家生涯之外的事，我不愿多谈。应该去看这些作家的作品而不应对他们妄加谈论。

我仅仅指出他内在性格的两个特点：岁月永远不能磨灭的他的易受感染和容易激动的感情以及他对亲友伙伴的无比诚实和对朋友的无比忠诚。

他厌恶市侩(他指出市侩的特征是思想卑劣)，大部分同时代的人把他当作一个性格孤僻、冷漠无情、一日三餐心甘情愿吃定息的人。

其实恰恰相反，他是一位虽然言语激烈但心地却十分温和的人。我相信，尽管他的心从来没有为一个女士激动过，但他是个很温柔的男人。他死后，大家对他被公布的信件谈论很多，也有许多这方面的文章，读者对最近公布的这些信件特别喜爱，因为这些信件是充满情感的文学作品。他像很多诗人那样去爱，他不加甄别地爱他所爱的人和事。诗人米赛也是这样去爱，他和她至少去过意大利和西班牙的岛屿幽会,用旅游和远离喧嚣人群的静谧唤醒自己的激情。福楼拜更喜欢独处,远离自己的女友而只和她以书信往来,他自己被包围在书籍之中埋头散文创作。

由于他的女友在每封回信中都嗔怪他从未去看望过她,并抱怨他对人的回避使人丢尽面子,于是,他在南特和她定了个约会并像是完成了一项有益的义务一样向她宣布:"好吧,你考虑一下,咱们下周在一起度过整整一个半天。"

如果一个人以真实的情感去爱一个女人,难道他不应该狂热地期望在她身边度过他一生的全部时间吗?

居斯塔夫·福楼拜整整一生都沉浸在一种激情和两种爱之中:这种激情是对法兰西散文文风的关注,两种爱是对他的母亲和书籍的热爱。



他的整整一生变成了文学的俘虏,确切地说是作品文风的俘虏。由于神经过度的劳作,他的颈项被压成穹凸形。句子的结构萦绕着他工作的夜晚。在克鲁瓦塞的工作间中,他通宵达旦地耕耘,工作间的灯光在暮霭晨雾中闪烁,成了塞纳河上捕鱼人的航标灯。他朗诵他所喜爱的大师们和谐的复合句。铿锵的词句通过他的嘴在浓密的上唇须下向外奔涌,似乎从他嘴中得到亲吻,获得充满他内心情感的或激奋、或柔和的语调。十分肯定,再没有比向他最好的朋友背诵拉伯雷、圣-西门、夏多布里昂作品大段章节、背诵雨果的诗句更使他动情的了。经他背诵的章节或诗句像奔腾的烈马从他口中脱缰而出。

他对各种语言、各个时代、各个国家的大师们无限仰慕的原因,有一部分可能源于他艰辛的写作和他对使自己的思想及其表现形式之间完美和谐的追求。他是史诗和抒情诗诗人,同时又是日常生活中粗俗卑劣现象杰出的观察家。他必须做出一种超出常人的努力,迫使自己造型美的作品风格屈从于对世间单调和平庸事物细节的一丝不苟的描述。

他渊博的学识可能正构成对他创作的一种羁绊束缚。他是博学多才资历高深文人古老传统的继承人,他出奇的博学。他有一座藏书楼,对其中书籍内容了如指掌;他还保留了一个对各种作品所做批注的图书室。他似乎用心记住了批注的全部内容,有令人难以置信的记忆力,能找到人们需要的、他在十年以前做出的批注。在写自己的作品时,他也以这种确切的、一丝不苟的精神去创作:为了一件小事或仅仅是一句话,他可以用八天的时间通过自己的双眼去证实资料。大仲马在一次吃午餐时曾对我们说:“这位福楼拜先生是位了不起的工作者,为了做他家具的抽屉,选材时他能刨平一片森林的木材。”

在写作《布瓦尔和佩居歇》[1]这本书时,他需要了解一项



[1]《布瓦尔和佩居歇》(BOUVARD ET PECUCHET):一部福楼拜未完成的长篇小说。该长篇于1881年发表。小说描写两个平庸的人致力于现代科技最终产生厌恶绝望情绪而失败的故事。

植物法则的特殊例外证据，因为他肯定认为不存在一种不包含例外的法则。法兰西所有的植物学家都被咨询过，但他们保持沉默，我为此事曾奔波多次。最后，自然历史博物馆的教授发现了他寻找的这株植物。在获知这条消息以后，福楼拜的狂喜程度令人难以置信。

福楼拜一直生活在克鲁瓦塞，生活在书中和他的母亲身边。他是母亲的好儿子，也是他姐姐的女儿、后来得产褥热去世的外甥女的好舅父。

他在生活的各个侧面都显露出一颗童心和哄吓孩子时的天真举止动作。他几乎总是处于法兰西散文文风这位母亲的监护之下。

在塞纳河与覆盖着树木的山坡之间，福楼拜与文学创作双双度过整年的时光。他关在工作间里，小憩时透过窗子看外边的世界。每次他把他高卢人宽大的脸颊贴在玻璃窗上时，就看到冉冉上升飘向鲁昂方向的浓厚黑色煤烟，还看到漂亮的美国或挪威三桅帆船。它们喘着粗气，好像由一条小驳轮拖着徐徐滑过他的庭院。当他转身观赏他的小庭院时，映入眼帘的是那条离屋子很近、和二层楼在同一个水平上的椴木林荫小路，树荫遮掩着他的工作间，屋子玻璃窗上树影斑驳。一株高大的鹅掌楸几乎成了福楼拜的朋友。

他在慈母膝前尽孝，对她表现出那种像是儿童服从大人那样的绝对尊重和亲热的敬畏。

尽管他过去曾出外旅行并喜欢游泳，但他一直好静不好动。他一生当中几乎全部乐趣就是和女人交往。年轻时他曾赢得过不少女人的心，但很快他又蔑视她们，可是他的内心一直不平静，有些记忆随着时光的流逝变得愈益深刻并使他心痛欲裂。

下面是在他去世整整一年前时，我经历过的一件事。

当时他给我写了一封信，叫我去克鲁瓦塞度过两天一夜的时间，帮助他完成一件繁重的苦差事。

他看见我走进他家时对我说：

——"你好，孩子，谢谢你到我这里来。咱们要干的差事可不是轻松愉快的：我要把未分类的陈旧信件全部烧掉，不愿让别人在我死后看到这些信；我也不愿意一个人把它们烧掉。你坐在椅子上，陪着我用一夜的时间阅读信件，当我累了的时候，咱们就聊聊天。"

接着，他带我到可以俯瞰塞纳河谷的椴木林荫小路上散步。

三年来，他一直对我用"我的孩子"的昵称，并且常用"我的徒弟"称呼我。

我回想起有一次到克鲁瓦塞看他，我们在椴木林荫路上散步，谈论的都是他所热爱和非常钦佩的勒南先生和泰纳先生。

散步后我们俩人在底层的餐厅中吃晚饭，这是一顿精美和丰盛的晚餐。他饮了几杯波尔多陈年葡萄酒，一边不断地重复说："我应该忘却一切，我不愿意怜悯。"

饭后我们回到四壁放满书籍的宽大工作间里，他填满并吸尽了四五斗烟。烟斗很小，是上了白釉的陶质烟斗，他对这些小烟斗爱如至宝，它们吸引我时不时地看福楼拜的书桌：在一个东方风格的盘子上放着无数支笔，笔头被墨水染得乌黑。

他站起身说："来帮帮我。"我们穿过他狭长的卧室走进工作间。布帘后面是承载物品的木板，我们俩每人拿了一个木箱提到隔壁房间里。

箱子被放到火势正旺的壁炉旁，箱里装的都是纸。他说："这些信我从来没做过整理，我要保留一部分、烧毁一部分。你坐下，我的孩子，拿一本书看，我马上开始烧信。"

我在椅子上坐定，把书打开，我不知道这是一本什么书。他在一旁说："我从未整理过这些信。"这个大木箱里装着这位纯朴伟大人物的一段个人生活历史。他由箱中把信取出，按信上日期的倒序逐一处理，当晚就是我们俩人在一起，互相能听到对方的心跳声。

第一批信是一些在世的良莠不齐的人写来的，没有保留价值。稍后，他打开一封信，说是乔治·桑夫人的来函并向我引述其中有哲理和技巧高超的段落。他兴奋地不断重复：

“啊！多么了不起的女中豪杰。”他找到了另外一些信，是些知名人士的信，并大声念出他们信中的蠢话，之后把它们分类保留。此后拣出来的信，他只瞥一眼就飞快地把它们一并投进壁炉里。信件烧燃的火光照亮了宽大工作间的每一个角落。

时间一点一点地过去，他不再说话而一直在阅读，自己置身于过世的人群当中，胸膛起伏发出深长的叹息声，不时低声呼出一个人的名字并做出真情悲痛的手势。

他说：“瞧，这是妈妈给我的信。”接着又为我读了几个片断。我看到他眼中闪烁的泪水落在面颊上。

当又一次回到故去的老朋友和老相识中间时，他又控制不住自己的感情了。他平时很少看这些私人信件，好像有意要把它们忘掉。他开始把这些信一沓沓地付之一炬，毁掉了这些过世的人的遗迹。

时钟敲响四点。他突然在这堆信中发现了一小卷用细丝带缠绕着的物品，在细心地展开这束小卷时看到一只小巧的丝质舞蹈鞋，鞋中放置一方四周镶着花边的黄色女用手帕，帕中裹着一朵枯萎的、花瓣边缘卷曲的玫瑰花。这件物品使福楼拜脸上浮现出一种回忆到一个晚上、一个相同的夜晚的神态，他亲吻这三件珍贵的纪念品，发出痛苦的呻吟，然后把它们一举投入炉中。我看见他在擦眼睛。

天已黎明，信件仍未处理完毕。最后一批是他青年时期收到的信件。

他站起身说："这堆信我既不愿分类也不愿销毁。完事了，你去睡吧，谢谢。"我回到自己的房间里，但是睡不着。初升的太阳照在塞纳河上，碧波粼粼。我想："这就是生活，伟大的生活，就是说它包含着被销毁的很多无用的东西、日复一日无足轻重的消遣、某些记载着真实事件、记载着所遇到的人和家庭亲情的纪念品；一朵枯萎的玫瑰、一方手帕、一只妇女的鞋。这就是他全部的纪念品，他自己去品味、感受的全部纪念品。"

但在他的头脑中，他长着一双蓝色眼睛的强有力的头脑中，记忆着世界从混沌初开至今的天地万物。他看到了一切、醒悟了一切、感受了一切，他用一种令人愉快又心酸的方式忍受了一切。他曾幻想自己是一部《圣经》、一位希腊诗人、一名蛮族士兵、一位文艺复兴时期的艺术家、一介平民、一个亲王、雇工马托和包法利夫人，就像幻想过自己是哈米尔卡尔的女儿一样他甚至还幻想自己是个现代不错的小市侩。他自己并非空想，而是实实在在变成了这些人。因为作家本身想象自己已经变成他所感觉的一切人和事，以致他在描写包法利夫人中毒这个情节的夜晚，他必须去求医，因为他被他想象的这位女死者中毒一事所感染，产生了砒霜中毒症状而昏厥。

这些幸运的人从我们置身其中同时获得成果和牺牲的

这种“不知道是什么东西”当中，得到了这种由于意念的狂热和思想的联想本领而产生的分身能力。在平庸无奇千篇一律的真实生活强迫观念作用之下，在狂热的工作期间内，成果和牺牲同时自胸臆流溢而出。但是事情过后怎么能抚平福楼拜来自内心的对真实人性的厌恶和蔑视心情呢？

王观群　译

# 深夜访客：马塞尔·普鲁斯特

〔法国〕莫朗





一阵铃响把我吵醒；我转动开关，点亮了灯，看看表是晚上十一时半。我去开门，迎面是位脸色十分苍白的男子，虽然夜里天气暖和，他仍然套着一件旧毛皮大衣；一头浓密的黑发照1905年的式样剪至颈项，在后面略微托起灰色的圆顶礼帽；戴着深灰色砑光山羊皮手套的手拿着一根手杖；象牙白色的双颊下部发暗，呈淡淡的蓝色，干酪发霉的那种颜色；牙齿大而洁白；胡须突出了厚重的双唇；茶褐色的眼睑重重压在柔和深邃的目光上，遮住了它的磁性。

来访者用客气的、颤抖的和憋得又尖又细的嗓音对我说：

“我是马塞尔·普鲁斯特。”

我请他进来。他在门厅停下，没有脱大衣，请求我允许他一直穿在身上。他的躯体动作迟缓，厚实的毛皮使他行动不便；上过浆的领子竖于围巾之上，在淡红色水獭皮圆翻领上蹭来蹭去，头部受这领子的约束，动作僵硬；为了审视我，他得挪动整个上半身；他只看了我片刻，接着他的视线拉得很长，在他讲话时躲闪着朝一边偏斜；他马上带着温和的威严和论述的机智开口讲话，我从中即刻辨识出他的文笔和此人的全部风格：

"亨利·巴尔达克从伦敦发来电报，通知我你到达巴黎，在他家借宿。你有理由觉得——请重新躺下，你会着凉的——(我穿着睡衣，而且一直呆在门厅)你一定会认为在这个时辰叫醒你是很失礼的，但是我不大出门，我起得晚——何况我不该起床，因为次日我要为此付出代价，感到难以忍受的痛苦，接受可笑和漫无止境的过分治疗，不过治疗必不可少，因为慢性病是位挺喜欢受人敬重的老太太 (你也有权抱怨——虽然你是年轻人，不是老太太——我半夜三更按门铃对你缺乏尊重)；我之所以如此冒昧，是因为极想认识一个人(就是你)，他对我——有人告诉了我——(我对你还不大熟悉，所以别人告诉我的只是你讲的讨我喜欢的，甚至动听的话)，他对我，或更确切地说对我的书，发表了——我没有胆量说最中肯(迪博斯风格)——但可以说最细腻的评论……"

句子刚开了个头；午夜前也没有结束。这句悦耳的、诡辩的、推理的话，回答别人没想到要做的反驳，提出始料未及的异议，开场白和歪理讲得巧妙，插入语叫人头痛，把句子像气球一样托在半空，句子长得令人眩晕，恭敬之下隐藏的自信令人吃惊，尽管不连贯，但结构完整，把你包裹在乱成一团的插入语网络中，你若不突然被某个出奇深刻的思想或突如其来的滑稽念头所吸引，便会被它的音乐所麻痹。这句曲里拐弯、乔木状、螺旋形、讲话者无法使其首尾相接的独白，活像一页草稿，满纸墨水污迹，涂抹的杠杠，增加或修改的段落，勘误表，页边空白处的改动。

我这人少言寡语，又不善于利用对话者沉默和喘息的时机，打断扯远的话头，钻进自言自语的矮林。面对一位我不胜仰慕的人，我更加噤若寒蝉，他的声望迫使我选择观点，欲言又止，何况他并不想被人打断。

我记不得普鲁斯特第一次来访的日期了；那大约在1915年秋或1916年春。在伽利略街底层的铁百叶窗后面，天气还很热——或者已经很热。我们的友人亨利·巴尔达克在马恩河战役中受伤退役，自愿到法国驻伦敦大使馆，在当参赞的舅舅弗勒里奥身边服务。我和巴尔达克坐在大使馆的同一张桌子旁，每天誊写12小时——晚上身着礼服——保尔·康邦的电报。从我们的巴-洛克牌旧打字机上方，巴尔达克经常和我谈论普鲁斯特（我想他是在孟德斯鸠家里结识普鲁斯特的）。一年来，人们在伦敦大谈《斯万》。但只在法国人之间(我想除希弗和莫里斯·巴林外，没有一位英国人在1918年以前读过《斯万》)。

第一个在我面前提到普鲁斯特大名的是贝尔特朗·德·萨利尼亚克·费奈隆。他是普鲁斯特最老、最亲密的同学之一。那是在1914年秋天。费奈隆离开他在奥斯陆的职位，穿过伦敦回法国参军。从此，我们当中没有任何人再见过他，也不知他的下落，直至有一天，那干巴巴的、可怕的军事用语告诉我们他已失踪。费奈隆对《斯万》讲的一番话引起我极大的兴趣；关于普鲁斯特本人，他措辞隐晦，充满弦外之音；他的赞美晦涩难懂，而且一般而言，马塞尔的友人令人费解地较少谈及他的存在，却更多地谈及对他的印象，这使我好生诧异；他们似乎加入了某个秘密团体；用眼风交流思想，正如使灵动桌转动的人暗中互相触摸指尖一样。待我读完《在斯万家那边》，我恍然大悟；我也猜到我正面对非常新颖、非常伟大的东西，我特别揣测我即将进入一座神秘的迷宫，得了秘传才能走出来。朋友们见我对这本书如此着迷，他们也是马塞尔的朋友，便发誓要我和他认识；他们争先恐后地牵线搭桥。与我分享公务员生活的巴尔达克比别人先知道我动身去巴黎；因此在这场充满深情的竞赛中名列前茅。

事情已过去三十年。我对普鲁斯特第一次到伽利略街的访问保留着最新鲜的印象。它不是我记忆冷宫中的又一具骸骨，它是一束芬芳依旧、颜色如新的记忆之花。

我真想怀着同样的幸福感寻回当年阅读《斯万》时的感受。几个月前的一个星期天，在弗肯伍德的友人家中，我不期看到了《地上的食粮》，读后一直心绪不宁；我还未从惊愕中恢复过来，普鲁斯特又以另一种方式引起我的震惊。纪德的确在对我，对我一个人讲话，不过是从外部；普鲁斯特却从内部和我谈心。当时我对《斯万》懂得多少呢？我把它视为一部教育小说，青少年把这类小说紧贴在胸口，因为他们在其中读到了年长者眼中的他们的故事。从《威廉·迈斯特》到《约翰·克利斯朵夫》，经由《路易·朗拜尔》和同类的代表作《情感教育》，与其他一切虚构形式相比，我始终偏爱这些辩白，这些自传的开脱，这些由少年天才带来的生活艰辛的见证。我读完《斯万》后甚至大叫："这比福楼拜棒多啦！"

这声热情的叫喊一直传到普鲁斯特那里。

直到很久以后我才明白他为何对此作出反应，为何那天晚上来按响伽利略街的门铃。

原因在战争，马塞尔的许多朋友暂时离开了；他疼爱的兄弟在前线领导一所野战医院；那时他相当孤独，他既庆幸可以和自己未完成的作品朝夕相对，又喜欢与时代保持接触。普鲁斯特热衷于这场战争，他十分勇敢和爱国，真想亲自参战；他喜欢谈论战争，对照战情公报，抓住其中的差错(正如他挑医生诊断的毛病)；他叹着气分析退役将军的"愚蠢评论"和"他们当中最低能的谢尔菲斯将军高雅的淡淡哀愁"；

他只欣赏亨利·比杜的军事专栏，但更喜欢从他本人复杂的头脑出发,从多疑的战术家和易走极端的战略家的角度研究策略;我可以用从一个协约国的首都带回的传闻引起他的兴趣,变换他阅读的口味,《时代》和《论战报》是他每天早晨必读的报纸。

另一方面,我为他重新打开外交部的大门;他在部里的老友要么已经故世如费奈隆,要么暂时不在如罗贝尔·德·比依。普鲁斯特再也见不到一代老外交家,他们应该帮助他构筑滑稽可笑和永垂不朽的德·诺尔普瓦先生(后者集巴莱尔、吉尔曼和德·蒙特贝洛侯爵先生于一身)。于是普鲁斯特把他对一种职业继续感到的怀旧兴趣稍稍转移到我的身上,假若健康允许他很乐意从事该职业，他母亲也希望他进入外交界。他与我一起重温他未能亲身经历的事感到极为愉快。大使馆的随员！“你是巴尔扎克所说的最无信义的大使馆随员”,他补充道。随员这个头衔令他陶醉;这天晚上,我所属的大使馆给我的头部围了一圈荣耀的光晕,正如奥丽亚娜的公爵领地以她为中心向外辐射;这光晕与马塞尔最赞赏的青春光彩融为一体。

青少年初出茅庐便身手不凡,这在他眼中有着无与伦比的美;他怀着好奇、绝望和最纯洁、最高尚的艳羡之心注视他们事业的发端;正值花季的人在他孱弱、憔悴和火热的外表上投下了暗影,但他并不因此感到不快。在我这个26岁的青年身上，他寻回并赞美他本人的青春，这神明永远不停地许诺却从不兑现的东西，被迷人而又愚蠢的自信的焰火所照亮的脆弱和骚动。他进行报复的方式是看别人生活，特别是那些"表示愿望即实现愿望"的人生活，他正是这样取笑我的；在这方面他也像巴尔扎克。他的身体垮了，正如前者的印刷厂赔本倒闭。这天晚上，面对白色大理石壁炉，普鲁斯特坐在我的床脚，边说边在心里描写倘若他是我他会过的生活，正如巴尔扎克托付萨维尼安、拉斯蒂涅克、吕邦泼雷、德·阿泰兹安慰他的全部挫折，去花费他没有的金钱，设法让不要他的美貌女士爱上他们。过了许多年以后我才明白，在《幻灭》和《追忆逝水年华》之间，在这两首天鹅的绝唱之间，在所有这些失去的、消散的、湮没的东西之间存在着深刻的对应，我才理解普鲁斯特在一封信中发出的这声叫喊的深刻内涵："怎么，你没读过《幻灭》！"我才懂得这部小说(其中沉睡着九十年后未来普鲁斯特系列的如此众多的人物)对我朋友的影响。




普鲁斯特在格雷菲尔夫人、玛德莱那·勒麦尔家中和我的父亲见过面(见他的一封信，他在信中谈到后者家中的一次晚会，他应邀来听莫雷根据我父亲的抒情诗《幸福岛》谱写的舞台音乐)。发现欧·莫朗之子是他的年轻奉承者之一大概使他很开心。因为年轻人在他心目中还有另一个价值：他希望把他未来的荣耀交托给青年；1915年—1916年的书信表明，与老朋友相比，他更受到新的、甚至匿名的仰慕者的吸引；前者需要他，后者对他不可或缺；所以他给予他们的地位是前辈们所没有的。这一时期他一再重复说，他与老关系疏远自然不是为了建立别的关系；尽管他接受新来者，但他遵守了诺言，因为他向他们要的全然不是友谊；他不再相信友谊，也不再相信爱情；但是他揣测我所属的那一代人即将(与他未来的传说相反)以一个公正而聪明的举动，恭恭敬敬地恢复先辈名誉的举动开始生活。当代人对先辈是不公正的，他们对名望漠不关心。他揣测我这代人想到的第一件事是恭敬地向大师们——瓦莱里、纪德、克洛戴尔——表示敬意，立他们为王，并在二十年后迫使下一代人接受他们。





"我要走了……"普鲁斯特对我说，但没有起身。他没有把威胁付诸实施，继续将许多专有名词引到句尾，如同引到钓鱼竿的末端，这些专有名词在我们之间织出新的关系。我们弥补了时间上的损失；友情迅速发展。"巴尔达克，"普鲁斯特说，"不是那班把朋友一个个密封起来，阻止他们相识的人，更不是那班像比贝科一样，促成他们会面，以便日后更能制造不和的人。"他向我谈了莱昂·勃鲁姆的兄弟勒内·勃鲁姆，一位文笔细腻的作家，对编辑室而言，他是过于敏感，艺术家气味过浓的专栏编辑，但对彩排、剧院过道、后台刺耳的嘈杂声，他又过于麻木不仁，正是他把《在斯万家那边》的手稿送到格拉塞那里……接着,他给我描绘了德·诺阿耶夫人、巴莱士、科克托、“像观察新行星的天文学家一样用长柄眼镜看人”的德·吕德尔夫人、吕西安·都德、“具有大昆虫随机应变的柔韧性的……”戈蒂埃·维尼亚尔。

记得当时我问普鲁斯特他的小说续篇是否将在战争结束前发表。他迟疑着,回答说格拉塞已应征入伍,不等“他的年轻可爱的出版者”归来会使他难过,但是《新法兰西杂志》在拒绝了他的手稿之后,现在似乎非常希望发表其续篇……我不难明白,在他眼中作品应该先于其他一切考虑,倘若和平姗姗来迟,他将甘愿接受伽里玛的建议。《新法兰西杂志》在当时类似于一个清教徒圆桌骑士会,一个文学友谊的盟约,普鲁斯特揣测它拥有比沙龙和《费加罗报》的读者更苛求的新读者,他们判断冷静,鉴赏力高,是未来的真正读者。

“伽里玛即将与科波动身去美国,”我说,“在宣传部门首脑奥古斯特·布雷阿尔的启发下,菲利浦·贝尔特洛想出了把老鸽舍剧团派往纽约的极好计划。”

“那么我必须很快决定……我的纸夹里满满的……我将永远理不出头绪……”

“我能帮帮你吗?”

“不,谁也帮不了我。”

在紧闭的百叶窗后面,空气越来越闷热,普鲁斯特却越来越冷。他似乎沉到了毛皮大衣的底部,他第一个嘲笑这件大衣。我记得，几年以后他半开玩笑半诉苦地对我说："我的英国朋友希弗在伦敦街头拦住他的相识，告诉他们他和妻子在巴黎见到的印象最深的是马塞尔·普鲁斯特……有人告诉了我……亲爱的朋友，我已经非常高兴了……但希弗补充说，这是因为他是他们见过的唯一穿着毛皮大衣吃晚饭的人！"

普鲁斯特跷起二郎腿，黑色的袜子落到了漆皮高帮皮鞋的鞋面上。

"现在我就让你睡觉，先生，并且原谅我……"

普鲁斯特放下腿，将手杖稳稳靠在膝盖上，头往后仰，朝上耸的领子弄得他蓬头散发，他又开始了独白。这时发生了自他来访我便期待着，但已不敢寄希望的事：他谈了《斯万》。

我本想对他说他的书对我意味着什么，但是，虽然我受到了冲击，我还没有真正思考过——我经常如此——以致当我打断作家，讲出这句平庸的话："《斯万》在我的生活中是一件大事，一场革命……"的时候，我突然没词儿了。普鲁斯特品味出我的笨嘴拙舌；长睫毛神经质地抖动向我证明了这一点。我没胆量告诉他的，但却是这一晚留给我最持久回忆的，正是感觉到天才出现在这个房间里的强烈印象。直至那时，经典作家对我而言是位声名显赫的死者；而如今在我面前的正是一位经典作家——对此我确有把握，不是精神上的，而是实实在在的把握。由于闻所未闻的奇迹，这位经典作家在呼吸，在动，在哭；这位经典作家没有装订。我遇到过几位著名作家，我和洛蒂一起吃过饭；但洛蒂完全立足现实，普鲁斯特却有不止一次进入了未来的世纪。在为荣耀所累，背负着一堆论文，头戴评论界的桂冠，在令人眩晕的过多的名誉地位的重压下消失之前，他越过近亲，几乎瞒着老朋友来到我身边，以谋得他身后一代代人的赞同；他对我已经像对后世那样讲话了……

“我今晚破例出门，”普鲁斯特继续说，“这完全违背了那条我自言自语时称作机械的规则。唉！例外白白成为人生的仙境，机械要求被人遵守。”

他把机械传授给我，自普鲁斯特去世以来大量书信和吐露的隐情使我们熟悉了它；他如此称呼与疾病这个十足的奸诈小人周旋的艺术，高明地确定交替用药量(高明得令许多学者吃惊)，以镇静剂缓和兴奋剂，用溴化物减轻咖啡因的艺术。

“你同时用脚踩刹车和油门踏板。”我提醒他说。

“我比任何人都清楚什么适合于我，”他答道，“病是永远治不好的；人们只学会与疾病共存。”

夜深了。钟刚刚敲了两点，我被胆怯和腼腆拦住，不敢就小说的续篇询问普鲁斯特，这种胆怯和腼腆阻止我向最亲近的人提问(比如近四十年当中，我从来不敢问季洛杜他是否相信上帝)。

“这部小说不完全是一部小说……”

别人和普鲁斯特谈他的小说时，他很尴尬；当人们使用回忆录或童年回忆等字眼时，他更加尴尬。

“这……是一种小说……”

当时我以为斯万是主人公，是中心，作者独一无二的代言人；我搞错了。普鲁斯特的作品，这部源头喷涌不止，河流时时消失的意识探险小说其实只有一位主人公，即时间。

“我知道斯万将如何了结一生，”普鲁斯特补充说，“我已经写好了，但在此期间他会遇到许多我还不知道的事；我的人物把我带到他们想去的地方。”

(我仿佛听到巴尔扎克在讲话，当他得知父亲患病的时候：“让我们回到现实中来：欧也妮·葛朗台的婚事……”)

“况且他们将把我引到如此……奇特的地点，”普鲁斯特继续说，“我真不知道是否能走出来，或者如果我走出来，大家是否会不理睬我。比方你觉得那么可爱的小圣卢将使你不寒而栗……”

(在此我附带说一句：评论家们指责普鲁斯特给他的某些主人公，尤其给圣卢强加了与人物性格不符的癖好。然而普鲁斯特丝毫没有捏造；他的材料取自最可靠的来源；那个金发碧眼的迷人男子，1900年女士们的宠儿，给圣卢当原型的人，千真万确最后大搞异端，或更确切地用我们当时的行话说，大搞我们所谓的复本位制……)

“至于夏尔吕，你非常客气地觉得他是个有趣的家伙——喜欢戏谑的地狱是中世纪的传统——他同样会使你惊诧不已……”

在女性的《妖孽》之后，我看到男性的《妖孽》接踵而至。我记得很清楚，这天晚上普鲁斯特使我想到了巴尔贝·德·奥维利。不过这个印象并不准确，从长远看甚至完全错误。但是有很长时间我想象普鲁斯特和让·洛兰根据巴尔贝·德·奥维利画的那位德·布格勒隆先生是一样的。傲然昂起的头，达尔塔尼昂式的黑须，奉承巴结的礼貌咄咄逼人的气势，这几点像孟德斯鸠；而孟德斯鸠像巴尔贝；巴尔贝又像布鲁麦尔。❶普鲁斯特从床上看着世界没有他继续存在，正如布鲁麦尔从康城的济贫院遥望乔治四世的宫廷日薄西山；某种时髦传统在延续。普鲁斯特自然没有落到搞浪漫派那种十分明显的故弄玄虚，披短斗篷，穿天鹅绒背心，或者用彩色墨水练书法的地步，然而我觉得他与巴尔贝有些共同点：像挑选领带一样刻意挑选形容词，喜欢题词写序言，对圣日耳曼城关抱着几分怀旧的热情，1914年的战争使该城关不再时髦，正如大革命使瓦洛涅的老处女花颜褪尽；而在一切之上，或不如说在一切之下，极难摆脱幼稚感情的束缚，这使巴尔贝写出这句

---

❶乔治·布鲁麦尔(1778—1840)，绰号“时髦之王”的英国花花公子，与威尔士亲王，即后来的乔治四世过从甚密，后与他不和，1816年离开英国，1830年任驻法国康城领事。晚景凄惨，贫病交加，曾因债务坐牢。后死于康城济贫院。

已带普鲁斯特风格的话:"我坚信凭借如我的童年叙事那样的感受以及想象力,可以达到一种十分清醒的催眠状态。"

我在普鲁斯特的作品中也重新发现了在最狂热的激情中"古风犹存的镇定"和《妖孽》作者所喜爱的"尖酸刻薄的玩笑和入口即化的糖果似的雅致"的某种混合。

"今晚我不能定以后的约会,"普鲁斯特慢慢站起来对我说,"因为我会忘记的:三氯乙醛使我记性很差。何况在这样的拜访以后,你绝不想再和我见面……但是,今后你路过巴黎时万一想同我打个招呼,而如果我仍然活着——拉马丁说得不错,死一次以上真叫人心烦;想想看,我这人老是死去活来——请你寄封便函给奥斯曼大街102号 (我是说寄不是说送,免得你叫旅馆负责跑腿的服务员送这封便函,他等回话可能会浪费他一天,因为我的女管家塞莱斯特在我作熏蒸治疗时进不了房间);如果你愿意跟我通音信,我们可以一起出门;我不敢奢望你同意陪我去像卢浮宫那样令人生厌的地方,但也许你乐意和我去拉吕餐馆吃顿饭;如果你喜欢音乐,而普莱没有应征入伍,我可以租个单间,请来普莱四重奏组,这是我们目前最好的演奏团体。"

(不久后,为了讨好我们的一位女友,普鲁斯特要在拉吕餐馆实施这项计划;他对侍应部领班惊慌的抗议充耳不闻:"可是,普鲁斯特先生,战争期间餐馆里禁止演奏音乐。"马塞尔半夜乘出租汽车走了，叫醒了普莱夫妇，把第二小提琴手拉下了床，由于大提琴手这天夜里在一间诊疗所的手术台上割盲肠，他重建四重奏组的计划才付诸东流。)

马塞尔继续站着聊天，像一个对其而言时间似乎暂时停止了的梦游者，一个随着时间的推移，变得愈来愈出众和富于魅力，阻止你上床的梦游者。

“你想邀请谁我便可以邀请谁，除了施特劳斯夫人(我们曾谈到她)，她不出门，还有你的朋友谢克维奇夫人，她的香水味会使我的哮喘发作……不管怎样，请你放心，我不会像今晚迫使你做的那样与我单独在一起。”

他这样继续谈了很久，对我使用见多识广的长者和年轻女子谈话时的那种柔和与略带挖苦的语气。他离开我时，我见他钻进一辆在门前等了四个小时的出租汽车。

由此开始了一段友情，尽管——或多亏——我经常久居国外，它一直延续到另一个夜晚，如此凄凉不祥的夜晚，我在阿默兰街的客厅里，在幽闭于沉甸甸的窗帘后面的鲜花令人头晕的香气中，为马塞尔的遗体守灵，花香从此再也不会使他受苦了。

普鲁斯特给我的许多信已经遗失，还有一些藏在远处。我不知道是否有一天会给书信的长链献上我的全部贡品，路易·德·罗贝尔给这长链系上了第一个链环。人们即将读到的是我留在身边的那些信。近两年来我获得了些许普鲁斯特所擅长的在时间的海洋中潜水的技能，在十一月的这一天，面对松鼠皮色和栗子壳色的韦托森林，在凋谢了的菊花和墓地紫杉的香味中间，我感到了与你们共阅这些书信的需要。

1946年万灵节于泰里台

王文融　译

# 两个形影不离的朋友

〔法国〕博瓦尔



我身边的凳子被一名新来的女生占领了。她的皮肤是棕褐色的,一头黑发剪得很短。在课间休息时,我们聊开了。她名叫伊莎白丽·马比耶,与我同龄。她原先在家里读书,后来一个意外事件使她中断了学习。一天,她在乡下煮土豆,不小心烧着了连衫裙,结果大腿受了三度烧伤;夜晚她痛得哼哼叫,在床上整整躺了一年。直到现在,她褶叠裙下的皮肉还是浮肿的。我从来没有类似的遭遇,所以她在我眼里立即成了一位了不起的人物。她同老师讲话的方式令我吃惊,她态度自然,从容不迫,同其他同学生硬呆板的声调形成鲜明的对照。在此后一周里,她完全把我迷住了:她能够惟妙惟肖地模仿博代小姐[1];她讲的每

[1]教师之一。

句话都饶有风趣或者滑稽可笑。

虽然她由于辍学有些功课未学，可不久她在全班又名列前茅了。我的考试成绩同她相比只能略占上风。我们俩人之间的竞争很叫老师们开心，她们鼓励我们之间的友谊。在圣诞节前举行的一年一度的晚会上，我们俩演出了一个短剧。我身穿玫瑰色的长袍，两鬓垂着英国式的鬈发，扮演儿童时代的塞维涅夫人[1]！伊莎白丽扮演一名淘气的小表弟。她身穿一套很合身的男童装，观众对她的活泼和老练赞叹不已。演出前的排练和我们亲昵的同台演出使我们的关系更加紧密，从此大家称我们为“两个形影不离的朋友”。

伊莎白丽的父母让她到我家玩儿，我也被允许到她家去。

我姐姐陪我头次到瓦雷纳街她家的时候，我们感到很不自在。伊莎白丽(我亲切地称她为莎莎)家里有一个姐姐、一个哥哥、六个弟弟和妹妹，还有一大群表兄弟和小朋友。他们又蹦又跳，又打又闹，爬台翻凳，闹得人仰马翻。傍晚，马比耶太太回来了。她扶起倒在地上的椅子，含笑抹抹孩子头上的汗水。她对他们青肿的鼻子和眼睛、墙上的污渍和打烂的杯碟毫不在意，对此我感到很吃惊。我不大喜欢这种乱哄哄的游戏，而且莎莎也感到厌倦。我们常常避开喧闹，躲到马比耶先生的工作室里去聊天。我从中得到我以前不曾体会的乐趣。我同我的父母之间话是不少的，但是我们从来没有促膝

[1]十七世纪法国著名女作家。

谈心过;我姐姐和我之间缺乏交流所必需的距离。同莎莎一块我可以进行真正的交谈,就像爸爸和妈妈傍晚交谈一样。我们谈论学习,读过的书、同学、老师和世界上发生的事情……

莎莎和我一样喜欢读书和学习;此外,她有许多我不具备的才能。我到她家的时候,有时看见她正忙于做油酥饼、糖果。她用一根打毛线的针戳着橘片、枣子和李子,浸在一个煮着糖浆的平底锅里。她手制的糖衣果品可以同糖果店卖的媲美。她每周还编一份家庭大事记,自己动手油印十来份,分寄给不在巴黎的奶奶、叔叔和姑妈们。我欣赏她生动的笔调,也钦佩她能够编出这种好像报纸的东西。她同我一道学了几次钢琴,但不久她就编到另一个程度较高的组里去了。她虽然体质羸弱,两腿细长,但这并不妨碍她完成种种技巧动作。有一年春天,马比耶太太带我们俩人到鲜花盛开的郊外(大概是南特尔吧)去远足。莎莎在草地上侧翻筋斗、摊一字,还做了许多别的技巧动作。她会爬树,能够用脚勾住树枝倒挂在树上。无论做什么她都潇洒自如,令我赞叹。她十岁就独自一人上街。在德西尔学校❶上学时,她对老师是彬彬有礼的,但说话语气随便,好像和同辈聊天似的,她从来不像我那样拘谨。有一年,她参加学校举行的钢琴演奏会,她胆大包天,竟然做了一个使在场者瞠目结舌的动作。那天大厅坐得满满的,头几排是女学生,她们穿着最漂亮的连衫裙,头发烫过,

---

❶巴黎的一所私人学校。

扎着蝴蝶结，准备一显身手。她们后面坐着教师、学监，个个都穿着绸上衣，戴着白手套。教师后面是家长和客人。莎莎身穿一件蓝色塔夫绸的连衫裙，演奏了一首她母亲认为对女儿来说难度太大，莎莎平时练习总有几个节拍不合要求的曲子。但这一回她演奏得无懈可击，莎莎得意洋洋地朝马比耶太太望了一眼，同时朝她伸了伸舌头。头发鬈曲的小姑娘们吓得发抖，而老师们板着面孔，露出不以为然的神气。莎莎下台后，她妈妈拥抱她；马比耶太太是那么高兴，所以谁也不敢责备莎莎。由于这个勇敢的行为，她在我心目中更加伟大了。

程依荣　译

# 旧时相识

〔俄罗斯〕陀思妥耶夫斯基





别林斯基这件轶事[1]，现在使我想起了我第一次踏上文学道路时的情形，天知道这是多少年以前的事了。对我来说，那是一个忧愁的、决定命运的时刻[2]。我始终没有忘记那时我所见到的别林斯基以及他当时接待我的情形。我现在之所以常常想起旧时的朋友，当然是因为我结识了新的朋友。他是我生平所遇见的最热情的一个人。赫尔岑则完全是另一种情况：他是我们贵族阶级的产儿，他首先是俄国贵族和世界公民，

❶陀思妥耶夫斯基有一次称赞赫尔岑在书中把论敌写得很聪明，赫尔岑就告诉他别林斯基的一件事：别林斯基写了一篇题为《甲先生和乙先生的谈话》的文章，甲代表他本人，乙指他的论敌，十分差劲。他问赫尔岑读后的感想，赫尔岑说："看得出你很聪明，可是却愿意在这么个傻瓜身上浪费时间。"别林斯基听后掩面大叫道："真该死！真该死！"——译者注

❷陀思妥耶夫斯基第一次和别林斯基见面是在1845年5月。

——只在俄国出现，除了俄国之外，别的地方不可能出现的典型。赫尔岑不是移居去外国，他不是俄国侨民的开路者；——不是，他生来就是侨民。那些像他一样的人，在我们这里一生下来也就是侨民，尽管他们之中的大多数人没有离开过俄国。一百五十年来俄国贵族的生活中，除极少数之外，最后的根都完全腐烂了，与俄国土壤和俄国现实的最后联系都动摇了。仿佛历史早已注定赫尔岑作为一个最鲜明的典型，以表现他与我们知识阶层的大多数人这种脱离的现象。在这个意义上说，他是历史的典型。他们脱离人民，自然也就失去了上帝。他们当中不安于现状的人成了无神论者；萎靡不振和安分守己的人则成了漠不关心者。对于俄国人民，他们只怀着蔑视，同时却自认并且自信是热爱人民，并希望人民一切顺利的。但是，他们对人民的这种爱是从否定的立场出发的，他们想要以某种理想的人民来加以取代——按照他们的理解，俄国人民应该是那种样子的。那时候在某些先进的代表人物心目中，大多不由自主地把1793年巴黎的平民当作这种理想的人民。在那个时候，这是人民最富有魅力的榜样。当然，赫尔岑正因为是个俄国的大少爷，也就是无饥寒之虞，不为谋生而奔走，单单由于一种“思想的逻辑趋向”和在国内所感到的内心的空虚，他应该去当个社会主义者。他脱离旧有的社会基础，否定家庭，但他似乎还是个好父亲和好丈夫。他否定财产，却期望能成功地安排自己的事业，并为在国外维持富裕的生活感到满意[1]。他策动革命，鼓励别人参加革命，同时又贪图舒适和家庭的安宁。这是个艺术家，思想家，杰出的作家；学识渊博，思想敏锐，非常健谈(他的谈吐胜过他的文笔)，善于思考。深思熟虑，内心深处的感情化为客体，供奉在自己面前顶礼膜拜，大概又立即加以嘲笑，这种才能在他身上发展到了极限。毫无疑问，这是一个不平凡的人。然而，无论他是什么人——写过回忆录[2]也好，与蒲鲁东[3]一起出版过报纸也好，或者出现在巴黎的街垒上[4]也好(他在回忆录中非常可笑地描写过)；他痛苦也好，高兴也好，怀疑也好；1863年为了讨好波兰人，他写信回国，给俄国的革命者寄呼吁书[5]，同时他又不相信波兰人，明知他们欺骗了他，明知他的呼吁书会断送这数百名不幸的青年；对这一点他最近在一篇文章里以空前的天真直言不讳，甚至毫不顾忌这样的自白会把自己置于何地。——尽管有以上这些表现，无论什么时候无论什么场合以致终其一生，他首先是

[1]1850年，按照尼古拉一世的命令，法院缺席判决剥夺赫尔岑的一切公民权利，并认定他是"永远被逐出俄国国境的流放犯"。赫尔岑的田产被没收。但他从父亲处所继承的资金(几十万卢布)事先已转移到了国外，因而有可能开展革命活动，创办"自由俄国印刷所"。

[2]指《往事与随想》(1852—1868)。

[3]皮·约·蒲鲁东(1809—1865)：法国社会主义者，无政府主义理论家。他主办的报纸《人民报》于1849年6月停刊后，决定出版《人民之声》报，赫尔岑曾提供保证金。

[4]赫尔岑在《往事与随想》中叙述了他与国民卫队及巴黎警察的冲突。

[5]早在1863年波兰起义之前，为捍卫波兰国家和民族独立自主的权利，赫尔岑发表了不少文章。起义开始后，赫尔岑不止一次地号召俄国官兵"不要拿起武器对着波兰人"，不要"用武装力量支持给波兰人和我们带来不幸的政府"。

俄国的贵族和世界公民，纯粹是已成为过去的农奴制的产物。他憎恨农奴制，又来源于农奴制，这不单是由于父亲，而且还因为脱离故国的土地和理念所造成。别林斯基正好相反，别林斯基压根儿不是贵族，——啊，不。(天知道他是什么出身。他的父亲似乎是军医。)

总的来看，别林斯基不是一个内省的人，他这一辈子总是无所顾忌而充满激情。我的第一部中篇小说《穷人》深得他的赞赏(后来，大约过了一年，我们分手了[1]，原因很多，其实从各方面说来都是微不足道的)；但是当时，在相识的最初日子里，他心里老牵挂着我，非常单纯而又迫不及待地想让我接受他的信念。我丝毫没有夸大他对我的偏爱，情形十分热烈，至少在相识的最初几个月里是如此。我遇见他时他正是一个热情的社会主义者，他开门见山就同我谈无神论。这方面有我感到重要的许多东西——确切地说，是他的惊人的敏感和极为深刻地理解各种思想的非凡才能。两年前，“国际”[2]的一份呼吁书开头第一句就郑重地声称：“我们首先是无神论的团体[3]。”一开始就抓住了事情的本质。别林斯基也从这里开始。他非常重视理性、科学和现实主义，同时他比谁都更深刻地懂得，单是理性、科学和现实

---

[1] 1846年下半年，陀思妥耶夫斯基与别林斯基在思想和文学、美学观点上产生了分歧。

[2] 指第一国际。

[3] 陀思妥耶夫斯基此处引文来自巴枯宁领导的“国际社会主义民主同盟”的章程。

主义，只能建造蚂蚁窝，而不是人们可以共存的社会的"和谐"。他知道，一切的基础是道德准则。他狂热地毫不怀疑地相信社会主义的新的道德基础(然而，社会主义至今尚未指出任何基础，除了揭露人性和健全的理性被丑恶地扭曲以外)；这只是一种狂热。但是，作为一个社会主义者，他首先应该消灭基督教的势力；他知道，革命必然要从宣传无神论开始。他应该推翻那在他所否定的社会的道德基础上产生的宗教。家庭、财产、个人在道义上的责任，他是从根本上否定的。(我发觉，他和赫尔岑一样也是一个好丈夫和好父亲)毫无疑问，他懂得，在否定个人的道义上的责任时也要否定个人的自由；然而他完全相信(他比赫尔岑要盲目得多，赫尔岑到后来似乎产生了怀疑)，社会主义不但不破坏个人的自由，反而会把它恢复到前所未闻的广阔的程度，而且会有新的坚固的基础。

但这时仍然存在着耶稣的光芒四射的人格，要否定它是最为困难的。作为一个社会主义者，他必然要攻击基督教的教义，称它为虚伪的和无知的仁爱，受到现代科学和经济法则的谴责；但仍然存在着耶稣光芒四射的形象，存在着他在道德上无人可及的境界，他的神奇的能创造奇迹的美。但是别林斯基在他永不休止、历久不衰的狂热中，甚至遇到这个不可克服的障碍时也不像勒南[1]那样停步；勒南在他那本排斥宗教信仰的



[1]恩纳斯特-约瑟夫·勒南 (1823—1892)：法国宗教史家。《耶稣传》(1862)是他的主要著作之一。

《耶稣传》一书中宣称,耶稣毕竟是人类美的典范,是不可企及的典型,这种典型甚至在将来也不可能再出现。

"是的,您知道吗?"有一天晚上他尖声叫喊道(当他非常激动时,有时不知道为什么要尖叫),"您知道吗?当社会道德沦丧,一个人不可能不犯罪时,当他在经济上堕入罪恶的深渊时,是不可能把罪行算到他的身上的,也无法让他承担责任,充当替罪羊的;并且即使他愿意,也无法横蛮而粗暴地要求一个人去完成按照自然法则所不能完成的事……"

这天晚上不光是我们两个人,在座的还有别林斯基的一个朋友❶,他十分尊重别林斯基,并且在许多事情上听从他的意见;也是一个刚刚开始创作的青年,后来在文学界负有盛名。

"我看着他时甚至觉得非常感动。"别林斯基突然停止了激烈的叫喊,用手指着我,对他的朋友说。"每一次,当我这样想起耶稣时,他整张脸都变得好像要哭的样子……请您相信,您是一个心地单纯的人,"他又突然同我说起话来,"请您相信,如果您的耶稣出生在我们这个时代,他就会是一个最不显眼的、最平凡的人;于是就会在当今的科学和当今人类的推动力面前显得无地自容。"

"嗯,不!"别林斯基的朋友接着说,(我记得我们俩人坐着,而他总是在房间里踱来踱去。)"嗯,不。如果现在出来一个耶稣,他会参加运动,并且成为它的领袖……"

❶可能是瓦西里·彼得罗维奇·波特金(1812—1869),俄国作家。

"对呀,对呀,"别林斯基突然急急忙忙地表示同意,"他会加入社会主义者的队伍,跟他们走。"

耶稣命中注定要加入的人类的推动力,当时全是法国人:首先是乔治·桑,现在已完全被遗忘了的卡贝,皮埃尔·勒鲁❶以及那时刚刚开始活动的蒲鲁东。就我所能记得的,这四个人是别林斯基当时最崇拜的。他对傅立叶已远不是这样尊重。在他家里整夜整夜地谈论这些人。他当时非常崇拜的还有一个德国人,叫做费尔巴哈(别林斯基一辈子没有学会一种外语,他把这个姓氏读成"菲耶尔巴赫")。谈到施特劳斯❷时也是满怀着敬仰之情。如此热诚地信奉自己的思想,这样的人当然是幸福的。啊,后来有些人写道,如果别林斯基多活几年,他会参加斯拉夫派❸。这是浪费笔墨而已。他



❶皮埃尔·勒鲁(1797—1871):法国空想社会主义者。

❷大卫·弗里德利希·施特劳斯(1808—1874):德国哲学家。所著《耶稣传》(1835—1836)一书对发展反宗教的思想产生过很大影响,他把耶稣看成一个历史人物,认为《新约》只是当时的文学名著。

❸这是俄国批评家阿·格里戈里耶夫(1822—1864)在《我国批评家笔下的著名欧洲作家》一文中写的一句话。陀思妥耶夫斯基在征订1861年《当代》杂志的启事和《冬日所记夏天的印象》中重申了别林斯基有可能转变为斯拉夫派的想法。他在援引格里戈里耶夫的话以后指出:"这句话里有思想。"因为别林斯基曾经反对赞扬"西欧的东西",他相信俄国肩负着伟大的使命,他高度评价普希金认识异族内部利益的能力,认为是俄国人的特点,这些被当成了得出上述判断的依据。然而别林斯基对斯拉夫派全盘加以否定的态度,迫使(十九世纪六十年代的)俄国的"根基"派对别林斯基思想的发展趋向从根本上作出修改。同一个格里戈里耶夫1861年在《别林斯基和文学界的反对观点》一文中写道:"他在当代不可能不是一个反对者和操纵者,虽然对于他会成为斯拉夫派这一点应当表示怀疑。"

永远不会以斯拉夫派而终其一生。如果别林斯基能多活几年，如果他有机会移居国外，他可能会客死他乡；他现在可能是一个充满激情的小老头，怀着从没有丝毫怀疑过的旧日热诚的信念，奔波于德国和瑞士的哪个地方的会议上，或者以副官的身份跟随德国的某一位赫格[1]夫人，为某个妇女问题而忙碌。

不过，这个生活十分美满、心地极为平静的人，有时候也很苦闷；但这种苦闷很特别，——不是由于怀疑，也不是由于失望，啊，不是的，——为什么不是今天，为什么也不是明天呢？这一位在全俄国来说是最性急的人。有一天下午三点钟左右，我在兹纳明斯克教堂旁边遇见他[2]。他对我说出来散步，正要回家。“我经常到这里来看工程的进展情况(指当时正在建设的尼古拉耶夫火车站)。我站一会儿，看一看施工情况，借此散散心：我们终于要有一条铁路了。您不会相信，这个想法有时真能使我感到宽慰。”

这番话说得很热情，说得很好；别林斯基是从来不自我吹嘘的。我们一起走着，我记得他在路上对我说：

“您看，一当人们动手要把什么人埋进坟墓里去(他知道自己患有肺结核病)，那时候才忽然想起，才知道是谁没有了。”

---

[1]赫格是德国的政治活动家，日内瓦和平大会的领导成员。
[2]别林斯基和陀思妥耶夫斯基的这次会面可能是在1847年末。

在他去世的最后一年，我已经不到他那里去了。他不喜欢我；但我那时已经狂热地接受了他的全部理论。再过一年，在托博尔斯克[1]，当我们坐在城堡中转送犯人的院子里，等待未来命运的时候，十二月党人的妻子们恳求城堡的看守在他的屋子里安排一次和我们的秘密会见[2]。我们见到了这些伟大的受难者，她们自愿跟随自己的丈夫来到西伯利亚。她们抛弃了一切：贵族的地位、财产和亲戚朋友；为了无比崇高的道义上的责任，为了充分履行未被剥夺的义务，哪怕只有一点可能，她们牺牲了一切。她们在漫长的二十五年中无辜地忍受了她们被判刑的丈夫所忍受的一切。会见历时一个钟头。她们为我们走向陌生的道路祝福，给我们画十字，赠给每人一本《新约》——监狱里允许阅读的唯一的一本书，这本书在我服苦役期间压在枕头底下四年。有时候我读它，有时候别人读它。我还用它教会一个苦役犯读书。我身边正是这样一些人，按照别林斯基的信念，他们是“不可能”不犯罪的，因而没有错误，只是比别人不幸而已。我知道，全体俄国人也把我们称为“不幸的人”，我多次听到这个称呼，也从很多人的口中听到这个称呼。但在这里是另外一回事，完全不是别林斯基所说的那样，在这里会听到的，比方说，是目前我们陪审

---

[1]西伯利亚额尔齐斯河上游的一个小城，沙皇时代流放政治犯之地。

[2]十二月党人的妻子与被流放的彼得拉舍夫斯基小组成员的会见是在1850年1月。

员的某些判决书中的称呼。在“不幸的人”的这个字眼里，在人民的这个判决中，包含着另一种意思。四年的苦役是一个漫长的经历；我有时间相信……现在想谈的正是这一点。

1873年

刘季星　译

# 素昧平生的友人

〔俄罗斯〕蒲宁





读完您的新作后，我迫不及待地要用这张绘有大西洋岸边如此凄凉而又如此壮丽的月色的carte-illustrée[1]，向您表达我对您热烈的感激之忱。这儿的海边是我的第二故乡，叫爱尔兰，——瞧，您的一个素昧平生的友人从多么遥远的地方给您寄上她的敬意啊。祝您幸福，愿上帝保佑您。

十月七日

这是那个荒凉的地方的又一张风景明信片，命运已将我永远抛在那里了。

由于我体弱，我们终年住在别墅里。昨天我冒着滂沱大

---

[1]法语，意为：“风景明信片”。

雨——我们这里一年到头下不完的雨，——进城去办些事，偶然买了本您的书，在归途中我捧读大作，爱不释手。由于下雨，由于空中乌云密布，天色近乎昏暗，而庭园中的花草树木却异乎寻常的鲜艳，电车疾驰着，不时迸发出紫罗兰色的电花，车内几无乘客，而我呢，则埋头读您的书，读着，读着，不知怎的，感到一种类乎痛苦的幸福。

别了，再次感谢您。我真想再跟您谈谈，可是谈什么呢？我不知道，我是个优柔寡断的人，总是拿不定主意。

十月八日

我无法自制，又给您写信了。我想，您收到的这类信一定非常之多。这可都是您为之创作的那些人的灵魂所发出的回声。既然别人如此，我何苦要沉默呢？何况又是您先来同我作精神上的交流的，因为您出版作品就是为了要激起世人的共鸣，自然也是为了要激起我的共鸣……

今天又下了一整天的雨，雨水哗哗地倾注到我们家绿得反常的花园内，我的房间阴沉沉的，打一清早起就得生壁炉。我有许多话想向您倾诉，但是您比谁都清楚，一个人要吐露心曲是何等地困难，实际上几乎是不可能的。直到今天，您使我产生的那种难以言说的、无法排遣的，然而又是美好的印象仍然主宰着我，——请告诉我，这究竟是一种什么样的感情？一般说来，艺术会给予人们什么样的感染呢？倾倒于人类的才华和力量？激发起对个人幸福的憧憬(这种憧憬是始终，始终存在于我们心底的，尤其当我们的感官受到像音乐、诗歌、某种动人的回忆或者某种气息的影响时，就更其强烈)？或者会喜不自胜，因为体味到了人的灵魂的高尚美好(能够为我们揭示人的灵魂的人寥若晨星，只有像您这样的作家才有这个能力，才能告诉人们高尚美好的灵魂毕竟还是存在的)？正因为如此，有时当我读一本什么书的时候，甚至是一本可怖的书的时候，我会情不自禁地发出感叹：天哪，这是多么美好啊！这说明什么呢？也许这说明：生活毕竟是美好的！

再见吧，很快我还会给您写信。我想，给您写信绝不能算是有失检点的行为，恰恰相反，是合乎常情的——给作家写信嘛。再说，您很可能根本就不看我的信……虽然对我说来，您若不看我的信，我将非常伤心。

十月十日

请您原谅，也许跟您讲这样的事有失体统，可我还是不能不讲：我是一个年事已经不轻的女人，女儿有十五岁了，都出挑成名副其实的小姐了，不过我当初也并不是那么难看的，其实自从……以后，我并无多大变化，我还是不希望您把我想象得跟我现在的样子不同。

深夜

我给您写信是出于一种需求：要同您分享您的天才——那像回肠荡气而又超凡脱俗的音乐一样的天才——在我心底所唤起的激动。可是为什么必须要同您分享呢？我不得而知，连您也未必知道，然而我俩都知道得很清楚，人的心灵会产生这种需求是与生俱来的，没有这种需求就无生活可言，不唯如此，其中还蕴含着一种极为神秘的东西。其实您所以要写作也正是出于这种需求，而且岂止是出于呢，您把整个身心都奉献给了这种需求。

我一向用很多的时间看书，用很多的时间写日记，就像所有不满足于现实生活的人那样，——现在我仍然用很多的时间看书。过去我也曾看过您的书，不过看得并不多，除了您的名字外，对您并无了解。可是现在我面前摆着您的这本新作……这可真是咄咄怪事！某个人在某个地方描写了某件事情，某个人的灵魂用最奥妙的暗示表达了他内心生活中最小的一部分——仅仅是文笔，即使是您的文笔，所能表达的那小小的一部分！——顿时空间、时间、命运的不同、境遇的差别就通通消失了，您的思想感情成了我的，成了我们俩人共同的思想感情。的的确确融合成了一个灵魂，俩人在世界上所共有的一个灵魂。在这以后，我迫不及待地要给您写信，倾诉某些东西，同您分享某些东西，抱怨某些东西，难道还不能理解吗？难道您的著作不正像我给您的信一样吗？您的文章不也是寄给茫茫世界某个地方的某个人，以倾诉某些东西的吗！您不是也在抱怨吗，而且往往满纸怨言，因为所谓抱怨，换一种说法就是央求同情，它是和人俱生俱灭的，所以在歌曲、祈祷、诗篇和情书中有多少的央求啊！

也许，您愿意给我回信，即使只是三言两语？给我回信吧！

十月十一日

夜又深了，我又在给您写信了，我已回卧室，一种莫名的愿望折磨着我，我不可遏制地要同您谈话，而这些话人们可以轻而易举地斥之为天真，但不管怎样天真，也无法表达我的感受于万一。我想谈什么呢，其实也很简单：我只是想告诉您，我感到非常忧郁，非常可怜自己，——然而这种忧郁，这种对自己的可怜却使我感到幸福。我忧郁地想着，我客居异国，流落到了欧洲的西陲，蜗居在城郊的一所什么别墅里，周遭是秋夜的黑暗和从海上飘来的迷雾，而这海一直可以通到美洲。我感到忧郁，不仅是因为在这间舒适而漂亮的房间里，而且在整个世界上，我都是孤独的。而最使我忧郁的莫过于您，一位我用想象加以塑造的人，一位我已对之有所期待的人，却离我无限遥远，没有一丝一毫的东西是我所知道的，因此不管我怎么说，您当然是不属于我的，而这又是天经地义的……

实际上，世上的一切都是诱人的，即便这个灯罩，即便这金黄色的灯光，即便这张已铺好被褥的床上的光洁的被单，即便我的睡衣、我的趿着拖鞋的脚，我套在宽宽的袖子里的瘦瘦的手臂，也都是诱人的。然而我为所有这一切感到惋惜：它们有什么用处呢？无非都是过眼云烟，转瞬即逝，都是虚幻之物，正如我朝朝暮暮所期待的某件事一样，可是这种期待如今却替代了我的生活……

我万分地恳求您给我写信。当然，只消三言两语就行了，好让我知道您是在听我的倾诉。请原谅我的执拗。

十月十三日

这是我们的城市，我们的教堂，从这儿往北去，就是我给您的第一封Carte-postale[1]上那峭壁重叠的荒凉的海边。然而即使城里，即使这座教堂，也到处是阴森森的、忧悒的。除了花岗岩、板岩、柏油路外，就是雨，雨……

是的，给我写封短信吧，我完全理解，您没什么话可跟我讲的，至多三言两语，请您放心，我绝不会因为您只回我一封短简而认为您怠慢了我。但是务必请您给我封信，给我封信吧！

十月十五日

唉，没有您的信。自从我给您写第一封信以来，已经十五天过去了……

---

[1]法语，意为："明信片"。

也许您的出版家还没把我的信转给您。也许，您有急事要办，或者忙于酬酢而无暇及此？这固然使我非常伤心，但总比设想您根本不理睬我的请求要好过些。一想到您对我的请求置之不理，我非常难受和痛苦。您会说，我没有丝毫权利可以要求您注意我，因此也就没有难受和痛苦可言。但是我果真没有这份权利吗？既然我已感到对您有某种感情的话，也许就拥有这种权利了呢？难道人们，比方拿罗密欧来说吧，即使人家还根本对他没有一点意思，他就不能去要人家也爱他了？或者拿奥赛罗来说，他又有什么权利嫉妒呢？然而他们俩人都说：既然我爱她，她怎么可以不爱我，怎么可以背弃我？我这么说，并非简单地希望人家爱我，我的希望远要复杂得多，广博得多。一旦我爱上了什么东西或者什么人，那么这东西，这人就是我的，就存在于我心中……惜乎我不善于把这一切向您解释得头头是道，我只知道人们无论过去和现在都是这么认为的……

话又要说回来，不管人们历来是怎么认为的，您却没有回信，而我呢，却又在给您写信。我自己也没料到，我怎么会想象您跟我是肝胆相照的(莫非这又是臆想)，并对自己的想象深信不疑，开始百折不挠地给您写起信来，而且我也知道，给您写的信越多，对我来说就越有必要这样做下去，因为写的信越多，我与您之间的某种联系就越牢固。我想象不出您是什么模样的，我甚至从未能一瞻丰采，既然如此，我是在给谁写信呢？给自己吗？反正一样。因为我就是——您。

十月二十一日

今天风和日丽，我心头挺轻松，窗都打了开来，阳光和暖和的空气使人联想到春光。这儿真是个怪地方！夏天淫雨连绵，冷得很，秋冬虽也终日淫雨，却挺暖和，有时雨霁天晴，会出现非常好的天气，使得你闹不清这到底是冬天呢还是意大利的春天？啊，意大利，在意大利时我才十八岁，怀着许许多多希望，喜悦而轻信，对于即将投入的生活充满期待，整个生活正待我去领略，它披着阳光熠熠的雾纱，就像维苏威火山周围的群山、幽谷和妍丽的花园！请您原谅，我深知这一切太不新鲜了，可这于我有什么关系呢？



十月二十二日

也许，您所以不写信给我，因为我对于您来说，过于抽象了吧？那么我再告诉您一些我的身世。我适人已经十又六年，丈夫是个法国人，我同他是有一年冬天在法国的里维埃拉认识的，在罗马结的婚。在意大利蜜月旅行后，就长居此地了。我有三个孩子，一男两女。我爱不爱他们呢？爱的。但并不像那些把家庭和子女视作为自己全部生活的母亲那样爱他们。孩子们还小的时候，我孜孜不倦地照料他们，和他们一起游戏，做功课，但现在他们羽翼已丰，用不着我了，因此我有许多闲暇的时间可用于看书。我的亲属风流云散,天各一方,我们之间共同的兴趣与利益是那样的少,以致我们极少通信。由于我丈夫的地位,我不得不经常出入社交界,招待宾客,出门做客,赴晚会和宴会。但是我既无男友,也无女友。我跟此间的太太们合不来,而对于男女间的友谊我是不相信的……

关于我的情况谈得够多了。如果您给我回信的话,请您也多少谈谈您的情况。您是什么样的?经常居住在哪里?您喜欢莎士比亚还是雪莱,歌德还是但丁,巴尔扎克还是福楼拜?您喜欢音乐吗,喜欢什么样的音乐?您有妻室吗?您是否已为使您生厌的结合所束缚,还是新妇初娶,正处于轻怜蜜爱的美妙时期?大凡新婚燕尔,一切总是新鲜的,欢洽的,此时尚未构成回忆,而回忆只能折磨人,只能使人上当,以为那就是幸福,就是不可理解的、尚未享用过的幸福。

深夜

没有您的信。多么的痛苦啊!痛苦得使我有时不禁诅咒我决定给您写信的那个日子、那个时刻……

而最糟的是我无法摆脱这痛苦。不管我如何再三再四地叫自己相信不会有信来,我没有什么可等待的,可我还是在等待:谁能担保一定不会来信呢?唉,要是我能确切知道您绝不会来信,该有多好!倒也可以死了这条心!然而,不,不,我还是指望情况不致坏到这个地步。我怀着希望,我要等待！

十一月一日

信没有，我的痛苦在延续……

不过，最苦恼的时间是早晨。那时我总是强自镇定，装得不慌不忙，然而我的手却由于内心的激动而冰凉，我穿好衣服，去喝咖啡，去给女儿上音乐课。她学这门课，勤奋得使人感动。她腰肢挺得笔直地坐在钢琴前，这种挺得笔直的姿态是那么迷人，只有十五岁的少女才能做到。中午，邮差终于来了，我迫不及待地向他奔去，可是什么也没有——于是我的心差不多平静了下来，直到第二天早晨……

今天又是好天气。低低的太阳明媚而又和煦。花园里有许许多多树木，树叶都已凋零，显得黑不溜秋的，然而秋季的花卉却盛开不衰。隔着花园中的树枝，可以望到山谷披着某种纤巧的、蔚蓝色的东西，美丽非凡。于是我心里不由得升起了为某件事而对某人的感激之情。为什么事？要知道什么事都没有，而且也不会有……但是果真如此吗？果真什么事都没有吗？既然存在着它，那激荡着我灵魂的感激之情？

单单凭您使我有可能用想象来塑造您这一点，我也对您感激不尽了。您永远不会同我认识，永远不会同我相会，然而即使这一点也充满着含有哀愁的魅力。也许，您不给我写信，一个字也不写，而我呢，一点也不知道您真实的样子，倒反而好。如果我认识您，如果哪怕我曾收到过您一封信，难道我还能像现在这样同您谈话，还能像现在这样想象您吗？如果是那样的话，您一定不是我现在想象中的那个您了，一定比我所想象的要略微差一些，而我给您写起信来也许就不能像现在这样无所不谈了……

天渐渐凉了，可我仍没有关上窗户，仍在凝眸眺望花园后面谷地和山冈上蔚蓝色的雾霭。这种蔚蓝色美得令人痛苦，其所以痛苦是因为它迫使您非得同它做些什么不可。做什么呢？我不知道。我们什么都不知道。

十一月三日

这像日记，但毕竟又不是日记，因为现在我有一个读者，虽说这个读者是我假设的……

是什么促使您写作的呢？是希望讲述些什么故事，还是想倾诉(即使是隐喻性的)衷曲？当然是后者。十个作家中有九个作家，哪怕是最负盛名的，也不过是讲讲故事的人，也就是说他们实际上同艺术毫无共通之处。那么什么叫做艺术呢？祈祷、音乐、人的灵魂之歌……啊，要是能在生后留下几行字该多好，谈谈我如何生活过、爱过、欢乐过，谈谈我也曾有过青春、春天、意大利……谈谈在濒临大西洋的岸上有一个遥远的国家，我就是在那个国家里生活着，爱着，而且始终还在等待着什么……谈谈在这个大洋中存在着一些荒凉、贫瘠的岛屿，居住着一些世所不知的人，过着野蛮、贫困的生活，无论是他们的族系、他们愚昧的语言、他们生存的目的，谁都不知道，也永远不会知道……

不管怎么样，我还是在等待着信，等待着。现在这个想法已须臾不肯离开我了，成了一种灵魂上的病痛。

十一月五日

是啊，万事都不可思议。信当然没有，没有，没有。您不妨想象一下：由于没有这信，由于那个我从未见到过也不可能见到的人没有回答我寄往某个邈远的地方，寄往我理想的王国中去的吁请，我产生了一种极度的孤独感，觉得世界空虚得可怕。空虚，一片空虚！

又是雨、雾和平凡的日常生活。这甚至倒是好事，我这是指一切都平平凡凡，循规蹈矩。这样我的心就可宁静了。

再见吧，愿上帝宽恕您的冷酷。是呀，您这样做毕竟是冷酷的。

十一月七日

才下午三点，可是由于浓雾弥漫，由于阴雨连绵，天色已经昏暗。

而五点钟的时候，有不少客人要来我家喝茶。

他们将驾着汽车冒雨前来，从阴森森的城里驶来。在雨天，那座城市由于它的又黑又湿的柏油马路、又黑又湿的屋顶和黑魆魆的花岗石教堂，益发显得黑了，而教堂的尖顶已消失在滂沱大雨和黑暗之中……

我已打扮就绪，就像是在等着上场演出。我在等着那个时刻的到来，到时我将讲一切应该讲的应酬话，将殷勤、热忱、关切地招待宾客，只是我的脸色略略有点苍白，不过这是很容易就解释过去的，只消推说天气恶劣就行了。我打扮好后，似乎年轻了不少，觉得自己好像成了我女儿的姐姐，而且每一分钟都想放声痛哭。我总算熬过了某种可怕的类乎爱情的东西。可是爱谁呢？为什么要爱呢？

永别了，我已经什么都不等待了——这是真心话。

十一月八日



永别了，我的从未谋面的朋友，我在结束这种有去无回的通信时，就如当初开始给您写信时一样——满怀感激之情。我感激您没有回答我。如果回答了我，反而不好了。何况您又能跟我说些什么呢?再说，一旦信来信往，我们又怎能毫不为难地中断通信呢？况且我除了已经跟您讲的外，还能向您讲些什么呢？我什么话也没有了，全都讲了。事实上，任何人的生活，只消两三句话就可概括无遗的。啊，是的，只消两三句话。

我此刻有一种奇怪的心情，仿佛我失去了什么人。从此又只剩下我一个人，同自己的家，同雾气腾腾的海洋，同秋天和冬天单调的生活做伴。我又回过头来写日记，可是为什么会有想写日记这种需要的，这就像为什么您要写作一样，只有上帝才知道。

几天前，我梦见了您。您有点儿古怪，默默寡言，坐在黑屋子的角落里，谁都看不见您。可我还是看见您了。我一边做着梦，一边感到奇怪，怎么可能梦见在生活中从未见到过的人呢？不是只有上帝才能从无中创造出有吗？我害怕极了，吓醒了过来，心头万分沉重。

再过十五年、二十年后，在这个世界上大概既没有您也没有我了。让我们在另一个世界相会吧！谁能肯定没有另一个世界呢？要知道我们甚至对自己的想象力所创造出来的梦也并不了解。那种想象力，或者更确切地说，我们称之为我们的那种想象力、我们的那种臆想、我们的那种幻觉，果真是我们的吗？当我们竭力去同某一个灵魂结合时，就像我竭力想同您的结合时，是出于我们自己的意志吗？

永别了。或者不，毕竟是再见。

11月10日

1923年于法国阿尔卑斯滨海省

戴骢 译

# 三个影子

〔俄罗斯〕帕斯捷尔纳克





## 一

1917年7月，爱伦堡[1]受勃留索夫之托，找到了我。于是我认识了这位聪明的作家，他的气质跟我完全相反——他能干、开朗。

那时，政治流亡者们像潮水一般，开始大批拥向国内，当年这些人，还有其他一些人，在国外赶上了战争，因而被禁止离境。安德烈·别雷从瑞士归国。爱伦堡也回来了。

爱伦堡对我谈起茨维塔耶娃，赞不绝口。他还把她的诗

[1]伊·爱伦堡(1891—1967)，前苏联作家。

拿给我看。革命初期，在一次募捐晚会上，我听过她和别人一起朗诵诗歌。军事共产主义时期，有一年冬天，我为了什么事情去找她，我讲了一些鸡毛蒜皮的事，她在回答中说了一些无关紧要的话。那时我不习惯于茨维塔耶娃的声音。

那时，我的听觉为稀奇古怪的遁辞和对周围惯用语的破坏所糟蹋。正常话我全听不入耳。我常常忘记，语言本身，即使不附加给它以花哨成分，也是有一定内容，有一定意义的。

正因为茨维塔耶娃的诗写得十分和谐，诗的意思清晰明确，正因为她的诗只有优点而无缺陷，反而成了我接受时的阻力，妨碍我理解它的实质。我处处寻找的不是实质，而是不相干的俏皮。

我对茨维塔耶娃长期估计不足，同样，由于不同的原因，我对其他许多人——巴格里茨基[1]赫列勃尼科夫[2]、曼杰利什塔姆[3]、古米廖夫[4]也都估计不足。

我已经说过，不善于有见识地表达思想并把胡言乱语视为美德和迫不得已的独出心裁的青年人当中，只有两个人：即阿谢耶夫和茨维塔耶娃，还像个正常人在讲话，并用古典的语言与风格写作。

突然，这两个人都放弃了自己的擅长。阿谢耶夫被赫列

❶爱·巴格里茨基(1895—1934)，前苏联诗人。
❷维·赫列勃尼科夫(1885—1922)，前苏联诗人。
❸奥·曼杰利什塔姆(1891—1938)，俄罗斯诗人。
❹尼·古米廖夫(1886—1921)。俄罗斯诗人。

勃尼科夫的榜样所迷惑；而茨维塔耶娃，在她的内心中发生了变化。不过，我早已被变化前的、原来的、继承传统的茨维塔耶娃征服了。

## 二

她的诗必须精读。当我如此做了之后，展现在我面前的是无限的纯洁和力量，使我为之哑然。周围从未见过类似的东西。还是让我讲得简练一些吧！除了安年斯基和勃洛克，还有稍加限制的安德烈·别雷之外，早期的茨维塔耶娃是所有其他象征主义者，甚至他们的总和，所渴望而不可即的人物。我这么说并没有违心之意。当那些人的语汇在臆造的公式和没有生命的古体文的世界里徒劳无益地挣扎时，茨维塔耶娃已冲破重重的困难正在真正创作的上空自由翱翔，她以不可比拟的高超技术轻易地完成了创作任务。

1922年春，那时她已经在国外了，我在莫斯科买了一本《里程》——她的小小的诗集。茨维塔耶娃抒情诗的形式有一种威力，立刻把我征服了。这是她呕心沥血摸索出来的形式，它不是软绵绵的，而是浓缩精练的。读她的诗不会在每一行上有上气不接下气的感觉，而是让你不间断节奏，一气读完下面的诗句，这些诗句又根据各自阶段而有所发展。

这些特点使我感到亲切，也许是我们受过相同的影响，或者在性格形成方面有一致的动力，或家庭与音乐起了同样的作用，还有相同的出发点、目的和爱好。

我往布拉格给茨维塔耶娃写了一封信，通篇赞美和惊讶，因为我是这么长久地忽略了她，又是如此迟晚才认识了她。她给我回了信。我们开始通信，到了二十年代中期来往书信尤为频繁，那时她的《手艺》一书已问世，莫斯科人也晓得了她那几部规模宏伟、内涵博大、新颖夺目、不同凡响的长诗：《末了之诗》、《山峦之诗》、《捕鼠者》的手抄本。我们成了朋友。

1935年夏，我到巴黎出席反法西斯大会，当时的我不能自持，由于将近一年的失眠症差不多要患精神病了。我在那儿认识了茨维塔耶娃的儿子、女儿，还有她的丈夫，我像爱兄弟一般爱上了这个有魅力的、细心的和坚强的人。

茨维塔耶娃的家属坚决主张让她返回俄罗斯。一部分原因是思乡和对共产主义、对苏维埃联盟的同情在他们身上起了作用；另一部分原因是他们认为茨维塔耶娃不能在巴黎久留，她在那儿如在空洞之中，没有读者的反应，她会白白死掉。

茨维塔耶娃问我对此有何看法。在这个问题上我没有明确的意见。我不知道应当向她提些什么建议，我生怕她和她那可爱的一家人，到了国内，生活会感到困难和不安定。这一家人总的悲剧大大超过了我的顾虑。

# 三

这篇随笔的开头，写童年的那几页里，我提供了真实的场面，记述了真实的事件，可是写到中间，我改为概述，只限于白描式的描写人物性格。这样做是为了简洁。

如果一件事一件事地讲下去，一个情况一个情况地写下去，记述把我和茨维塔耶娃连在一起的志向与兴趣的过程，那么我就得远远超出自己的规定的写作范围，我就得将它写成整整一部书，因为那时我们在一起经历了那么多的事，这些事千变万化，有喜有悲，总是出人意料，又总是使双方一次比一次更扩大自己的视野。



在这里，以及在剩余的几节里，我不谈个人的私事，只讲一讲实质性的和共同性的东西。

茨维塔耶娃是女人，但她有一颗男性的能干的心，她办事果断、雷厉风行、难以遏制。她在生活中，在创作中都一往直前，贪婪地，甚至像野兽般凶猛地追捕完整性和明确性，在这种追捕中她前进得很远，走在众人的前头。

除了我们所晓得的、为数不多的作品以外，她还写了大量我们尚且不晓得的作品，这是一些气势磅礴的鸿篇巨制，有的采用俄罗斯民间故事的风格，有的利用众所周知的历史传说和神话的主题。

这些作品如能发表，对祖国的诗歌来说将是一桩大喜事，一个大贡献，一下子就会以这些迟到的和及时的馈赠装点祖国的诗坛。

我认为，茨维塔耶娃有待于彻底的重新认识，等待她的将是最高的认同。

我们是朋友。我保存过她近一百封回信。我早已说过，损耗与遗失在我一生中曾占有何等地位，但，我怎么也没有想到有一天竟会把这些细心保存的珍贵书信失掉。它们的消逝是由于过分细心地保管所致。

战争期间，我经常要去看望疏散到外地的家属。斯克里亚宾博物馆有一位工作人员，她对茨维塔耶娃崇拜得五体投地，是我的好朋友，她建议由她来保管这些信，同时还有我双亲的信，还有高尔基与罗曼·罗兰的几封信。她把这些书信都锁在博物馆的保险柜里，至于茨维塔耶娃的信——她不肯撒手让它离开自己，她甚至不相信不怕火烧的保险柜的牢靠的柜壁。

她全年住在郊外，每天晚上回到自己的住地时，随身总是带着装有这些书信的手提箱，第二天，天一亮，她又带着它进城去上班。那一年冬天，她下班要回别墅的家时已经是筋疲力尽的了。走到半路，在树林里，她忽然想起装有书信的手提箱忘在电气火车车厢里了。茨维塔耶娃的信就这样乘车走了，一去未归。

# 四

自《安全保护证》一书出版后，二三十年来，我多次想到，如果该书再版的话，我一定补写一章：关于高加索和两位格鲁吉亚诗人。光阴流逝，补写别的内容确无必要。没有写的这一章，是唯一的空白。现在我把它写出来。

大约在1930年前后的一个冬天，在莫斯科，诗人帕奥洛·亚什维里和他的夫人来看望我。亚什维里是社交界红人，有教养，善言谈，欧洲人派头，美男子。

不久以后，我的家和友人家，两家都出了事，错综复杂，变化多端，给当事人造成精神痛苦。有一段时间，我和我的女伴，后来她成了我的第二任妻子，没有安身之地。这时亚什维里便在他的梯弗里斯家中为我们提供了避难之处。

那时的高加索、格鲁吉亚、那里的人、人们的生活，对我来说都是新发现。样样新颖，事事惊奇。黑色的石头大房子悬在梯弗里斯所有的小胡同上空。最穷的人家把生活从院里搬到街上，他们比北方人更大胆，更少遮掩，他们的生活绚丽多彩，坦荡无遗。民间传说中的象征，充满神秘色彩的救世主降临说，使人们对生活产生种种幻想，如同在信仰天主教的波兰，人人都变成了诗人。在那个年代，社会中先进人士具有如此之高的文化水平和脑力生活，是不多见的。梯弗里斯市内设备良好的区域，颇似彼得堡，二层楼的窗棂弯弯曲曲，如同花篮和竖琴，小巷分外漂亮。不管你走到哪里，板鼓敲打列兹金卡舞曲的节奏声都会跟踪相随。风笛，还有别的乐器，声音似羊咩。黄昏降临到这座南方城市，星斗满苍穹，处处洋溢着从花园、食品店与咖啡馆飘出来的芳香。

## 五

帕奥洛·亚什维里是象征派时代以后的杰出诗人。他的诗歌建筑在感觉准确的资料上和证据上。他的诗与别雷、汉姆生、普鲁斯特[1]等人最新的欧洲散文一脉相通，如同这散文一样，有意想不到的情景和准确的观察，给人以新鲜感。这是极富创新精神的诗歌。诗中塞满了种种印象，但又不失之冗赘。诗中有足够的空间和空气。它在动，在呼吸。

第一次世界大战爆发时，亚什维里正在巴黎的索尔朋大学[2]读书。他绕道返回自己的故乡。在挪威一个荒凉的小车站上，由于大意，他没有发觉自己乘的火车开走了。一对年轻的挪威夫妇，农场的主人，从遥远的边区乘雪橇到车站来取信件，他们发现了这位黧黑的南方人的马虎和因马虎带来的后果。他们可怜亚什维里，也不知道是怎么和他讲通的，把他带

[1]普鲁斯特(1871—1922)，法国作家。
[2]即巴黎大学。

回到自己的农场，在那里等候第二天才能路过此地的下一趟火车。

亚什维里讲话时绘声绘色。他天生善于讲述历险故事。而这类意想不到的事，像小说里的情节一般，又总是让他碰上。他少不了奇遇，他跟奇遇有缘，俯拾皆是。

他才华横溢。他的眼睛闪烁着心灵之光，他的双唇燃烧着激情之火。他在各种经历中迸发的热情烘烤着他的面颊，使它变得黝黑，所以他显得比自己的实际年龄要大，像是一个历尽沧桑、阅历丰富的人。

我们到来的那一天，他把自己的朋友，还有他的小组的成员都召集齐了，他是那个小组的牵头人。我已记不得，当时都是哪些人到了场。大概有他的芳邻、感情真挚的一流抒情诗人尼古拉·纳吉拉泽[1]，还有奇奇昂·塔比泽[2]和他的妻子。



## 六

那间屋子至今历历在目。我怎能把它忘记呢？那天晚上还不晓得在那里会发生何等可怕的事，我小心翼翼地守护着它，以免把它碰碎。我把那间屋子和后来在那间屋子里以及它的附近发生的所有可怕的事，都深深地埋在心底。

---

[1] 尼古拉·纳吉拉泽(1895—？)，前苏联格鲁吉亚诗人。
[2] 奇奇昂·塔比泽(1895—1937)，前苏联格鲁吉亚诗人。

为什么让我认识了这两个人？我们之间算是什么关系？他们二人成了我生活中的一个组成部分。我不偏爱其中任何一人，他们是分不开的，彼此取长补短。他们两个人的遭遇，还有茨维塔耶娃的遭遇，是我经受的最大的悲痛。

## 七

如果说，亚什维里一切表露于外，如同离心器，那么奇奇昂·塔比泽则事事内向，他写的每一句诗，走的每一步路，都在邀请你到他丰富的、充满悬念和预感的心房中去。

他的诗的主要特点，是给人一种感觉，觉得它有无穷无尽的抒情能量。每首诗都是如此，未尽之言和要说的话比已经说出的分量更重。这心中尚未触及的储备的存在，造就出一种衬景和他的诗歌的第二层次，使诗带有一种特殊情绪，这种情绪贯穿了他的所有诗作，形成了诗主要的、苦涩的美。他诗中的心和他本人的心一般博大，这是一颗复杂的、隐秘的心，它全部趋向善良，并有明察一切的本能和自我献身的精神。

当我怀念亚什维里时，市内的一些场面便复现于脑海之中，房间、争论、公开场合的演说，还有他在热闹的晚宴上火花四溅的口才。

塔比泽则使我联想到大自然的造化，脑海里浮现出来的是农村景色,鲜花盛开的辽阔的平川,大海的波涛。

云朵在飘浮,远方,与流云并排的是起伏的山峦。身体健壮、个子不高的诗人,含着微笑,和白云和群山融会在一起了。他走路时有些抖瑟,欢笑时全身颤动。瞧,他站了起来,侧身靠在桌前,用刀子敲了敲酒杯,他准备发言。他习惯于把一个肩膀抬得比另一个肩膀高一点,所以觉得他有些歪斜。

房子建在科焦雷,公路转弯的地方。公路沿着房子的正面向上爬去,然后绕过房子,又经过它的后墙。因此,从这栋房子可以前后两次望见沿着此路步行和乘车的所有的人。

在那紧张的年月里,按别雷的挖苦的说法:唯物主义的胜利消除了天下的物质。没有吃的,没有穿的。周围没有感受的东西,只剩下了思想。要说当时我们没有死掉,多亏梯弗里斯能人朋友们的功劳,他们不断地弄到和送来一些东西,也不知道出版社凭什么预支我们款项。

我们聚到一起,交换新闻,共进晚餐,彼此朗读一些诗。凉爽的风阵阵袭来,如同用纤细的手指迅速地在拨弄白杨树的银色叶子,叶的背面像白色的丝绒。空气里散发着南方醉人的芳香。夜,宛似车上挂的斗子,在高空中慢慢地转动,把它那缀满星辰的笨重的车厢翻转过来。公路上,人在走,牛车和汽车迤逦,从这栋房子里可以两次看到他们。

我们在格鲁吉亚军用公路上,也许是在博尔若米,或在阿巴斯图马尼;也许在云游之后,在赏美之后,冒险之后,豪饮之后，我们每个人随身带着自己的东西，我带着自己在巴库利纳摔倒时碰伤的眼睛，来到列昂尼泽[1]家中做客。列昂尼泽是独具一格的诗人，他比任何人都与他用之写作的语言的奥妙有千丝万缕的关系，因此他的诗也最难翻译。

夜间在森林中的草坪上举行宴会，美丽的主妇，两位可爱的小女儿。第二天，吹着风笛的民间流浪诗人突然光临。他出口成章，依次即兴祝愿全桌各位，他对每位客人都有一套相应的祝词，他善于抓住任何一个理由来敬酒，比方说，为了我那碰伤了的眼睛。

我们或者在海上，在科布列基，暴雨下骇浪中，西蒙·契科瓦尼[2]和我们同住在一家旅馆里，他后来成为塑造色彩鲜明的形象的大师，那时他还非常年轻。在崇山峻岭的线条之上，在地平线上，一个微笑着的诗人的头和我并行，还有他那不寻常的天才的光明特征，他的微笑和脸上留下了悲伤与命运的影子。如果我现在在这几张纸上再次跟他告别，那么让他把这视为是和其他所有回忆在告别吧！

乌兰汗 译




❶格·列昂尼泽(1899—1966)，前苏联格鲁吉亚诗人。
❷西蒙·契科瓦尼(1903—1966)，前苏联格鲁吉亚诗人。

# 插在纽孔中的一朵小玫瑰花

## ——记尤里·奥列沙

〔俄罗斯〕巴乌斯托夫斯基





我曾多次同尤里·卡尔洛维奇·奥列沙相遇。每次相遇都使我久久难忘。我这就来讲其中一次相遇的情况。

这还是一九四一年七月，战争刚爆发时的事。我由蒂拉斯波附近的前线乘军用卡车抵达敖德萨，在火车站附近下车后，便直奔“伦敦饭店”。

我在阒无一人的普希金大街上匆匆地走着。天方破晓，下着瓢泼大雨。

战争爆发没几天，敖德萨的居民就用水把烟炱调稠，抹在南方白色的房子上。人们认为黑房子不像白房子那样容易在空中发现。

把房子抹黑这件相当费力的事，还有一个响亮的名称，叫做“迷彩”,可结果却完全是白费力气。这年夏天雨水特别多。第一场雨下来,就把房子冲得褪了色,只剩下一道道肮脏的水渍。

我沿着普希金大街走去,发觉这座我早就熟悉的可爱的城市已面目全非。这既是敖德萨,同时又不完全是敖德萨。我看着这座城市,觉得我好像是醒着的,同时又是在做梦。

雨水凶险地从排水管中哗哗地宣泄而下。四周除了雨点急促地打在铁皮屋顶上的响声外,没有一息声音。大概只有水淋淋的洋槐树叶发出的气味在提醒人们,不久前这儿还是骄阳似火的炎夏。

当时不知为什么,我深信战争带来了一种新的空气。它把原先笼罩着大地的老的大气层,柔和的、温馨的、有时是雾蒙蒙的大气层一扫而光,代之以使一切地方、一切东西顿改原形的严酷、冷峭、空无一物的空气。这种新的空气好似稀释的硝酸甘油。它的气味像焦煳味再加上刺鼻的药物味。

想必是由于这种陌生的空气,由于大街小巷中死一般的沉寂,由于雨天的阴湿,我感到极度的孤独,仿佛走进了一座没有人烟的空城。

所以当我在“伦敦饭店”昏暗的前厅里,看到有个胡子拉碴、穿着一件皱儿巴几的衬衫、用一条雪青色的背带吊着裤子的老头儿时,我大有如释重负之感。

老人正坐在柜台后边看亚历山大·大仲马的《玛戈皇

后》。

他面前点着一支黄色的蜡烛头，火苗一动也不动，一缕好不容易才能看到的青色的炭气，像根麻线一样由火苗中盘旋着向上升起。

“您是门卫吗？”我没有把握地问。

“假定是的吧。”

“可以在你们旅馆住宿吗？”

“多么奇怪的问题！”老人见怪了，“旅馆里一个人也没有。房间尽您挑。套间或者单间，悉听尊便。如果您喜欢讲排场，一个人可以住两套房间。哪怕住三套也行。而且分文不收。不惜血本，全部奉送！”

门卫说的这句话是旧社会的生意人和推销员的用语。

“不惜血本，全部奉送！”老人又重复了一遍，“再说您付钱给谁呢，一个人也没有了。旅行社已经撤退。我在这儿看守房子。”

“难道旅馆里一个人也没有？”我问道，因为我听到走廊里响起碎玻璃的声音。

“怎么没有?!”老人气愤地提高了嗓门儿，“难道您不把尤里·卡尔洛维奇·奥列沙算作人吗？”

“他在这里？”

“那还用说。您倒说说看。他不待在敖德萨，还能待到哪儿去。我早就认识尤里·卡尔洛维奇了。他是在这儿长大，在这儿生活的，那时敖德萨热闹得像旋转木马，整日整夜打着转。那年月，什么没见过呀：轮船，乌托奇金[1]们，时髦的女人，花花公子，船长，江洋大盗，意大利歌剧女主角，名医，小提琴演奏家。我全知道，我不知道，谁知道！现在敖德萨遭难喽。可人家奥列沙当年在这儿，现在仍然在这儿。他是个地地道道的敖德萨人，你懂吗！这会儿，他正一个人待在客房里。他生了一场病。每回空袭警报时，我就劝他去地下室躲躲。可他说什么也不肯去，反而跟我开起玩笑来。他跟我说：'索洛蒙·萨耶维奇，请您看着点儿，德国鬼子轰炸的时候，可别让他们把我的童话《三个胖国王》里写的那几盏路灯给炸坏了。'叫我回答他什么好呢？我只得也跟他开玩笑。我对他说，要是我做得了主，那我准把那几盏路灯给镀上银，让敖德萨永远记住这本书。"

我上楼直奔奥列沙的房间。他正倦容满面地坐在桌子旁，用他那龙飞凤舞的粗大的字体写着什么。

我们热烈地互吻了好几次。奥列沙没修面，一脸扎人的胡楂儿，人瘦得形销骨立。他刚生过一场赤痢，脸色憔悴蜡黄。可是一对眼睛却仍同往日一样锐利，含着善意的嘲弄。也同往日一样，这双眼睛随时打算燃起幻想和招之即来的灵感的火焰，随时打算射出确切而又出人意料的比拟的闪光。他一开口，生活顿时变得有意义了，光明了。是什么使生活变得

[1]谢尔盖·伊萨耶维奇·乌托奇金(1876—1916)，最早的俄国飞行员之一。

这样的呢？是他的幽默、诗意和刹那之间就可洞察人的心灵的观察力的火焰。

我总觉得(事实上也许的确如此)，尤里·卡尔洛维奇一生都在心里同天才、孩子、快活的妇女和善良的怪人无声地交谈着。

他争论问题时是勇敢而又激烈的。他总是无情地、一针见血地击中论敌的要害。

在奥列沙身旁，时而稠密、时而稀薄地存在着一种特殊的生活，这种生活他是从周围的现实中筛选出来的，再饰之以高翔远翮的想象。这种生活在他周围生气勃勃地展开，就像他在《妒忌》一书中所描绘的花繁叶茂的树枝一样。

奥列沙身上有某种贝多芬式的像雷电般雄浑有力的东西。甚至他的声音中也有。他的显微烛幽的锐目能够发现周围许多使人快慰的美好事物。他总是简练而正确地描写这些事物，因为他深知一条规律：两个字能产生空前强大的力量，反之四个字却比两个字的力量要小掉一大半。

屋角搁着一根自制的手杖，手杖柄上挂着一个方格背包。

“瞧，”奥列沙用头朝手杖和背包那边指了指，说道，“等到最后一小时，最后一分钟到来的时候，我就步行到尼古拉耶夫去，然后再去赫尔松。想要走到那里，一路上就得什么也不想，光走呀，走呀，走呀，只要两只脚还能走得动……顺便麻烦您一件事,请您给我去弄张地图,哪怕是教科书上的也行。没有地图,我就难以走到那里了。”

我坐在那儿一边听他讲，一边迷迷糊糊地打起瞌睡来。得找个地方躺下来。哪怕睡上一个小时也好。奥列沙陪我走到旅馆空荡荡的走廊里,去挑选一间最好的房间。

几乎所有的窗子都被炸弹爆炸的气浪震碎了。穿堂风在旅馆内窜来窜去，拂弄着一条条满是尘土的厚实的大红窗幔。每当一阵穿堂风吹过,棕榈干枯了的树叶就发出飒飒的声响。

我睡意顿失。我们走进一间间房间,吹毛求疵地加以挑剔,没有一间看得中。一间嫌它有草莓香皂的气味,另一间壁镜打碎了,还有一间,墙上那幅油画《贵族的宴饮》在不久前的空袭中溅上了石灰浆。

临了,我们选中了一间最小最暗的房间,房间的窗子是朝内院开的。院里有好几棵百年的法国梧桐。

“好一个避弹所!”奥列沙说,“这是旅馆内最保险的一间房间。”

我连衣服也没脱,立刻就睡着了。一群返航的轰炸机的遥远的轰鸣声把我吵醒了。只见夕照映在洞开着的窗户上,老化得出现了鳞状波纹的窗玻璃被染成了金黄色。

我翻身下床,到奥列沙的房间去。他不在那里。后来在旅馆附设的狭长、昏暗的餐厅里找到了他。

这是一个有历史意义的餐厅。套用报纸通讯中的一句老生常谈,"它的四壁见到过"许多名人。曾几何时,这个大厅里还闪耀着水晶玻璃、银器、瓷器和白铜器皿的光芒。一张张餐桌上铺着挺括的浅蓝色台布,硬得像羊皮纸,一碰就发出窸窣的响声。状似葡萄果穗的枝形吊灯在有精美浮雕的天花板下荧光四射。冰块在一只只银质的小桶里叮当作响,菜单神秘而又豪华。

可现在餐厅内却冷落、昏暗,天花板下只点亮着一盏战时用的小灯,发出病恹恹的昏光。这盏灯从来不熄掉,两个像敖德萨一样老的侍应生,都是奥列沙的朋友,穿着净是皱褶的白上衣,晃晃悠悠地在大厅内走来走去,给偶尔才有的顾客端来一杯没有糖的淡茶和滑溜溜的黑挂面。



奥列沙同一个神色忧郁、一声不吭的黑人坐在一张餐桌旁。这位黑人是敖德萨电影制片厂的演员。

"刚刚空袭过," 奥列沙对我说,"您睡着了, 没能见着。好,您谈谈吧,对敖德萨有何'观感'? "

我回答说,战争爆发后,这个城市变了样,萧条多了,敖德萨人好像也失去了历来乐天活泼的性格。

"胡——扯——淡! "奥列沙一字一顿地、毫不含糊地说道,"敖德萨人不会灰心丧气,不会坐以待毙。他们的幽默、俏皮是同大无畏的精神糅合在一起的。他们俏皮、机智的谈吐哺育着他们的勇敢。您对敖德萨人抱有偏见,就像,比方说吧，对第欧根尼[1]抱有偏见一样。

我当然明白，他这番话并不是针对我的，我从未当他的面谈起过对第欧根尼的看法，因为我对第欧根尼老实说谈不出什么看法来。第欧根尼不过是他的一个借口，想借以引出一段俏皮的想象来。

“瞧，所有的人，包括您在内，”奥列沙说，“都认为第欧根尼是犬儒主义者的头目。可他算什么犬儒主义者！他是个胆小如鼠、昏聩糊涂的糟老头。顺便告诉您，他是住在酒桶里的。这也是因为他糊涂透顶的缘故。酒桶再差劲，一旦睡了进去，就算是居住的地方了。既然是居住的地方就得付房钱。可第欧根尼，谁都清楚，自打出世以来，身边从未有过一个铜板。酒桶主人三天两头儿威胁说，老头积欠了这么多房钱，非把他撵到大街上去不可。于是第欧根尼只好去找他那帮朋友，涨红了脸，结结巴巴地说：‘给我点钱吧，我要付酒桶的款子。’这一下子，天哪，他那帮朋友闹开了，又是骂，又是叫：‘给您钱去买酒桶？’‘无耻！’‘损人利己’‘犬儒主义者！’”

那个一声不吭的黑人突然放声大笑。奥列沙瞥了他一眼，说道：

“敖德萨人即使现在，在战争时期，也跟平日一样勇敢，乐天，快活。走，咱们到街上去逛逛，我可以担保，我们准能在

[1]锡诺帕的第欧根尼(约公元前404—约前323)，古希腊犬儒学派哲学家。他的观点反映了受压迫的贫民和部分自由民对大奴隶主的反抗。

什么地方看到不论什么情况下都不灰心丧气的敖德萨老人。这也是英雄主义的一种表现。”

我们走出了旅馆。落日把万里无云的天空染成了玫瑰红。林荫道上的树木发出飒飒的喧声。

在大海上空,有好几个大队的法西斯飞机正在朝奥恰科夫方向飞去。海军高射炮炮兵在对准它们开炮,传来了重浊而遥远的炮声。

我们朝希腊市场走去。据奥列沙说,那里有一家茶馆直到现在这样危急的时刻还照样营业,出售货真价实的摩尔达维亚绵羊奶干酪。

可我们没能走到希腊市场,我们遇到了空袭警报。民警们连连对空鸣枪(显然是为了警告那些未从收音机中听到警报的人)。除此之外,他们还把所有的行人撵到院子里去躲起来。

我们就近躲进了路旁的一个院子。这是一个典型的希腊式院落。这种院落几乎是无法用语言来描绘的,得亲眼看到它,甚至得在里边住上几天,才能领会它的全部妙处。

这类院落是长方形的,四边都是老式的两层楼房。整座院落只朝街开一扇大门,供居民出入。希腊式房屋各层楼的每个单间和每个单元外边都有老式的露天木头阳台,以及同样老式的露天木梯。

顺着每幢房子的墙壁一字排开的露台,人一走上去就摇摇晃晃，发出叽叽嘎嘎的响声。它们是每个单间和每个单元的附加建筑，是人们最喜爱待的地方，因此也最热闹。

人们在露台上用煤油炉煎青花鱼和比目鱼，用“青黄鱼”[1]的鱼子熬著名的鱼子酱，给孩子们洗澡，洗衣服，同邻居吵架(一层住户跟另一层住户吵架)，听留声机乃至跳舞。

我们走进去的就是这样一个院落。院落内空荡荡的。

德寇轰炸机发出钢铁的尖厉的啸声，俯冲而下，炸弹的爆炸声此起彼伏。高射炮炮弹的弹片啪啪地落在院子的砖地上。

我们躲到二楼的露台下面去避开弹片。扫院子的老人坐在我们旁边一只木箱上打瞌睡，他肩上挂着一副破裂了的防毒面具。无论隆隆的爆炸声，呼啸声和尘土，都没有使他醒过来。那尘土像一发发排炮似的由大街上直往院子里冲。

我们看到面对我们的门廊里有一扇厚实的门。这门显然通向一套独门独户的单元。门上钉有铜牌，上边刻着一行字：“牙科医师伊·斯·瓦因特劳布”。

这个姓氏是按旧俄文拼写的，字尾上还有硬音符号，这说明瓦因特劳布在此地落户已经不知有多少年了。[2]

“还是革命前就在这儿落户了！”奥列沙指出。“这在现在

---

❶即鲟鱼，鲟鱼呈青黄色。

❷在词的末尾附有硬音符号是旧俄语拼写法。1918年10月10日苏联人民教育委员会制定的正字法新规则取消了词末尾的硬音符号。故有此说。

看来，就跟还在耶稣降生以前或者还在洪水氾滥地上❶以前一样久远了。”

门廊旁边有一扇用窗帘拉没的威尼斯式窗口。透过窗帘可以隐约看到橡皮树黑糊糊的叶子。

又有一架飞机嗥叫起来。响起了爆炸时金属炸裂的声音和高射炮的排炮声。

这时我们看到了一桩很普通、很平常的事。顺带说一句，事后我跟奥列沙回想起这件事时，都情不自禁地哈哈大笑，而且笑了很久，可为什么要笑，我直到今天还不理解。

是这么一回事。只见有个人气愤地一把拉开威尼斯式窗户上的窗帘，用手掌猛地砸了下窗子，窗啪的一声打了开来，两扇窗门左右开弓地弹到了两边的墙壁上。

一个上了年纪的犹太人从窗洞里探出身子。这人胡子拉碴，背带放得很松，衬衣皱儿巴几。他十之八九就是瓦因特劳布医师本人。他手里拿着一张报纸，想必是在打瞌睡，用这张报纸盖住脸，免得苍蝇叮他。炸弹爆炸声和飞机嗥叫声把他吵醒了。

他用手撑住窗台，把身子探出窗外。血管硬化了的眼睛，由于狂怒而涨得通红，望着那架敌机发出魔鬼一般凶狠的厉叫声，低飞着掠过院子的上空。他愤怒地冲着飞机吼道：

---

❶典出《圣经·旧约·创世记》，上帝后悔造人于地，使洪水氾滥地上四十天。此处系极言时间之久远。

"怎么？又来了！流氓！！"

他暴怒地对着飞机的背影啐了口唾沫，砰的一声把窗关上，刷地一下拉上了窗帘。

那个在震天响的轰炸声中也没醒过来的扫院子老人，这时却立刻惊醒了。他打了个哈欠，无可奈何地说道：

"这是我们大院里最不顾死活的人，真正是个拿破仑！"

空袭结束了。我们走到街上。天已经在黑下来。

"您看见了吧，"奥列沙讲道，"我没瞎说吧。这就是不论处于什么情况下都不会灰心丧气的敖德萨老人。"

"不过是叫您碰巧碰着了。"我回答说。

我们朝"伦敦饭店"走去。歌剧院附近倒着一棵给连根拔起的洋槐，树根一直翘到一幢老式房子二楼的阳台上，根须挂住了阳台的栏杆。

大门口停着一辆急救马车。一滴滴鲜红的血从二楼的窗台上慢慢地往人行道上滴去。

一缕缕的浓烟在海上弥漫开去。在佩列塞皮沙洲上有什么地方起火了，但也可能是月亮正从沙洲的咸湖后边升起。

《三个胖国王》的路灯安然无恙。我心中的高兴不下于奥列沙本人。

关于奥列沙我还可以谈很多事，不过眼下还难以做到。他不久前去世了，我怎么也忘怀不了他那张美好的脸，这是一位在我们面前沉静地思考着问题的人的脸。我同样也忘怀不了他插在那件老式西装上衣纽孔里的一朵小小的红玫瑰。这件上衣我看到他穿了许多年。

戴骢　译

# 咱们去洛普申加

〔俄罗斯〕卡扎科夫





我一边翻阅帕乌斯托夫斯基的书，一边回想和他的谈话，现在我想，他从事文学创作的激情终生都在与旅行的激情进行斗争。

试看从他的同一部著作《金蔷薇》中摘引的几段摘录。

还在童年我就养成了看地图的爱好。我可以一连几个钟头地看地图，就像在看一部引人入胜的书。

我研究人们不知道的河流的流向，研究稀奇古怪的海滨，深入到原始森林深处，那里用一些小圆圈儿标出一个个没有名字的猎区购销站来，我像念诗那样反复背诵响亮悦耳的地名——尤戈尔海峡，赫布里底群岛，瓜德拉马和因韦尔涅斯，奥涅加和科迪勒拉山脉。

渐渐地所有这些地方都那样清晰、栩栩如生地出现在我的想象之中，好像觉得，我可以写出一篇篇(而且已经写了很多！——尤·卡扎科夫) 虚构的在各个不同大陆、不同国家的旅行日记。

我乘轮船沿普里皮亚季河从切尔诺贝利镇返回基辅。

有一次冬天里我乘一艘完全空无一人的内燃机船从巴统去敖德萨。




那艘旧轮船离开沃兹涅先尼耶的码头，驶入奥涅加湖。

白夜笼罩着四周。我第一次不是在涅瓦河和列宁格勒上空，而是在北方森林茂密的辽阔大地和湖泊之间看到这样的夜。

苍白的月亮低悬在东方。它不发光。波浪摇荡着水中的几块松树皮，毫无声息地从轮船旁匆匆流往远方。

意识到他正在到某处去，这总是会使帕乌斯托夫斯基感到非常激动。他有一篇特写，他把它叫做《漫游的风》。没有这风，他就很难生活和写作。他一生中几乎所有的幸福时刻都是和旅行联系在一起。

当他旅行时，他想着终于能坐到桌边的时刻，好写出他在旅途中看到和所想的一切。

当他坐在农村的某个地方，或者在一座荒废的别墅里写作的时候，新的道路已经在召唤他，让他心情无法平静下来。

“列车铿铿锵锵，响声隆隆，笼罩在蒸气里，笼罩在烟雾中。蜡烛在叮当作响的灯笼里燃烧，渐渐地快要点完了。点点深红色的火星沿着轨道从车窗外一闪而过。机车兴高采烈地高声吼叫，为自己飞速的运行感到陶醉。”

我深信列车正带着我向幸福疾驰。一部新书的构思已经在我的头脑里诞生了。我相信一定会把它写出来。

后来他写成了那部著名的《卡腊—布迦日海湾》。

而且——好似最高的幸福时刻：

我在船舱里写作，有时站起来，走到舷窗前，看看岸上。功率强大的机器在内燃机船钢铁的腹腔内轻轻地歌唱。海鸥在尖叫。写起来十分轻松……

意识到正在广阔的空间里运动，模模糊糊地期待着一定会经过的港口城市，也许还有不会使人感到厌烦的、短暂的会见，这一切对工作也很有帮助。

内燃机船用钢铁的艏柱分开冬天淡白色的水，我好像觉得，它正带着我驶往必然的幸福。我所以会有这样的感觉，显然是因为短篇小说写得很顺利。

这样的关于旅途幸福的回忆，在他的著作里有几百处。

有一次秋天里我坐在帕乌斯托夫斯基在塔鲁萨的暖和的屋子里。和往常一样，谈起我们的熟人中谁正在写什么，到哪里去了，或者是从哪里回来……

"对了，尤拉！"康·格[1]突然很兴奋地说，"我没把望远镜拿给您看吗？没有？"

于是他匆匆站起来，走到架子前，把一架用旧了的望远镜拿给我。

"您看看！是件非常出色的东西。您知道这是从哪儿弄来的？从'帕拉斯'[2]号护航舰上！"

随后他又坐到桌边，望着窗子。

"您可知道，作家当中我最羡慕谁？布宁！而且完全不是羡慕他的天才。天才，当然总是让人羡慕的，不过现在我说的不是这个……您只要想象一下看，什么地方他没去过啊！还在青年时期他就看到过一些多美的地方！巴勒斯坦，犹地亚，埃及，伊斯坦布尔……还有哪里？对了！印度洋，锡兰[3]……是个幸福

[1]康斯坦丁·格奥尔基耶维奇——帕乌斯托夫斯基的名字和父名。
[2]帕拉斯，希腊神话中司智慧和战争的女神，同时也是城市的守护神。
[3]现已改名斯里兰卡。

的人！您知道吗……明年我和您一道到北方去。您猜那里有个什么地方？洛普申加……咱们去洛普申加，怎么样？”

“塔吉扬娜·阿列克谢耶芙娜[1]不会允许的。”我说。

“不允许……”他表示同意，并且叹了口气。

我是1957年春天在杜布尔特和帕乌斯托夫斯基认识的……也就是说，从那时起已经过去十四年了，而那个春天也和在那以前或以后的任何一个春天一样，都要渐渐离开我们，直到绊在我们的棺材盖上……请想想看，历史的时间和我们当中每一个人的个人时间，这二者之间的相互关系是多么奇怪。

1967年春天我在巴黎，在鲍·扎伊采夫[2]家做客，他对我谈起了伊万·布宁。他讲的故事是这样开始的：

“我和伊万认识……嗯……我和伊万·布宁是在1902年认识的……”

由于某种恐惧感，我甚至打了个哆嗦——当时契诃夫还在世！离托尔斯泰去世还有八年，高尔基、库普林、布宁都还年轻，几乎都是刚刚开始写作的作家，那时候我父亲还没出生！从那时起全世界发生了多少伟大和可怕的事件，一些什么样的时代已经过去了，而鲍·扎伊采夫也许并不觉得他个人的生活是这么长久吧。我甚至对此深信不疑。

---

❶帕乌斯托夫斯基的妻子。

❷鲍·扎伊采夫(1881—1972)，俄罗斯作家。

这么说，从我第一次看到帕乌斯托夫斯基，听到他的声音，从那个春天起，已经过去十四年了。当时我让他给迷住了。不是爱戴，而正是让他迷住了。迷恋到了这种程度，我甚至记得当时他穿的是件什么样的大衣——大衣是拉锦绒的，扣上去的里子上绗着菱形花纹——戴一顶鹿羔皮帽子。

总之，在帕乌斯托夫斯基生前的最后几年，他一直处于一种让人心醉和与此相关联的某种使人心情激动的气氛里。

1963年，正是叶夫图申科名声大噪、盛极一时的时候，我和他一道到北方去，可以证明，他的崇拜者真是多极了。但那是性质完全不同的另一种声誉。对待帕乌斯托夫斯基的态度却是，这该怎么说呢……好，举个例子吧。1960年秋天，我和费多尔·波列诺夫[1]，画家和博物馆馆长的孙子，一道去看望帕乌斯托夫斯基。到了大门口，这时波列诺夫甚至像小孩子似的害怕了，拒绝再往前走。于是我一个人进去了。

“康斯坦丁·格奥尔基耶维奇，”我说，“大门外还有一位客人。”

“为什么在大门外呢？”

“不好意思见您。”

老实说，每次去看望帕乌斯托夫斯基的时候，我也觉得不好意思。



[1]费多尔·波列诺夫，前苏联作家。他的祖父瓦·德·波列诺夫(1844—1927)是俄罗斯著名画家。

我不知道，帕乌斯托夫斯基究竟是什么时候开始害气喘病的。但那时，在杜布尔特，他的病情已经相当严重，他一直在换房间，怎么也不能安顿下来，住进一个又暖和又有太阳的房间里。有时天气晴朗，他独自在沙丘上慢慢散步，给什么东西拍照，看看山上的积雪，到海边去，不过待的时间不长，——从海上吹来潮湿的风，沿岸的冰层重重叠叠，几乎一直堆到海天相接的远方，有一股冰雪的气味。

夏天和秋天我没去过杜布尔特，不过那里春天真美极了！不知为什么，阳光充足，还有温和的海上的空气，一座座已经用木板钉起来的别墅、休养所都关闭了，四周人迹稀少，就是在创作之家，通常也只有十四五个人。早春时在那儿写作是很好的。据说帕乌斯托夫斯基正是在杜布尔特写完了几乎是全部《金蔷薇》。

但是在我每天都能看到他的那个月里，据我看，他几乎没有写作——很多时候他都在散步，在看什么作品。他很少是独自一个人，更经常的是被和他谈话的人包围着，他在笑，在说话，用他那微弱的、嘶哑的声音说话——多半是说些可笑的事情。他喜欢说也喜欢听好的笑话。一般说，他素来就有高度的幽默感，喜欢讽刺。

当时我记得的他就是这个样子——稍有点儿弓着背，个子矮小，戴着眼镜，——他身边总是有三四个和他谈话的人。

不知为什么他为自己的眼镜感到不好意思，是不是不好意思呢，我找不出更恰当的说法。无论如何，他几乎从不戴着眼镜拍照，总是匆匆忙忙地摘下来。

那时他看了我的最初几篇短篇小说，他那热情洋溢的评价使我感到那么难为情，有好几天不好意思到他跟前去。他挑出三篇短篇小说，还写了一封转交埃·卡扎克维奇[1]的信。

一个有趣的细节！好像在信的末尾他写到了春天，说是黎明时可以听到从海上传来的雁啼……其实，那是三月初的事，沿海岸还有一条很宽的冰带，对于大雁来说，时候还早。不过是一个阳光充足的春天，晚霞好久好久在海上闪着绿光，金星出来了——大雁也该飞来了吧。而这时在康斯坦丁·格奥尔基耶维奇的想象中，它们已经飞来了。



我下一次又看到他，已经整整过了一年，也是在春天。那时我是头一次来到奥卡河，来到波列诺沃村。正是四月中，峡谷里仍然白雪皑皑。奥卡河水位很高，淹没了附近一带的所有草地，树林里一堆堆去年的落叶发出簌簌的响声，黄绿色的晚霞几乎洒满半个天空，每到晚上，奥卡河上的反光闪闪发亮，夹在暗黑色的两岸之间，好似浮雕一般，久久不会消失。

我还没到波列诺沃，就已经知道帕乌斯托夫斯基在塔鲁萨了，两天以后我决定去看他。

塔鲁萨潮湿闷热，泥泞不堪，一切都在流淌，汩汩地响，什么都散发出一股气味。奥卡河在城市底下，好似一望无际

[1]埃·卡扎克维奇(1913—1962)，前苏联作家。

的浑浊的海洋，白云中偶然露出几块淡蓝色的空隙，一条条光柱落到附近的小丘上，于是可以看到裸露的黑土上，一片片休闲地上，弥漫着一团团透明的水蒸气。

帕乌斯托夫斯基无精打采，坐在自己的花园里，俯瞰河水泛滥的塔鲁萨河，我甚至感到有些可怕——他瘦得那么厉害，面色苍白，眼睛那样深深地凹陷下去，而且用那样忧郁的目光望着远方，望着奥卡河那边的什么地方。

“啊，尤拉！”他声音嘶哑地说，同时伸出软弱无力的手，“捷克人问您要短篇小说了吗？我对他们称赞了您……您的作品该译成外文了……您是才从莫斯科来，是吗？谢尔盖·尼基丁[1]，您知道吗？很有天才……”

他说起来就没完了，仿佛我和他昨天才见过面，不过他说话困难，断断续续，声音微弱，那样贪婪地呼吸，有点儿神经质似的，而且呼吸急促，肩膀抖得很厉害。

“瞧，气喘……呼吸困难……”

说着腼腆地微微一笑，仿佛是觉得抱歉，于是又谈起文学来，提到一些新名字，谈春天，谈保加利亚……正在花园里干活的塔吉扬娜·阿列克谢耶芙娜走过来，把我们赶到屋里去。

我并不确切知道，康斯坦丁·格奥尔基耶维奇是什么时候住到塔鲁萨来的。起初他买了半幢房子，有一个小凉台，后来增盖了相当大一间圆木结构的房子，把凉台改成了餐厅，

[1]谢尔盖·尼基丁(1926—1973)，前苏联作家。

而底下，就像在半地下室里(几乎所有塔鲁萨人家里都是这样)，是厨房，挨着厨房还添盖了一间房子，像个小仓库，房屋的入口就要穿过这间小仓库。

我在小仓库旁刮掉靴子上的烂泥，在这个工夫里已经告诉康·格，说我打算夏天到北方去，去白海，还开始对他讲沿海居民的情况。刚一走进暖和的木头房子，他立刻到书架上去找什么，找出一幅地图，摘掉眼镜，把地图凑近眼前，开始寻找我要去的地方。

"亚连加……洛普申加……"他喃喃地说，"多好听的名字！尤拉，把我也带去！带我去吗？瞧，我这就会恢复健康……医生会让我去的，——您带我去吗？"

说罢忧郁地望望窗外，望望被淹没的草地和奥卡河。




在所有这段时间里——从距现在已经十分遥远的杜布尔特的那个春天到1968年7月非常不幸的那天[1]——我在帕乌斯托夫斯基那里做客并和他谈话，不过二十来次，不会再多了。几乎每一次还是像刚开始认识他的时候那样，见到他我都感到不好意思，怕妨碍他，使他厌烦，怕去得不是时候，不过这大概都是我自己想出来的，而我每次去看他，康·格总是很高兴……不是吗？他常向所有人打听我的情况，问我在什么地方，在写什么。而且作家也不可能总是孤单单的一个

❶帕乌斯托夫斯基于1968年7月14日去世。

人。一个人工作是好的，然而并不是二十四小时都在工作，不是吗?作家需要和人在一起，需要听到各种新闻，各种各样的小事，需要的东西多着哪。我记得，卡达耶夫[1]的坚决邀请曾使我感到多么惊讶。

“请常来，请常来！”他邀请我和B.罗斯利亚科夫。

“早晨和白天我不请你们来，白天我要工作，不过晚上请常来！来谈谈……”

而最后几年我连见到帕乌斯托夫斯基都几乎不可能了：有时他因为心肌梗塞又一次发作住在医院里，有时住在雅尔塔，或者是住在莫斯科郊外的某所疗养院里。有时我又听说，他到法国、到意大利去了。

所以我和他见面的次数很少，因此，如果说我很了解他这个人，从我这方面来讲，那是不可原谅地过于自信了。

不过我还是想要指出，帕乌斯托夫斯基这个人和帕乌斯托夫斯基这位作家惊人的一致，人如其文。有一些很好的作家，却是不好的人，而且这种情况并不是那么罕见……帕乌斯托夫斯基却是一个好人，和他在一起觉得很好。他几乎不谈自己的病，而他老年的生活，简直可以说是很痛苦的。需要有巨大的精神力量，才能一连多少个月，如果加在一起，那么就是多少年躺在医院里，而不失去自己作为一个人的一切，不会耗尽自己身上人的品质。

---

[1]卡达耶夫(1897— )，前苏联作家。

最后几年里他写得很多，在大规模地出版他的作品，不仅出版，而且再版，人们一次又一次地反复阅读他的作品，而这，用列夫·托尔斯泰的话来说，让人反复阅读，这是最重要的。我在莫斯科没能预订到他的文集，在列宁格勒却预订到了——我花了五十卢布旧币向一个小投机贩买了一个排队的位置。我的妻弟，一个物理系的大学生，为了预订最新出版的他的文集，和一个朋友轮流值班，在明斯克整整排了一夜队。

就这方面来说，帕乌斯托夫斯基是幸福的，当然，我们这里有不少甚至是很有天才的作家，终其一生都没有人看过他们的作品。

但是我几乎没听到他谈起自己的著作，谈到自己的作品，只有一次他说，他想用读者给他的信，加上注释，编一本书。

有时，往往会听到他说：

"您认识沃兹涅先斯基[1]吗？他这个人好吗？这是真的，阿赫玛杜琳娜[2]是一位非常出色的女诗人？您看过尤拉·瓦西利耶夫的画吗？您对科涅茨基[3]有什么看法？奥库德扎瓦[4]的作品您喜欢吗？"

他酷爱文学，可以无休止地谈论它。他从不感到满足。不

---

❶沃兹涅先斯基(1933—　)，前苏联诗人。
❷阿赫玛杜琳娜(1937—　)，前苏联女诗人。
❸科涅茨基(1927—　)，前苏联作家。
❹奥库德扎瓦(1924—　)，前苏联诗人。

喜欢独自欣赏，总是急于让大家一起分享他的爱好。“尤拉，您知道普拉东诺夫❶吗？”他问，单单是想到普拉东诺夫，他就会立刻激动起来。“不知道？您一定要弄到他的作品！这是一位天才的作家！啊，等等，我在莫斯科有他的作品，我一定拿给您，您看，这是一位多好的作家——是苏联最好的修辞大师！您怎么会没看过呢？”

他肤色黝黑，前额很美，额角已经秃了，他有一双大耳朵，由于生病，双颊凹陷，因此颧骨显得更清晰，更鲜明，鹰钩鼻子好像更清秀，更大，从鼻翼开始横过脸上的两条皱纹也显得更清楚了。

一方面他有祖母——一个土耳其妇女的血统，同时他身上又有波兰人和扎波罗什人❷的血液。他谈起自己的祖先时，总是不时微笑，轻轻咳嗽几声，但是可以看得出来，感觉到自己是东方和扎波罗什自由逃民的后裔，他是很高兴的，总是不止一次地回到这个话题上来。

他坐着的时候背多半稍有点儿弓着，因此看上去好像更矮，更加干瘦，黝黑的双手总是放在桌子上，谈话时一直用手去摸什么东西，拿在手里转动着，眼睛看着桌子，或者看着窗户。有时他突然目光向上一看，他那双聪明的深色眼睛立刻

❶普拉东诺夫(1899—1951)，前苏联作家。

❷帕乌斯托夫斯基的外祖母是波兰人；他的祖父是扎波罗什自由哥萨克。

会吸引住你的全部注意力，可是他随即又把脸扭过去了。

他笑起来很美，很腼腆，笑声稍有点儿喑哑，眼角上立刻会出现扇面似的鱼尾纹——这正是笑的皱纹，他的眼睛炯炯发光，总之，他脸上的表情完全变了——有一会儿工夫疲倦和痛苦从他脸上完全消失，我不止一次发觉，我想要引他发笑，想要给他讲点儿有趣的事情。我看出，几乎所有和帕乌斯托夫斯基谈话的人都有这样的意图。

可以这样说，在社会生活中很难想象有比他态度更和蔼、客气的人。只要疾病没使他躺在床上，他一定要亲自到花园去迎接客人，和客人谈上一两个钟头，并且总是亲自送到大门口。如果客人让他感到不愉快，他一定会在临别时说几句十分亲切的话。"我很喜欢您！"或者是："您要知道，您的一切我都了解，我经常向所有人问起您的情况！"

有一次，十月里我来到离塔鲁萨十五公里的奥卡河畔的马尔芬诺村。当时意大利刚出版了我的一本书，我当然忍不住要顺路去帕乌斯托夫斯基那里夸耀一番。他只有独自一人，看来，正感到寂寞，所以非常高兴。他匆匆忙忙把那本小册子接过去，几乎是一把抓了过去，像通常那样，摘掉眼镜，眼睛近视地眯缝起来，仔细看看封面，而且翻了翻，感到那么高兴，仿佛这不是我的，而是他的短篇小说第一次用意大利文出版。我坐在他那里的其余时间里，他一直在说马尔芬诺多么美，在那儿工作会多么顺利，而且一般说来，秋天是多么美好,——他一直斜着眼睛,不时看看那本小册子(它就放在桌子上),老是拿起来,又开始翻阅,一次又一次仔细看看,声音喑哑地笑笑,因为封面上是一幅画着天鹅的粗糙的图画,而那时候我们却常把这样的天鹅画在漆布的背面。

……帕乌斯托夫斯基是个善良而又轻信的人。可惜,有时未免过于善良和轻信了。他常把自己对某个人的好评推而广之,用来评价那个人的作品。然而他曾帮助过多少真正有才能的作家,为他们的第一部作品写一些善意的话,在多次接受记者采访时,无论是我们自己的记者,还是西方记者,总是不断地重复他们的名字。

按学生这个词的原意来说,我不是帕乌斯托夫斯基的学生,也就是说,我没在文学院他的课堂里上过课,可是我认为,在文学上我和他是接近的。不过他那样经常和各国的记者、作家们谈起我,因此在许多文章里都把帕乌斯托夫斯基称作我的老师。

就最高的含意来说,这是对的——他是我们大家的老师,我不知道有哪个作家,无论是年老的或年轻的,不在内心里对他怀着敬意。

正像我已经说过的,帕乌斯托夫斯基十分轻信。塔鲁萨有一位卓越的老医生米哈伊尔·米哈依洛维奇·梅连季耶夫,他也是一位非常好的好人。有一次帕乌斯托夫斯基在他那里看病,梅连季耶夫突然建议他戒烟。

"您听我说，尤拉，"帕乌斯托夫斯基甚至有点儿惊奇地对我说，"梅连季耶夫是个神秘的催眠术家。他建议我戒烟……嗯，后来只顾了说话，我忘了他说过叫我戒烟了。我走到街上，习惯地掏出香烟，可是觉得，不想抽，甚至感到厌恶……就这样，于是就戒掉了！"

后来我缠着梅连季耶夫，叫他也给我催眠。

"您不行！"米哈伊尔·米哈依洛维奇说，"我只是个内科医生！康斯坦丁·格奥尔基耶维奇却断定我是个搞催眠术的，对这个想法深信不疑，所以就把烟戒掉了……"

关于帕乌斯托夫斯基，有一次我曾写道，"……他所喜欢的，总有一天会成为大家都喜欢的，就像现在我们都喜欢列维坦[1]诺沃，波列诺沃附近地区和其他地方一样。"这是在1962年写的，五年以后我去保加利亚，到了一座沿海的古城索佐波利亚，正赶上那里有许多诗人和散文作家，大家劝我在那里住一夜，我刚好住在帕乌斯托夫斯基住过的那间房子里，坐在帕乌斯托夫斯基坐过的那个古老的小院子里，喝的是帕乌斯托夫斯基喝过的那种葡萄酒……格列布·戈雷申[2]在我三年以前到过保加利亚，在他的旅行随笔里也有这样的想法：应当努力成为一个在自己身后留下美好足迹的人，——对帕乌斯托夫斯基的回忆也一直在他心头萦绕不去。

---

❶列维坦(1861—1900)，俄罗斯著名画家。
❷格列布·戈雷申(1931—　)，前苏联作家。

顺便说说，帕乌斯托夫斯基生前最后几年曾不止一次出国旅行，这给他带来了许多人生的乐趣。从少年时代他就看过许多关于欧洲文明的书，看得几乎入迷，他的想象力进行创作性的幻想达到了出神入化的程度，因而写了大量以国外生活为背景的短篇小说。安徒生在意大利旅行❶，格里格在挪威森林茂密的峡湾散步❷。航船从马赛驶往利物浦，巴黎一个拾垃圾的从尘土里筛出了金子❸……帕乌斯托夫斯基作品中的主人公几乎遍布世界各国，然而作者一生却只在图画上看到过这些国家。只是在老年，帕乌斯托夫斯基才能看到他曾经写过的那些地方。他乘内燃机船完成了环绕欧洲的旅行，到了保加利亚、波兰、法国、英国、意大利。我想，这些旅行更增强了他对塔鲁萨、奥卡河和故乡的爱。这是帕乌斯托夫斯基去过意大利以后写的："用那不勒斯海湾的全部美景来换我们溅满露珠的柳丛，我也舍不得交换。"是不是说得太美了呢？——有一个时期我曾经想。但现在我懂得了：说得并不过分！因为四月里我在巴黎突然想象我们的春天，峡谷中的小溪发出雷鸣般的响声，到处冒出蒸汽，泥泞不堪，还有奥卡河上的流冰和春汛，当时我自己也体验到了类似的感情。

对帕乌斯托夫斯基来说，1961年夏天是幸福的。病不知

❶见帕乌斯托夫斯基的短篇小说《夜行的驿车》。

❷见帕乌斯托夫斯基的短篇小说《一篮云杉果》。格里格(1843—1907)，挪威作曲家。

❸见帕乌斯托夫斯基的《金蔷薇》。

怎么退缩了，很少让人想起它来。天气一直很好，很热，帕乌斯托夫斯基不再理会为他规定的制度，也不把自己的病情放在心上，又抽起烟来，每天都去钓鱼，随时都处在人们当中，经常心情愉快，早上工作得心应手。

那年夏天先后到过他那里的人真多极了：许多作者来拜访他，带来了诗、短篇小说，一会儿他要去意大利，参加欧洲作家共同体代表大会，一会儿旅行又延期了，经常有记者来采访，所有的人都得接待，得与所有的人谈话。





在这种时候，对于帕乌斯托夫斯基来说，钓鱼简直成了必不可少的休息。两点钟的时候，我和作家鲍里斯·巴尔捷尔❶通常是在河岸上会合，从浮标看守人的守卫室里把发动机拖出来，装到小船上。浮标看守人科利亚拿来汽油。五分钟以后，帕乌斯托夫斯基来了。气喘在折磨他。他立刻随便找个地方坐下，不好意思地掏出一个有胶皮头的小玻璃瓶，有好几秒钟在吸一种什么药剂。歇过一口气来以后，他走到小船边，于是谈起发动机来。浮标看守人科利亚把发动机看得相当神秘。

"康斯坦丁·格奥尔基耶维奇，您要知道，这可不是随便什么玩意儿！"他结结巴巴地大声说，"这是发动机，是吧？机组，是吧？得了解它，而不能只是猛一下子开动起来，搁浅了，不走了……"

关于发动机的深奥谈话结束之后，我们爬上小船。科利

❶鲍里斯·巴尔捷尔(1919—1974)，前苏联作家。

亚从岸上又一次发誓说，发动机就像钟表一样！

我们通常是驶往耶格内舍夫基、马尔芬诺那个方向，——这里考虑到，万一发动机出了毛病，以后从那里顺流而下，划起来比较轻松些。帕乌斯托夫斯基拿着钓竿，穿一条普通长裤，脚上穿一双凉鞋，皮肤晒黑了，——感到非常满意，巴尔捷尔把掌舵的地位让给他。帕乌斯托夫斯基开动马达，给风吹得眯缝起眼来。他视力不好，巴尔捷尔有时对他大声喊：

"正对着船头有浮标！向右！向左！"

执行命令对于帕乌斯托夫斯基是一种享受。像哈萨克小马一样的小船走得很快，风是温暖的，阳光强烈，河在闪闪发光，高空中稀稀拉拉飘着几朵白云。在这些地方，奥卡河是很美的，它那柔和、广阔的河面十分迷人，四周坡度平缓的丘陵那么可爱，一直伸展到水边的森林、鲜艳碧绿的河岸、松树青铜色的树干，以及不断涌现、随时都在更新的远景，无不令人心醉。

通常在韦列戈日和耶格内舍夫基之间的某个地方，发动机会突然停下来，于是我们让小船靠岸。巴尔捷尔嘴里咒骂着，忙着摆弄发动机，我在洗澡。帕乌斯托夫斯基在一旁钓鱼。然后我们向下游划去。我划桨，——桨是铁的，又短，划起来很不得力，发动机翘在船尾，没有一点儿声音。帕乌斯托夫斯基和巴尔捷尔在晒太阳。有时帕乌斯托夫斯基不好意思地提议：

"让我来,尤拉,我来划……"

在韦列戈日附近,我和帕乌斯托夫斯基下来,到码头上去等顺路的快艇。巴尔捷尔留在船上。在他周围已经有好几位专家激烈地议论那个发动机了。

几乎每天都是这样。

有一次,我们三个——帕乌斯托夫斯基、巴尔捷尔和我——在塔鲁萨的广场上会合,要去钓鱼,刚准备到岸边浮标看守人的小房子那里去,忽然有一辆灰色小汽车赶过了我们。

"瞧,那是李赫特尔[1]的汽车,"巴尔捷尔立刻说。

"是吗?"帕乌斯托夫斯基近视地眯缝起眼来,从后面看着那辆汽车,突然轻轻地笑了,低下眼睛,不时咳嗽一声,"您知道吗?尤拉,李赫特尔正在这儿,在我们这儿给自己盖房子,一座城堡!而且为了到那儿去,专门从美国买了一辆汽车……"

"越野汽车,"巴尔捷尔更确切地说。

"怎么!"帕乌斯托夫斯基显得异常活跃,"你们认为怎样!去他那里只能坐越野汽车,不然就过不去,不是吗?你们要知道,起初他把一架钢琴运到浮标看守人的小房子里,就这么住在那儿,——只有一架钢琴,别的什么也没有……"

说着又笑起来了。看得出来,在守卫室里的这种生活,还有想到李赫特尔决定在奥卡河畔塔鲁萨附近定居,而且在盖

[1]李赫特尔(1915— ),前苏联著名钢琴家。

房子，这一切他都十分喜欢。

塔鲁萨和阿列克辛之间的这些地方早就开放了。在各个不同时期，契诃夫、帕斯捷尔纳克[1]、扎博洛茨基[2]、巴利蒙特[3]、阿·托尔斯泰，都在这儿住过，伊古姆诺夫[4]在这儿演出过，有几十位画家曾经来这儿写生，波列诺夫一家曾在塔鲁萨演过戏。伊拉克利·安德罗尼科夫[5]在这儿住过，他用大车从谢尔普霍夫运东西来，把普希金的一根手杖弄丢了。他本想在塔鲁萨大出风头，可这样一来差点儿没急疯了。后来手杖又找到了……

我还遇到过现在已经全都去世的老一代知识分子，他们几十年来一直忠实于塔鲁萨，直到进了坟墓，——茨韦塔耶娃[6]死了，娜杰日达·瓦西利耶芙娜·克兰季耶夫斯卡娅死了，她的儿子、雕塑家法伊德什-克兰季耶夫斯基死了，梅连季耶夫医生也死了，他的家里二十年来音乐声一直不断。

不过如果说以前有好几百人知道塔鲁萨，喜欢这个地方，那么帕乌斯托夫斯基却使塔鲁萨闻名全苏，塔鲁萨也把他选作该市的荣誉公民。

---

❶帕斯捷尔纳克(1890—1960)，前苏联诗人，作家，翻译家。
❷扎博洛茨基(1903—1958)，前苏联诗人。
❸巴利蒙特(1867—1942)，俄罗斯诗人。
❹伊古姆诺夫(1873—1948)，前苏联著名钢琴家。
❺伊拉克利·安德罗尼科夫(1908— )，前苏联作家。
❻茨韦塔耶娃(1892—1941)，俄罗斯女诗人。

我坐在柏油公路上行驶、被路上坑坑洼洼的地方不断颠簸着的公共汽车上，亲耳听到一个微带醉意的塔鲁萨人夸夸其谈：

"瞧！看到了吗？"在照例的一次震动之后，他倒在一个人身上，说，"帕乌斯托夫斯基捐了两百万用来修路，是不是呢？公路修起来了。可现在呢？全都是坑……这就是说，再给两百万！"

不，帕乌斯托夫斯基没有捐出几百万来修路。不过帕乌斯托夫斯基写了几篇文章以后，塔鲁萨市的设施开始完善起来了。

塔鲁萨市公民帕乌斯托夫斯基的名望是很大的。甚至试图让旅游团到他那里去做客。卡卢加的作家弗拉季米尔·科勃利科夫讲过这样一个故事：好像有一次康斯坦丁·格奥尔基耶维奇从澡堂出来，正提着小手提箱不慌不忙地走着，突然有几个外地来的人，看样子都不是特别有教养的人，问他："请告诉我们，帕乌斯托夫斯基的坟墓在哪里？"似乎康斯坦丁·格奥尔基耶维奇非常喜欢这句问话，后来很喜欢讲起这件事。

帕乌斯托夫斯基的坟墓现在当真是在塔鲁萨，俯瞰塔鲁萨河，离伊利亚漩涡不远。

非琴　译

# 初次结识

〔德国〕歌德





突然发展起来的，与席勒的关系超过了我的一切愿望和希望，我可以把这种关系算作最高尚的、人与人之间的关系之一，它们在以后的年代中使我得到幸福。而且我应当把这一有利的事件归功于我为研究植物的变态所作的努力，由此而产生一种情况，即消除了使我长期以来与他疏远的不正常的状况。

在意大利我曾试图把自己培养的在一切艺术专业中更加明确和纯正，并且不为在此期间在德国发生的一切而操心。当我从意大利回来之后，我觉得某些享有很高威望的、具有广泛影响的现代的和古代的文学作品，遗憾地成为使我特别厌恶的作品，我只列举海因泽[1]的《阿尔丁黑洛》和席勒[2]的《强盗》。前者之所以令我厌恶，是因为他企图通过造型艺术使感性生活和某些深奥难解的思想境界变得高贵并加以修饰；而后者呢，则是因为他作为一个有力气的、然而未成熟的人才恰巧大量地、迷人地向祖国倾泻了伦理学的和戏剧表演艺术的佯谬论点。我曾力求排除这些佯谬论点对我的影响。就他们所从事的工作和所做出的成绩而言，我不责怪这两个有才能的人：因为人不能放弃，一定要按照自己的方式发挥作用，他首先下意识地、缺乏教育地进行尝试，然后在受教育的每个阶段越来越自觉地进行活动，因此竟有如此大量的优秀的东西和愚蠢无聊的东西在世界上传播开来，于是从混乱中产生混乱。

可是在祖国由此而引起喧嚣嘈杂，由此地，既由疯狂的大学生们又由富有教养的宫女，普遍地给予那些奇特的畸形产物的喝彩，使我惊恐，因为我以为，我的一切努力完全付诸东流：就我过去所受到的教育，要面对的对象，要采用的方式方法在我看来似乎已经清除和瘫痪。然而使我最痛心的是，



[1]威廉·海因泽(1746—1803)，德国作家。其代表作为长篇小说《阿尔丁黑洛和幸福群岛》。

[2]弗里德里希·冯·席勒(1759—1805)，德国剧作家，诗人。青年时为狂飙突进运动的主要人物之一。剧本《强盗》、《阴谋与爱情》充满了反封建精神。在艺术理论方面受康德唯心主义哲学的影响，写有《论悲剧艺术》、《美育书简》等美学论文。1794年后与歌德交往甚密。

所有与我亲密无间的朋友，海因里希·迈尔[1]和莫里茨，以及继续抱有同样的思想的艺术家蒂施拜因和布里对我来说似乎同样地受到危害；我感到非常震惊。假如当初有这样的可能，我也许乐意完全放弃对造型艺术的研究，对文学创作的实践；究竟在什么地方可以指望超过那些具有独创的价值和怪诞的形式的作品呢？人们应当设想一下我的情况！我试图怀有和告诉人们最高尚纯洁的观点，这时我感到自己被夹在阿尔丁黑洛与弗兰茨·莫尔之间。

莫里茨同样地从意大利回来，并且有一段时间待在我这里。他与我一起极为热烈地加强了这些观点。我避开席勒，他当时正在魏玛逗留，住在我的邻近。唐·卡洛斯[2]的出版不适合使我接近他，跟他和跟我同样要好的一些人的所有尝试，当时都让我拒绝了，这样我们在一段时间里过着彼此鸡犬相闻，老死不相往来的生活。

他的论文《论优美与尊严》同样很难作为与我和解的一种手段。他欣喜地接受了康德[3]哲学，康德哲学在通过似乎限制主体的方法，如此高度地颂扬主体。这种哲学解释特殊性，这样就把大自然纳入特殊性的本质，而他，以自由和自主的最崇




❶汉斯·海因里希·迈尔(1760—1832)，瑞士画家，魏玛研究院院长，歌德的朋友。

❷唐·卡洛斯(1545—1568)，西班牙国王菲利普二世的长子，与父亲不和，1568年死于狱中。席勒著有悲剧《唐·卡洛斯》。

❸伊马努埃尔·康德(1724—1804)，德国哲学家，德国古典唯心主义的创始人。

高的感情，令人难以想象地反对肯定不会像继母似的对待他的伟大的母亲。他不是把它看作自主的、活生生的、合乎规律地产生从最低的生物到最高的生物，而是从某些人类的经验的自然的角度想象它。我甚至能够把某些激烈的段落解释为是直接指向我的，这些段落指明我的信条是错误的，与此同时我感到，如果说出这样的内容而与我无关，那就更严重了，因为在我们的思想方法之间更加决定性地出现了巨大的鸿沟。

当时无法想象联合。甚至一位叫达尔贝格[1]的先生的温和的劝说仍旧无济于事。此人善于按照地位向席勒表示敬意，真的，我针对任何联合而加以反对的理由难以进行反驳的。无人能够否认，在两种思想完全对立的人之间的分离会超过地球直径，因为他们双方都可能被看作是一个极，然而正是由于这个缘故而不能互相重合为一个。

可是从下列情况中可知，在他们之间却会发生一种联系。

席勒当时前往耶拿，在那里我同样没有见到他。与此同时巴奇由于难以置信的活跃——在数目可观的收藏品和有价值的科学研究的参考资料的基础上——开始使一个自然科学研究协会进行活动。我经常出席该协会定期召开的会议。当时我发现席勒就在那里，我们俩人偶然地同时走出来，于是进行了一次谈话，他似乎对报告人表示同情，然而非常



---

[1]沃尔夫冈·黑里贝尔特·冯·达尔贝格男爵(1750—1806)，曼海姆民族剧院的经理，席勒的《强盗》在此剧院首场演出。

理智地和明智地发觉，一种如此支离破碎的报告方式怎么会毫无可能地过分要求乐意参与此事的外行对待大自然呢?这使我非常高兴。

我对此答道，它甚至对于内行来说也许仍旧是令人毛骨悚然的，然而大概还可能有另一种方式，不是分开地、个别地开始研究大自然，而是创造性地、生动地，努力由整体到部分地描述大自然。他希望对此问题加以澄清，可是并不隐瞒他的怀疑；他无法承认，这样一种情况，正如我所强调的那样，产生于经验。

我们来到他的住所，谈话吸引我走了进去；当时我正热烈地阐明植物的变态并且用一些典型的笔画让一株象征性的植物出现在他眼前。他听着，并且以很大的兴趣注视着这一切，具有明显的接受能力；可是当我结束谈话时，他一边摇头一边说：这不是经验，这是一种观点。我惊呆了，有点儿愠怒，因为这样一来使我们分道扬镳的关键就极其严峻地表现出来。我又重新想起《论优美与尊严》中的看法，旧的怨恨又要激起，然而我尽力控制自己并回答：如果我在自己还不知道的情况下有了某些观点并且甚至亲眼见到它们的话，这会使我非常高兴的。

席勒，在善于处世和生活方式方面比我强得多，况且他也由于《时序》——他当时正想出版这个杂志——的缘故，更打算吸引我而不打算排斥我，于是就以一个有教养的康德哲学的信徒的身份对我的谈话予以回答；当时由于我的顽固的现实主义产生了导致激烈的矛盾的某些理由，于是就进行了许多争论，然后停止论战。两个人之中没有一个人能够认为自己是胜利者，两个人都认为自己是不可战胜的。下列句子使我非常难过“本来应当适合于某种观点的经验怎么能够在某个时候产生呢？因为前者的特点恰恰在于某种经验恐怕从来都不可能与它一致。”假如他把这个认为是一种观点，我则把这个说成是经验，那么在两个人之间必须存在任何居间调解的东西，任何相关的东西！然而总算迈出了第一步。席勒的吸引力是巨大的，他把所有向他靠近的人都抓住不放；我同意了他的看法并且答应，把我的一些尚未发表的东西提供给《时序》。他的夫人——我从她的孩提时代起就一直喜欢她、赏识她——为(我们的)持久的相互理解作出了她自己的贡献；双方的所有朋友都非常高兴，于是我们，通过最伟大的，也许从未完全得到平息的，客观与主观之间的竞争保证结成一种联盟，它持续不断地对我们和其他人都起到一些良好作用。

尤其对我来说，这是一个新的春天，在这样的春天里万物都彼此一起愉快地发芽并且从裂开的种子和伸开枝条中结出丰硕的果实。我们双方的书信对此提供了最直接的、最纯正的和最完善的证明。

陈宗显　译

# 我的朋友彼得

〔瑞士〕黑塞



今年3月28日是彼得·苏尔卡普的68岁生日。祝寿活动在法兰克福一家医院里举行，他已濒临死亡。我赠给他一首刚写的诗《清晨时光》，诗旁还装饰着一幅描绘此情此景的水彩画。他把它们遍示给所有的客人，还为此喝了一小口香槟酒。三天后，3月31日清晨，他去世了。我失去了我友人中最真诚者，最不可缺少者。

人们往往在一个朋友逝世之后才能分析出自己对他的喜爱程度，以及这种喜爱的特殊色彩。因为人们友情的程度大大不同，色彩也千差万别。大多数情况下，互相喜爱与互相熟悉几乎是一码事，人们最喜欢的人往往也就是自己最深知的人。而人们在得知死讯那一瞬间所感受痛苦的程度，却是另一码事，它往往取决于我们在那一瞬间的心境如何。在某些时期、日子和时刻，我们的思想恰恰与世事的无常，与花无永妍人无常在的自然规律相吻合，我们看待一个死亡消息就只会像看待深秋时节刮过树间的一阵寒风：他会略略颤抖一下，轻轻叹一口气，会手握一把枯萎的树叶看它们随风飘逝，会立即又静静地沉入自己的梦想之中。而在另外一些时刻，这同一人物的死讯会像烈火般烧痛他的心，又好像被人猛砍了一斧子。此外，一个突如其来的死讯与一个我们早已预料的死亡，其感受也完全不同，前者常常令人惊恐，而后者常常是人们在幻觉中早已体验过了。我的朋友彼得之死给我的感受便是如此。几年来他的亲人们爱护他就像爱护一个受重伤的人、一个持续徘徊在死亡边缘的受难者。他偶尔也会焕发出勃勃生气和力量，就像人们小心翼翼把他扶出屋外略作散步时所见，他愿与人热情活泼地交谈。人们看见他高高的身躯略略向前倾斜，双臂软弱无力地垂在两边，面部表情呆滞，目光疲倦地望着周围的景色，有时候正谈得高兴，他会猛然爆发一阵剧烈咳嗽，这是我们每个人都十分惧怕的、颇像咆哮声的咳嗽，震动得那一张亲爱的脸逐渐扭曲逐渐变红。每当他艰难地从椅子上慢慢抬起身体向我们挥手时，大家便立即明白，他是在和我们永别，每次离开他都让人们提心吊胆，害怕这也许是最后一面。

因此彼得去世的消息传到我耳中时，我既不吃惊也不恐惧。痛苦并不尖锐和炽烈，因为我已经忍受很久了，直至今天依旧在忍受。但是在他逝世以前，我脑海里彼得的形象是迅速变化着的，时而稳定时而清晰，而我们极其珍惜和重要的完善者的恰当形象则在他死后才在我们的记忆和内心殿堂里完整起来。我们认识无数死去的人，我们从未感到他们是完善者和可以称之为完善者。我的朋友彼得业已在生死边界徘徊了许多年，某些时刻甚至几乎已到了死界，大概鉴于我们的挚爱死神才又借给他几年阳寿。于是他又重新回到了阳界，从注定的死亡中回转世俗人的忙碌日常生活，从那被他所征服了的超尘脱俗中回转到短暂而偶然的人生气氛里。如今，在他绝不可能再重新复归的时刻，我发现和感到彼得在我心中早就已隶属于完善者、超越现实者之列(倘若不可以说“圣贤”的话)，他与我以及与我同类的人不在同一水平上。他在那个时代所受的巨大考验我也略有体验，他在当年德国最黑暗的时期被判了死刑，只因患有不治之症，才像陀思妥耶夫斯基那样侥幸逃脱一死。

我确实在我们每次告别时读到他眼睛里未说出口的问话：“我们还会再见吗?”以及：“最先消失的会是你吗，或者还是我自己?”而在我内心深处，我始终看到他，这个比我年轻得多的人，更为接近死亡。他曾是我们俩人中的小青年，经常显得极其富于男性青春活力，却比我更为成熟和老练。在彼得勇敢而且几近于历险记的一生中，两种截然不同的生活节律和态度不断交替出现,而总是比较被动比较舍弃的那一方占上风。因为在这两类不同生活态度的极点之间,在他的一生历程中,始终演变发展着一种勇敢精神,一种创造性的教育愿望,以及一种对超越世俗、对静谧、对隐居的渴念。

彼得·苏尔卡普在监狱和集中营里受尽了折磨，仅仅由于偶然,由于德国纳粹垮台前的混乱才侥幸逃生,但是他早自第一次大战时就严重受损的健康被彻底摧毁了，心脏受损,肺叶也只剩下一小块。尽管如此,他还活了许多年,不仅艰难地活着,而且活得积极,干了许多重大工作,这一切得归功于他那古老农民种族遗传给他的耐力,是他与生俱来的优势。即便他作为个人业已损耗殆尽,他所继承的坚韧遗产的影子却让他仍然挺立不倒,并且居然许可他做出了令人难以相信的成绩。

这类先天储存的韧性、靠近土地性、遵守秩序性、耐性却让彼得毕生都得因而与他个人的禀赋气质和品性进行斗争,它们驱促他反抗祖传的农民特性,使他离开祖国,使他经常更换职业,他当过教师、军人、官员、导演、编辑、出版家以及自由作家,总是独立自主地去征服客观世界。他曾经一度回乡访问祖居的庭院,但是恰如他的一篇具有代表性的美丽散文里所描写的,他在那里成了陌生人,成为了完全不被故乡人所理解的外人。他为此而不断与人们对话,与一个慷慨激昂的青年文学家,与一个神经质的商人,与一个导演或者一个演员，他那带着奥登堡口音的话语听起来温和、抚慰人，引起人们深思，他以遗传自父辈的全部韧性和耐性—连几个钟点与他们交谈着。

他对阅读和写作的喜好使他在生前最后几年备受痛苦煎熬，而他的死因也与长年累月的工作过劳几乎密不可分。他对教育和戏剧的热情一直维持到生命的最后时刻。他对舞台工作的兴趣也十分炽烈，为了观众的视觉和听觉效果付出的辛劳和他作为培养人才的热心教育家付出的辛劳几乎相等，这种热情也同样施行于他作为出版家的工作中，他要把“美”介绍给世界，他对此深信不疑，他纯朴而持久地竭尽全力出版着“美”。

我们的友谊与世上其他人的友谊一样，基于我们俩人对于世界的态度和见解具有类似性和亲和性：我们都属于敏感和执拗的艺术家，强烈倾向独立不羁，两个人都继承了我们祖先的严格而精确的秩序和道德精神，虽然也都隐秘地有所自由突破，却始终受到其强烈的影响。但是如同世界上任何其他人的友谊那样，许多截然不同的东西也恰恰同时存在于这一共同基础之上，却反倒一再挑逗起我们相互间新的兴趣和喜爱。我们都各有自己的特点、倾向和习惯，常常会觉察到另一人对自己的揶揄挑剔，然而仍旧感到对方的吸引力，有趣或者亲切。同时我们俩人间一直存在着一种互相尊重感，以致从未对另一人发表过即使是友好和爱护的批评文字。彼得认识我的时候,我已是一个长者,是一个他自幼就读过其著作的名人。后来他面临战后的决定性转折关头,当他在完全放弃或者准备重新开始间徘徊不定时,我是他最坚定有力的支持者。因为反倒是我崇敬他,远非由于他是一位有才能的出版家和作家,而由于他是一位受苦受难者,一位英雄,一位男子汉,他曾经比我和我的其他朋友们承受过更长期更可怕的虐待和酷刑。

我的朋友彼得为许多人所挚爱,他的魅力巨大,并且不仅表现在他有意识地与人友好交往的时候,就连在他最艰难的时刻,当人们因他企图自杀而责备他或者带着玩笑口吻骂他时,也仍然不得不爱他。我特别喜欢看他上午在我的图书室里或者在阳台上工作时的模样。他把纸张和印刷品,连同那些钢笔和铅笔整整齐齐摊放在桌上,静静地坐着,专心致志,就像圣哲罗姆❶一般沉潜于工作之中。我愿放弃许多东西,只要还能再度看到这幅景象。

彼得死后我曾收到许多朋友、同行和读者的无数慰问信,其中最感人的当推罗多夫·亚历山大·许罗德尔的来信。他还附寄了若干刊有悼念文字的报纸,篇篇充溢着赞美之词,为了彼得杰出的出版工作,也为了他在恐怖年代里的勇敢战斗和受苦受难。很少人提及他作为作家与诗人的成就,啊,确实谈得太少太不受重视了!他自己创作的文学作品数

❶圣哲罗姆(347—419/420),早期西方教会中学识最渊博的教父。

量不是很大。我们——他的作家们和朋友们，为他编纂了一套精美的两卷本的《散文选集》，曾在他的60岁和65岁诞辰时两度出版，它是一件珍贵的祝贺礼品，曾令他十分欣喜。可是这部两卷本仅以非卖品形式出版了很少数量，除非拥有前几年出版的《新论坛》杂志，便不可能读到这些后来重新编辑的文字。

幸而我们总算说服彼得·苏尔卡普把他的几篇写得最漂亮而且大都很富于诗意的文字编成一本廉价却很美观的单卷本在1957年出版了。当时我曾把这本可爱的小书寄赠给朋友。这本小书题名《孟德罗》，取自苏尔卡普1944年底还是政治犯监禁在狱中时开始撰写的长篇小说的书名。我们所选仅仅是片断，但是这些约莫一百页左右的文字很有价值，它们记述了彼得作为乡村青年教师时的生涯，我喜爱这本小书远远胜过某些在我们时代十分走红的书籍，也胜过彼得作为出版家竭尽全力予以出版的若干先锋派著作。此外这本珍贵的集子里还收了几篇我认为绝对可算作经典文字的散文，它们已收入各种德语课本，尤其是《拜访》和《苹果园》。在我们这一时代中还没有人写出比它们更好的散文。

把一位在公众中具有卓越影响的人物生平成就作一比较符合实际的真实描写并不困难。但是对于他所曾承受的苦难，那却是深深隐藏在他内心，仅有挚爱他的人们才最终可能揣测到一些。苦难越是巨大越是酷烈，他谈得也越少。是的，彼得对自己所遭受的许多恐怖事实，曾向自己亲近的朋友叙述过若干件，语气却开朗而又超越，譬如他那幢漂亮而可爱的柏林住宅如何在某次夜间轰炸中一下子化为灰烬，或者那场奥德赛奇迹般的逃离纳粹集中营。一切都是痛苦，受伤害，受考验，他全挺过来了。对于在希特勒地狱里的最残酷经历和折磨，他谈得最少，甚至羞于启齿，唯有深沉爱他的人才能够在想象中追随他的苦难。他生前最后几年承受的肉体痛苦，那是我们人人尽知的。

但是，上述还不能包容一切，他——一位极富爱心的人，一位极懂得维护人类尊严的人，自从二次大战以来，那么多年一直生活在一种伟大的孤独之中，没有家庭，没有舒适，无人照顾，处于一种仅有少部分可算是自觉自愿的苦行状况，处于一种失望却仍然倔强的孤寂状况。他的这类孤寂感和失落感，这种外在的丧失祖国完全符合他的内心体验，我只在少数几次极亲密的谈话中才试探着触及了这个问题。他经历过德国非常时期的全部历史，大吹大擂的“伟大时代”，战争，战败，资产阶级革命，希特勒野蛮统治，彻底崩溃，以及最后的重建工作，在这场雄心勃勃奋不顾身、卓有成效的美国式重建德国工作中，他参与了，着迷了，成果累累，然而他那双神情悲哀的蓝色明亮眼睛随着流逝的岁月还是越来越深刻地看透了这种年市式生活，它的忙忙碌碌，它的健忘症，它的奋发进取和热衷名利，许久以前他就已经不再相信其内在真实性，不再相信他生活于其间并且还起着重要作用的世界存在纯真性，这使他感觉活着不温暖不舒坦，他也许更乐意这样生活：创造是为了欣赏品味生活。我揣测他最后是喜欢死亡的，很高兴把一切身外之物通通抛弃。

我敢于下上述断言并在这里引用R.A.许罗德尔来信中的一段话："苏尔卡普不得不在极端孤独中忍受地狱般的最后几年痛苦岁月，然而他始终一再以友情和宽宏大度鼓舞起人们的勇气，即便是他的某些工作差错也总是引起尊敬。"

每当我在某个地方与人谈话时，或者读某本书时，逢到"真理"、"纯真"，或者"内心的德意志"这样的词句，我眼前就立即浮现出彼得高高瘦瘦的形象。而许罗德尔也属于这类人物。

1959年

张佩芬　译

# 访花袋君

〔日本〕岛崎藤村





今年夏天哪里也没去，翻着墙上的日历数着日子，巴望立秋的一天及早到来。曾经在连续干热的几个拂晓的空气里，听到邻居家传来蝉鸣。一大早在薄暗之中听到蝉鸣实在是少有的事。在这稀有的大暑到来的日子，没有清晨，没有傍晚，有的只是漫长的白昼和难眠的黑夜。

好久没有看望花袋君了。关于他静养中的情况还是在芝地的青松寺为已故有岛武郎君举行法事那天，从参加集会的人们那里听说的。其后又在《东京朝日》报上读了秋声君写的文章。秋声君的笔传达了这位病中朋友的消息，使我暗暗感谢。这整个夏天，我天天都在盼望秋来的心境中度过的。好容易到了九月八日，完成一项工作，心情稍微轻松一些，我就出了家门，穿着矮木屐，拿着伞，在一个要下雨的天气走访了代代木。今年春天去看花袋君时，他病后静养中迷上了汉诗，以他漂亮的笔墨，在半折的印花信笺上写满了字，挂在客厅的墙上，叫我读读看。当时他精神很好，还没有发现生了癌。这回去首先想到的是，他带着病躯居然平安地闯过了今年七八月间二十来天的酷暑。我们不约而同地都在等待下着凉爽秋雨的季节，可见今夏的炎热给他留下多么深刻的记忆。

花袋君比起今春来面容有些憔悴，但精神一点也不衰老。他在起居室换上和服出来，把我引进平时那间客厅。听说他时常去医院接受镭的化学治疗，医生都说像他这样疗效显著的病人很少见。

花袋君说，旧友来访是最叫人高兴的事了，于是我们就海阔天空地聊起来。客厅里悬着我十分熟悉的一幅油画。他初期的三部曲中的《缘》和《妻》充满了青春的朝气，从《乡村教师》、《一个士兵被枪杀》、《时间已经过去》等颇有深度的作品，到冲动、情思和省察三者相结合的《残雪》以及其后的《恋的殿堂》，还有他为《福冈日日新闻》写的殷勤报知春天的文章，此外再加上我每日等着阅读的《百夜》，算起来，他的犹如冈峦起伏的巨著中的大部分都是在代代木的家中完成的。谈话将半，顿感阴湿的空气流入室内，我们轮番起身去关闭通向院内的窗户。院里的夏景已经退隐，我深深感到草木完全是一派秋日的景象了。联想到慕名而来的宾客云集的往昔，如今大家念顾着病人的身体，不再有人轻易打扰了。眼下，他最要紧的是安静。病中的他虽然也很寂寥，但比起频繁会见那些不必要会见的客人总要好一些。经过一阵天南海北的畅谈，我发现在他漫长的文字生涯中，唯有现在是过着意味深长的朝朝夕夕。关于这一点，我在罹病时也有着切身的体验。我常常每于晚上就枕时想到，要是还有个明天就好了。不知为什么，我不愿用笔描写病，即便想写的时候我也写不出。那时节我的枕畔几乎不能放病床日记什么的。根据病的性质，很难互通消息。恐怕花袋君也处于这种状况。在这里我只想告诉花袋君的读者，说他此后会向好的方向发展，说他绝不可处于勉强的状态，这些都说明要恢复健康还需相当长的时间。

谈话中还提到洗芭蕉浴的事，这是我劝他做的。他说化疗后有轻度的发热，不好洗浴。他的病在左半身，平素一个古道热肠的人，眼下却为朝夕的无聊所困扰。自那以后，东京下了猛烈的秋雨，城市上空一片阴暗。我祝愿他静养有术，病体早日康复，如同以前那样顽健。就此搁笔。

陈德文　译

# 星离去

〔日本〕东山魁夷





## 一

我在天草的旅馆里，用印有崎津天主堂照片的明信片，给川端康成先生写了简短的信。内容是:久未通信,很抱歉,回去后随即拜访。

我在福冈举办完个人画展,又要到下一个地方——小仓举办展览会。这其间,我经过唐津、佐世保、柳川等地,旅途中又来到天草。

我住在天草下岛一所名叫下田的冷清的温泉旅馆里。窗外是一望无际的茫茫的天草滩宁静的傍晚。薄薄的雾霭,萦绕在海天相连处,几乎分辨不清哪里是分界线。

空中低悬着细细的上弦月，弓弦近乎水平，显得那般安谧而矜持。月亮上面，一颗又大又亮的星闪闪发光。

这颗星使人感到不比寻常。它是夜幕上一颗清澄、朗洁的明星，然而它那闪闪灼灼的样子，它那迸发出的光辉，似乎眼看就要飞向太空，化作一片光明，然后归于消失。这是生命在一瞬间放射的光辉。

我不由得喊醒了妻子，我们伫立窗前，久久凝望着这颗巨星。

电话铃把我惊醒，不知几点钟了，想是夜半吧，心里一阵不安。"啊？"接电话的妻子出其不意地惊叫起来。

"川端先生去世了，听说是自杀……"

我一骨碌跳下床，头脑里懵懵懂懂，完全没有想到会有此事。

拧开电视旋钮，出现了白色的速报文字。

"赶快回去再说，应该先打个电报才是。"

看看表，刚刚过了十一点，还不到半夜。

向旅馆的柜台说明缘由，要了出租汽车，急急忙忙准备动身，车子开出了，冷冷的夜风吹入车内，两旁的树叶在黑暗中哗啦哗啦向后飘闪。

"川端先生自杀了。"

我的脑子里充满了这一沉寂而悲凉的思绪。我没有立即产生"为什么"的疑问。周围一片宁静，只感到一切事物都在缓缓溃灭。

在本渡换了车，到了熊本又继续乘下去，抵达福冈板付机场时是四点半。候机室关着门，没有一个人。首次航班是七点半起飞。

飞机在白云里飞行。白茫茫的富士山，终于微微露出了姿容。

先后在镰仓的宅邸前边的马路上，停放着几辆报社的汽车。进入横街，遇到一群记者和摄影师。这使我想起了先生获得诺贝尔奖时的情景。

几个人追过来问道："有什么感想？"

"我完全没有料到，别的没什么好谈。"我急匆匆边走边答，随即闪入门内。

来到客厅，见到夫人，不由握住了她的手。夫人大声哭着，我没有说一句悲悼的话，只是一个劲儿流眼泪。

先生的遗体已经入殓了，但面部还露在外面。我接过含水的棉花，揩抹着他那紧闭的嘴唇。

这是一副庄严、亲切而安详的面容。我还从未见过先生闭着眼睛的样子。这是多么安然的表情啊，这表情代表着先生的身心一同进入安眠的状态了。我心中一阵难过，眼泪又止不住涌流出来了。

## 二

眼下，关于先生，我一句也写不出。

不光是现在，今后不论过多少时候，我都不能再说什么了。像先生这样的人，到底不是世上的常人，他是遥远的，他的存在就像万仞孤峰，高耸云表。我姑且享受着先生的厚遇和恩惠罢了。

我饱享着先生的好意，现在回想起来，这是因为我没有把先生当成一位卓绝的作家看待（当然，我对先生这位作家，怀着无限的尊敬。这种尊敬永远不会打我心中消失）。而是当成一个人，直接触及了他作为人的一个方面。作为作家的先生，他那不朽的作品渗透了千万人的心灵，永生不灭。然而，要想接近先生的本色，却不是件容易的事。

这对我的一生来说，是何等至关重要的大事啊！如今，我不论说多少感谢之类的话，都无法加以表达，先生给予我精神上莫大的支持和鼓励，我说不尽内心的喜悦和敬畏。

人们提起川端先生，必然要触及美的问题。有人说，他是个无餍的美的追求者，美的猎人。那种经受着敏锐的眼光被凝视着的美，实际上是不易存在的。先生不但寻觅着美，而且热爱美。美，可以说是先生的休憩，喜悦，恢复，是生命的反映。

先生对美术的兴趣十分浓厚，可以说是深不见底的。他经常观看美展。

他涉猎了美术的所有领域，从文人画、琳派、佛像、古陶、茶具、墨迹，到外国美术家的作品，其阅历的广博，令人叹服。这里，始终贯穿着先生敏锐的善于取舍的慧眼。

我之所以能同先生长期而亲密地交往，是因为除了美之外，我们几乎没有谈及其他任何东西。

此外，对于我来说，除了美之外，再没有别的话题可谈。美牵系着先生的一生，这是多么幸福的事啊！

——失去了所有的亲人，作为一个画家，我终于生存下来了。战争结束的当儿，从死亡的边缘抬起眼，风景使我重见光明。

就这样，我走过了死而复生的道路。我的经历尽管和先生在精神上有些相通之处，但先生如此亲切地待我，只因为我是基于某种谛念的单纯而素朴的感知者，而不是有意志的分析家或创造者。我从放弃自我这一点上出发，将自然界表现的生命之光视作恩宠，带着不才之躯，一味生存下来了。或者说，先生和我，都有一颗孤独的心，而我们又有一种强烈的愿望，彼此都想倍加珍视这种孤独的心灵的沟通。

我的胸中深藏着黑暗和悲痛，但我没有把苦恼向别人公开表白过。然而，有着黑暗和苦恼的人，同时也是祈求灵魂的净福和平安的人。我的作品所表现的静谧和纯朴的风格，抑或正说明我缺乏这些，才如此希望，如此进行切实的祈祷的。

先后的慧眼当然洞察了这一点。正因为如此，他才待我以亲爱之情的。先生把我当成一个虔敬之徒同我交往。而我，又受到先生多大的虔敬而慈悲的救助和教诲啊！

他在集英社出版的画集序文《观东山魁夷画展有感》中写

道：

……这“净福”一词也是我的生命之泉。我的病是心绪的悄寂、衰颓和郁厌，自从亲近了东山君的画和文，便日益得到治愈，得到复苏。

只是有一点埋在内心而无法行之于文的，也是东山君的风景画所无法表露，但却深深藏在内部的东西，这就是东山君那种超自然的经受过内心和精神的苦恼和动摇后所表现的静寂、安谧和虔敬。



这是先生向《日本美术志》(1971年11月发行)投寄的文稿中的文字，也是先生最后一次谈论我的话。

我每拜见先生，他总是不时凝视着我，倏忽掠过一丝严峻的暗影。不过，大部分场合是用亲切的态度对待我。

最后一面是去年岁末我去访问他的时候。他对我说：

“明年我要到外国走一趟，吁请外国的日本研究家都来参加会议。”

令人遗憾的是，今年年初，我在关西举办了个人画展，此后又到各地巡展，一直没有机会再去看望先生。

聆听先生最后的声音是在二月半光景，我和他通了一次电话，本来我托先生在我为《古都》装帧的扉页木版画上印上先生的题字。先生寄来了。《古都》的题字有十几种，我一张张翻看着，每张都富有变化，情趣各异。我很惊奇，想从中选出一张来，但又颇费思量，于是便打电话给先生。

"怎么也写不好啊，"他说，"是吗？还有可以用的吗？"听筒里响起了先生爽朗的声音。

## 三

今天，在这世界上再也见不到他了，脑子里反而浮现出新鲜的记忆。

1954年，我为《新潮》画封面画时，不知为着什么，新潮社的菅原君领我到川端先生和小林秀雄先生家去了一趟。那是我第一次亲眼见到先生。

我欣赏了玉堂的《冻云筛雪》，大雅和芜村的《十便十宜帖》等众多的名品。罗两峰《野火》中野兔冲出燃烧的草丛的姿态令我难忘。有人评判先生是可怕的人，但我丝毫不感到他有什么可怕。不过在他面前，我完全变得拘谨了。

先生来看过素描画展，在举办以东京为主题的组画展览时，他为画集写了序文。在为东宫御所制作壁画时，先生来过我的画室。举办北欧风景画展时，他又为石版画装帧的《古镇》画集书写了题为《美丽的地图》的序文。我在为新宫殿制作壁画时，先生来了，接着和我一起去看新宫殿收藏的壁画。

举办京洛四季画展时，和先生获得诺贝尔奖几乎在同一时期，他到展览会来了好几次，并为画集《京洛四季》写了题为《都市的姿影》的长篇序文。此后，为版画集《京洛小景》题字；一起参加光悦会茶会；到京都、奈良、大津去观赏秋景；和井上靖君应邀到新绿的信浓去旅行；满腔热情地为集英社出版的我的画集写了长篇序文。举行以描绘德国、奥地利的古都和窗户为内容的个人画展时，我屡次拜请先生为之作序。我一方面生怕为先生带来麻烦；一方面又安享着先生的盛情和厚意。

我请先生为画集《京洛四季》撰写序文的时候，适值他荣获诺贝尔文学奖。我想，也许是不大可能了。公布获奖那天，我半夜里跑去祝贺，看见先生坐在内厅里，一个人孤寂地抽着香烟。我道过贺，表示想收回托他作序的请求，他马上说：

"我写，我到京都去写。"

"您太忙了……"我有些难为情。

"一点也不忙，别的一概被我回绝了。"

接着又闲聊了一会儿绘画，就告辞了。

我收到了他从京都饭店寄来的长信，告诉我序文完成了。这篇序长达三十页，通过京都这个地方，阐述了他对日本的美的怀想，优美的文章里穿插着短歌和俳句。

晚秋青莲院，巨樟嫩叶鲜。

绿叶罩大地，日光三两点。

不会作歌的我，不知道“在晚秋”好还是“晚秋的”好。还有“绿叶扩展，阳光照耀”和“巨树叶广，阳光普照”这两句哪一句更好些。再有“绿叶浓荫日光漏”是否显得拗口还是更富有意趣，我也弄不懂。总之，这一天的印象就是：站在青莲院门前的樟树下，信步徘徊，仰视着这棵大树。虽是“晚秋”，然“嫩叶之色”青青，布满了低垂的枝条。细嫩的浓荫，映照着初冬白昼的太阳，阳光从绿叶缝里漏泄下来。这首短歌描写了古老大树充满青春的活力。苍老的树干，庄严的枝条，纵横交错、匍匐于地面的强劲的形象，绝不是我这个不会作歌的人的一首短歌所能表现出来的。这季节虽是“晚秋”，更想把它当“初冬”。京城红叶之烂漫，实在因为有了常绿的映照，所以说成是“在晚秋”。这只是说明，今天的我，站在这棵熟悉的大樟树下，发现莹润的叶色而受到了感动。(《古都姿影》的开头)

我在几年前，曾反复叮嘱东山君，眼下再不抓紧画下来，京都就要消失了。我的这个愿望对东山君完成《京洛四季》这套优秀的组画起到了促进作用，使我感到有说不尽的幸福和喜悦。在我初次向东山君提出的时候，我走在京都的大街上，嘴里不住嘀咕：“看不到山，看不到山”，心中甚是难过。一幢幢丑陋的西式楼房盖起来了，从街道上望不见山峦了。我叹息着，抬头不见山的城市不成其为京都。可现在，对这种望不见山的京都却也习以为常了。然而，至今我还时常想到能否把京都的姿影保留下来。东山君的《京洛四季》的每一幅画，都是这古都的留影。这组《京洛四季》的诞生，包孕着我的宿愿。出于平日的厚谊，我为东山君写了这篇信笔倾吐的文章。(《古都姿影》)




正如文中所述，这套京都的组画，也博得了先生的称赞。

所幸，先生赠我许多精美的书籍，寄过四十余封情意恳挚的信函。这代表着先生全家和我们全家(实际只有我和妻子二人)你来我往的深厚交谊。

关于这些事，要详细道来简直说不完。十数年的交往，先生对我的一片深情，使我找不出一句适当的感谢的话语。

从四十岁末到五十岁初，先生失去了众多亲友。

“在我所失去的朋友中，横光君的死是我一生中最沉痛的事。”他写道，“论起余生，朋友先死于自己，这也许就意味着余生吧。”

“我平日里的自我惆怅，只不过是悲悼日本人。由于战争的失败，这惆怅变得彻骨浃髓了。这样一来，灵魂反而获得了自由和安全。”

“我把自己战后的生命当作余生，这余生并非属于自己，而是日本传统之美的表现，因此我并不感到有什么不自然。”

正因为先生有着这样的心境，所以对我这个迈着艰难步履、执着地探求日本的美的人，也以爱美之心竭诚相待，不断深化着对我的温厚的友情。

“我和东山君相识，正如这本画集中的《一条道路》一文所描写的那样，是在1956年到1959年前后，东山君举办首届写生系列展或‘东京展’的时候。当时我已年近花甲，这一年我又新结识了这位知己，堪称人生一大幸运。”看到先生这段文字，我又惊奇，又感念不已。



……去秋参加光悦会回来途中的旅行实在快乐。要是再能结伴巡游，该有多么荣幸。其后再度光临之际，我正值胃病发作，长期悒郁不振，自打你来之日，渐觉良好，想是心情欢欣所致，望能常常见面，借以愉悦身心。(1970年1月20日书翰)

我曾接到过这样的信函。我之所以抄录先生的这番话来，并非为了表述先生对我本人恩深似海的情谊，而是为了如实传达川端康成先生那种严峻的性格中所包蕴的极富人情味的一面。

## 四

“你要到哪里去？”

向遥远的虚空的世界发问，也是以这句话结尾的《反桥》、《时雨》、《住吉》三部曲，不论哪一部都是无限优美的短篇。在这些作品里，先生和美的密切关系，以鲜明的姿态被刻画出来了。尤其是《反桥》，先生对幽远的美的那种深刻的感受性，通过细致的文字织造出绚丽的幻想的彩锦。不用说，其情节结构是采用了小说虚实相生的手法：

神佛虽长在，凡人何得见，
唯怀虔敬心，晓梦睹尊颜。

当主人公“我”在住吉旅馆看到已逝的友人书写的《梁尘秘抄》上的这首和歌，便将和住吉有缘的灵华的歌神的绘画挂到壁龛里。而这张灵华的绘画是一个熟悉的画商用思琴少女的肖像和池大雅的画换取来的。而且，“大雅、思琴和灵华实际上已经奇怪地混杂在一起，这三者都有一种似是而非的令人心动的地方。只要回顾一下这些就对自己的奇怪感到不寒而栗，仿佛看到了可怕的自我分裂。那么沟通大雅、思琴和灵华的心灵的究竟是什么呢？”

今天下午，我把龙门石佛的佛头拿出来放在膝盖上仔细端详。

美术品，特别是古代美术，当我看到这些的时候，才感到同生命联系着，否则，我只能感到自己处于污辱、恶逆和伤枯的生命的深渊，从死当中微微对于死作出稍稍反逆罢了。

大雅、思琴、灵华心灵共通的，还有和龙门石佛之首共通的，那就是对于美的切实的憧憬。“我”正是由此而得到慰藉，医治和鼓舞。这篇小说是一个不太健康的五十五六岁的男人的独白。还有，这三部曲中的《反桥》写于昭和二十二年，四十八岁的时候，《时雨》、《住吉》写于昭和二十四年，是五十岁时的作品，《临终的眼》写于昭和八年，那时先生三十四岁，是早于《反桥》十四年以前的作品。先生将这部作品和《禽兽》一起，认为是可厌之作。《禽兽》也是先生的代表作之一。《临终的眼》，以前每论起先生来，必定有人引用这篇作品，现在重读更加觉得迫人心胸。





一般认为，旧家代代的艺术教养传承下来，便产生了作家。但另一方面，旧家等的血缘大体因为病弱，如残烛的火焰，正于燃烧殆尽之时诞生了作家。这已成为悲剧。

先生还引用芥川龙之介遗书中的一段：

唯有自然对于此时的我比任何时候都更美丽。你也许会取笑我既爱自然之美又想自杀这种矛盾的心理吧?但是,自然的美丽只映照在我的临终的眼里。

先生在这段引文之后继续写道:

在修行僧的“冰一般透明”的世界里,残香燃烧的声音听起来仿佛要使房子着火;香灰落下的声音听上去犹如电闪雷鸣。这或许是真的。所有艺术的极致,就是这“临终的眼”。





## 五

先生获诺贝尔文学奖后在斯德哥尔摩授奖仪式上所作的题为《我在美丽的日本》的纪念讲演,开头引用了道元禅师的歌:“春花秋月夏杜鹃,冬雪凛凛天气寒。”还有明惠上人的歌:“冬月出云伴我行,朔风侵肤雪夜冷。”其中,也引用了上面提到的芥川遗书中的话。这是有着一定用意的。

他谈及禅、水墨画、造园、插花、制陶,还有从平安到镰仓的古典文学,在陈述日本的美之后作出这样的总结:

日本，或者东方的“虚”、“空”、“无”都在这里涉及到了。有的评论家把我的作品说成是虚无的，但西方的“虚无主义”这个词儿用在这里并不确当。我认为，“心的根本”是各异的。道元的四季歌题为《本来的面目》，虽说歌咏四季之美，其实具有强烈的禅的味道。

第二年，在夏威夷大学作了题为《美的存在与发现》的讲演，他先从卡哈拉·希尔顿饭店早晨餐厅里的一摞玻璃杯，映着日光发出美丽的光辉这样的情景说起，论述了“一期一会”的心情，由俳句到《源氏物语》、《竹取物语》、《万叶集》等古代作品，给外国人上了一堂关于日本美的存在与发现的启蒙课。

先生的这种心情，从他对于最近召开的国际日本研究会议一片热诚上也可以得到证明。

这位先生，如今不在了。

战败之后，先生在悼念亡友横光利一的文章《继承日本美的传统》里，表达了自己的决心和愿望。他毅然地写道：“我要以日本的山河为灵魂，在你死后继续活下去。”先生就是不折不扣怀着这样的决心和愿望走过来了。他的伟大的实践，在日本战后混乱的局势中有力地支撑着日本文化的精髓，使其在世界上粲然生辉。这是何等充实的生活啊！

人们都在议论和思索先生的死，但我却回味着先生伟大的生。在我看来，先生的死是一种安然的休息。

先生常说他自己怠惰，事实恰恰相反。他做出的成就远远超过一个人力所能及的范围。他全力以赴地工作着，如今，终于进入休息的状态了。

应该知道，怠惰的是我们。经过一番痛苦，我感到自己的身心紧张了起来。我不想填补先生去世后心灵的空虚，然而，今后我必须努力走着我自己行将日暮的人生的旅途。

我在天草给先生写信的时刻，看到那颗星，也正是先生死的时刻，这是偶然的，但这样的事在我却有过两次。一次是终战后不久，弟弟死于富士山医院的时候。他是我唯一的亲人。弟弟因患结核病长期疗养。接到他病情恶化的消息前一周我去探望过，看他有些康复，我就打算暂回市川处理一些要紧事马上再到富士山去，我写了张明信片，告诉他一旦办完事马上就动身。这时，眼前蓦然浮现出弟弟病房的情景，我仿佛看到明丽的阳光射进那座病房，空无一人。弟弟正是那时候死去的。

我一生都不会忘记天草滩傍晚的天空、海色和辉耀于西方的星光。随着时间的过去，我越发强烈感觉到，那不正是先生的英魂迸发出的光芒吗?

陈德文　译

# 有历史意义的房舍

## ——记薇拉·凯瑟

〔美国〕梅纽因





看到这些屋子、这栋房舍,真让人激动。当年小薇拉·凯瑟就是在这里长大的。五十多年过后,我初次见到她,并想象着薇拉姨婆在内布拉斯加州的红云镇做小姑娘时的情形。

不过,用不着多少想象力就能从她开朗、坦诚的面容上辨认出红云镇开朗坦诚的民风。那是一个与好客的土地竭诚合作、辛勤劳作的世界。欢乐也属自家"土产",来源于与自然、亲朋、书籍和音乐直接打交道,不需任何中介或外物的助力。那里没有几幅照片,没有录音,没有电视,没有廉价报刊或黄色读物,在整个红云镇,几乎人人都可以信赖。

那儿,曾生活着真正的人。他们的共同点是劳动。他们所热爱的书籍,他们所弹奏的乐曲,他们编织的毛衫和绣制的工艺品，他们代代家传但各不相同的母语——所有这些生活背景塑造了他们的独具一格的思想和感情。那里的气味实在、增进生机；空气令人焕发；声响尽为天籁；食物有益身心。非人的机器几乎还没问世。

而这种自给自足的拓荒生活又常常以丰富的阅历和语言，以及对在欧洲的苦难史的耿耿难忘的记忆为补充。每个家庭具有不同的地域和种族特色，有自己独特的文学、诗歌和音乐。

没有什么靠集中供给。至少集中供暖或自来水是没有的。连镇商店还没偷换掉小店主们的个人特色。小孩子的零用钱也尚未遭到贪得无厌的商号的算计，广告大体上只限于印在告示牌、报纸或传单上。

凯瑟家的尖顶小舍虽然简朴，却显示了美感和文化修养。摇篮、摇椅、窗帘、床罩、客厅，无处不讲究，样样都表明主人们的闲暇来之不易，用得得当。尖尖的阁楼，铺设地毯的门廊，狭长的窗子，使这栋房子及其居住者们显得无可指摘。住在这里的男男女女或许会穿浆过的衣领、上衣或衬裙，但不会靠用人来洗衣、烧水、熨烫。如果他们的房子收拾得一尘不染，光可鉴人，他们的衣装整洁如礼拜日的礼服。这些表象只印证了他们的美德。

瑟凯家的生活令人赞叹地传授着美的风格，这在薇拉的作品中得到了充分的显示：精益求精的自律精神，优雅的风度，历练老成的态度，朴素的思维和措辞，人品、生活环境及风格的和谐一致——这里没有任何东西妨碍直接的观察。凯瑟写作，不是卖弄机智或追求虚荣，也不想证明某种观点，但对作品的准确性深信不疑，并满怀对人们的同情和理解。

她对福楼拜精雕细刻的风格敬佩不已。不过，她仅只从他身上为自己的天分和意愿找到了一面镜子，一种明澈的灵感。她极能适应环境。晚些时候，我在纽约与她相识时，她对于大都市所提供的众多机会及隐姓埋名的状况，是如鱼得水，应付自如的。然而，当我和我的姊妹们与她一道漫步在她心爱的小路上——那是纽约唯一的一条土路，位于中央公园的湖畔——她便恍然觉得依旧踩在内布拉斯加的土地上。

和薇拉姨婆在一起我们十分得意。可以说除了薇拉姨婆，再没别的未嫁的姑姑姨姨能这样随便地和小孩子们厮混。我们和其他的人在一起，我妈也不这么放心——她当然是对的，因为薇拉姨婆既是祖母，又是知心人兼益友良师，可敬可信而又生动风趣。她是独一无二的宝贵的朋友，是她引导我深入民族的灵魂。

黄梅　译

# 拳击比赛

〔加拿大〕莫利·卡拉汉





我们不知不觉地谈起了欧内斯特。起初只是闲聊。谁也不能说斯科特显露出了任何迹象，急于重新获得欧内斯特的友谊。他问我上次是什么时候见到他的，我们是不是还在拳击。几天以前，我说。

接着他开始表示，他们之间无论发生了什么事，他仍然忠实于自己对欧内斯特的看法。他是否暗自感到受了伤害，不被人理睬，不受人欢迎，这些在他都无所谓。他进而谈到欧内斯特取得的种种成就，他的本领和勇敢精神。他讲起这些事来如数家珍；能够如此谈论一个与自己的生活截然不同的人，他仿佛感到莫大的愉快。他赋予了欧内斯特的生活某种魅力，这种魅力唯有他才能赋予，谁也比不上他。欧内斯特及其战争经历,他负的伤,他认为自己已经死去的时刻。听斯科特谈论大胆行为和勇敢精神,我变得不耐烦了。那些传闻,这类谈论,在我看来都有损于欧内斯特。我喜欢他的程度并不亚于斯科特对他的钦佩。我所喜欢的是欧内斯特作为诗人和小说家的气质,是他对我的热忱和关心,以及他自身的可爱之处。我想打断斯科特的话,但又怕冒犯他。

于是我坐在那儿,感到斯科特在贬低自己。曾经濒临死亡边缘的人何其多,受过伤的人何止万千,意识到自己即将死亡的人不计其数。无论是斯科特还是别的任何人,有什么必要如此小题大做?至于勇敢,我不喜欢任何关于勇敢的凄凉论调。认为世界在阴谋摧毁人类肉体的活力,这种不真实令人不能容忍。勇敢是得到人们普遍承认的唯一品质。我从未听说有谁反对它,有谁乐意看到它遭到摧毁。如果我们表现出勇敢,我们不共戴天的敌人也会钦佩。勇敢即是生命,怯懦则是灵魂的死亡。我一向认为,你愈是空谈勇敢,你愈有可能丧失它,愈有可能害怕变得怯懦。你害怕自己。如果你处处检验自己的勇敢,迟早你会使自己疯狂,干出危及自身性命的事。一个人要是到处去寻找对于自己勇敢精神的挑战,就完全染上了骑士时代的遗风,那时的人们寻找对想象中的荣誉感所进行的想象中的侮辱。塞万提斯在《堂吉诃德》里彻底戳穿了这类胡闹的可笑举动。我同欧内斯特在一起时从未有过这些想法,现在听斯科特谈个没完,我不禁想到这一切。斯科特把欧内斯特变成了一个在我看来不真实的人物。

然后，斯科特向我重复马克斯·珀金斯讲过的故事：海明威跳进拳击场，把法国的中量级冠军击倒在地。他像是在告诉我什么稀奇事儿似的，声音里带着几分敬畏。我简直掩饰不住心中的气恼，我问道："你真认为欧内斯特那么行吗？"

看来他没有料到我知道得比他清楚。他带着审慎的神气思索。"欧内斯特可能还不足以成为重量级冠军，"他郑重其事地说。"但我得说，他同杨·斯特里布林差不离。"

杨·斯特里布林是著名的一级次重量级拳击手，他太出名了，只好和重量级拳击手比赛。"瞧，斯科特，"我对他说，"欧内斯特只是个业余拳击手，同我一样。所有这些说法都很可笑，不过我们一起拳击确实有趣。"

他摇了摇头，全然没被说服。但他终于说出了几个星期来一直想说的话："什么时候我可以跟你一块去呢？"

"你为什么不问问欧内斯特？"

"你是同意的，对吗？你认为欧内斯特会反对吗？"

我突然觉得这似乎太可笑了，我的朋友斯科特，欧内斯特的钦佩者，为什么不可以在某天下午同我们一起，成为我们共同友谊的一部分。"你为什么不打电话找欧内斯特？"我直截了当地说。"给他通个电话，说你同我谈了。直接告诉他你想和我们一起去。米罗[1]同我们去过。你为什么不可以去呢？"

一个星期之后，下午三点多一点，我正在寓所写作那部新小说。我妻子在室内踱来踱去。过会儿我就要去找欧内斯特了，这时门上响起敲门声，来人是欧内斯特和斯科特。两位老朋友显得兴致勃勃。我也很难掩饰自己的喜悦。来巴黎之后，我一直盼望同他们俩交往。现在他们走到一起，来到我的寓所——我的两位朋友。欧内斯特说，他们已经吃过午饭，决定与其在那儿等我不如前来找我。斯科特一副自由自在的样子。欧内斯特提着装有手套的包。我收拾东西准备出发的时候，斯科特和洛伦脱闲谈。欧内斯特在我的箱盖上发现一本《纽约时报图书评论》，开始认真地翻阅起来。现在我还记得当时的情景：他站在窗边，慢慢翻过一页又一页；我们站在门口，等他读完那篇书评。

在去美国俱乐部的出租车里，我觉得斯科特和欧内斯特之间自然随和，不存在任何紧张关系。看上去斯科特活跃而又愉快。我们有说有笑。到了俱乐部——我至今记忆犹新——斯科特惊异地四下打量，因为他初次去那儿。地板上没有铺垫子。从通向隔壁房间的门廊里，他看见两个年轻人在打台球。斯科特在靠墙的一张条凳上坐下，欧内斯特和我

[1]胡安·米罗(1893—1983)。西班牙著名画家。前文提到他陪海明威等去拳击。

脱去衣服。然后欧内斯特叫斯科特掏出手表，并教他如何计时：三分钟一个回合，然后休息一分钟。斯科特仔细听着，丝毫没有米罗那种行家里手的神气。他因为和我们在一起而太高兴了。他离开凳子蹲下，脸上浮起一丝儿微笑，叫道："开始！"

第一个回合像那个夏天我们斗过的大多数回合一样，我总是躲闪退让，而欧内斯特熟悉我的风格，总是出击和追逼。过一会儿，他便不像刚才那样利落自信地直往前冲了。这时他注视我的左拳，我更难击中他了。我移步转动的时候，听得见隔壁房里传来的台球嗒嗒相碰的声音。

"时间到！"斯科特准确地叫道。我们坐在他旁边休息，他很沉静，若有所思的样子；从他面部表情看来，他被弄得有点莫名其妙。他来的时候，脑海里一定带着欧内斯特作为一个职业拳击手的形象。而对于欧内斯特和我来说，这同往日没有两样。我们有说有笑，斯科特在不在身边，于我们似乎毫无影响。他也没有发表任何使我们不安的意见，仿佛满足于把心思贯注在手表的分针上。"开始！"他喊道。

这个回合一开始，欧内斯特就不细心。他进攻太快，左拳下落时嘴上挨了一拳，嘴唇开始出血。这是家常便饭，他绝不会在意的。他不是和酒吧侍者吉米开过玩笑吗？只要我能打得他嘴唇流血，他总会把我当朋友看待。也许他从眼角边瞟见了斯科特的惊讶神色，也许是舔到嘴边的血沫，他想打得更粗野些。他猛烈前冲,更加莽撞地出击。我围着他转圈,不断猛击他出血的嘴部。我顾不得去想斯科特,因为欧内斯特变得更加狂暴,拳头也比平日更为凶猛。他那重重的拳头要是击中我,准会将我打昏过去。我为了避开他的攻势,不得不更快更重地回击。使我不安的是,他脸上频频挨揍,心里却似乎在暗下决心,只要他能狠狠击中一拳,多挨几拳也无所谓。

我左右摆动,迂回进攻,瞥见刚才打台球的两个年轻人之一站在门边观看。他没有穿外套,只穿了一件背心,像拿手杖般地握着台球杆。我还看见长凳上的斯科特。我奇怪自己为什么感到疲倦,我并没有挨上实在的一击。欧内斯特用手套擦去嘴边的血,可能由于斯科特在场而感到尴尬,竟然恼羞成怒。他直向我逼来,我迎上一步,狠狠地揍了他一拳。这一拳不快不慢,恰好击中他的下颌,他站立不住,摇摇晃晃地倒了下去,仰卧在地上。

要是只有欧内斯特和我在场,我也许会大笑起来。对于我们之间拳赛的友谊,我是深信不疑的,在某种意义上说,这也是对他个人的信任。在这间屋里,曾发生过可笑的事。他不是朝我脸上啐过血吗?因此,我看见他直挺挺地躺在地上,毫不奇怪。他摇摇头清醒一下脑子,在地上休息了片刻。当他慢慢起身,我料定他会先咒骂,接着又大笑起来。

"啊,我的上帝!"斯科特突然叫道。我看见他满面惊慌,无可奈何地直摇头。"我让这个回合进行了四分钟。"他说。

“岂有此理！”欧内斯特叫喊起来。他站起身，沉默了片刻。斯科特眼睁睁地盯着表，哑口无言，不知如何是好。我真希望这时自己远在千里之外。“斯科特，你干得好，”欧内斯特粗暴地说，“如果你想看见我被打得屁滚尿流，你明说好了，甭说你出了什么差错。”说完，他愤愤然走向淋浴室，去擦洗嘴上的血迹。

我极力揣摩他愤怒言词的含义，感到不胜惊骇，神经紧张起来，如临黑洞洞的深渊。我茫然地望着斯科特。他的目光与我的相遇，他显得挺难受的样子。欧内斯特曾经告诉过我，他一直在回避斯科特，因为他酗酒，是一个讨厌的人，他不愿理睬斯科特。现在看来很明显，其中大有奥妙。欧内斯特说出那样愤懑尖刻的话，实际上表明他知道斯科特对他怀着深刻的敌意。尽管我震惊不已，心里却闪过一个想法：究竟是斯科特还是欧内斯特怀着敌意呢？为什么是欧内斯特？斯科特不是曾经帮过他的忙吗？会不会由于斯科特帮了他的忙，欧内斯特几个月来便总想摆脱他？要不，他认为斯科特知道些什么——知道斯科特会恨他？那会是什么呢？总之，这不仅仅是因为斯科特酗酒。我断定还有别的原因。

然后，斯科特朝我走来，面色灰白。他低声地说：“看不出我是看入迷了吗？你瞧，我把计时的事儿忘得一干二净。我的天，他认为我是故意干的。我为什么要故意干呢？”

“你不会的。”我说，看他那副沮丧的神色，我深深地感动了。几个星期来，他老向我倾诉他对欧内斯特的钦佩之情，把他当作英雄来崇拜。我明白他迫切地寻求友谊的心情。如果有人认为他暗藏恶意地延长那个回合，那他一定也会认为，人心叵测，谁也不知道自己心里在想些什么。但我知道，斯科特想看我们拳击，已经有好几个星期了。现在他来了，却使他这样难堪。

"瞧，斯科特，"我小声说道，"要是你故意干的，就不会突然叫喊出来，说你延长了那一回合的时间。你用不着叫喊，默不作声就行了。欧内斯特自己会明白过来的。"斯科特却没有回答。他看上去孤独而又绝望，与那天晚上他坚持要同我和洛伦脱一道去双猴咖啡馆时的神情一样。他脸上痛苦的表情，是一个人志得意满时所维护的一切遭到蔑视的那种沉痛。

"算了吧，斯科特，"我低声说，"欧内斯特有口无心，我自己也可能说出那些话。一个人恼怒起来，无论想到什么胡话都会嚷叫出来的。"

"不，你亲耳听他说的，他真的认为我是故意干的。"他辛酸地轻声说，"我该怎么办呢，莫利？"

"你什么也别管，"我悄悄说，"把整个事儿都忘掉。他自己也会忘掉的，不信你瞧着吧。"

欧内斯特从淋浴室回来，斯科特从我身边走开了。洗完脸，欧内斯特镇静多了。他也许已经仔细想过，但他并不收回他说的话。而我呢，竭力装作什么事也没发生。我提议说，既然已经休息了两三分钟，弥补了延长的一个回合，我们何不接下去呢?这样咱们都有事干。欧内斯特和我便又摆开架势。

斯科特强忍住委屈和悲伤的心情，显出机警在行的样子，叫道："开始!"现在回顾起来，我感到奇怪，这一轮开始时我竟然没有想到，欧内斯特说不定想捶扁我。但是我们之间没有怨恨。刚才我猛冲过去，痛击他一拳，把他打翻在地，这是我们拳击中自然的事儿。现在这个回合我们斗得挺轻松，相互都避免上当。我们扭成一团时，我瞟见斯科特坐在那儿面色苍白。可怜的斯科特!接着他突然把事情弄得更糟。双杠下的垫子露出一角。我在上面绊了一下，一只膝头跪地。为了抚慰欧内斯特，他愚蠢而又急切地叫道："欧内斯特被击倒一次，莫利也有一次。"我要是欧内斯特的话，会对他咆哮起来，无论他的用心何等善良。

然而，对欧内斯特来说，这个糟糕而可笑的下午还没有完。他没有变得更为恼怒，确实是个奇迹。

我们刚结束这个回合，一直在打台球的那个瘦长的年轻人，这阵子站在门边观看，身穿背心，朝我们走过来，台球杆还握在手里。他也许高我一英寸，但身材极瘦，最多不过一百三十五磅，多半是个学生。"恕我多嘴，"他操着一口英国腔对欧内斯特说，"我一直在观看，饶舌几句不要紧吧?拳击这玩意儿并不在乎咄咄逼人，老在攻击。要是你不介意的话，我倒想说，拳击的真正学问在于防守，避免挨揍。”

真是异想天开。那学生居然来教训欧内斯特如何拳击，我又惊骇又担心。斯科特和我目瞪口呆地注视着那个学生，一齐为他捏了把汗。欧内斯特会做出什么反应呢？一个人在同一天下午能承受的侮辱是有限的。假如欧内斯特从这个自以为是的家伙手里抓过球杆，劈头就打，直到打断杆子，我不会感到奇怪。

但欧内斯特等了片刻，令人惊愕的片刻，反而平静地问道：“你表演给我看看好不好？”

“行，试试吧。”年轻人谦逊地说。

“好的，”欧内斯特说，“不，等等。别同我表演，同他，”他指着我，“我在一旁领教。”

这下该我对欧内斯特感到气愤了。那学生并不想教我如何斗拳，他要教的是欧内斯特，不是吗？我被当作试音叉了。谁能断定这瘦高个儿不是英国轻量级冠军呢。斯科特一直没有吭声。他替欧内斯特脱下手套，又帮那位不速之客戴上，仍没有说一句话。摆开阵势，我准备龟缩自卫。我们相互周旋了一阵，我试着小心地诱他出手。他的左拳确实朝我轻轻晃了一下，但那似乎只是一个假动作。显然，小伙子是个反击手。我迟早得发起攻势。他可能跟行家一起混过。也许他擅长侧击，遇上好的侧击手，我总是感到困惑。我要是出手攻击，他可能会打得我一败涂地。但是我一步步地逼他到了一个死角，突然我从他的眼里瞥见一种熟悉的表情。看得出来，他惧怕我胜过我畏惧他。当我开始痛快地像连珠炮似的朝他头部击去时，欧内斯特立即叫道："停！"

这一下，欧内斯特得意了。他装得一本正经，不带一丝嘲弄的意味，对那个学生说："我明白你的意思了。现在，我来领教。"欧内斯特解下我的手套，我再替他戴上。那学生面色苍白，惶恐不安。他明白自己不是我的对手。事实上他也知道他在自找麻烦，惹得欧内斯特来狠狠揍他一顿。他从欧内斯特目光里看见了嘲弄的神情，抱歉地直摇头，想要退却。"别这样，来一回吧。你总该教教我。"欧内斯特坚持说。

毫无疑问，那个学生仍然相信欧内斯特是真心诚意的。他俩对阵时，他略为缩身，抬高两手，就要显示他的防御本事。欧内斯特解颐一笑，叉开双腿，像一株大树挺立在那儿，长长的左臂像根杆似的伸直出来，同时右手轻蔑地按在臀部上。他一步也不动，摆出一副绝妙的鄙夷不屑的戏剧性姿态。说句公道话，他并不想揍这小伙子，甚至一拳也不想出。学生绕着他转圈，他自己却像一扇门似的缓缓转动，右手仍然放在臀部上，粗杆般的手臂笔直地伸着。

学生丢尽了脸。既未击中一拳也没人击他，他住手说："我很抱歉，实在还没有多少拳击的经验。看的倒不少，看着容易做来难。"他把手伸向我，让我解下手套。我并不为他感到难过。他迅速回到台球桌边去了。

斯科特本来感到十分屈辱，现在加上那个学生闯来胡闹，一定更加局促不安。他一定迷惑不解。然而现在，我这两位朋友开始处得和谐了。大家只字不提那个学生，突然变得彬彬有礼，谦和友好，有说有笑。我知道斯科特的感触，他刚告诉过我。他感到难过和屈辱，他明白欧内斯特怀着敌意，他的希望落空了。唯一能解救他的是，由欧内斯特认个错，重新表示尊重，取消对他的指责。但欧内斯特毫无认错的意思，他显然觉得没有必要那样做。因此，我们大家的表现都得体，友好相待，做起朋友来了。欧内斯特和斯科特愉快地呆在一起，大家都很快活。我们离开俱乐部，一起步行到福斯塔夫酒店。看见我们坐在酒吧的人，不会想到斯科特的尊严全被摧毁了。

然而他在酒吧间显得很优雅，真正的优雅风度。我告诉欧内斯特，斯科特同意我的想法，放弃已开始写的一部小说的几个章节。我记得欧内斯特说："这个问题可以从两方面看。你可以顾及自己的文学生涯，考虑发表它会不会对你有好处?或者管它什么生涯不生涯，先发表再说。"斯科特说，我不打算继续写下去，这使他很高兴。正当我们交换意见，我注意到邻桌有两个年轻顾客，伸长脖子望着我们，仔细倾听我们谈话。我笑了笑说，明天咖啡馆里就会传开，我曾厚着脸皮要菲茨杰拉尔德和海明威告诉我如何处理一部作品。欧内斯特说："你管它干什么?我们都是职业作家，唯一关心的是，作品是否弄得尽善尽美了。”正如我说过的，任何观察我们的人都会相信，我们三位作家在谈论一个文艺问题，谁也想象不到，已经发生了令人心碎的事。我远道而来，与我的两位朋友聚会。在这儿，我们确实会在一起了。

我单独见到我的两位朋友时，他们都显得十分坦然，毫无芥蒂。欧内斯特使我相信，他已经忘记了在美国俱乐部对斯科特说的话。再没发生过值得提及的事儿。我见到斯科特，他也一样高明——甚至绝口不提欧内斯特。于是我依样画葫芦，佯装不知，成了一个像欧内斯特说的“懂得如何行事”的人。我努力给人一种印象——全然不明白他们之间存在着任何深刻的失望和隐藏的怨恨。要是他们彼此不见面，痛苦还会继续滋长吗？我暗自琢磨。现在七月到了，他们俩人都要离开，欧内斯特可能南行去西班牙，斯科特很快将去里维埃拉❶。还有什么比暂时分离一阵子更好呢？每个人都去海边吧！我很高兴，他们都要离开。他们不在的时候，我自己也好轻松一下，装作等他们回来后，我们还是亲密无间的朋友。我知道我不应当再佯装，但佯装具有感人的力量。它使人更为和谐，使生活更加易于接受。

我应当直言不讳地说：“欧内斯特，你完全误解了斯科特。”但欧内斯特生来是个怪人，他能使你感到他的怨恨源自

❶里维埃拉，法国东南部和意大利西北部沿地中海的旅游休憩胜地。

某种深刻而原始的智慧。而且,我不愿老让他觉得我插手他的困恼处境。如果我不断在他面前提起斯科特,竟然建议他向斯科特道歉,恐怕他那活跃的想象力会向我展开,照样不愿同我来往。我想,让整个这件事淡忘掉算了。

蓝仁哲　李淑贤　译

# 影 子

〔智利〕何塞·多诺索





1945年我第一次旅居布宜诺斯艾利斯期间，从巴塔哥尼亚回来时我第一次看到了博尔赫斯。在暮色里，他挽着一位夫人的胳膊像影子一样穿过圣马丁广场。我尾随着他走进市中心的街道(不知为什么，我记得当时那些街道空寂无人，平平静静)，因为我有一种癖好：我要是对什么人感兴趣，就不近不远地跟着他，看他在不知道有人观察他的时候表现如何。他不时和他的同伴停在一家的门前或窗前，用手杖指着高处的大阳台或某一盏灯，对他的女伴做一番解释，然后继续往前走。他们走进地铁口，我也跟了进去。他们坐在一条长凳上谈起来，仿佛是在图书馆或客厅里。而与此同时，列车一列接一列停下来，下车的旅客挤满了站台。但是转眼间，站台又变得冷清了，只剩下他们两个在半明半暗的光线里交谈。我真想听一听他们的对话，但是他们的声音随即消失在空旷幽深的地铁通道里了。又一辆列车停下来，旅客又把站台淹没在脚下。这时，博尔赫斯挽着女友的胳膊站起来，用他那双明亮的眼睛不知注视着什么幻影，走进了那群旅客，仿佛想感觉他们，体会他们，闻闻他们，虽然他并不是他们中的一员。等站台上的人走光后他才回到原来的凳子上，重新和他的女友交谈。他一次次这样好奇地走进旅客群里，直到我乘上一列列车消失在布宜诺斯艾利斯的地铁里。博尔赫斯和他的女友依然在那里议论着旅客。不过，我也被周围的旅客们议论着。

在那个时候，博尔赫斯的文学形象对我来说还是很模糊的。为了逃避当时智利小说考古式的克里奥约主义，我读起爱德华多·马列亚的作品。他是阿根廷人，跟我一样，也是美洲人。他不认为社会斗争、印第安人和农民是唯一的现实。他认为城市也是，甚至资产阶级、知识分子和艺术，都是小说应该反映的现实。《寂静的海湾》，特别是其中描写年轻知识分子的几章，把我迷住了。《九月的节日》也是如此。但是博尔赫斯的作品不然。在智利，一位姨妈和一个表兄喜欢文学，他们对我说博尔赫斯在马列亚之上。但是我浏览了一下，读了一点博氏的书，觉得不怎么样，也许因为我太偏爱马列亚了，也许因为我听不进来自身边的亲戚的意见。而在布宜诺斯艾利斯，恩里克·埃斯库拉和阿利内·博斯卡很起劲地对我谈到博尔赫斯。那些不属于《南方》杂志的作家群但跟他们有联系的作家，也同样热烈地谈论博尔赫斯。这一次我读了博尔赫斯的几十篇作品，人们在街上也对我介绍他。很少听到人们谈论马列亚，人们谈得更多的是博尔赫斯。

我不很了解他。但是在这最后12个月中，有那么多大名鼎鼎的阿根廷作家去世，因此迫切需要成立新的一代负责人。然而看起来，面临的情况是青黄不接的。我们失去了穆希卡·拉因内斯、玛尔塔·林奇、佩佩·比安科，特别是博尔赫斯。在当代人类的印象史上，他的形象是高大的。但如今留给我们的却是一个弯腰拄手杖、顺着中心街道移动的影子。





许多年前，在拉瓦列街一家咖啡馆的餐桌上，有人对我介绍过博尔赫斯。我记得那家咖啡馆在文学系对面。当时我已读过他的书，对他很钦佩，他的智慧激发了我，使我感到极不平静。事情大概发生在1959年：布兰切·克诺弗刚刚把他的短篇小说集的英译稿拒之门外，因为译稿仅仅是短篇小说，而他认为这是一种小东西；并且对存在主义的隐痛时刻来说，短篇小说未免太过于文学性了。左派作家认为它太高雅，且缺乏人性。为纪念海涅而选编的专号还没有出版，但是人们已在读博氏的作品，我们也在读他的作品，我们这些青年学生都佩服他。在那张咖啡桌旁，一大群学生围着他，争论着各种各样的题目。在我旁边有两个留着黑黑的披肩发的姑娘，在争论一个印度文学的题目。不知为什么博尔赫斯坐在桌子的另一端。由于对一个词理解不一致，其中一个姑娘突然把身子俯向桌子，几乎是叫喊着(因为大家谈话的声音很高很乱)问博尔赫斯：

“博尔赫斯……博尔赫斯……你知道什么是梵文吗……”

博尔赫斯想了片刻，全桌鸦雀无声。他终于用他那试探的、结结巴巴的语调，既深刻又嘲讽地回答说：

“噢，对，不……总之，梵文就是全世界都知道的梵文嘛……”

全桌爆发出一阵笑声。

但是博尔赫斯说的“全世界都知道的梵文”这句话是有些道理的。对生活在文化领域和他那不会枯竭的内部图书馆的人来说，存在那样一个跟所有的人有联系的“全世界都知道的梵文”的地区，是自然的。而那个区域，距离责任问题和我们源自文学的善意的本地主义十分遥远……如果说我是源自一个有限的地理上的地区而不是源自一种更广阔、更自由的、不承担责任的、构成我个人可怜的内部图书馆的文学的偏爱的话。后来，我相信就在那同一天，我跟着他到了他的住处，同他进行了第一次交谈。随着岁月的推移，我跟他进行过多次交谈。其中有几次谈话的内容不知刊登在哪些不景气的画报上。他敏锐，非常敏锐，就像挺立的避雷针，能够把空中的一切接收、加工，变成特有的放电现象。在那次去布宜诺斯艾利斯时(奇怪的是，那是在黄昏；黄昏是那么古老而纯净，似乎除了它的纯净没有自己独特的世界)，也拜访了马列亚，但他相反。他是一个被新的几代人忘却的作家，现在已经没有多少人记得他了。博尔赫斯曾经说他自己“我一生既缺少生命也缺少死亡”。当对马列亚必须像考古那么谨慎地发掘(如果我们希望他享有一点生与死的话)的时候，现在博尔赫斯怎么可能充分地享有生与死呢？

我同样记得同博尔赫斯的另一次会见。我和一位普通的女朋友去图书馆找他，以便用出租车带他去拜访埃尔南德斯家的几位小姐。她们是《马丁·菲耶罗》[1]的作者的孙侄女或重孙侄女。博尔赫斯怀着对尊贵的前辈的爱戴心情敬重她们。那时在布宜诺斯艾利斯传说，埃尔南德斯的这些小姐(如果我没记错的话，她们是教师，是单身)对招魂术很内行，常常把她们的某个亲戚招到她们的巫术桌子上来。亲戚很高兴来看望她们。我至今记得那个光线昏暗的、普通的、十分普通的小套间。房间里摆着色调暗淡的家具、小块绣花桌布和假花。她们很热情地请我们吃那种可能是自己做的粗饼干，请我们喝相当甜的葡萄酒。她们讲述了昔日埃尔南德斯多次来看她们的情形。博尔赫斯的失明的双眼在昏暗中闪着光。我们的女主人对我们讲述，诗人经常在另一个世界朗诵没有收在已

[1]阿根廷文学史上的著名史诗，出版于1872年。

出版的诗篇《马丁·菲耶罗》中的诗句。后来,她们把光线弄得更暗了。我们坐在带穗子的幕布下,把双手放在小桌上,她们开始招魂。但是我们听了很久也没有任何声音从阴间传来。然而,过了一会儿,我们(仍然把手放在幕布下的桌上)听到了博尔赫斯的声音。他的声音很低,很有力。但他朗诵的不是众所周知的《马丁·菲耶罗》,而是没有出版的诗篇,是为了爱护这部作品而保存在他的神奇的记忆中的诗句。而现在,由于诗人埃尔南德斯没有招来,他就变成埃尔南德斯朗诵了诗篇。

我们把博尔赫斯送回家。我和我的女朋友去吃饭:她认为博尔赫斯朗诵的诗句不是埃尔南德斯的诗, 而是他根据埃尔南德斯的风格作的。这在这位擅长模仿的人身上是不奇怪的。

我同博尔赫斯最后一次见面,是在一次"读者圈"评奖活动期间我们和萨巴托担任评委的时候。我们相遇过多次,但是我记不清了。我也不记得他是以要人身份还是以作家身份去的。那一次他和大家意见不一致,他拿我们开玩笑,拿我们的决定开玩笑, 一成不变地坚持和大多数人相反的立场,为投票工作造成很大麻烦。他的口吻总是近乎嘲讽,他的讲话永远模棱两可,总是纠正他口头读的文章,因为他常常同时读几篇对立的材料,使人觉得仿佛走进了明亮的迷宫。后来,也是在这样的场合,我再一次在布宜诺斯艾利斯市中心的街道尾随他(看见他走来,行人都惊恐地躲到一边,仿佛见到了幽灵或鬼怪)，他挎着穿着白狐皮大衣的玛丽亚·珍妮的胳膊，沿着一个街角，永远地走去了。

朱景冬　译